Fredric Brown

Gesammelte Schauer-

&

Science Fiction-Geschichten

Fredric Brown

Gesammelte Schauer- & Science Fiction-Geschichten

Aus dem Amerikanischen von B. A. Egger
Mit Illustrationen von Peter Neugebauer unter Verwendung von Zeichnungen von Ludwig Richter und Julius Schnorr von Carolsfeld

Diogenes

Die vorliegenden Geschichten wurden folgenden
Originalausgaben entnommen:
›Nightmares and Geezenstacks‹, ›Honeymoon in Hell‹,
(Bantam Books, Chicago) und ›Angels and Spaceships‹
(E. P. Dutton, New York)
Die deutsche Erstausgabe erschien 1966 unter dem Titel
›Der engelhafte Angelwurm‹ im Diogenes Verlag

5.–14. Tausend 1972

Gesamtherstellung: Welsermühl, Wels
ISBN 3 257 00922 4

Inhalt

Beispiel

Miss Macy rümpfte die Nase. »Warum regen sich alle so auf? Sie tun uns doch nichts – oder?«

Anderswo, in den Städten, herrschte blinde Panik. Nicht im Garten von Miss Macy. Sie schaute in aller Ruhe zu den ungeheuren, kilometerhohen Gestalten der Eindringlinge empor.

Sie waren vor einer Woche gelandet. In einem Raumschiff von hundertfünfzig Kilometer Länge waren sie sanft in der Wüste von Arizona niedergegangen. An die tausend davon waren aus diesem Raumschiff herausgekommen und gingen nun herum.

Indessen, wie Miss Macy andeutete, taten sie niemandem etwas und beschädigten auch nichts. Ihre Körperdichte reichte nicht ganz hin, um Menschen überhaupt etwas anhaben zu können. Stieg einer auf jemanden oder auf das Haus, in dem man sich befand, so trat plötzliche Finsternis ein, und solange er seinen Fuß nicht bewegte und weiterging, konnte man nichts sehen; das war alles.

Sie kümmerten sich nicht um Menschenwesen. Alle Versuche, mit ihnen in Verbindung zu treten, waren fehlgeschlagen, ebenso wie alle Heeres- und Luftwaffenangriffe auf sie. Auf sie abgefeuerte Granaten explodierten mitten in ihnen und taten ihnen nichts. Nicht einmal die Wasserstoffbombe, die man auf einen von ihnen abgeworfen hatte, während er ein Wüstengebiet durchquerte, hatte ihn im geringsten gestört.

Sie ignorierten uns einfach vollkommen.

»Und das«, sagte Miss Macy zu ihrer Schwester, die auch eine Miss Macy war, da keine von ihnen einen Mann hatte, »beweist doch, daß sie keine bösen Absichten gegen uns hegen – oder nicht?«

»Das will ich hoffen, Amanda«, entgegnete Miss Macys Schwester. »Aber sieh nur, was sie jetzt treiben.«

Es herrschte klarer Himmel – oder vielmehr, er hatte geherrscht. Ein Himmel von hellem Blau, und die beinahe menschenähnlichen Köpfe und Schultern der Riesen, anderthalb Kilometer hoch, waren ganz klar zu sehen gewesen. Nun aber sah Miss Macy, die dem aufwärtsgerichteten Blick ihrer Schwester gefolgt war, wie es neblig wurde. Jede der zwei großen Gestalten, die man wahrnahm, hatte eine Art Spritzenbehälter in der Hand, aus dem Wolken eines nebelartigen Stoffes kamen, die langsam zur Erde niedersanken.

Miss Macy runzelte wieder die Stirn. »Wolken machen. Vielleicht besteht darin ihre Unterhaltung. Wolken können uns doch nichts anhaben. Warum machen sich die Leute solche Sorgen?«

Sie kehrte zu ihrer Arbeit zurück.

»Ist das flüssiger Dünger, was du da sprühst, Amanda?« fragte ihre Schwester.

»Nein«, sagte Miss Macy. »Ungeziefervertilgungsmittel.«

›Arena‹

Carson schlug die Augen auf und sah über sich flirrendes, verschwimmendes Blau. Es war heiß. Er lag im Sand und spürte ein scharfkantiges Felsstück, das aus dem Sand hervorragte, schmerzhaft im Rücken. Er wälzte sich auf die Seite, vom Felsen weg, und raffte sich zu einer sitzenden Stellung auf.

›Ich bin verrückt‹, dachte er. ›Verrückt – oder tot – oder so etwas.‹ Der Sand war blau, hellblau. Und es gab doch weder auf der Erde noch auf irgendeinem anderen Planeten irgend etwas wie blauen Sand.

Blauer Sand.

Blauer Sand unter einem blauen Gewölbe, das nicht der Himmel war oder auch ein Raum, sondern ein abgegrenztes Gebiet – irgendwie wußte er, daß es abgegrenzt und endlich war, obwohl sein Sehvermögen nicht hinreichte, um den Scheitelpunkt zu erkennen.

Er schöpfte mit der Hand etwas Sand auf und ließ ihn durch die Finger rinnen. Er rieselte auf sein nacktes Bein nieder. *Nackt?* Nackt. Er war völlig nackt, und sein Körper troff von Schweiß von der entnervenden Hitze und trug eine dünne blaue Sandschicht, dort, wo er mit dem Sand in Berührung gekommen war.

Sonst war sein Körper weiß.

Er dachte: ›Dann ist dieser Sand also wirklich blau. Schiene er nur blau wegen des blauen Lichts, so wäre ich ebenfalls blau. Aber ich bin weiß, und daher ist der Sand tatsächlich blau. *Blauer Sand.* Es gibt keinen blauen Sand. Es gibt keinen Ort wie den, an dem ich mich befinde.‹

Der Schweiß rann ihm über die Stirn und in die Augen.

Es war heiß, heißer als in der Hölle. Nur sollte die Hölle – die Hölle der alten Zeiten – ja rot sein und nicht blau. Aber wenn hier nicht die Hölle war, was war es dann? Nur auf dem Merkur, von allen Planeten, war es so heiß, und dies war nicht der Merkur. Und Merkur befand sich einige sechs Milliarden Kilometer von –

Da erinnerte er sich wieder daran, wo er gewesen war. In einem kleinen Einmann-Spähschiff, am Rande des Pluto-Umkreises, auf Spähtrupp, knappe anderthalb Millionen Kilometer auf dem einen Flügel der Erd-Armada, die dort in Schlachtreihe aufmarschiert war, um die Außerweltler abzufangen.

Dieses plötzliche, durchdringende, nervenzerfetzende Lärmen der Alarmglocke, als der feindliche Späher – das Außerweltler-Schiff – in Reichweite seiner Detektoren geraten war –

Niemand wußte, wer die Außerweltler waren, wie sie aussahen, von welchem fernen Milchstraßensystem sie kamen, außer daß es in der allgemeinen Richtung der Plejaden lag.

Anfangs sporadische Angriffe auf Erdkolonien und Vorposten. Vereinzelte Schlachten zwischen Erdstreifen und kleinen Trupps von Außerweltler-Raumschiffen; Schlachten, die manchmal gewonnen, manchmal verloren wurden, aber niemals zur Eroberung eines fremden Schiffes führten. Noch hatte jemals irgendein Angehöriger einer überfallenen Kolonie überlebt, der die Außerweltler, die aus ihren Schiffen hervorgekommen waren, hätte beschreiben können, wenn sie sich überhaupt jemals hatten sehen lassen.

Keine allzuernste Bedrohung anfangs, denn die Angriffe waren nicht zu zahlreich oder zu zerstörerisch gewesen.

An sich hatten sich die Schiffe als leicht unterlegen an Bewaffnung, verglichen mit den besten Erdenschiffen, erwiesen, wenn auch etwas überlegen an Geschwindigkeit und Manövrierfähigkeit. Sie besaßen jedenfalls eine hinreichend größere Geschwindigkeit, um den Außerweltlern die Wahl zwischen Flucht und Kampf zu lassen, sofern sie nicht eingekreist waren. Nichtsdestoweniger hatte sich die Erde auf einen echten, entscheidenden Kampf vorbereitet und dazu die mächtigste Schlachtflotte aller Zeiten gebaut. Diese Armada wartete schon lange. Aber nun stand die Entscheidung bevor.

Späher, dreißig Milliarden Kilometer im Vorfeld, hatten den Anmarsch einer mächtigen Flotte – einer Endkampfflotte – der Außerweltler entdeckt. Diese Spähtrupps waren nie zurückgekehrt – nur ihre radiotronischen Meldungen. Und nun war die Erden-Schlachtflotte mit all ihren zehntausend Raumschiffen und ihrer halben Million Weltraumsoldaten dort draußen vorm Umkreis des Pluto und wartete darauf, den Gegner zu stellen und bis zur Vernichtung zu bekämpfen. Und nach den Frontberichten der Männer in der fernen Vorpostenlinie, die ihr Leben für diese Berichte über Größe und Stärke der fremden Flotte geopfert hatten, bevor sie zugrunde gegangen waren, würde es ein ausgeglichener Kampf werden.

Das Schlachtenglück konnte sich jedem gleichermaßen zuneigen, mit der Herrschaft über das Sonnensystem auf Messers Schneide. Eine letzte und *nur eine* Chance für die Erde und all ihre Kolonien lag praktisch im Belieben der Außerweltler, je nachdem sie nämlich den Fehdehandschuh aufnahmen oder nicht.

Ja. Carson erinnerte sich nun.

Nicht, daß das den blauen Sand und die flirrende Bläue

erklärt hätte. Aber dieses durchdringende Schrillen der Alarmglocke und sein Sprung ans Armaturenbrett. Sein gehetztes Herumfummeln, als er sich im Pilotensitz anschnallte. Der Fleck auf dem Sichtschirm, der immer größer wurde. Die Trockenheit in der Mundhöhle. Das entsetzliche Bewußtsein, daß dies *der Augenblick* war. Für ihn zumindest, obwohl die Hauptflotten noch außerhalb der gegenseitigen Reichweite waren.

Dies war seine Feuertaufe. Innerhalb von drei Sekunden oder weniger war er entweder der Sieger oder verkohlte Asche. Tot.

Drei Sekunden – so lange dauerte ein Kampf im Weltraum. Lang genug, um langsam bis drei zu zählen, und dann hatte man gewonnen oder man war tot. Ein Treffer genügte vollkommen für ein leicht bewaffnetes und leicht gepanzertes kleines Einmannschiff, wie es sein Späher war.

Wie rasend hantierte er an den Hebeln und Knöpfen – während seine trockenen Lippen unbewußt das Wort »eins« formten –, um den wachsenden Punkt im Zentrum des Fadenkreuzes auf dem Sichtschirm zu halten. Und während seine Hände das taten, schwebte sein rechter Fuß über dem Pedal, mit dem das Geschoß abzufeuern war. Das eine Geschoß konzentrierte Hölle, das treffen mußte – oder ... Es blieb keine Zeit für einen zweiten Schuß.

»Zwei.« Es wurde ihm auch nicht bewußt, daß er das sagte. Der Punkt auf dem Sichtschirm war jetzt kein Punkt mehr. Nur einige tausend Kilometer weit weg, war er vergrößert auf dem Schirm zu sehen, als befände er sich nur in einer Entfernung von ein paar hundert Metern. Es war ein schlanker, schneller kleiner Späher, ungefähr ebenso groß wie seiner.

Und mit Sicherheit ein fremdes Raumschiff.

»Dr–« Sein Fuß berührte das Abschußpedal – und dann war der Außerweltler plötzlich in die Kurve gegangen und aus dem Fadenkreuz. Carson riß wie rasend an den Hebeln, um ihm zu folgen. Eine Zehntelsekunde lang war er ganz vom Bildschirm verschwunden, und dann, als die Nase seines Spähers nachging, sah er ihn wieder, wie er pfeilgerade auf den Boden zuschoß.

Boden?

Es war irgendeine Art von optischer Täuschung.

Es *mußte* eine sein, dieser Planet – oder was es auch war –, der nun den Sichtschirm ausfüllte. Was es auch sein mochte, es konnte nicht wirklich dort sein. Das war unmöglich. Es gab einfach keinen Planeten, der näher lag als der viereinhalb Milliarden Kilometer entfernte Neptun – da ja Pluto auf der anderen Seite der fernen, stecknadelkopfgroßen Sonne lag.

Seine *Detektoren*! Sie hatten kein Objekt von planetaren Ausmaßen, ja auch nur von Sterngröße gezeigt. Und zeigten es noch immer nicht. Also konnte es auch nicht wirklich da sein, dieses Was-es-auch-war, auf das er nun zusteuerte, nur ein paar hundert Kilometer unter ihm.

In seiner plötzlichen, angstvollen Bemühung, einen Aufprall zu vermeiden, vergaß er sogar das Außerwelt-Raumschiff. Er feuerte die vorderen Bremsraketen ab, und sogar noch als ihn der momentane Geschwindigkeitswechsel gegen die Sitzgurten preßte, gab er volle Raketenkraft rechts, um eine Notkurve herbeizuführen. Er drückte den Handgriff nieder und *hielt* ihn unten, denn er wußte, daß die äußerste Kraft, über die das Schiff verfügte, notwendig sein würde, um sich vorm Aufprall zu retten, und daß ihm eine so scharfe Kurve für einen Augenblick das Bewußtsein rauben würde.

Er verlor es auch.

Und das war alles. Nun saß er da im heißen blauen Sand, splitternackt, aber sonst unversehrt. Keine Spur vom Raumschiff und – was das betraf – keine Spur von *Raum*. Diese Wölbung über ihm war kein Himmel, was immer sie auch sonst war.

Er rappelte sich auf. Die Schwerkraft schien ein bißchen größer zu sein als normalerweise auf der Erde. Nicht viel größer allerdings.

Ebene Sandflächen zogen sich hin, ein paar dornige Sträucher in Gruppen, da und dort. Auch die Sträucher waren blau, aber in verschiedenen Tönen, einige heller als das Blau des Sandes, einige dunkler.

Unter dem nächsten Gebüsch kam ein kleines Lebewesen hervorgerannt, das einer Eidechse glich, nur daß es mehr als vier Beine hatte. Es war ebenfalls blau. Es sah ihn und rannte wieder unter den Busch zurück.

Er schaute wieder nach oben und versuchte sich darüber klarzuwerden, was dies über ihm war. Es war nicht direkt ein Dach, aber es war gewölbt. Es flimmerte und tat den Augen weh. Und es reichte entschieden bis zum Boden herunter, bis zum blauen Sand rings um ihn.

Er befand sich beinahe unter dem Mittelpunkt der Wölbung. Es waren schätzungsweise neunzig Meter zur nächsten Stelle der Wand, sofern es eine Wand war. Es war ungefähr so, als ob eine kleine Hälfte von *etwas* mit einem Umkreis von etwa zweihundert Metern über die Sandfläche gestülpt worden wäre.

Alles war blau, ein Gegenstand ausgenommen. Drüben, an einer entfernten gewölbten Wand war etwas Rotes. Ungefähr kugelförmig, schien es etwa neunzig Zentimeter im Durchmesser zu haben. Es war für ihn zu weit weg, als daß er es in der flimmernden Bläue hätte ausmachen können. Unerklärlicherweise schauderte ihn jedoch.

Er wischte sich mit dem Handrücken den Schweiß von der Stirn oder er versuchte es doch. War das ein Traum, ein Alptraum? Diese Hitze, dieser Sand, dieses Vorgefühl des Schreckens, das er verspürte, wenn er auf das rote Ding hinsah?

Ein Traum? Nein, man schlief nicht ein, man träumte nicht – mitten in einer Weltraumschlacht.

Tod? Nein, niemals. Wenn es eine Unsterblichkeit gab, so würde sie nicht etwas Sinnloses sein, etwas so Sinnloses wie dies hier, etwas aus blauer Hitze, blauem Sand und rotem Schrecken.

Dann hörte er die Stimme.

In seinem Kopf vernahm er sie, nicht mit seinen Ohren. Sie kam von nirgends oder von überallher.

›*Durch Räume und Dimensionen wandernd*‹, klangen die Worte in seinem Geist, ›*finde ich in diesem Raum und in dieser Zeit zwei Völker, die daran sind, einen Krieg zu führen, der das eine vernichten und das andere so schwächen würde, daß es verkümmern und niemals seine Bestimmung erfüllen, sondern zugrunde gehen und zum geistlosen Staub zurückkehren würde, aus dem es kam. Ich sage dir, daß das nicht geschehen darf.*‹

›Wer ... wer bist du?‹ Carson sprach es nicht aus, die Frage formulierte sich vielmehr von selbst in seinem Hirn.

›*Du würdest es nicht völlig verstehen. Ich bin –*‹ Es trat eine Pause ein, als ob die Stimme in Carsons Hirn ein Wort suchte, das nicht vorhanden war, ein Wort, das er nicht kannte. ›*Ich bin das Endergebnis der Entwicklung einer Rasse, die so alt ist, daß man es nicht in Worten ausdrücken kann, welche für deinen Geist eine Bedeutung besitzen. Einer Rasse, die in eine einzige Einheit gegossen ist, auf immerdar –*

Eine Einheit, wie sie deine primitive Rasse werden könnte‹ – wiederum das Suchen nach einem Wort – *›in ––––– Jahren. Dies gilt aber auch für die Rasse, die du in deinem Geist die Außerweltler nennst. Deshalb greife ich in die bevorstehende Schlacht ein. In eine Schlacht zwischen zwei Flotten, die einander so ebenbürtig sind, daß ihr Ergebnis nur die Vernichtung beider Rassen sein kann. Eine muß aber überleben. Eine muß aber fortschreiten und sich weiterentwickeln.‹*

›Eine?‹ dachte Carson. ›Meine oder –?‹

›Es steht in meiner Macht, den Krieg aufzuhalten und die Außerweltler in ihre Milchstraße zurückzuschicken. Aber sie würden zurückkehren, oder deine Rasse würde sie früher oder später dorthin verfolgen. Nur wenn ich immer in diesem Raum und in dieser Zeit bleiben würde, um ständig einzugreifen, könnte ich sie davon abhalten, einander zu vernichten – und ich kann nicht hierbleiben. Ich werde also jetzt eingreifen und eine Flotte ohne Verlust für die andere vollständig zerstören. Eine Zivilisation soll auf diese Weise überleben.‹

Alptraum. Das mußte ein Alptraum sein, dachte Carson. Aber er wußte, daß es keiner war.

Es war zu wahnsinnig, zu unmöglich, um irgend etwas anderes als Wirklichkeit zu sein. Er wagte es nicht, die Frage – *welche*? zu stellen, aber seine Gedanken fragten für ihn.

›Die stärkere soll überleben‹, sagte die Stimme. *›Das kann ich nicht und will ich nicht ändern. Ich greife nur ein, um einen vollständigen Sieg und nicht einen –‹* wieder

das Suchen – ›*einen Pyrrhussieg einer gebrochenen Rasse sicherzustellen. Von den äußersten Rändern der noch nicht begonnenen Schlacht holte ich mir zwei Einzelwesen, dich und einen Außerweltler. Ich ersehe aus deinem Geist, daß in der frühen Geschichte eurer Nationalismen Zweikämpfe von erwählten Streitern zur Entscheidung von Konflikten zwischen Rassen nicht unbekannt waren. Du und dein Gegner, ihr seid hier gegeneinandergestellt, nackt und unbewaffnet und unter Bedingungen, die euch beiden gleichermaßen fremd und gleichermaßen unbekannt sind. Es gibt keine zeitliche Beschränkung, denn hier gibt es keine Zeit. Der Überlebende ist der Matador seiner Rasse. Seine Rasse überlebt.*‹

›Aber‹, Carsons Protest war zu verschwommen, um Ausdruck zu finden, doch die Stimme beantwortete ihn.

›*Es ist fair. Die Bedingungen sind dergestalt, daß der Zufall der Körperstärke den Ausgang nicht völlig entscheiden wird. Es gibt eine Trennwand. Du wirst begreifen. Geisteskraft und Mut werden wichtiger sein als Kraft. Besonders Tapferkeit, die den Willen zum Überleben darstellt.*‹

›Aber während das vor sich geht, werden die Flotten –‹

›*Nein. Du befindest dich in einem anderen Raum, in einer anderen Zeit. Denn solange du hier bist, steht die Zeit im Universum, das dir bekannt ist, still. Ich sehe, du fragst dich, ob dieser Ort Wirklichkeit besitzt. Ja und nein. So wie ich – für dein begrenztes Verständnis – wirklich bin und auch nicht. Meine Existenz ist eben geistig-seelischer und nicht körperlicher Natur. Du sahst mich als Planet, hättest mich aber ebensogut als Stäubchen oder als Sonne erblicken können. Für dich ist dieser Ort aber jetzt wirklich. Was du hier leidest, wird echtes Leid sein. Und wenn du hier stirbst, ist es ein echter Tod. In diesem Falle wird dein Tod auch den deiner Rasse bedeuten. Mehr brauchst du nicht zu wissen.‹*

Damit war die Stimme verstummt.

Wieder war er verlassen, aber nicht allein. Denn als Carson aufsah, erblickte er das rote Ding. Die rote Schrekkenskugel, die, wie er nun wußte, der Außerweltler war, rollte auf ihn zu.

Rollte.

Sie schien weder Arme noch Beine zu haben, die er hätte wahrnehmen können, keine Gesichtszüge. Sie rollte über den blauen Sand mit der fließenden Feinheit eines Quecksilbertropfens. Und vor ihr her kam auf irgendeine ihm unbegreifliche Weise eine lähmende Welle übelkeiterregenden, zum Brechen reizenden, grauenhaften Hasses.

Carson blickte gehetzt um sich. Ein Stein, der in Reichweite im Sande lag, kam am ehesten einer Waffe gleich. Er war nicht groß, aber er besaß scharfe Kanten wie eine Feuersteinplatte. Er sah aus wie ein Stück blauer Feuerstein. Er hob ihn auf und duckte sich in Erwartung des Angriffs. Der kam schnell, schneller, als er zu laufen vermochte. Es blieb ihm keine Zeit, sich ein Wie der Gegenwehr auszudenken, und überhaupt, wie konnte er den Kampf gegen ein Wesen planen, dessen Stärke, Eigenarten, Kampfweise er nicht kannte? In dieser schnellen, rollenden Bewegung sah es mehr denn je wie eine völlig geschlossene glatte Kugel aus.

Zehn Meter entfernt, fünf. Und dann stoppte es.

Das heißt, *es wurde gestoppt.* Unvermittelt flachte sich die ihm zugekehrte Seite ab, als ob es gegen eine unsichtbare Wand gerollt sei. Und es prallte, prallte tatsächlich ab.

Dann rollte es wieder voran, aber langsamer, vorsichtiger. Es stoppte wieder, an der gleichen Stelle. Versuchte es noch einmal, ein paar Meter weiter weg.

Es gab dort ein Hindernis irgendwelcher Art. Da ging Carson ein Licht auf. Jener Gedanke, den die Einheit, die sie beide hergebracht, in seinen Kopf projiziert hatte: *›– der Zufall der Körperstärke wird den Ausgang nicht völlig entscheiden. Es gibt eine Trennwand.‹*

Ein Kraftfeld natürlich. Nicht das Netzsche Feld, das die Erdwissenschaft kannte, denn das glühte und gab knisternde Laute. Dieses Feld sah und hörte man nicht.

Es war eine Wand, die von einer Seite der umgekehrten Halbkugel zur anderen reichte. Carson brauchte sich davon nicht selbst zu überzeugen. Der Roller besorgte das; er rollte seitwärts die Trennwand entlang und suchte eine Bresche in ihr, die es nicht gab.

Carson machte ein halbes Dutzend Schritte nach vorn und tastete mit der linken Hand vor sich her, bis er die Trennwand spürte. Sie fühlte sich glatt und elastisch an, mehr wie eine Gummiwand als eine Glaswand. Warm unter seiner Berührung, aber nicht wärmer als der Sand unter seinen Fußsohlen. Und vollkommen unsichtbar, auch aus nächster Nähe.

Er ließ den Stein fallen und drückte mit beiden Händen dagegen. Sie schien nachzugeben, aber nur um ein Geringes. Doch nicht mehr, auch wenn er mit seinem ganzen Gewicht dagegendrückte. Es fühlte sich an wie eine durch Stahl verstärkte Gummiwand. Begrenzte Elastizität und dann feste Resistenz.

Er stellte sich auf die Zehenspitzen und streckte sich, so hoch er konnte, doch die Wand war immer noch da.

Er sah, wie der Roller zurückkam, nachdem er die

eine Seitenwand der Arena erreicht hatte. Das Gefühl der Übelkeit traf Carson wieder, und er trat von der Trennwand zurück, als es ihn passierte. Es blieb nicht stehen.

Aber hörte die Trennwand am Boden auf? Carson kniete nieder und grub im Sand. Er war weich, leicht, und man konnte ohne viel Mühe darin graben. Sechzig bis siebzig Zentimeter tief unten war die Trennwand noch immer vorhanden. Der Roller kam wieder zurück. Offensichtlich konnte er auf keiner Seite einen Durchlaß finden.

›Es muß eine Möglichkeit geben, durchzukommen‹, dachte Carson. ›*Irgendeine Art*, wie wir aneinandergeraten können, sonst wäre dies ja sinnlos.‹ Aber nur keine Eile jetzt, das zu entdecken. Erst mußte noch etwas versucht werden. Der Roller war jetzt zurück und stoppte direkt ihm gegenüber, nur zwei Meter weit weg. Er schien ihn zu studieren, obwohl Carson um alles in der Welt keine äußeren Anzeichen von Sinnesorganen an dem Ding entdecken konnte. Nichts, das wie Augen oder Ohren oder auch nur wie ein Mund ausgesehen hätte. Es gab allerdings, wie er jetzt sah, eine Reihe von Kerben – vielleicht ein Dutzend insgesamt –, und er sah, wie plötzlich aus zwei Kerben zwei Fühler herauskamen und in den Sand fuhren, als wollten sie dessen Beschaffenheit prüfen. Fühler von zwei bis drei Zentimeter Dicke und vielleicht dreißig bis vierzig Zentimeter lang.

Aber die Fühler konnten in die Kerben eingezogen werden und blieben dort, wenn sie nicht benützt wurden. Sie waren eingezogen, wenn das Ding rollte, und schienen mit seiner Fortbewegungsart nichts zu tun zu haben. Diese schien, soweit Carson es beurteilen konnte, in einer gewissen Verlagerung – *wie* genau konnte er sich nicht einmal vorstellen – des Schwerpunktes zu bestehen.

Er schauderte, als er das Ding ansah. Es war fremd, äußerst fremd, entsetzlich anders als irgend etwas auf Erden oder irgendeine der Lebensformen, die man auf den übrigen Planeten des Sonnensystems fand. Instinktiv wußte er irgendwie, daß sein Geist so fremd war wie sein Körper.

Aber er mußte es versuchen. Wenn es überhaupt keine telepathischen Fähigkeiten besaß, so war der Versuch von vornherein zum Scheitern verurteilt, doch glaubte er, daß es solche Kräfte besaß. Es hatte jedenfalls vor einigen Minuten eine Übertragung von etwas Nichtkörperlichem stattgefunden, als es zuerst auf ihn losgerollt war. Eine fast greifbare Haßwelle.

Wenn es die auszustrahlen vermochte, konnte es vielleicht auch seine Gedanken lesen, jedenfalls hinreichend für Carsons Absicht. Absichtlich nahm Carson den Stein auf, der seine einzige Waffe gewesen war, warf ihn dann wieder in einer Verzichtsgeste hin und hob seine leere offene Hand vor sich.

Er sprach laut, da er wußte, daß das Aussprechen der Botschaft, obwohl sie selbst für das Lebewesen vor ihm bedeutungslos sein mußte, seine eigenen Gedanken vollständiger auf sie konzentrieren würde.

»Kann nicht Frieden zwischen uns sein?« sagte er, und seine Stimme klang fremd in der vollkommenen Stille. »Die Wesenheit, die uns hierher brachte, hat uns gesagt, was geschehen muß, wenn unsere Rassen miteinander kämpfen – Vernichtung der einen und Schwächung und Dekadenz der anderen. Der Ausgang der Schlacht zwischen ihnen, sagte die Wesenheit, hängt davon ab, was wir hier tun. Warum können wir uns nicht über einen ewigen Frieden einigen – deine Rasse beschränkt sich auf euer Milchstraßensystem, unsere auf unseres?«

Carson versuchte, seine Gedanken auszuschalten, um eine Antwort zu bekommen.

Die kam und warf ihn körperlich zurück. Er prallte buchstäblich ein paar Schritte in blankem Schrecken vor der Tiefe und Intensität des Hasses und der Mordlust zurück, die der Inhalt der roten Bilder waren, welche gegen ihn ausgestrahlt wurden. Nicht in artikulierten Worten – wie ihm die Gedanken der Wesenheit zugekommen waren –, sondern als Welle auf Welle wilder Gefühle. Einen Augenblick, der ihm eine Ewigkeit schien, hatte er gegen den geistigen Anprall dieses Hasses zu kämpfen, um seinen Geist zu befreien und die fremden Gedanken daraus zu vertreiben, die er in sich eingelassen hatte, als er seine eigenen Gedanken ausschaltete. Er hatte das Bedürfnis, sich zu übergeben.

Langsam klärte sich sein Geist wie der eines Menschen, der, aus einem Alptraum erwacht, das Angstgewebe wegfegt, aus dem der Traum gewoben war. Er atmete schwer und fühlte sich schwächer, aber er konnte denken.

Er stand da und studierte den Roller. Der hatte sich während des geistigen Zweikampfes, den er ums Haar gewonnen hätte, nicht bewegt. Nun rollte er ein, zwei Meter zur Seite, zum nächsten blauen Strauch. Drei Fühler schossen aus ihren Kerben und fingen an, das Gesträuch zu untersuchen.

»O. K.«, sagte Carson, »also Krieg.« Es gelang ihm ein trockenes Grinsen. »Wenn ich dich recht verstanden habe, ist der Frieden nichts für dich.« Und da er letzten Endes ein junger Mann war und dem Verlangen nach Dramatik

nicht widerstehen konnte, fügte er hinzu: »Auf Tod und Leben!«

Aber seine Stimme klang in dieser völligen Stille sehr einfältig, selbst in seinen eigenen Ohren. Es wurde ihm auch klar, daß dies ja ohnehin um Leben und Tod ging. Nicht nur für ihn oder für das rote Kugelwesen, das er nun in Gedanken als Roller bezeichnete, sondern jeweils für ihre ganze Rasse. Es bedeutete das Ende der menschlichen Rasse, wenn er versagte.

Dieser Gedanke ließ ihn plötzlich sehr demütig werden. Und mehr als das Denken war es das *Wissen*. Denn irgendwie, mit einem Wissen, das noch über dem Glauben stand, wußte er, daß die Wesenheit, die diesen Zweikampf veranstaltet hatte, die Wahrheit über ihre Absichten und Fähigkeiten sagte. Sie scherzte keineswegs. Die Zukunft der Menschheit hing von *ihm* ab. Es war fürchterlich, sich das zu sagen, und er zwang sich, an anderes zu denken. Er mußte sich auf die Situation konzentrieren, der er gegenüberstand.

Es mußte eine Möglichkeit geben, durch die Trennwand zu kommen oder durch die Wand hindurch zu töten. Geistig? Er hoffte, daß es nicht das allein war, denn der Roller besaß offenbar stärkere telepathische Kräfte als die primitiven, unterentwickelten der menschlichen Rasse, über die er selbst verfügte. Oder nicht?

Er war imstande gewesen, die Gedanken des Rollers aus seinem eigenen Geist fortzubekommen; konnte der Roller das mit seinen? Wenn die Kraft seiner Ausstrahlung stärker war, war dann nicht vielleicht dafür der Aufnahmemechanismus des Rollers verwundbarer? Carson starrte ihn an und versuchte, alle seine Gedanken auf ihn zu konzentrieren und ihn in ihren Brennpunkt zu bringen.

›*Stirb*‹, dachte er. ›*Du wirst sterben. Du stirbst. Du* –‹

Er versuchte Variationen und Gedankenbilder. Der Schweiß stand ihm auf der Stirn, und er merkte, wie er unter der Intensität der Anstrengung zitterte. Aber der Roller untersuchte weiter den Strauch, so völlig unberührt, als hätte Carson die Multiplikationstabelle hergesagt. *Das* taugte also nichts.

Carson fühlte sich durch die Hitze und die anstrengenden Konzentrationsbemühungen ein wenig schwach und schwindlig. Er setzte sich auf dem blauen Sand hin, um sich auszuruhen, und wandte seine ganze Aufmerksamkeit daran, den Roller zu beobachten und zu studieren. Vielleicht konnte er durch eingehendes Studium seine Stärke abschätzen und seine Schwächen entdecken; dazu anderes herausfinden, das gut zu wissen sein würde, sobald sich ein Kampf entspann.

Der Roller brach Zweige ab. Carson beobachtete ihn sorgfältig und versuchte zu beurteilen, wie sehr er sich dabei anstrengte. Später, dachte er, konnte er auf seiner eigenen Seite einen ähnlichen Strauch finden, selbst Zweige von gleicher Stärke abbrechen und das Kräfteverhältnis zwischen seinen eigenen Armen und Händen und den Fühlern des Rollers abschätzen.

Die Zweige ließen sich nur schwer abbrechen; der Roller hatte, wie Carson sah, mit jedem seine Mühe. Jeder Fühler, nahm er wahr, lief vorne in zwei Finger aus, von denen jeder an der Spitze einen Nagel oder eine Kralle hatte. Die Krallen schienen nicht besonders lang oder gefährlich zu sein. Nicht anders als seine eigenen Fingernägel, wenn er sie ein wenig wachsen ließ.

Nein, im großen und ganzen schien es nicht allzuschwer zu sein, körperlich mit ihm fertig zu werden. Außer natürlich, der Strauch war aus besonders zähem Material. Carson blickte um sich, und ja, da war direkt in Reichweite genau ein solcher Strauch aus demselben Holz.

Er faßte danach und riß einen Zweig aus. Der war spröde und leicht zu brechen. Natürlich konnte sich der Roller absichtlich verstellt haben, aber er nahm das nicht an. Wo war er aber, andererseits, verwundbar? Wie würde er überhaupt vorgehen, wenn er die Chance bekam, ihn zu töten? Carson fing wieder an, ihn zu studieren. Das Fell sah ziemlich widerstandsfähig aus. Er würde irgendeine Art scharfer Waffe brauchen. Er hob wieder den scharfkantigen Stein auf, der ungefähr dreißig Zentimeter lang, schmal und an einem Ende ziemlich scharf war. Wenn er sich wie Feuerstein spalten ließ, konnte er ein brauchbares Messer daraus machen.

Der Roller untersuchte weiterhin die Büsche. Er rollte wieder, diesmal zum nächsten Strauch einer anderen Art. Eine kleine blaue Eidechse mit vielen Beinen, eine wie die, welche Carson auf seiner Seite der Trennwand gesehen hatte, schoß unter dem Gebüsch hervor. Ein Fühler des Rollers fuhr heraus, fing das Tier und hob es auf. Ein anderer Fühlerarm bog sich herüber und fing an, der Eidechse die Beine auszureißen, so kalt und ruhig, wie er die Zweige vom Strauch gerissen hatte. Das Tier wehrte sich aus Leibeskräften und stieß ein schrilles Gewinsel aus. Das war der erste Laut, den Carson hier außer seiner eigenen Stimme hörte.

Carson schauderte und wandte sich ab. Er wollte nicht mehr hinsehen. Aber er zwang sich dazu, weiter zu beobachten; was immer er über seinen Gegner erfuhr, konnte sich als wertvoll erweisen. Sogar dies Wissen um seine unnötige Grausamkeit. Besonders, dachte er in einer plötzlichen wilden Gefühlsaufwallung, dies Wissen um seine unnötige Grausamkeit. Das würde es zu einem Vergnügen machen, dieses Monstrum zu töten, wann auch die Chance dazu kam.

Eben aus diesem Grunde zwang er sich zur Härte, die nötig war, um bei der Verstümmelung der Eidechse zuzusehen.

Aber er fühlte sich erleichtert, als die Eidechse nach dem Verlust der Hälfte ihrer Beine das Winseln und Strampeln aufgab und schlaff und tot im Griff des Rollers lag. Er riß ihr die übrigen Beine nicht mehr aus. Verächtlich warf er die tote Eidechse von sich, in Carsons Richtung. Sie flog im Bogen durch die Luft zwischen ihnen und landete zu seinen Füßen.

Sie war durch die Trennwand gekommen! Es gab keine Trennwand mehr!

Carson war blitzschnell auf den Beinen, hielt das Steinmesser fest in der Hand und sprang vorwärts. Er mußte diese Angelegenheit auf der Stelle bereinigen! Die Trennwand war weg –

Aber sie war gar nicht weg. Er mußte für diese Erkenntnis Lehrgeld bezahlen. Als er mit dem Kopf voran hineinrannte, hätte er sich um ein Haar selbst betäubt. Er prallte zurück und fiel hin.

Als er sich aufsetzte und seinen Kopf schüttelte, um klar zu werden, sah er etwas durch die Luft auf sich zukommen. Um auszuweichen, warf er sich wieder mit einer Körperseite flach in den Sand. Er bekam den Körper aus dem Weg, aber er verspürte plötzlich einen scharfen Schmerz im Rist seines linken Beines.

Er rollte zurück, den Schmerz nicht beachtend, und rappelte sich hoch. Er sah nun, daß ihn ein Stein getroffen hatte. Und der Roller hob jetzt wieder einen auf, hielt ihn zwischen zwei Fühlerarmen und holte damit nach rückwärts aus, um wieder zu werfen.

Der Stein kam durch die Luft auf ihn zugeflogen, aber Carson war leicht imstande, seitlich auszuweichen. Der Roller konnte offensichtlich gerade werfen, aber weder scharf noch weit. Der erste Stein hatte ihn nur getroffen, weil er saß und ihn nicht kommen sah, bis er ihn schon fast traf.

Noch während er diesem schwachen zweiten Wurf auswich, hob Carson seinen rechten Arm und ließ den Stein fliegen, den er noch in der Hand hielt. ›Wenn Geschosse durch die Wand fliegen können‹, dachte er in plötzlicher Begeisterung, ›dann können sich zwei damit unterhalten, sie zu werfen. Und der gute rechte Arm eines Erdenmannes –‹

Er konnte eine Kugel von einem Meter Durchmesser auf drei bis vier Meter Distanz nicht verfehlen, und er verfehlte sie auch nicht. Der scharfkantige Stein sauste gerade und mit der vielfachen Geschwindigkeit dessen dahin, den der Roller geworfen hatte. Er traf ihn auch genau in der Mitte, aber leider flach, statt mit der Spitze.

Doch er traf mit dumpfem Aufschlag und schmerzte auch sichtlich. Der Roller hatte wieder nach einem Stein gegriffen, überlegte es sich nun aber und floh. Bis Carson wiederum einen Stein aufheben und werfen konnte, war er mehr als dreißig Meter von der Trennwand weg und noch in voller Bewegung.

Carsons zweiter Wurf ging etwa um einen Meter daneben, der dritte war zu kurz. Der Roller war wieder außer Reichweite – zumindest außer Reichweite eines Geschosses, das schwer genug war, um ihm Schaden zuzufügen.

Carson grinste. Die Runde war an ihn gegangen. Abgesehen von –

Er hörte auf zu grinsen, als er sich niederbeugte, um sich seinen Rist anzusehen. Eine gezackte Kante des Steins hatte ihm eine ziemlich tiefe Schnittwunde von mehreren Zentimeter Länge zugefügt. Die Wunde blutete ziemlich stark, aber er glaubte nicht, daß sie tief genug gegangen war, um eine Arterie zu verletzen. Wenn das Bluten von selbst aufhörte, schön und gut. Wenn nicht, ging's ihm schlecht. Allerdings war eine Erkenntnis wichtiger als die Wunde. Die über die Beschaffenheit der Trennwand. Er ging wieder hin zu ihr, tastete aber diesmal mit der Hand vor sich her. Er fand sie; lehnte sich dann mit der einen Hand dagegen, während er mit der anderen eine Handvoll Sand dagegen warf. Der Sand ging glatt durch, seine Hand aber nicht. Organische Materie gegen anorganische? Nein, denn die tote Eidechse war durchgegangen, und eine Eidechse war, lebend oder tot, sicherlich organisch. Und Pflanzen? Er riß einen Zweig ab und stieß mit ihm nach der Wand. Der Zweig ging ohne Widerstand durch, aber als seine Finger, die ihn hielten, die Wand berührten, stießen sie auf Widerstand.

Er konnte nicht durch und der Roller auch nicht. Aber Steine und Sand und eine tote Eidechse – und eine lebende Eidechse? Er ging unter den Sträuchern auf die Jagd, bis er eine fand und sie fing. Er warf sie sanft gegen die Wand. Sie prallte zurück und flitzte davon.

Das war die Antwort, soweit er es jetzt festzustellen vermochte. Die Wand war ein Hindernis für lebende Dinge. Tote oder anorganische Materie konnte sie durchdringen.

Als er das durchdacht hatte, sah sich Carson wieder sein

verletztes Bein an. Die Blutung ließ nach, was bedeutete, daß er sich wegen des Abbindens keine Sorge zu machen brauchte. Es wäre nur gut gewesen, Wasser zu finden, wenn es welches gab, um die Wunde zu reinigen.

Wasser – der Gedanke daran ließ ihm klarwerden, daß er fürchterlichen Durst zu leiden begann. Er *mußte* Wasser finden, falls sich herausstellen sollte, daß dieser Zweikampf ein langwieriger war.

Er hinkte jetzt leicht, als er aufbrach, um seine Hälfte der Arena im vollen Umkreis abzugehen. Sich selbst mit einer Hand an der Trennwand forttastend, hielt er nach rechts, bis er zur Biegung der Seitenwand kam. Sie war zu sehen, ein stumpfes Blaugrau aus der Nähe, doch ihre Oberfläche fühlte sich genauso an wie die Trennwand in der Mitte.

Er experimentierte, indem er eine Handvoll Sand dagegen warf, und der Sand traf auf und verschwand, wie er durchfiel. Auch der Halbkugeldom war ein Kraftfeld. Aber kein durchsichtiges wie die Trennwand.

Er ging weiter entlang bis zur Mittelwand und folgte dann dieser, bis er wieder an seinem Ausgangspunkt war.

Keine Spur von Wasser.

Nun schon in Sorge, machte er sich auf eine Reihe von Zickzackwegen zwischen der Mittel- und der Hemisphärenwand, wobei er den Raum dazwischen gründlich absuchte.

Kein Wasser, blauer Sand, blaue Sträucher und unerträgliche Hitze. Sonst nichts.

Es mußte seine Einbildungskraft sein, sagte er sich ärgerlich, die ihn *so* sehr unter Durst leiden ließ. Wie lange war er nun schon da? Nach seinem eigenen Weltraumzeitsystem natürlich nicht einmal eine Minute. Die Wesenheit hatte ihm gesagt, daß die Zeit draußen stillstand, solange er da war. Aber seine körperlichen Vorgänge gingen hier nichtsdestotrotz weiter. Wie lange war er also nach seinem Körpergefühl hier? Drei oder vier Stunden vielleicht. Gewiß nicht lange genug, um ernstlich unter Durst zu leiden. Aber er litt daran; seine Kehle war trocken und ausgedörrt. Ursache war vermutlich die intensive Hitze. Es war *heiß*! An die sechzig Grad, schätzungsweise. Eine trokkene, bleierne Hitze ohne das geringste Lüftchen.

Er hinkte ziemlich stark und war völlig ausgegeben, als er die vergebliche Erkundung seiner Domäne beendet hatte.

Er starrte hinüber auf den bewegungslosen Roller und hoffte, daß sich der so elend befand wie er selbst. Und möglicherweise behagte dem das ja auch nicht. Die Wesenheit hatte gesagt, daß die Lebensbedingungen für jeden von ihnen gleich ungewohnt und gleich unbequem waren. Vielleicht kam der Roller von einem Planeten, wo eine Hitze von mehr als neunzig Grad das Normale war. Vielleicht fror das Monstrum, während er briet.

Vielleicht war auch die Luft viel zu dick für den Roller, während sie für ihn zu dünn war. Denn er rang durch die Anstrengungen seiner Erkundung nach Luft. Die Luft war hier fast so dünn wie auf dem Mars, wurde ihm klar.

Kein Wasser. Das bedeutete für ihn auf jeden Fall, daß er nicht unbegrenzt bleiben konnte. Fand er keine Möglichkeit, die Trennwand zu durchdringen oder seinen Feind von dieser Seite aus zu töten, so würde er schließlich verdursten.

Das verlieh ihm ein Gefühl verzweifelter Dringlichkeit. Er *mußte* sich beeilen. Aber er zwang sich, sich einen Augenblick hinzusetzen, um zu rasten und nachzudenken.

Was war da zu tun? Nichts, und doch so vieles. Da waren zum Beispiel die verschiedenen Straucharten. Sie sahen nicht vielversprechend aus, aber er mußte sie auf ihre Möglichkeiten hin überprüfen. Und sein Bein – er mußte wegen seines Beines etwas unternehmen, auch wenn es kein Wasser gab, um die Wunde zu reinigen. Er mußte Steinmunition sammeln. Einen Stein finden, aus dem sich ein gutes Messer machen ließ.

Sein Bein schmerzte nun ziemlich stark, und er entschied, daß das zuerst kommen mußte. Eine Art von Gesträuch hatte Blätter – oder etwas, das Blättern ziemlich gleichkam. Er riß eine Handvoll davon ab und beschloß, nachdem er sie untersucht hatte, einen Versuch damit zu wagen. Er benützte sie dazu, Sand, Schmutz und verkrustetes Blut fortzuwischen, machte dann eine Packung frischer Blätter und band sie mit Schößlingen vom gleichen Strauch über die Wunde.

Die Schößlinge erwiesen sich als unerwartet zäh und stark. Sie waren dünn, sanft und biegsam, aber er vermochte sie dennoch auch mit größter Mühe nicht abzureißen. Er mußte sie mit der scharfen Kante eines Stücks von dem blauen Feuerstein heruntersägen. Einige von den stärkeren Ruten waren mehr als dreißig Zentimeter lang, und er vermerkte in seinem Gedächtnis für künftigen Gebrauch die Tatsache, daß ein Bündel der dicken Ruten zusammengebunden ein ganz brauchbares Seil ergeben würde. Vielleicht würde ihm etwas einfallen, wozu er ein Seil gebrauchen konnte. Als nächstes machte er sich ein Messer. Der blaue Feuerstein ließ sich tatsächlich spalten. Aus einem etwa dreißig Zentimeter langen Spaltstück machte er sich eine primitive, aber tödliche Waffe. Und aus den Ruten des Strauches drehte er sich einen Gürtelstrick, in den er das Feuersteinmesser stecken konnte, um es allezeit bei sich und doch die Hände frei zu haben.

Er fing wieder an, die Sträucher zu untersuchen. Es gab drei andere Arten. Einer hatte keine Blätter, er war trocken und spröde. Ein anderer hatte weiches, bröselndes Holz, fast wie Feuerschwamm. Es sah aus, als ob er ausgezeichneten Zunder zum Feuermachen liefern würde, und fühlte sich auch so an. Die dritte Art kam am meisten unserem Holz gleich. Sie hatte zarte Blätter, die vom bloßen Anfassen welkten, aber die Zweige, obzwar kurz, waren gerade und stark.

Es war schrecklich, unerträglich heiß.

Er hinkte zur Zwischenwand hin und vergewisserte sich durch Betasten, daß sie noch da war. Sie war's.

Er stand da und beobachtete den Roller eine Weile. Der hielt sich in sicherer Entfernung von der Zwischenwand auf, außerhalb der tatsächlichen Steinwurfweite. Er schoß dort hinten herum, mit etwas beschäftigt. Carson konnte nicht sagen, was es war.

Einmal hörte der Roller auf, herumzuflitzen, kam ein wenig näher und schien sich auf Carson zu konzentrieren. Wieder hatte Carson eine Welle der Übelkeit abzuwehren. Er warf einen Stein nach dem Roller, der sich daraufhin zurückzog und sich wieder an das machte, womit er vorher beschäftigt gewesen war. Wenigstens konnte er ihn jetzt dazu bringen, auf Distanz zu bleiben.

›Und‹, dachte er bitter, ›*das* half ihm auch besonders viel.‹ Nichtsdestoweniger verbrachte er die nächsten ein oder zwei Stunden damit, Steine von geeigneter Größe zum Werfen zusammenzutragen und sie in mehreren Haufen nahe der Trennwand säuberlich aufzustapeln.

Seine Kehle brannte nun. Es fiel ihm schwer, an irgend etwas außer Wasser zu denken. Aber er *mußte* an andere Dinge denken. Wie er durch diese Wand durchkam, darunter oder darüber, und *an* diese rote Kugel, damit er sie töten konnte, bevor ihn dieser Ort der Hitze und des Durstes zuerst umbrachte.

Die Trennwand reichte an jeder Seite bis an die Halbkugelwand, aber wie hoch hinauf reichte sie und wie tief unter den Sand?

Gerade nur einen Augenblick lang war Carsons Geist zu unsicher, um einen Weg zu finden, auch nur eines davon festzustellen. Müßig saß er da im heißen Sand – erinnerte sich nicht, sich gesetzt zu haben – und beobachtete eine blaue Eidechse, die aus dem Schutz eines Strauches in den eines anderen kroch. Unter dem zweiten Strauch hervor äugte sie zu ihm heraus.

Carson grinste ihr zu. Vielleicht wurde er schon ein wenig groggy, denn er erinnerte sich plötzlich an die alte Geschichte von den Wüstenkolonisten auf dem Mars, nach einer älteren Wüstengeschichte, die auf der Erde spielt – ›Sehr bald fühlt man sich da so einsam, daß man sich dabei ertappt, wie man mit Eidechsen spricht, und gar nicht so lange nachher findet man, daß einem die Eidechsen antworten –‹

Er hätte sich natürlich darauf konzentrieren sollen, wie der Roller zu töten war, statt dessen aber grinste er die Eidechse an und sagte: »Hallo da!«

Die Eidechse lief ein paar Schritte auf ihn zu und sagte: »Hello!«

Carson war einen Augenblick verdattert, dann warf er den Kopf in den Nacken und brüllte vor Lachen. Er spürte dabei keine Schmerzen in der Kehle; er war doch nicht so durstig gewesen.

Warum nicht? Warum sollte die Wesenheit, die sich diesen Alptraum von einem Ort ausgesucht hatte, zu den anderen Fähigkeiten, die sie besaß, nicht auch über Humor verfügen? Sprechende Eidechsen, die in meiner eigenen Muttersprache antworten können, wenn ich zu ihnen rede – was für ein hübscher Einfall!

Er grinste die Eidechse an und sagte: »Komm doch her da.« Aber die Eidechse wandte sich um und lief, von Strauch zu Strauch schlüpfend, bis sie außer Sicht war.

Er hatte wieder Durst. Und er mußte einfach etwas tun. Er konnte diesen Kampf nicht für sich entscheiden, indem er hier saß und schwitzte und sich miserabel fühlte. Er mußte etwas *tun*. Aber was?

Durch die Trennwand kommen. Er konnte aber nicht durch – oder darüber hinweg. War er aber sicher, daß er nicht darunter durch konnte? Und überhaupt, fand man nicht manchmal durch Graben Wasser? Zwei Fliegen auf einen Schlag –

Nun schon unter Schmerzen hinkte Carson zur Trennwand und fing an zu graben, indem er den Sand mit beiden Händen Häufchen um Häufchen aufschaufelte. Es war eine langsame und harte Arbeit, denn der Sand rieselte an den Rändern wieder zurück, und je tiefer er kam, um so größer mußte das Loch im Durchmesser sein. Wie viele Stunden er dazu brauchte, wußte er nicht, doch in etwa ein Meter zwanzig Tiefe stieß er auf einen Untergrund. Auf trockenen Untergrund; keine Spur von Wasser.

Und das Kraftfeld reichte als Trennwand eindeutig bis auf diesen Grund. Keine Chance. Kein Wasser. Nichts.

Er kroch aus dem Loch heraus und lag stöhnend da und hob dann seinen Kopf, um hinüberzusehen und festzustellen, was der Roller trieb. Er mußte dort hinten etwas treiben.

Er trieb etwas. Er baute etwas aus den Ästen der Sträucher zusammen, das er mit Ruten verband. Ein Rahmenwerk von sonderbarer Form, etwas über einen Meter hoch und ungefähr viereckig. Um es besser zu sehen, kletterte Carson aus dem Loch und auf den Haufen Sand, den er aufgeworfen hatte und stand da und starrte. Es ragten zwei Hebel an dem hinteren Rahmen vor, von denen einer am Ende eine Art Schale aufwies. ›Scheint eine Art von Katapult zu sein‹, dachte Carson.

Da hob der Roller auch schon einen ansehnlichen Stein in die schalenförmige Vorrichtung. Einer von seinen Fühlerarmen bewegte den anderen Hebel eine Weile auf und nieder, und dann drehte er die Maschine leicht, wie um damit zu zielen, und der Hebel mit dem Stein schnellte hoch und nach vorn.

Der Stein flog im Bogen ein paar Meter über Carsons Kopf hinweg und so weit, daß er sich nicht zu ducken brauchte. Als er jedoch die Entfernung abschätzte, die der Stein zurückgelegt hatte, stieß er einen leisen Pfiff aus. Er konnte einen Stein von diesem Gewicht nicht mehr als halb so weit werfen. Und selbst wenn er sich in den Hintergrund seiner Hälfte zurückzog, befand er sich noch in Reichweite dieser Maschine, sofern sie der Roller fast an die Trennwand vorschob.

Ein zweiter Stein sauste über ihn hinweg. Nicht ganz so weit diesmal. Das Ding konnte gefährlich werden, sagte sich Carson. Vielleicht sollte er doch lieber etwas dagegen unternehmen.

Während er entlang der Trennwand von einer Seite zur anderen wechselte, damit sich das Katapult nicht auf ihn einschießen konnte, warf er ein Dutzend Steine dagegen. Aber er sah, daß dabei nichts herauskommen würde. Es mußten leichte Steine sein, sonst konnte er sie nicht so weit werfen. Und der Roller hatte auf diese Distanz keine Mühe, denen auszuweichen, die in seine Nähe kamen. Außerdem ermüdete Carsons Arm arg. Es schmerzte ihn vor bloßer Müdigkeit der ganze Körper.

Wenn er sich nur eine Weile hätte ausruhen können, ohne sich vor den Steinen ducken zu müssen, die vom Katapult in regelmäßigen Abständen von vielleicht dreißig Sekunden geflogen kamen! Er stolperte nach rückwärts in den hinteren Teil der Arena. Doch dann sah er, daß selbst das nutzlos war. Die Steinwürfe reichten auch bis dort hinten hin, nur daß sie dann in längeren Intervallen geflogen kamen, so als ob es da mehr Zeit in Anspruch nehmen würde, den Mechanismus des Katapults, welcher Art er auch sein mochte, aufzuwinden.

Müde schleppte er sich wieder zur Trennwand zurück. Mehrmals fiel er hin und konnte kaum wieder auf die Beine kommen, um weiterzugehen. Er war, wie er wußte, nahe der Grenze des für ihn Erträglichen. Dennoch wagte er es nicht, jetzt stehenzubleiben, sofern und solange er das Katapult nicht ausschalten konnte. Wenn er jetzt in Schlaf fiel, würde er nie wieder erwachen. Einer der Steine ließ in ihm den ersten Schimmer einer Idee aufblitzen. Dieser fiel nämlich auf einen der Steinhaufen, die er nahe der Trennwand als Munition zusammengetragen hatte, und schlug Funken.

Funken. Feuer. Der Urmensch hatte durch Funkenschlagen und mit dem trockenen, mehligen Holz solcher Sträucher als Zunder Feuer gemacht. Zum Glück war ein Strauch dieser Art in seiner Nähe. Er riß davon etwas ab, nahm es mit hinüber zu den Steinhaufen und schlug dann geduldig einen Stein gegen den anderen, bis ein Funke auf das schwammige Holz des Strauches übersprang. Es ging so rasch in Flammen auf, daß es ihm die Augenbrauen versengte, und war in Sekundenschnelle zu Asche verbrannt.

Aber er war jetzt auf die Idee gekommen, und in ein paar Minuten hatte er im Schutze des Sandhaufens, den er beim Ausheben der Grube vor ein oder zwei Stunden gemacht hatte, ein kleines Feuer brennen. Mit Gestrüpp, das wie Zunder brannte, hatte er es angefacht, mit langsamer brennendem Gesträuch unterhielt er eine ständige Flamme. Die zähen, an Draht gemahnenden Ruten brannten nicht leicht; so waren die Brander leicht zu machen und zu schleudern. Ein Bündel Ruten um einen kleinen Stein gebunden, damit das nötige Gewicht da war, eine Rutenschlinge als Schleuder.

Er stellte ein halbes Dutzend davon her, bevor er den ersten anzündete und warf. Er ging daneben, und der Roller trat einen raschen Rückzug an, wobei er das Katapult hinter sich herzog. Doch Carson hatte die anderen Feuerbrände bereit und warf sie rasch hintereinander. Der vierte verkeilte sich im Rahmenwerk des Katapults und erfüllte seinen Zweck. Der Roller versuchte verzweifelt, den um sich greifenden Brand mit Sandwürfen zu löschen, aber die Klauen an seinen Fühlerarmen vermochten jeweils nur einen Löffel voll Sand aufzunehmen, und so waren seine Bemühungen wirkungslos. Das Katapult brannte. Der Roller brachte sich vorm Feuer in Sicherheit und schien seine Aufmerksamkeit auf Carson zu konzentrieren. Und wieder spürte dieser die Welle von Haß und Übelkeit. Schwächer indessen; entweder verlor der Roller selbst an Kraft, oder aber Carson hatte gelernt, sich gegen den seelisch-geistigen Angriff zu schützen. Carson setzte ein angriffslustiges Gesicht auf und jagte dann den Roller durch einen Steinwurf in Deckung zurück. Von dort verzog sich das Ungetüm in den hinteren Teil seiner Arenahälfte, wo es wieder anfing, Buschwerk auszureißen. Vermutlich schickte es sich an, ein neues Katapult zu bauen.

Carson überprüfte zum hundertsten Mal, ob die Trennwand noch da war – und fand sich dann plötzlich im Sande sitzen, weil er zu schwach war, wieder aufzustehen. In seinem Bein war nun ein ständiges Klopfen, und die Durstqualen, die er litt, waren groß. All das verblaßte aber vor der äußersten körperlichen Erschöpfung, die seinen ganzen Körper lähmte. Und vor der Hitze.

›Die Hölle mußte so sein‹, dachte er. ›Die Hölle, an die die Alten geglaubt hatten.‹ Er kämpfte darum, wach zu bleiben, und doch schien das Wachbleiben vergeblich, es war ja nichts zu machen. Solange die Trennwand undurchdringlich und der Roller außer Reichweite blieb.

Aber es mußte einfach etwas geben. Er versuchte sich an Dinge zu erinnern, die er in Büchern über Archäologie gelesen hatte. Etwas über die Kampfmethoden, die man in einer Zeit verwendete, in der es noch kein Metall und keinen Kunststoff gegeben hatte. Das Steingeschoß, das zuerst gekommen war. Nun, das besaß er ja schon. Dessen einzige Verbesserung wäre das Katapult, wie es sich der Roller gemacht hatte. Aber mit den kurzen Holzstücken, die er sich von den Sträuchern holen konnte, keins länger als um dreißig Zentimeter herum – würde er nie imstande sein, sich eines zu bauen. Gewiß konnte er sich einen Mechanismus dafür ausdenken, aber er besaß nicht mehr die Kraft für eine Aufgabe, die Tage in Anspruch nehmen würde. Tage? Aber der Roller hatte doch ein Katapult gemacht. Befanden sie sich also bereits seit Tagen hier?

Dann fiel ihm ein, daß der Roller viele Fühlerarme besaß, mit denen er arbeiten und solche Arbeiten sicher schneller erledigen konnte als er selbst. Außerdem würde ein Katapult keine Entscheidung bringen. Er mußte sich etwas Besonderes einfallen lassen. Bogen und Pfeil? Nein; er hatte es einmal mit dem Bogenschießen versucht und kannte seine Ungeschicklichkeit im Umgang mit einem Bogen. Sogar mit dem auf Zielgenauigkeit konstruierten Stahlbogen eines modernen Sportlers. Mit einer so primitiven, zusammengestoppelten Ausrüstung, wie er sie sich hier machen konnte, war es zweifelhaft, ob er dieselbe Reichweite hatte wie mit einem Steinwurf, und er wußte auch, daß er damit nicht so gerade schießen konnte. Ein Speer? Nun ja, er konnte sich einen Speer machen. Der würde als Wurfwaffe auf jegliche Distanz nutzlos sein, sehr handlich jedoch im Nahkampf, wenn es je zu einem solchen kam.

Einen Speer zu machen, das würde ihn außerdem beschäftigen, es würde ihm helfen, seine Gedanken vor dem Abirren zu bewahren, wozu sie bereits neigten. Mitunter mußte er sie nun eine Weile sammeln, bevor er sich entsinnen konnte, weshalb er hier war und warum er den Roller töten mußte.

Zum Glück befand er sich noch immer neben einem der Steinhaufen. Er stocherte darin herum, bis er einen Stein fand, der ungefähr einer Speerspitze glich. Mit einem kleineren Stein fing er an, ihn zurechtzuhauen, wobei er die Seitenkanten recht scharf machte, so daß die Spitze, wenn sie einmal eingedrungen war, nicht mehr herausging.

›Wie eine Harpune? An diesem Einfall war etwas dran‹, dachte er. Eine Harpune war vielleicht besser als ein Speer für diesen irren Zweikampf. Wenn er sie dem

Roller einmal ins Fleisch bohren konnte und ein Seil daran befestigt hatte, so konnte er das Monster an die Trennwand heranholen, und die Steinklinge seines Messers – wenn schon nicht seine Hände – würde durch die Wand hindurchgehen.

Der Schaft kostete ihn größere Mühe als die Spitze. Er spaltete aber die stärksten Äste von vier Sträuchern, umwickelte sie mit dünnen, aber zähen Ruten und erhielt so einen starken Schaft, der ungefähr ein Meter zwanzig lang war. Die Steinspitze band er in einer dafür geschnittenen Kerbe am oberen Ende fest.

Es war ein primitiver, aber starker Speer.

Nun das Seil. Mit den zähen, dünnen Ruten drehte er sich eine sechs Meter lange Schnur. Sie war nicht schwer und sah nicht stark aus, aber er wußte, daß sie sein Gewicht und noch mehr aushalten würde. Er band ihr eines Ende an den Harpunenschaft und wand das andere mehrmals um sein rechtes Handgelenk. So würde er sie wenigstens wieder zurückziehen können, wenn er sie durch die Trennwand schleuderte und sein Ziel verfehlte. Dann, als er den letzten Knoten geknüpft hatte und es für ihn nichts mehr zu tun gab, waren die Hitze, die Müdigkeit, der Schmerz in seinem Bein und der fürchterliche Durst mit einemmal tausendfach ärger als zuvor.

Er versuchte aufzustehen, um zu sehen, was der Roller jetzt trieb, und entdeckte, daß er nicht aufstehen konnte. Beim dritten Versuch kam er bis auf die Knie und fiel dann wieder flach hin.

›Ich muß schlafen‹, dachte er. ›Wenn es jetzt zu einem Entscheidungskampf kommt, bin ich hilflos. Er könnte herankommen und mich umbringen, wenn er es wüßte. Ich muß wieder einen Teil meiner Kraft zurückgewinnen.‹

Langsam, schmerzvoll kroch er wieder von der Trennwand weg. Zehn Meter, zwanzig –

Das Schwirren von etwas, das dumpf im Sand neben ihm aufschlug, riß ihn aus einem verworrenen und fürchterlichen Traum in eine noch verworrenere und fürchterlichere Gegenwart, und er schlug seine Augen wieder zu dem strahlenden Blau über dem blauen Sand auf. Wie lange hatte er geschlafen? Eine Minute? Einen Tag? Ein zweiter Stein schlug näher auf und warf Sand auf ihn. Er schob die Arme unter den Leib und richtete sich zum Sitzen auf. Er wandte sich um und sah den Roller in zwanzig Meter Entfernung, an der Trennwand.

Er rollte hastig weg, als Carson sich aufsetzte, und er blieb erst stehen, als er so weit weg war, als es nur ging.

Er war zu früh eingeschlafen, wurde Carson klar, während er nämlich noch in Reichweite der Würfe des Rollers war. Als der ihn bewegungslos daliegen sah, hatte er es gewagt, an die Trennwand zu kommen, um nach ihm zu werfen. Zum Glück begriff er nicht, wie schwach Carson war, sonst wäre er dort geblieben und hätte noch weiter Steine geworfen.

Hatte er lange geschlafen? Es schien ihm nicht so, denn er fühlte sich noch genauso wie vorher. Ganz und gar nicht ausgeruht, nicht durstiger, nicht anders. Er fing wieder an zu kriechen und zwang sich diesmal, so weit es ging – nämlich bis auf einen Meter – an die farblos-undurchsichtige Außenhülle der Arena heran.

Dann entglitt wieder alles –

Als er erwachte, hatte sich nichts um ihn geändert, diesmal aber wußte er, daß er lange geschlafen hatte. Das erste, was ihm bewußt wurde, war seine Mundhöhle, die trocken und zusammengebacken war. Seine Zunge war angeschwollen.

Etwas stimmte nicht. Das wußte er, als er langsam zu vollem Bewußtsein zurückkehrte. Er war weniger müde, der Zustand äußerster Erschöpfung war vorüber. Das hatte der Schlaf bewirkt.

Aber er fühlte Schmerzen, quälende Schmerzen. Erst als er sich zu bewegen versuchte, wußte er, daß die Schmerzen von seinem Bein kamen. Er hob den Kopf und sah auf das Bein hinunter. Es war unterm Knie fürchterlich angeschwollen, und die Schwellung reichte sogar bis zum halben Oberschenkel herauf. Die Schößlinge, die er dazu benutzt hatte, um die schützende Blätterpackung festzubinden, schnitten nun tief in das geschwollene Fleisch.

Das Messer unter die einschneidende Verschnürung zu bringen, war ein Ding der Unmöglichkeit. Zum Glück befand sich der Knoten vorne auf dem Schienbein, wo die Ruten weniger einschnitten als anderswo. Nach einer fürchterlichen Anstrengung gelang es ihm, den Knoten aufzubringen. Ein Blick unter die Blätterpackung bestätigte seine ärgsten Befürchtungen. Infektion und Blutvergiftung, beides ziemlich arg und sich verschlimmernd. Ohne Medikamente, ohne Verbandsmaterial, ja sogar ohne Wasser konnte er dagegen überhaupt nichts unternehmen. Überhaupt nichts, außer sterben, sobald sich das Gift in seinem Blutkreislauf ausgebreitet hatte. Er wußte, daß es dann keine Hoffnung mehr gab, daß er dann verloren hatte. Und mit ihm die Menschheit. Wenn er hier starb, weit draußen im Universum, so wußte er, daß dann alle seine Freunde, jeder einzelne, ebenfalls starben. Und die Erde und die Planetenkolonien waren dann von roten, dahinrollenden fremden Außenweltlern bewohnt. Von Geschöpfen aus einem Alptraum, von Wesen ohne menschliche Eigenschaft, die zum Spaß Eidechsen auseinanderrissen.

Es war der Gedanke daran, der ihm den Mut verlieh, wiederum, fast blind vor Schmerz, zur Trennwand hinzukriechen. Aber er kroch nicht mehr auf Händen und Knien, sondern zog sich mit Händen und Armen auf dem Bauch dahin. Die Chance stand eins zu einer Million, daß er vielleicht noch etwas Kraft übrig hatte, wenn er dort anlangte, um seinen Harpunenspeer auch nur ein einziges Mal und mit tödlicher Wirkung zu werfen, wenn – eine zweite Eins-zu-einer-Million-Chance – auch der Roller zur Trennwand kam. Oder wenn die Trennwand überhaupt weg war.

Er schien Jahre zu brauchen, um hinzukommen. Die Trennwand war nicht weg. Sie war so undurchdringlich wie beim erstenmal, da er sie gespürt hatte. Und der Roller war nicht da. Auf seine Ellbogen gestützt, aufgerichtet, konnte er ihn im hinteren Teil seiner Arenahälfte sehen, wie er an einem hölzernen Rahmenwerk arbeitete, das ein halbfertiges Ebenbild des von Carson zerstörten Katapultes war. Das Monstrum bewegte sich jetzt langsam. Zweifellos war es auch geschwächt.

Aber Carson bezweifelte, daß es jemals dieses zweite Katapult benötigen würde. ›Ich werde tot sein‹, dachte er, ›bevor es fertig ist.‹

Wenn er das Monstrum an die Trennwand locken konnte, jetzt, solange er noch lebte ... Er fuchtelte mit dem Arm herum und versuchte zu schreien, aber seine ausgedörrte Kehle gab keinen Laut her.

Oder wenn er durch die Trennwand gelangen konnte –. Sein Geist mußte einen Augenblick ausgelassen haben, denn er fand sich mit beiden Fäusten gegen die Trennwand hämmernd und zwang sich aufzuhören. Er schloß die Augen und versuchte, sich zu beruhigen.

»Hello«, sagte die Stimme.

Es war ein kleines, dünnes Stimmchen. Es klang wie eine –

Er schlug die Augen auf und wandte den Kopf. Es war tatsächlich eine Eidechse.

›Geh weg‹, wollte Carson sagen. ›Geh weg; du bist nicht wirklich da oder du bist da, redest aber nicht wirklich. Ich bilde mir nur wieder Sachen ein.‹ Aber er konnte nicht reden; seine Kehle und seine Zunge waren vor Trokkenheit jenseits aller Sprache. Er schloß wieder die Augen.

»Wehtut«, sagte das Stimmchen. »Töt. Weh – töt. Komm!«

Er machte die Augen wieder auf. Die blaue zehnfüßige Eidechse war noch da. Sie lief ein kleines Stück entlang der Trennwand, kam zurück, lief wieder hin und zurück.

»Weh«, sagte sie. »Töt, komm!«

Wieder sauste sie fort und kam zurück. Offenbar wollte sie, daß ihr Carson entlang der Trennwand folge. Er schloß die Augen wieder. Das Stimmchen hörte nicht auf. Dieselben drei sinnlosen Worte. Jedesmal, wenn er die Augen öffnete, lief die Eidechse weg und kam wieder zurück.

»Weh. Töt. Komm.«

Carson stöhnte. Es war nicht an Ruhe zu denken, wenn er nicht dem verwünschten Ding folgte. Wie es das von ihm wollte.

Er kroch ihr nach. Ein anderer Laut, ein schrilles Winseln, traf auf sein Ohr und wurde lauter. Da lag etwas Zuckendes, Quiekendes im Sand. Etwas Kleines, Blaues, das wie eine Eidechse aussah und doch nicht so. Dann sah er, was es war – die Eidechse, der der Roller die Beine ausgerissen hatte, vor so langer Zeit. Aber sie war nicht tot; sie war wieder zu sich gekommen und zuckte und schrie in tiefstem Schmerz.

»Weh«, sagte die andere Eidechse. »Weh. Töten. Töten.«

Carson verstand. Er nahm sein Steinmesser und beendete die Qualen. Die lebendige Eidechse schoß pfeilschnell davon.

Carson kehrte zur Trennwand zurück. Er lehnte sich mit den Händen und mit dem Kopf dagegen und beobachtete den Roller, wie er weit hinten an seinem Katapult arbeitete.

›Ich könnte so weit kommen‹, dachte er, ›wenn ich durchkommen könnte. Wenn ich durchkäme, könnte ich ihn noch besiegen. Er sieht auch schwach aus. Ich könnte –‹

Und dann kam eine neue Reaktion düsterer Hoffnungslosigkeit. Der Schmerz lähmte seinen Willen, und er wünschte, er wäre tot. Er beneidete die Eidechse, die er gerade getötet hatte. Sie brauchte nicht weiterzuleben und zu leiden. Und er mußte es. Es konnte Stunden, ja Tage dauern, bevor er der Blutvergiftung erlag. Wenn er nur das Messer an sich selbst hätte anlegen können. Aber er wußte, daß er das nicht tun würde. Solange er noch am Leben war, gab es die einmillionste Chance ...

Er drückte und stieß mit den Handflächen gegen die Trennwand, und er nahm wahr, wie dünn und abgezehrt seine Arme nun waren. Er mußte wirklich schon eine lange Zeit hier sein, tagelang, um so dünn zu werden. Wie lange noch, bevor er starb? Wieviel Hitze, Durst und Schmerz konnte das Fleisch aushalten?

Einen Augenblick lang war er fast wieder hysterisch, und dann kam eine Zeit der tiefen inneren Ruhe und ein Gedanke, der ihn elektrisierte. Die Eidechse, die er gerade getötet hatte. *Sie war durch die Wand gekommen, noch lebend.* Sie war aus der Hälfte des Rollers gekommen; der Roller hatte ihr die Beine ausgerissen und sie dann verächtlich nach Carson geworfen, und sie war durch die Wand gekommen. Er hatte gemeint, weil sie tot war.

Aber sie war nicht tot gewesen; nur bewußtlos. Eine lebendige Eidechse konnte nicht durch die Wand, eine bewußtlose schon. Die Trennwand war demnach keine Trennwand für lebendes, wohl aber für bewußt lebendes Fleisch. Es war eine *geistig-seelische* Projektion, ein geistiges Abenteuer.

Und mit diesem Gedanken fing Carson an, die Wand entlangzukriechen, um so sein letztes, verzweifeltes Spiel zu wagen. Letzter Strohhalm einer verlorenen Hoffnung, an den sich nun ein Sterbender zu klammern wagte. Es hatte keinen Sinn, die Chancen abwägen zu wollen. Waren sie doch ohnehin unendlich nahe an Null, wenn er es nicht unternahm. Er kroch entlang der Trennwand zur ungefähr ein Meter zwanzig hohen Sanddüne, die er aufgeschaufelt hatte. Beim Versuch – wie viele Tage waren das nun her? –, unter der Trennwand durchzugraben oder auf Wasser zu stoßen. Dieser Hügel lag unmittelbar an der Trennwand, der äußere Abhang halb dieseits, halb jenseits der Wand.

Er nahm einen Stein vom Haufen daneben mit sich, als er auf den Sandhaufen – und auf der anderen Seite ein Stück hinunter – kletterte, so daß er gegen die Wand lag und sein Gewicht gegen diese drückte. Gab sie nach, so mußte er den restlichen Abhang hinunterrollen, ins feindliche Gebiet.

Er prüfte nach, ob das Messer sicher in seinem Rutenseilgürtel steckte, die Harpune in seiner linken Armbeuge war und ob das Sechsmeterseil daran und an seinem

Handgelenk befestigt war. Dann hob er mit seiner rechten Hand den Stein auf, den er sich selbst auf den Kopf sausen lassen mußte. Glück würde bei diesem Schlag dabeisein müssen; er mußte stark genug sein, um ihn zu betäuben, aber nicht so stark, daß er lange bewußtlos blieb.

Er hatte ein Gefühl, daß ihn der Roller beobachtete; daß er ihn sehen würde, wie er durch die Trennwand rollte – und daß er dann herkam, um die Lage zu erkunden. Er würde ihn für tot halten, hoffte Carson. Er glaubte, daß das Monster wahrscheinlich dieselben Schlüsse über die Art der Trennwand gezogen hatte wie er selbst. Aber es würde vorsichtig herankommen. Ihm, Carson, würde ein wenig Zeit bleiben ...

Er schlug zu.

Schmerz brachte ihn ins Bewußtsein zurück. Ein plötzlicher scharfer Schmerz in der Hüfte, der anders war, als der hämmernde Schmerz in seinem Kopf und in seinem Bein.

Aber er hatte, als er sich alles ausdachte, bevor er sich selbst niederschlug, eben diesen Schmerz erwartet, ja sogar darauf gehofft und sich gegen ein Erwachen mit einer plötzlichen Bewegung im voraus gewappnet. Er lag ruhig, machte aber die Augen nur einen Spalt weit auf und sah, daß er richtig geraten hatte. Der Roller kam näher. Er war etwa sechs Meter weit weg, und der Schmerz, der Carson geweckt hatte, kam von einem Stein, den das Monster geworfen, um zu sehen, ob er lebendig oder tot war. Er lag ruhig da. Das Monster kam näher, vier, fünf Meter weit weg blieb es wiederum stehen. Carson atmete kaum.

Soweit wie möglich dachte er an nichts, damit die Roller mit seinen telepathischen Fähigkeiten kein Bewußtsein in ihm wahrnahm. Da er sein Denken ausgeschaltet hatte, war der Anprall der Gedanken des Ungetüms auf Carson beinahe seelischer Mord.

Carson erfüllte blankes Entsetzen angesichts der extremen *Fremdheit,* des *Andersseins* dieser Gedanken. Dinge, die er fühlte, aber nicht verstehen konnte und die er niemals auszudrücken vermocht hätte, weil keine irdische Sprache Worte, kein irdischer Geist Vorstellungen besaß, die ihnen entsprochen hätten. Der Geist einer Spinne, dachte er, oder der Geist einer Gottesanbeterin oder einer Sandviper vom Mars, zur Intelligenz erhoben und in telepathische Verbindung mit einem Menschen gesetzt, wäre ein plump-gemütliches Ding im Vergleich dazu.

Er verstand nun, daß die Wesenheit recht gehabt hatte; Mensch oder Roller, das Universum hatte nicht Platz für beide. Weiter voneinander entfernt als Gott und Teufel, konnte zwischen ihnen niemals auch nur Gleichgewicht herrschen.

Näher. Carson wartete, bis das Monster fast auf Reichweite heran war, bis seine klauigen Fühlerarme nach ihm langten –

Aller Schmerz war nun vergessen. Er setzte sich jäh auf und schleuderte die Harpune mit aller Kraft, die ihm geblieben war. Oder wovon er meinte, daß sie ihm blieb; denn eine plötzlich äußerste Kraft durchflutete ihn zugleich mit einer unvermittelten Schmerzvergessenheit, die wie eine Nervenlähmung wirkte. Als der Roller, in den die Harpune tief eingedrungen war, wegrollte, versuchte Carson auf die Beine zu kommen, um ihn zu verfolgen. Aber er konnte nicht; er fiel hin, kroch aber weiter.

Das Seil spannte sich nun, und Carson wurde am Handgelenk fortgerissen. Das Monster zog ihn ein, zwei Meter weit und hielt dann inne. Carson kroch weiter und zog sich mit den Händen an den Roller heran. Der stand da, und seine zitternden Fühlerarme versuchten vergeblich, die Harpune aus seinem Leib zu ziehen. Er schien zu schaudern und zu beben, und dann mußte ihm klargeworden sein, daß er nicht entkommen konnte, denn er rollte zu Carson zurück, und seine klauigen Fühlerarme reckten sich gegen ihn.

Mit dem Steinmesser in der Hand ließ ihn Carson herankommen. Er stieß zu, wieder und wieder, während die fürchterlichen Klauen Haut, Fleisch und Muskel von seinem Körper rissen.

Er stach und säbelte, und am Ende rührte sich das Ungeheuer nicht mehr. Eine Glocke erklang, und er brauchte eine Weile, um festzustellen, wo er war und was es war, nachdem er die Augen aufgeschlagen hatte. Er war im Sitz seines Raumspähers festgeschnallt, und auf der Sichtscheibe vor ihm war nichts zu sehen als leerer Weltraum. Kein Außerweltler-Raumschiff und kein unmöglicher Planet.

Die Glocke war die Voranmeldung vom Kontaktschirm; jemand wollte von ihm, daß er den Empfänger auf Strom schalte. Reine Reflexbewegung setzte ihn instand, nach vorn zu langen und den Hebel umzulegen.

Branders Gesicht erschien auf dem Bildschirm. Das war der Kapitän der ›Magellan‹, des Mutterschiffes seiner Spähergruppe. Er war blaß, und seine schwarzen Augen glühten vor Erregung.

»›Magellan‹ an Carson«, sagte er militärisch knapp. »Zurück zur Einheit. Der Kampf ist vorüber. Wir haben gesiegt!«

Der Schirm war wieder leer. Brander verständigte die anderen Späher seines Kommandos.

Carson stellte langsam die Hebel auf Rückfahrt. Langsam, ungläubig schnallte er sich vom Sitz los und ging nach hinten zum Frischwasserbehälter. Aus irgendeinem Grund war er unglaublich durstig. Er trank sechs Gläser voll.

Er lehnte sich dort gegen die Wand und versuchte zu denken.

War es *wirklich* geschehen? Er war völlig wohlauf, gesund, unverletzt. Sein Durst war eher geistig-seelischer denn körperlicher Art; seine Kehle war nie trocken gewesen. Sein Bein –

Er zog das Hosenbein hoch und besah sich den Rist. Auf dem war eine lange weiße Narbe zu sehen, aber eine vollkommen verheilte. Die war vorher nicht dagewesen. Er öffnete den Reißverschluß vorn an seinem Hemd und sah, daß seine Brust und sein Bauch mit winzigen, beinahe unmerklichen, völlig verheilten Narben kreuz und quer übersät waren.

Es war wirklich geschehen.

Der Späher fuhr unter automatischer Kontrolle bereits in die Landeschleuse des Mutterschiffes ein. Die Kontakthaken hoben ihn in sein Startschloß, und einen Augenblick später zeigte ein Summerton an, daß die Schleuse unter Luft stand. Carson öffnete die Luke, stieg hinaus und ging durch die Doppeltür der Schleuse.

Er ging direkt zu Branders Büro, trat ein und salutierte. Brander sah noch immer wie betäubt aus. »Hei, Carson«, sagte er. »Sie haben was versäumt. Unerhörte Show!«

»Was ist geschehen, Sir?«

»Weiß es nicht genau. Wir feuerten eine Salve, und ihre ganze Flotte ging in Staub auf! Was immer es sein mochte, es sprang blitzschnell von Schiff zu Schiff über, sogar auf die, auf die wir gar nicht gezielt hatten, da sie sich außer Reichweite befanden. Die ganze Flotte löste sich vor unseren Augen in Nichts auf, und bei uns hatte kein Schiff auch nur einen Kratzer!

Wir können nicht einmal sagen, daß wir es gewesen sind. Muß irgendeine nichtstabile Komponente in ihrem Schiffsmetall gewesen sein, mit der unser Visierschuß eine Kettenreaktion auslöste. Mann Gottes, wie schade, daß Sie diese ganze Aufregung versäumt haben!«

Carson gelang es, zu grinsen. Es war ein krankes, gespenstisches Grinsen, denn er würde Tage brauchen, um über die innere Schockwirkung seines Erlebnisses hinwegzukommen. Aber der Captain beachtete ihn nicht und merkte nichts davon.

»Ja, Sir«, sagte er. Sein Hausverstand eher denn seine Bescheidenheit ließ ihn begreifen, daß er auf ewige Zeiten als der ärgste Lügner im Weltraum gebrandmarkt sein würde, wenn er jemals ein Wort mehr sagte: »Ja, Sir. Zu schade, daß ich die ganze Aufregung versäumte.«

Der Posten

Er war durchnäßt und voll Kot, er hatte Hunger, ihm war kalt, und er war fünfzigtausend Lichtjahre weit weg von zu Hause.

Eine sonderbare blaue Sonne gab hier Licht, und die Schwerkraft, das Zweifache dessen, woran er gewöhnt war, machte jede Bewegung zur Qual. Aber seit Zehntausenden von Jahren hatte sich an dieser Seite des Krieges nichts geändert. Die Knaben von der Luftwaffe mit ihren schnittigen Raumschiffen und ihren Superwaffen, die hatten es prima. Wenn es hart auf hart ging, natürlich, da war es noch immer der Landser, die Infanterie, die den Boden erobern und halten mußte, jeden beschissenen Fußbreit Boden ... Wie diesen verdammten Planeten von einem Stern, von dem er nie etwas gehört hatte, bis sie ihn hier absetzten. Und jetzt war es auf einmal heiliger Boden, weil die *Fremden* auch da waren. Die einzige andere intelligente Rasse im Milchstraßensystem ... grausame, fürchterliche und abstoßende Monstren.

Es hatte nahe dem Zentrum der Milchstraße Feindberührung mit ihnen gegeben, nachdem mehr als tausend Planeten langsam und mühevoll erobert worden waren, und es war Krieg auf den ersten Blick. Sie schossen, ohne überhaupt Verhandlungen oder einen Friedensschluß zu versuchen.

Jetzt mußte es ausgekämpft werden, Planet um bitteren Planeten.

Er war durchnäßt und voll Kot, er hatte Hunger, ihm war kalt, und der Tag war rauh von einem schrillen Wind, der ihm in den Augen weh tat. Aber die Fremden versuchten einzudringen, und jeder Posten war lebenswichtig.

Er blieb wachsam und hatte sein Gewehr bereit. Fünfzigtausend Lichtjahre weg von zu Hause, kämpfte er auf einer fremdartigen Welt und fragte sich, ob er jemals ein Wiedersehen mit der Heimat erleben würde.

Und dann sah er einen von ihnen auf sich zukriechen. Er zielte und feuerte. Der Fremde gab diesen sonderbaren, fürchterlichen Laut von sich, den sie alle ausstoßen, und lag dann bewegungslos da.

Er schauderte bei dem Laut und beim Anblick des Fremden, der dort lag. Man hätte sich eigentlich nach einiger Zeit an sie gewöhnen müssen, aber ihm war es niemals möglich gewesen. An diese abstoßenden Geschöpfe mit nur zwei Armen und zwei Beinen, mit dieser totenbleichen weißen Haut und ganz ohne Schuppen.

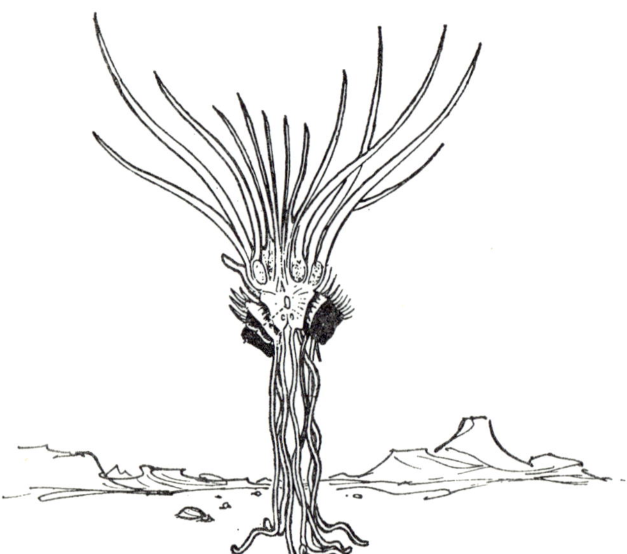

Ein Mann von Ruf

Da gab es also diesen Hanley, Al Hanley, und Sie würden wirklich nicht geglaubt haben, nach seinem Äußeren zu schließen, daß der jemals jemand Besonderer sein würde. Und, in Kenntnis seiner Lebensgeschichte bis zu dem Tage, an dem die Tort-enier kamen, würden Sie überdies niemals erraten, wie dankbar Sie diesem Al Hanley – nach dem Lesen dieser Story – sein werden, jawohl.

Als es geschah, war Hanley betrunken. Nicht, daß das etwas Ungewöhnliches gewesen wäre – er war schon lange betrunken, und er setzte seinen Ehrgeiz darein, in diesem Zustand zu verharren, obwohl er das Stadium erreicht hatte, in dem das schwere Mühe bedeutete. Es war ihm nämlich das Geld ausgegangen. Dann die Freunde, von denen er etwas borgen konnte. Er hatte seine Bekanntenliste von oben angefangen bis zu dem Punkt durchgeackert, wo er sich glücklich schätzte, wenn er im Durchschnitt fünfundzwanzig Cent pro Kopf bekam.

Ja, er hatte die traurige Phase erreicht, wo er kilometerweit zu Fuß gehen mußte, um jemanden zu erblicken, den er flüchtig kannte, damit er versuchen konnte, von so einem einen Dollar oder fünfundzwanzig Cent zu pumpen. Der lange Fußmarsch hob gewöhnlich die Wirkung des letzten Drinks wieder auf – nun ja, nicht völlig, aber immerhin etwas –, so daß er sich dem Dilemma von Alice im Wunderland ausgesetzt sah, als sie bei der schwarzen Königin war und so schnell laufen mußte, wie sie nur konnte, um am selben Fleck zu bleiben.

Und Freunde am Rockaufschlag zu erwischen, das ging nicht mehr, weil die Polente jetzt damit aufräumte, und wenn Hanley das versuchte, wie gesagt, so mußte es damit enden, daß er eine Nacht auf dem trockenen im Knast verbrachte, was wirklich sehr arg gewesen wäre. Er befand sich nämlich jetzt in der Phase, wo zwölf Stunden ohne was zu trinken ihn in die ›bull horrors‹ versetzten, die im Vergleich zum Delirium tremens wie eine Windhose gegenüber einem Zephyr-Säuseln sind. D. T., das ist nur Halluzination. Wer schlau ist, weiß, daß es gar nicht vorhanden ist. Manchesmal ist das sogar wie Gesellschaft, wenn einem diese Art von Gesellschaft erwünscht ist. Aber die ›bull horrors‹ sind eben die ›bull horrors‹. Dazu gehört mehr Saufen, als die meisten vertragen, damit man sie kriegt. Sie stellen sich übrigens nur dann ein, wenn einer, der länger betrunken war, als er sich dessen noch entsinnen kann, plötzlich und vollkommen des Trunkes beraubt wird, wie zum Beispiel, wenn er im Gefängnis sitzt.

Beim bloßen Gedanken an diese fürchterliche Möglichkeit schüttelte es Hanley. Schüttelte er besonders heftig die Hand eines alten Freundes, eines Busenfreundes, dem er nur ein paarmal in seinem Leben begegnet war, und dann unter nicht zu günstigen Umständen. Des alten Freundes Name war Kid Eggleston, und er war ein ziemlich großer, aber ziemlich zerdroschener Exboxer, der in letzter Zeit Hinausschmeißer in einer Spelunke gewesen war, wo ihn Hanley natürlich kennengelernt hatte.

Aber Sie brauchen sich nicht darauf zu konzentrieren, sei es, seinen Namen, sei es, seine Geschichte im Gedächtnis zu behalten, denn er wird es nicht sehr lange machen, was diese Story betrifft. Tatsächlich wird er in genau anderthalb Minuten einen Schrei ausstoßen, und wir werden nie mehr von ihm hören.

Doch lassen Sie mich en passant erwähnen, daß Sie, falls Kid Eggleston *nicht* geschrien und das Bewußtsein verloren *hätte*, jetzt vielleicht nicht vorhanden und beim Lesen dieses wären. Sie würden möglicherweise unter einer grünen Sonne am Außenrand der Milchstraße sehr seltene Erze schürfen. Da Ihnen das gar nicht behagen würde, denken Sie bitte daran, daß es Hanley war, der Sie davor bewahrte und noch immer bewahrt. Seien Sie also nicht zu hart mit ihm. Wenn Drei und Neun den Kid geschnappt hätten, wäre alles ganz anders.

Drei und Neun stammten vom Planeten Tort-en, welches der zweite (und einzig bewohnbare) Planet des vorerwähnten grünen Sterns am Außenrand der Milchstraße ist. Drei und Neun war natürlich nicht ihr jeweils voller Name, denn die Namen der Tort-enier bestehen aus Zahlen. Dreis voller Name oder Zahl war 389, 057, 792, 869, 223. Oder das wäre er jedenfalls nach Übertragung ins Dezimalsystem gewesen.

Ich bin überzeugt davon, Sie werden mir vergeben, daß ich ihn Drei nenne und seinen Kollegen Neun und daß ich sie einander auf diese Art anreden lasse. Sie selbst würden mir das freilich *nicht* verzeihen. Ein Tort-enier redet den anderen immer bei seiner vollen Zahl an, und jegliche Abkürzung ist nicht nur unhöflich, sondern beleidigend. Tort-enier leben indessen viel länger als wir. Sie haben die Zeit dazu, ich nicht. In dem Augenblick also, in welchem Hanley dem Kid die Hand schüttelte, befanden sich Drei und Neun in ungefähr anderthalb Kilometer Entfernung von ihnen, aufwärts gerechnet. Sie saßen aber weder in einem Flugzeug noch auch nur in einem Raumschiff (und ganz gewiß nicht in einer fliegenden Untertasse. Sicher weiß ich, was fliegende Untertassen sind, aber fragen Sie mich danach irgendein anderes Mal. Im Augenblick möchte ich bei den Tort-eniern bleiben). Sie befanden sich in einem Raum-Kubus.

Ich nehme an, ich werde das erklären müssen. Die Tort-enier haben entdeckt – wie wir vielleicht eines Tages entdecken werden –, daß Einstein recht gehabt hat. Die Materie kann sich nämlich nicht schneller als mit Lichtgeschwindigkeit fortbewegen, ohne sich in Energie zu verwandeln. Und Sie würden sich doch nicht gerne in Energie verwandeln – oder? Die Tort-enier auch nicht, als sie zu ihrer Erforschung der Milchstraße aufbrachen.

Daher stellten sie fest, daß man sich tatsächlich schneller als mit Lichtgeschwindigkeit fortbewegen kann, wenn man sich gleichzeitig durch die Zeit bewegt. Freilich eher durch das Zeit-Raum-Kontinuum, heißt das, als durch den Raum selbst. Ihre Reise von Tort-en erstreckte sich über eine Entfernung von hundertdreiundsechzigtausend Lichtjahren. Da sie aber zur gleichen Zeit in die vergangenen tausendsechshundertdreißig Jahrhunderte zurückreisten, war für sie die abgelaufene Reisezeit gleich Null. Bei ihrer Rückkehr waren sie tausendsechshundertdreißig Jahrhunderte in die Zukunft gereist und wieder an ihren Ausgangspunkt in das Raum-Zeit-Kontinuum gekommen. Sie verstehen, was ich meine.

Wie dem auch sei, da war nun dieser Kubus, für irdische Augen unsichtbar, anderthalb Kilometer über Philadelphia (und fragen Sie mich nicht, warum sie auf Philadelphia verfielen – ich habe keine Ahnung, weshalb irgendwer für irgendwas auf Philadelphia verfallen sollte). Er hing dort vier Tage lang, während Drei und Neun Radiosendungen auffingen und studierten, bis sie imstande waren, die vorherrschende Sprache zu sprechen und zu verstehen. Nicht, natürlich, auch nur irgendwas im Hinblick auf unsere Kulturstufe, wie sie ist, und über unsere Gebräuche, wie sie nun einmal sind. Denn können Sie sich vorstellen, daß sich jemand ein Bild vom Leben der Erdbewohner zu machen sucht, indem er einer Mischung aus Werbequiz, Reklame-Opernparodien, Bauchrednern und dem Lone Ranger zuhört?

Nicht, daß sie sich wirklich um das Wesen unserer Zivilisation gekümmert hätten, solange sie nicht entwickelt genug war, um für sie irgendeine Gefahr zu bedeuten – und davon waren sie nach Ablauf von vier Tagen so ziemlich überzeugt. Sie können ihnen ob dieses Eindrucks keinen Vorwurf machen, und er stimmte ohnehin.

»Sollen wir landen?« fragte Drei Neun.

»Ja«, sagte Neun zu Drei. Drei wand sich um die Steuereinrichtung.

»... klar, und ich hab dich boxen gesehen«, sagte Hanley gerade. »Und du bist gut gewesen, Kid. Du mußt einen schlechten Manager gehabt haben oder du wärst ganz hinaufgekommen. Du hast das Zeug dazu gehabt. Wie wär's, wenn wir uns miteinander einen genehmigen, um die Ecke?«

»Auf wem seine Rechnung, Hanley?«

»Well, momentan bin ich ein bissel schlecht bei Kasse, Kid. Aber ich brauch unbedingt einen Drink. Wegen der alten Zeiten –«

»Du brauchst einen Drink wie ich ein Loch im Kopf. Du bist schon besoffen. Schau lieber, daß du nüchtern wirst, bevor du 's Delirium tremens kriegst.«

»Hab ich schon«, sagte Hanley. »Kann mich nicht beeindrucken. Schau nur, da kommt ja schon was, hinter dir.«

Unlogischerweise wandte sich Kid Eggleston um und schaute. Er stieß einen Schrei aus und verlor das Bewußtsein. Drei und Neun kamen heran. Hinter ihnen befand sich der schattenhafte Umriß eines ungeheuren Kubus von etwa sieben Meter Seitenlänge. Die Art, wie er da war und doch nicht da war, war ein wenig furchterregend. Das mußte es gewesen sein, was dem Kid Angst eingejagt hatte.

Es war nichts Furchterregendes an Drei und Neun. Sie waren wurmartig, ungefähr fünf Meter lang (ausgestreckt) und etwa dreißig Zentimeter stark in der Mitte, wobei sie an beiden Enden dünner wurden. Sie waren von angenehm hellblauer Farbe und besaßen keine sichtbaren Sinnesorgane, so daß man nicht sagen konnte, welches Ende welches war – und das spielte nicht wirklich eine Rolle, denn beide Enden waren ohnehin genau gleich.

Und obwohl sie auf Hanley und den nun daliegenden Kid zukamen, gab es weder ein Vorder- noch ein Hinterende. Sie befanden sich in ihrer gewöhnlichen Spiralenlage und schwebten.

»Heia, boys«, sagte Hanley. »Ihr habt meinem Freund einen Schrecken eingejagt, der Teufel soll euch holen! Der hätte mir einen Drink spendiert, nach einigen guten Lehren. Also schuldet ihr mir einen.«

»Reaktion unlogisch«, sagte Drei zu Neun. »Genauso wie bei dem anderen Exemplar. Nehmen wir beide?«

»Nein. Der andere, obzwar größer, ist offensichtlich ein Schwächling. Und ein Exemplar wird genügen. Komm.«

Hanley trat einen Schritt zurück. »Wenn ihr mir einen Drink kauft, okay. Sonst will ich wissen: wohin?«

»Tort-en.«

»Sie meinen, wir gehen von da nach dorten? Hern's,

P.N.

lieber Herr, ih geh überhaupt nirgends net hin, wenn's ma net was z' trinken kaufen.«

»Verstehst du ihn?« fragte Neun Drei. Drei wackelte mit einem Ende verneinend. »Sollen wir ihn mit Gewalt mitnehmen?«

»Nicht, wenn er freiwillig mitkommt. Gehst du freiwillig mit in den Kubus, Wesen?«

»Gibt's einen Drink, dort drinnen?«

»Ja, geh bitte hinein.«

Hanley ging zum Kubus und stieg hinein. Nicht, daß er vielleicht glaubte, der wäre wirklich da, natürlich, aber was hatte er schon zu verlieren? Wenn man einmal das Delirium tremens hatte, so war es das beste, man erhielt es bei Laune. Der Kubus war von fester Struktur, ganz und gar nicht amorph oder auch nur so, daß man von innen hinausgesehen hätte. Drei schlang sich um das Steuer und handhabte feine Mechanismen mit beiden Enden.

»Wir befinden uns im Zwischenweltraum«, sagte er zu Neun. »Ich schlage vor, wir bleiben hier, bis wir dieses Exemplar genauer untersucht haben und einen Bericht darüber durchgeben können, ob es für unsere Zwecke geeignet ist.«

»Hey, boys, was ist mit diesem Drink?« Hanley fing an, sich Sorgen zu machen. Seine Hände begannen zu zittern, und Spinnen krochen innen an seinem Rückgrat auf und ab.

»Er scheint zu leiden«, sagte Neun. »Vielleicht an Hunger oder Durst. Was trinken diese Wesen? Wasserstoffsuperoxyd wie wir?«

»Der größte Teil der Oberfläche ihres Planeten scheint mit Wasser bedeckt zu sein, in welchem Kochsalz vorhanden ist. Sollen wir welches synthetisch herstellen?«

Hanley plärrte: »Nein! Nicht einmal Wasser *ohne* Salz. Ich will Alkohol! Whisky!«

»Soll ich seinen Stoffwechsel analysieren?« fragte Drei. »Mit dem Intrafluoroskop geht es in einer Sekunde.« Er löste sich aus dem Steuer und ging an eine sonderbare Maschine. Lämpchen flammten auf und verlöschten wieder. Drei sagte: »Wie seltsam. Sein Stoffwechsel beruht auf C_2H_5OH.«

»C_2H_5OH?«

»Ja, Alkohol – wenigstens als Grundlage. Mit einer gewissen Verdünnung durch H_2O und ohne das Kochsalz, das in ihren Meeren vorhanden ist, sowohl als verschwindend geringen Dosen an anderen Beimengungen. Das scheint alles zu sein, was er zumindest durch einen längeren Zeitabschnitt hindurch zu sich genommen hat. Er hat zweihundertvierunddreißig Promille im Blut und im Gehirn. Sein gesamter Stoffwechsel scheint darauf zu beruhen.«

»Leutln«, bettelte Hanley. »Ich *stirb* für was zum Trinken. Hört's doch auf mit dem Schmäh und gebt's mir was.«

»Warte, bitte«, sagte Neun. »Ich werde dir machen, was du verlangst. Ich werde den Nonius am Intrafluoroskop benützen und den Psychometer dazu.« Weitere Lichter flammten auf und erloschen wieder, und Neun ging in eine Ecke des Kubus, in der sich ein Labor befand. Dort geschah allerhand, und in weniger als einer Minute war er wieder zurück. Er trug ein großes Glas, das ungefähr zwei Liter einer klaren bernsteinfarbenen Flüssigkeit enthielt.

Hanley schnüffelte daran und nippte dann. Seufzte. »Mich trifft der Schlag«, sagte er. »Das ist *Usquebaugh**, der Göttertrank. Es gibt einfach nichts Besseres zu trin-

* irisch-keltisch für Whisky.

ken.« Er trank in tiefen Zügen, und es brannte ihn nicht einmal in der Kehle.

»Was ist es, Neun?« fragte Drei.

»Eine ziemlich komplizierte Formel, die genau seinen Bedürfnissen entspricht. Es besteht aus fünfzig Prozent Alkohol und fünfundzwanzig Prozent Wasser. Die übrigen Bestandteile sind beträchtlich an der Zahl; sie umfassen jedes Vitamin und Mineral, das sein Organismus benötigt, in entsprechendem Verhältnis und völlig geschmacklos. Dazu andere Bestandteile in Spuren zur Geschmacksverbesserung – wie er es gewohnt ist. Uns würde es fürchterlich schmecken, selbst wenn wir Alkohol oder Wasser trinken könnten.«

Hanley seufzte und trank in tiefen Zügen. Er schwankte ein wenig. Er sah Drei an und grinste. »Jetzt *weiß* ich, daß ihr nicht da seid«, sagte er.

»Was meint er?« fragte Neun Drei.

»Seine Denkvorgänge scheinen vollkommen unlogisch. Ich bezweifle, ob seine Gattung brauchbare Sklaven abgeben würde. Aber wir werden uns natürlich vergewissern. Wie heißt du, Wesen?«

»Was ist schon ein Name, Kamerad?« fragte Hanley zurück. »Sag irgendwas zu mir. Ihr Burschen seid's meine bes'n Freunne. Ihr könnt's mich mitnehmen, wohin ihr wollt's und mir sagen, wenn wir dort-en sinn.«

Er machte einen tiefen Zug und legte sich auf den Boden. Sonderbare Laute gingen von ihm aus, aber weder Drei noch Neun konnten Worte darin erkennen. Es klang wie ›Zzzzz, glup – Zzzzz, glup – Zzzzz, glup‹. Sie versuchten ihn wachzurütteln, es gelang ihnen aber nicht. Sie beobachteten ihn und machten an Tests, was sich nur machen ließ. Er erwachte erst Stunden später, setzte sich auf, starrte sie an und sagte: »Ich glaub es nicht. Ihr seid nicht da. Um Gottes willen, gebt's mir schnell was zu trinken.«

Sie gaben ihm wieder das große Glas – Neun hatte es wieder bis zum Rande gefüllt. Hanley trank. Er schloß vor Seligkeit die Augen und sagte: »Weckt mich nicht auf.«

»Aber du bist ja wach.«

»Dann schläfert's mich nicht ein. Bin grad draufgekommen, was das ist. Ambrosia – das Zeug, was die Götter trinken.«

»Wer sind die Götter?«

»Es gibt keine. Aber das ist, was sie trinken. Im Olymp.«

Drei sagte: »Denkvorgang ganz unlogisch.«

Hanley hob das Glas und sagte: »Hier ist hier und Dorten ist Dorten, und niemals werden sich die Zwo treffen. Auf die Zwo.« Er trank.

Drei fragte: »Was ist ein Zwo?«

Hanley dachte darüber nach. »Ein Zwo ist ein Zoo, sowieso. Wir fahren drauf froh von da nach dorten.«

»Was weißt du über Tort-en?«

»Dorten gibt es so was wie euch nicht. Aber hier, auf euer Spezielles, boys.« Er trank wieder.

»Zu dumm, um für irgend etwas abgerichtet zu werden, außer für einfache körperliche Arbeit«, sagte Drei. »Aber wenn er genügend Energie und Ausdauer dafür mitbringt, so können wir immer noch einen Großangriff auf diesen Planeten empfehlen. Es gibt vermutlich drei oder vier Milliarden Bewohner darauf. Und wir können Hilfsarbeiter gebrauchen – drei bis vier Milliarden wären schon eine beträchtliche Hilfe für uns.«

»Hurrah«, rief Hanley.

»Es scheint, sein Koordinierungsvermögen ist nicht auf der Höhe«, sagte Drei nachdenklich. »Aber vielleicht ist seine Körperkraft beträchtlich. Wesen, wie sollen wir dich nennen?«

»Sagt Al zu mir, Burschen.« Hanley stand auf.

»Heißt du so, oder ist das der Name der Spezies? Ist das jedenfalls die volle Bezeichnung?«

Hanley lehnte sich gegen die Wand. Er überlegte. »Spezies«, lallte er. »Das ist – sagen wir Latein.« Er entschied sich für Latein.

»Wir möchten deine Energie und Ausdauer testen. Lauf von einer Seite dieses Kubus zur anderen hin und her, bis du müde wirst. Ich werde dir das Glas mit deiner Nahrung halten.«

Er nahm Hanley das Glas aus den Händen. Hanley faßte danach. »Noch einen Schluck. Noch ein klein' Schluck. Dann lauf ich für euch. Ich lauf heiß.«

»Vielleicht braucht er es«, sagte Drei. »Gib es ihm, Neun.«

Da es für eine Zeitlang der letzte sein konnte, machte Hanley einen großen Schluck. Dann winkte er fröhlich den vier Tort-eniern, die ihn anzusehen schienen. Und sagte: »Auf Wiedersehen beim Rennen, Burschen. Euch alle. Ihr müß' auf mich wetten. Sieg, Platz und Ferner-liefen. Noch ein klein' Schluck z'erst?«

Er bekam noch einen kleinen Schluck – wirklich einen kleinen diesmal – weniger als drei Deziliter.

»Genug«, sagte Drei. »Jetzt lauf.«

Hanley machte zwei Schritte und fiel flach aufs Gesicht. Er wälzte sich auf den Rücken und lag da, mit einem seligen Lächeln auf dem Antlitz.

»Unglaublich!« sagte Drei. »Vielleicht versucht er uns zum Narren zu halten. Untersuche ihn, Neun.«

Neun untersuchte ihn. »Unglaublich«, sagte er. »Wirklich unglaublich nach einer so geringen Anstrengung, aber er ist vollkommen bewußtlos – bis zu dem Grad, daß er schmerzunempfindlich ist. Und er schwindelt nicht. Sein Typ ist für Tort-en völlig nutzlos. Stelle den Kurs ein und dann kehren wir zurück. Wir nehmen ihn, entsprechend unserem Nebenauftrag, als Objekt für den Tiergarten mit. Es steht dafür, ihn dort zu haben. Körperlich ist er das sonderbarste Objekt, das wir auf irgendeinem von den mehreren Millionen Planeten entdeckt haben.«

Drei wand sich ums Steuer und benützte seine beiden Enden zur Bedienung der Maschinerie. Hundertdreiundsechzigtausend Lichtjahre und tausendsechshundertdreißig Jahrhunderte gingen vorüber und löschten einander so vollständig aus, daß weder Zeit noch Entfernung durchschritten worden zu sein schienen. In der Hauptstadt von Tort-en, die Tausende nützlicher Planeten regiert und Millionen nutzloser besucht hat, wie die Erde – bewohnt Al Hanley als ein wirklich untaugliches Objekt einen großen Glaskäfig, der auf einem Ehrenplatz aufgestellt ist.

In dessen Mitte ist ein Becken, aus dem er oft trinkt, und von dem man weiß, daß er darin badet. Es ist mit einem ständig sich darein ergießenden Getränk angefüllt, das über alle Vorzüglichkeit hinaus vorzüglich schmeckt und das sich zum besten Whisky auf Erden so verhält wie der beste Whisky auf Erden zu einem Badewannen-Gin aus einer schmutzigen Badewanne. Darüber hinaus ist es – ohne Nebengeschmack – mit jedem Vitamin und Mineral angereichert, das sein Stoffwechsel verlangt.

Es verursacht keinen Kater oder andere unangenehme Folgeerscheinungen. Es ist ein Getränk, das für Hanley solch eine Freude darstellt wie die erstaunliche Beschaffenheit

Hanleys für die Zoobesucher, die ihn voll Verwunderung anstarren. Worauf sie die Tafel an seinem Käfig lesen, die in einer Art von Latein seinen Gattungsnamen so darbietet, wie Al ihn Drei und Neun mitgeteilt hat:

»ANONYMUS ALCOHOLICUS

ernährt sich von C_2H_5OH, leicht mit Vitaminen und Mineralen angereichert. Gelegentlich brillant, aber völlig unlogisch. Kraft und Ausdauer: kann nur ein paar Schritte tun, ohne hinzufallen. Kommerziell vollkommen wertlos, aber ein faszinierendes Exemplar der seltsamsten Lebensform, die bisher im Milchstraßensystem entdeckt wurde. Bewohnt: Planet 3 der Sonne JX 6547 HG 908.«

So sonderbar ist er in der Tat, daß sie ihn einer Behandlung unterzogen, die ihn praktisch unsterblich macht. Und das ist gut so, denn er ist ein so interessantes zoologisches Exemplar, daß sie im Falle seines Todes wieder auf die Erde kommen könnten, ein zweites zu holen. Und sie könnten Sie oder mich erwischen – und Sie oder ich könnten, wie die Dinge liegen, zufällig gerade nüchtern sein. Und das wäre bös für uns alle.

Das Experiment

»Das ist die erste Zeitmaschine, meine Herren«, informierte Professor Johnson voll Stolz seine beiden Kollegen. »Um die Wahrheit zu sagen, es ist nur ein Versuchsmodell in kleinem Umfang. Man kann es nur für Gegenstände verwenden, die weniger wiegen als zwei Kilo und siebenhundertfünfzig Gramm, sowie für zeitliche Distanzen in Vergangenheit und Zukunft von bis zu zwölf Minuten. Aber es funktioniert.«

Das Modell in kleinem Umfang sah wie eine kleine Waage aus – wie eine Briefwaage –, mit Ausnahme zweier Drehknöpfe an der Basis.

Professor Johnson hielt einen kleinen Metallwürfel empor. »Unser Versuchsobjekt«, sagte er, »ist ein Bronzewürfel im Gewicht von ein Kilo achtzig. Zuerst werde ich ihn fünf Minuten in die Zukunft senden.«

Er beugte sich vor und stellte einen der Drehknöpfe an der Zeitmaschine ein. »Schauen Sie auf Ihre Uhren«, sagte er.

Sie sahen auf ihre Uhren. Professor Johnson legte den Würfel vorsichtig auf die Plattform der Maschine. Der Würfel verschwand.

Fünf Minuten später, auf die Sekunde, erschien er wieder.

Professor Johnson nahm ihn von der Plattform. »Nun fünf Minuten in die Vergangenheit.« Er stellte den anderen Drehknopf ein. Den Würfel in der Hand, sah er auf seine Uhr. »Es ist sechs vor drei. Ich werde nun den Mechanismus genau um drei Uhr in Gang setzen, indem ich den Würfel auf die Plattform lege. Der Würfel sollte deshalb um fünf vor drei aus meiner Hand verschwinden und – fünf Minuten bevor ich ihn dort hinlege – auf der Plattform wieder erscheinen.«

»Wie können Sie ihn dann dort hinlegen?« wollte einer seiner Kollegen wissen.

»Er wird beim Herannahen meiner Hand von der Plattform verschwinden und in meiner Hand auftauchen, damit ich ihn auf die Plattform legen kann.«

Der Würfel verschwand aus seiner Hand.

Er erschien auf der Plattform der Zeitmaschine wieder. »Haben Sie gesehen? Fünf Minuten bevor ich ihn dorthin lege, *ist* er bereits dort!«

Der andere Kollege runzelte die Stirn. »Aber«, meinte er, »was geschieht, wenn Sie es sich überlegen? Wenn Sie ihn – jetzt, da der Würfel bereits da ist, fünf Minuten bevor Sie ihn hinlegen – *nicht* um drei Uhr hinlegen? Würde das nicht eine Art von Paradox ergeben?«

»Das ist ein interessanter Gedanke«, sagte Professor Johnson, »der mir noch nicht gekommen ist. Man müßte es versuchen. Also gut, ich werde ihn *nicht* . . .«

Es gab ganz und gar kein Paradox. Der Würfel blieb an Ort und Stelle.

Aber das gesamte übrige Universum, Professoren und alles, verschwand.

Der Yeti

Sir Chauncey Atherton winkte den Sherpas zum Abschied. Sie hatten hier ihr Lager aufgeschlagen, während er allein weiterzog. Man befand sich im Yeti-Gebiet, ein paar hundert Kilometer nördlich des Mount Everest, im Himalaja. Yetis wurden gelegentlich auf dem Everest gesehen, auch auf anderen Bergen in Tibet oder Nepal – auf dem Mount Oblimow, an dessen Fuß er jetzt seine eingeborenen Führer zurückließ, fanden sie sich in ganzen Rudeln, so daß nicht einmal die Sherpas ihn besteigen wollten, sondern lieber hier auf seine Rückkehr warteten – falls er jemals zurückkehren würde. Man mußte schon Mut besitzen, um hier weiterzugehen. Und Sir Chauncey hatte Mut.

Zudem war er ein gewaltiger Frauenkenner, und deshalb befand er sich hier und stand im Begriff, allein nicht nur einen gefährlichen Aufstieg, sondern auch einen noch gefährlicheren Rettungsversuch zu unternehmen. Wenn Lola Gabraldi noch lebte, dann hatte sie ein Yeti.

Sir Chauncey hatte Lola Gabraldi niemals von Angesicht erlebt. Er hatte überhaupt erst vor weniger als einem Monat erfahren, daß sie existierte, als er nämlich einen Film mit ihr gesehen hatte. Durch den war sie dann plötzlich berühmt geworden, die schönste Frau der Welt, der glamouröseste Filmstar, den Italien jemals hervorgebracht, und Sir Chauncey konnte gar nicht begreifen, wie selbst Italien dergleichen hervorzubringen vermocht hatte. In einem Streifen war sie in den Augen der Frauenkenner aller Welt an die Stelle der B. B., der Lollobrigida und der Ekberg als Urbild weiblicher Vollkommenheit getreten –

und Sir Chauncey galt überall als Ober-Frauenkenner. In dem Augenblick, da er sie auf der Filmleinwand erblickte, wurde ihm klar, daß er sie persönlich kennenlernen oder am Versuch dazu zugrunde gehen mußte.

Mittlerweile war aber Lola Gabraldi verschwunden. Nach ihrem ersten Film war sie nach Indien gefahren, um Ferien zu machen. Und hatte sich einer Touristengruppe angeschlossen, die den Mount Oblimow besteigen wollte.

Die anderen waren ohne sie zurückgekehrt. Einer von ihnen erklärte später, er habe gesehen, wie sie von einem etwa zwei Meter großen, behaarten, mehr oder weniger menschenähnlichen Wesen ergriffen und fortgeschleppt worden war. Von einem Yeti. Sie war zu weit weg gewesen, sagte der Tourist, als daß er ihr hätte zu Hilfe eilen können, und sie habe schrille Entsetzensschreie ausgestoßen.

Die Gruppe hatte tagelang nach ihr gesucht und schließlich aufgegeben, um in die Zivilisation zurückzukehren. Man war sich allgemein im klaren darüber, daß nun nicht die geringste Aussicht mehr bestand, sie lebend aufzufinden.

Mit Ausnahme von Sir Chauncey, der sogleich von England nach Indien flog.

Er kämpfte sich vorwärts, nun schon hoch oben im ewigen Schnee. Zu seiner bergsteigerischen Ausrüstung trug er noch die schwere Büchse, mit der er erst im Vorjahr in Bengalen Tiger erlegt hatte. Wenn man mit dieser Waffe Tiger schießen konnte, sagte er sich, dann auch Yetis.

Rings um ihn rieselte Schnee nieder, als er sich der Wolkengrenze näherte. Plötzlich erblickte er ein paar Meter vor sich – weiter konnte er ohnehin nicht sehen – eine

monströse, nicht ganz menschenartige Gestalt. Er hob die Büchse und feuerte. Die Gestalt fiel – ins Bodenlose; sie hatte auf einer schmalen Wächte über kilometertiefem Nichts gestanden.

Doch in diesem Augenblick, da der Schuß fiel, legten sich Arme von hinten um Sir Chauncey. Dicke, behaarte Arme. Und dann, während ihn ein Arm leicht festhielt, nahm ihm der andere die Büchse aus der Hand, bog sie mühelos zu Haarnadelform zusammen und warf sie irgendwohin.

Eine Stimme erklang etwa einen halben Meter über seinem Scheitel: »Sei ruhig, es geschieht dir nichts.« Sir Chauncey war ein tapferer Mann, aber eine Art Quieken war alles, was er hervorbrachte, obwohl doch in den Worten offenbar Ermutigung lag.

Die Gestalt hinter ihm preßte ihn so eng an sich, daß er weder nach oben noch nach rückwärts schauen konnte, um zu sehen, wie dieses Gesicht aussah.

»Laß mich erklären«, sagte die Stimme über und hinter ihm. »Wir, die ihr Schneemenschen und abscheulich nennt, sind Menschen, wenn wir uns auch gewandelt haben. Vor vielen Jahrhunderten waren wir ein Eingeborenenstamm wie die Sherpas. Durch Zufall entdeckten wir eine Medizin, die uns körperlich veränderte, die uns durch höheren und stärkeren Wuchs, dichtere Behaarung und andere physiologische Veränderungen die Anpassung an extreme Kälte und Höhe finden ließ. So daß wir in die Berge hinaufsteigen konnten, in eine Gegend, in der andere nicht existieren können, es sei denn für die Dauer kurzer Expeditionen. Verstehst du?«

»J-j-ja«, gelang es Sir Chauncey hervorzustoßen. Er fing wieder an, ein wenig Hoffnung zu empfinden. War-

um sollte ihm dieses Wesen alles erklären, wenn es ihn töten wollte?

»Dann werde ich es dir weiter erklären. Unsere Zahl ist klein, und wir werden immer weniger. Aus diesem Grunde fangen wir uns gelegentlich einen Bergsteiger, so wie ich dich gefangen habe. Wir geben ihm die verwandelnde Medizin, er erleidet dieselben körperlichen Veränderungen und wird einer der Unseren. Dadurch halten wir unsere Zahl einigermaßen gleichbleibend auf dem jetzigen Stand.«

»A-aber«, stammelte Sir Chauncey, »ist das auch der Frau widerfahren, die ich suche, Lola Gabraldi? Ist sie nun auch zwei Meter groß und voller Haare ...«

»Sie ist es *gewesen*. Du hast sie soeben getötet. Einer von unserem Stamm hatte sie sich zur Gefährtin genommen. Wir werden ihren Tod nicht an dir rächen. Aber du mußt nun an ihre Stelle treten.«

»An ihre Stelle treten? Aber – ich bin doch ein *Mann.*«

»Gott sei Dank«, sagte die Stimme über und hinter

ihm. Er wurde umgedreht und gegen einen riesigen, dicht behaarten Körper gehalten. Sein Gesicht befand sich gerade in der richtigen Höhe, um zwischen zwei hügelartigen Brüsten begraben zu werden. »Gott sei Dank – denn ich bin eine Yeti.«

Sir Chauncey schwand das Bewußtsein. Er wurde hochgehoben und mit solcher Leichtigkeit, als wäre er ein Schoßhündchen, von seiner Gefährtin hinweggetragen.

Das Urteil

Charley Dalton, Raumfahrer, vordem von der Erde, hatte innerhalb einer Stunde nach seiner Landung auf dem zweiten Planeten des Antares einen äußerst schwerwiegenden Verstoß gegen die Gesetze begangen. Er hatte einen Antarier getötet. Nun ist auf den meisten Planeten Mord ein Vergehen; auf einigen ist er eine lobenswerte Tat. Aber auf Antares II ist er ein Kapitalverbrechen.

»Ich verurteile Sie zum Tode«, sagte der würdevolle antarische Richter. »Tod durch Schallgewehrfeuer, morgen bei Tagesanbruch.« Eine Berufung gegen dieses Urteil wurde nicht zugelassen.

Charley wurde in die Armesündersuite gebracht.

Diese hatte, wie sich herausstellte, achtzehn palastartige Räume, von denen jeder mit einem breiten Assortiment an Eßbarem und an Getränken, an Couches und an allem anderen, das man sich nur denken konnte, ausgestattet – und zwar wohlausgestattet – war. Einschließlich einer schönen Frau auf jeder Couch.

»Ich wer' verrückt«, sagte Charley.

Der antarische Wächter verneigte sich tief vor ihm und sagte: »Es ist so der Brauch auf unserem Planeten. Für die letzte Nacht eines zum Tode im Morgengrauen Verurteilten werden diese Dinge zur Verfügung gestellt. Es wird ihm jeder erdenkliche Wunsch erfüllt.«

»Das zahlt sich beinahe aus«, meinte Charley. »Sagen Sie, ich war gerade erst gelandet, als ich in diese Geschichte hineingeriet, und ich habe in meinem Planeten-Handbuch nicht nachgelesen. Wie lange dauert eigentlich eine Nacht hier heroben? Wieviel Stunden braucht dieser Planet, um sich einmal um seine Achse zu drehen?«

»Stunden?« staunte der Wächter. »Das muß ein Erdausdruck sein. Ich werde beim Königlichen Astronomen anrufen und einen Zeitvergleich zwischen Ihrem Planeten und dem unseren anfordern.«

Er rief an, stellte seine Frage, hörte auf die Antwort. Und sagte dann zu Charley Dalton: »Ihr Planet Erde vollführt dreiundneunzig Umläufe um Ihre Sonne Sol während einer Dunkelheitsperiode auf Antares II. Eine unserer Nächte entspricht also dreiundneunzig Jahren bei Ihnen.«

Charley pfiff leise vor sich hin und fragte sich, ob er wohl so lange leben würde. Der antarische Wächter, dessen Lebensspanne ein wenig mehr als zwanzigtausend Jahre betrug, verbeugte sich in schwermütigem Mitgefühl und zog sich zurück.

Charley Dalton aber begann die Tretmühle der für ihn schier endlosen Nacht des Essens, Trinkens und so weiter, wenn auch nicht genau in dieser Reihenfolge: die Frauen waren sehr schön, und er war lange Zeit im Weltraum gewesen.

Placet ist ein irrer Ort

Selbst wenn man daran gewöhnt ist, macht es einen manchmal fertig. Wie an jenem Morgen – wenn man das einen Morgen nennen kann. In Wirklichkeit war es Nacht. Aber wir richten uns nach Erdzeit auf Placet, denn Placet-Zeit wäre so schizophren wie alles übrige auf diesem verrückten Planeten. Das heißt, man hätte einen Sechsstundentag und dann eine Zweistundennacht. Dann einen Fünfzehnstundentag und eine Einstundennacht und – well, wer könnte schon auf einem Planeten die Zeit registrieren, der eine Achterschleife um zwei verschiedene Sonnen beschreibt; wobei er wie eine höllische Fledermaus um sie und zwischen ihnen herumschießt, während die Sonnen einander so rasch und vergleichsweise nahe umkreisen, daß die Erdastronomen annahmen, es handle sich nur um eine, bis die Blakeslee-Expedition hier vor zwanzig Jahren landete.

Man sieht, die Umdrehung des Planeten Placet ist nicht irgendein gerader Bruchteil seiner Umlaufzeit, und da gibt es das Blakeslee-Feld in der Mitte zwischen den beiden Sonnen – ein Feld, in dem die Lichtstrahlen zu langsamem Dahinkriechen heruntergebremst werden und überholt werden und – well –

Wenn Sie die Blakeslee-Berichte über Placet nicht gelesen haben, so müssen Sie sich jetzt an etwas festhalten, während ich Ihnen dies mitteile: Placet ist der einzige bekannte Planet, der sich zur selben Zeit zweimal verfinstern kann; der alle vierzig Stunden mit sich selbst kollidieren und sich dann selbst außer Sicht jagen kann. Ich tadle Sie nicht. Ich habe es auch nicht geglaubt, und mir standen die Haare vor Angst zu Berge, als ich mich zum erstenmal auf Placet befand und sah, wie Placet geradenwegs zum Zusammenprall auf uns zukam. Und ich hatte doch die Blakeslee-Berichte gelesen und wußte, was wirklich geschah und weshalb. Das ist so ziemlich so wie bei diesen alten Filmen aus der Pionierzeit des Films, als die Kamera vor einem Zug aufgestellt wurde und die Leute im Saal sahen, wie die Lokomotive direkt auf sie zukam, und den Impuls verspürten, davonzulaufen, obwohl sie wußten, daß die Lokomotive nicht wirklich auf sie zukam.

Aber ich fing mit diesem Morgen zu erzählen an. Ich saß an meinem Schreibtisch, dessen Platte mit Gras bewachsen war. Meine Füße lagen – oder schienen zu liegen – in einem Streifen vom Winde gekräuselten Wassers. Aber es war nicht naß. Auf dem Gras auf meinem Schreibtisch lag ein rosa Blumentopf, in dem mit dem Schädelchen voran eine hellgrüne Smaragdeidechse steckte. Das – sagte mir mein Verstand und nicht mein Augenschein – waren meine Feder und mein Tintenfaß. Da lag auch ein besticktes Deckchen mit dem Spruch ›Gott segne unser Heim‹ in sauberem Kreuzstich. Das war in Wirklichkeit eine Depesche vom Erd-Zentrum, die gerade über den Funkschreiber eingelangt war. Ich wußte nicht, was sie enthielt, da ich ins Büro gekommen war, nachdem der B. F.-Effekt begonnen hatte. Ich nahm nicht an, daß es wirklich ›Gott segne unser Heim‹ hieß, nur weil es so schien. Doch gerade in diesem Augenblick war ich müde, hatte die Nase voll und gab keinen Pfifferling dafür, was es tatsächlich und wirklich hieß.

Sie verstehen – vielleicht sollte ich es lieber erklären –, der Blakeslee-Feld-Effekt tritt ein, wenn Placet seine mittlere Stellung zwischen Argyle I und Argyle II, den zwei Sonnen, um die er Achterbahnen beschreibt, einnimmt. Es gibt eine wissenschaftliche Erklärung dafür, aber die kann man nur in Formeln geben, nicht in Worten. Es handelt sich im Grunde darum: Argyle I besteht aus irdischer Materie, Argyle II aus gegenirdischer oder negativer Materie. Auf halbem Wege zwischen ihnen – über ein beträchtliches Gebiet – befindet sich ein Feld, in welchem die Lichtstrahlen heruntergebremst werden. Sie bewegen sich ungefähr mit Schallgeschwindigkeit. Mit dem Ergebnis, daß alles, was sich mit größerer Geschwindigkeit bewegt, als der Schall sich fortpflanzt – wie zum Beispiel Placet selbst – noch im Herannahen gesehen wird, wenn es bereits vorbei ist. So braucht das Erscheinungsbild Placets sechsundzwanzig Stunden, um das Feld zu passieren. Zu diesem Zeitpunkt hat Placet eine seiner Sonnen umkreist und trifft nun auf dem Rückweg sein eigenes Bild. Im Mittelfeld gibt's ein kommendes und ein gehendes Bild, und er verfinstert sich selbst zweimal, beide Sonnen zur selben Zeit verdunkelnd. Ein wenig weiter saust er in sich selbst hinein, wie er aus der entgegengesetzten Richtung kommt – und läßt einem die Haare zu Berge stehen, selbst wenn man weiß, daß es nicht wirklich geschieht.

Darf ich es vielleicht so erklären, bevor Sie schwindlig werden: Nehmen wir an, eine altmodische Lokomotive kommt auf Sie zu, bloß mit einer Geschwindigkeit, die viel höher als die des Schalls ist. In anderthalb Kilometer Entfernung pfeift sie. Sie fährt an Ihnen vorbei, und *dann erst* hören Sie den Pfiff, der von einem Punkt anderthalb Kilometer weiter hinten kommt, an dem die Lokomotive nicht mehr ist. Das ist der auditorische Effekt eines Objekts, das schneller unterwegs ist als der Schall;

was ich gerade beschrieben habe, ist der visuelle Effekt eines Objekts, das – in einer Achter-Umlaufbahn – schneller als sein eigenes Seh-Bild unterwegs ist. Das ist aber noch nicht das Schlimmste; Sie können zu Hause bleiben und die Finsternisse und Frontal-Zusammenstöße vermeiden – aber nicht den physiopsychologischen Effekt des Blakeslee-Feldes. Und das ist wiederum etwas anderes. Das Feld wirkt auf das Sehnervzentrum oder auf den Teil des Gehirns, mit dem die Sehnerven verbunden sind, ungefähr so wie gewisse Drogen. Man bekommt – man kann es nicht eigentlich Halluzinationen nennen, weil man normalerweise nicht Dinge sieht, die nicht da sind, sondern ein illusorisches Bild von dem, was wirklich da ist, empfängt.

Ich wußte ganz genau, daß ich an einem Schreibtisch saß, dessen Platte aus Glas war und nicht Gras; daß der Boden unter meinen Füßen gewöhnliches Plastik war und kein gekräuseltes Wasser; daß die Gegenstände auf meinem Schreibtisch nicht ein rosa Blumentopf mit einer Smaragdeidechse, die darin steckte, sondern ein antikes Tintenfaß mit Feder aus dem zwanzigsten Jahrhundert waren – und daß das ›Gott segne unser Heim‹-Deckchen eine Funkschreiber-Nachricht auf gewöhnlichem Funkschreiber-Papier war. Ich konnte das alles mit meinem Tastsinn überprüfen, auf den das Blakeslee-Feld nicht einwirkt. Man kann natürlich die Augen zumachen, aber man tut's nicht – denn sogar auf dem Höhepunkt des Effekts gibt einem das Sehvermögen die relative Größe und Entfernung der Dinge, und wenn man sich in bekannter Umwelt aufhält, so sagen einem Gedächtnis und Vernunft, was man vor sich hat.

Wie also die Tür aufging und ein zweiköpfiges Monstrum hereinkam, wußte ich, es war Reagan. Reagan ist kein doppelköpfiges Monster, aber ich erkannte ihn an seinem Gang.

Ich sagte: »Ja, Reagan?«

Das doppelköpfige Monster sprach zu mir: »Chef, der Maschinenraum wackelt. Es kann notwendig werden, daß wir entgegen der Regel mitten in der Feldperiode arbeiten.«

»Vögel?« wollte ich wissen.

Seine beiden Köpfe nickten. »Die unterirdischen Stützmauern müssen von den Vögeln, die durch sie hindurchfliegen, voller Löcher sein, wie Siebe. Wir sollten möglichst rasch Betoninjektionen machen. Oder glauben Sie, diese neuen Legierungsstähle, die die ›Arche‹ bringen soll, werden als Betonraster etwas helfen?«

»Sicher«, log ich. Ohne an das Feld zu denken, wandte ich mich um, um auf die Uhr zu sehen, doch es hing ein Grabkreuz aus weißen Lilien an ihrer Stelle an der Wand. Man kann von einem Grabkreuz nicht die Zeit ablesen. Ich sagte daher: »Ich hoffte, wir würden die Mauern nicht verstärken müssen, bis die Rundstähle da sind, die hineinkommen. Die ›Arche‹ sollte eigentlich jeden Augenblick hier sein; die schweben wahrscheinlich jetzt schon da draußen herum und warten, bis wir aus dem Feld herauskommen. Glaubst du, daß wir warten können, bis –«

Es gab einen Krach.

»Yeah, wir können warten«, meinte Reagan. »Der Maschinenraum ist eben niedergegangen, es besteht also überhaupt keine Eile.«

»Es war doch niemand drinnen?«

»Nein. Aber ich werde mich überzeugen.« Er rannte hinaus.

So sieht eben das Leben auf Placet aus. Ich hatte es zur

Genüge kennengelernt; ich hatte es zu gut kennengelernt. Ich wurde mir schlüssig, während Reagan weg war. Als er zurückkam, hatte er sich in ein scharf umrissenes, strahlend blaues Skelett verwandelt. Er meldete: »O. K., Chef. Niemand war drin.«

»Paar Maschinen arg zerschmettert?«

Er lachte. »Wenn Sie ein Gummistrandpferd mit großen roten Tupfen vor sich haben, wie wollen Sie da sagen, ob es eine intakte Drehbank oder eine kaputte ist? Sagen Sie, Chef, wissen Sie eigentlich, wie Sie aussehen?«

»Wenn du mir das sagst, bist du entlassen.« Ich weiß nicht, ob ich es ernst meinte oder nicht; ich war ganz schön am Rande. Ich zog die Schreibtischlade auf, warf das ›Gott segne unser Heim‹-Deckchen wieder hinein und warf die Schreibtischlade wieder zu. Placet ist ein irrer Ort, und wenn man lange genug dort bleibt, wird man selbst verrückt. Von zehn Placet-Angestellten des Erd-Zentrums muß man einen nach einem Jahr oder zweien auf Placet zur psychiatrischen Behandlung zurückschicken. Und ich war nun schon fast drei Jahre hier. Mein Vertrag war abgelaufen. Und ich entschloß mich.

»Reagan«, sagte ich.

Er war schon nach der Tür unterwegs. Er drehte sich um: »Ja, Chef?«

»Ich möchte, daß du etwas über Funkschreiber an das Erd-Zentrum gibst. Und paß genau auf, was es ist: *Ih geh.*«

Er sagte: »O. K., Chef«, ging und schloß die Türe.

Ich ließ mich im Stuhl zurücksinken und schloß die Augen, um nachzudenken. Jetzt war's geschehn. Wenn ich nicht Reagan nachlief und ihm befahl, die Mitteilung nicht abzusenden, so war es ein für allemal und unwiderruflich passiert. Erd-Zentrum ist sonderbar in dieser

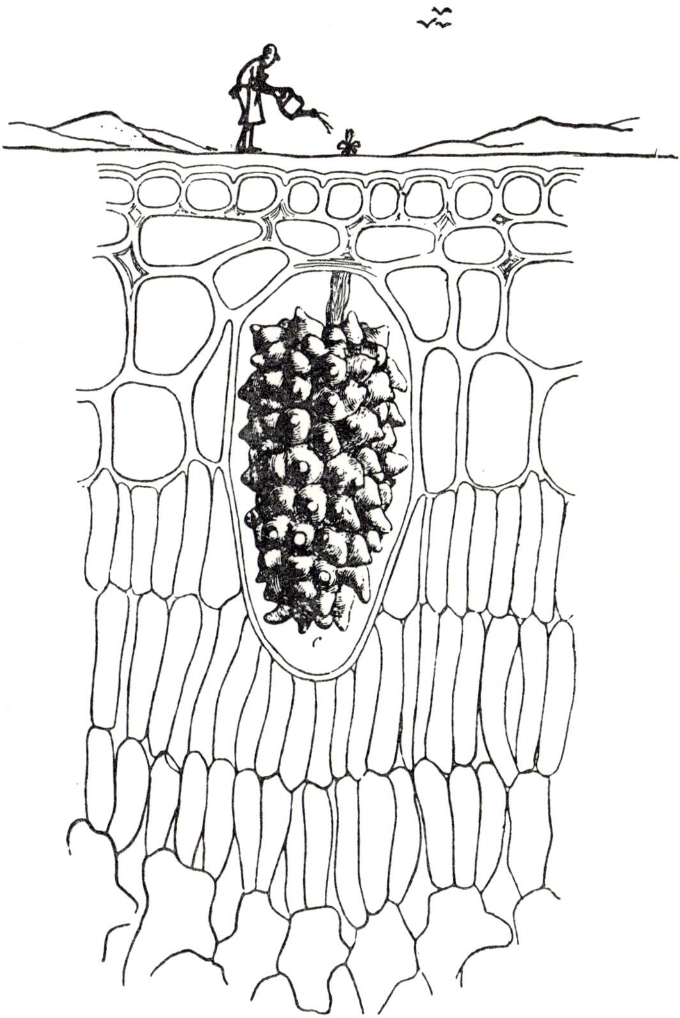

Hinsicht; die Leitung ist wirklich großzügig in mancher Richtung, aber wenn man einmal seinen Abschied eingereicht hat (und obendrein in dieser etwas burschikosen Form), so wird kein Es-sich-Überlegen mehr zugelassen! Das ist ein eherner Grundsatz, und neunundneunzig von hundert Mal ist es bei interplanetarischen und intergalaktischen Projekten gerechtfertigt. Ein Mann muß von seiner Arbeit hundertprozentig begeistert und durchdrungen sein, und wenn er sich einmal innerlich davon abgekehrt hat, dann ist es nicht mehr das richtige.

Ich wußte, daß die Mittelfeldperiode so ungefähr abgelaufen war, aber ich saß dennoch mit geschlossenen Augen da. Ich wollte sie nicht aufmachen und auf die Uhr sehen, bis ich die Uhr wieder als Uhr sehen konnte und nicht als was immer es diesmal sein mochte. Ich saß da und dachte nach. Ich fühlte mich ein bißchen verletzt, weil Reagan das Telegramm so obenhin aufgenommen hatte. Er war seit zehn Jahren ein guter Freund von mir und hätte wenigstens sagen können, daß es ihm leid tat, daß ich die Absicht hatte zu gehen. Natürlich bestand gute Aussicht, daß er den Posten bekam, aber selbst wenn er daran dachte, konnte er doch diplomatischer sein. Er hätte wenigstens so tun können –

›*Oh, hör auf, dich selbst zu bemitleiden*‹, sagte ich mir. ›*Du bist eben fertig mit Placet und fertig mit Erd-Zentrum, und du wirst jetzt bald zur Erde zurückkehren, sobald sie dich ablösen. Du kannst dort einen anderen Posten bekommen, wahrscheinlich wieder im Lehrfach.*‹

Aber zum Teufel mit Reagan, nichtsdestoweniger. Er war mein Schüler im Erdstadt-Polytechnikum gewesen. Ich verschaffte ihm seinen Placet-Job, und das war ein guter Job für einen Burschen in seinem Alter, Verwalter-Assistent eines Planeten mit nahezu tausend Bewohnern. Was das betraf, war auch mein Posten für einen Mann *meines* Alters – ich bin selbst erst einunddreißig – eine ausgezeichnete Stellung, sieht man davon ab, daß es einem nicht möglich war, ein Gebäude hinzubauen, das nicht wieder zusammenfallen würde, und – *›Hör auf zu nörgeln‹*, sagte ich mir: *›Du bist jetzt fertig damit, zurück zur Erde und auf den Katheder. Schluß damit.‹*

Ich war müde. Ich legte meinen Kopf auf meine Arme, die auf der Schreibtischplatte lagen, und ich muß einen Augenblick eingeschlafen sein. Ich blickte beim Geräusch von Schritten, die vom Eingang her kamen, auf; das waren nicht Reagans Schritte. Die Illusionen wurden jetzt schon besser, wie ich sah. Es war – oder schien – eine prachtvolle Rothaarige. Das konnte natürlich nicht sein. Es gibt ein paar Frauen auf Placet, zumeist Frauen von Technikern, aber –

Sie sagte: »Erinnern Sie sich nicht an mich, Mr. Rand?« Es war wirklich eine Frau; ihre Stimme war die einer Frau und es war eine schöne Stimme. Klang auch entfernt vertraut.

»Seien Sie nicht einfältig«, sagte ich; »wie kann ich Sie in der Mittelfeld–« Über ihre Schulter hinweg fingen meine Augen plötzlich den Anblick der Uhr ein, und es war eine Uhr und kein Begräbniskreuz oder Kuckucksnest, und mir wurde mit einem Schlage klar, daß auch sonst alles im Raum wieder zur Normalität zurückgekehrt war. Das bedeutete aber, daß die Mittelfeldperiode vorbei war und daß ich keine Halluzinationen hatte.

Meine Augen wanderten zurück zur Rothaarigen. Sie mußte echt sein, wurde mir klar. Und plötzlich erkannte ich sie, obwohl sie sich verändert hatte, sehr verändert sogar. Alle Veränderungen zu ihrem Vorteil, obwohl Michaelina Gritt ein sehr hübsches Mädchen gewesen war, als sie in meiner Klasse III ›außererdliche Botanik‹ im Erdstadt-Polytech gesessen war. Vor vier – nein, vor fünf Jahren.

Sie war damals hübsch gewesen. Jetzt war sie schön. Sie war umwerfend. Wie war sie dem Telefunksprechverkehr entgangen? Oder war sie? Was tat sie *hier*? Sie mußte gerade erst aus der ›Arche‹ ausgestiegen sein – doch mir wurde klar, daß ich sie noch immer anstarrte. Ich stand so rasch auf, daß ich beinahe über den Schreibtisch gefallen wäre.

»Natürlich erinnere ich mich an Sie, Miss Gritt«, stammelte ich. »Wollen Sie sich nicht setzen? Wie sind Sie überhaupt hergekommen? Hat man das Besucherverbot aufgehoben?«

Sie schüttelte lächelnd den Kopf. »Ich bin kein Besucher, Mr. Rand. Center annoncierte eine Techniker-Sekretärin für Sie. Ich bewarb mich um die Stelle und bekam sie. Was natürlich noch Ihrer Zustimmung bedarf. Ich bin auf Probemonat, mit einem Wort.«

»Wunderbar«, sagte ich. Es war ein Meisterstück an Untertreibung. Ich fing an, die Sache auszuarbeiten. »Prachtvoll –«

Da hörte ich, daß sich jemand räusperte. Ich sah mich um: Reagan stand im Eingang, diesmal nicht als blaues Skelett oder doppelköpfiges Monster. Einfach als Reagan.

Er sagte: »Die Antwort auf Ihr Funkschreiben ist gerade eingetroffen.« Er kam herüber und warf sie auf meinen Schreibtisch. Ich sah sie an. »O. K. 19. August«, stand da. Meine momentane wilde Hoffnung, daß sie meine Kündigung nicht angenommen hätten, machte einen

Hechtsprung in den Eimer. Sie waren damit so kurz angebunden, wie ich es gewesen war. 19. August – nächste Ankunft der ›Arche‹. Sie verloren wirklich keine Zeit – weder meine noch ihre. Vier Tage!

Reagan meinte: »Ich dachte, Sie würden es sofort wissen wollen, Phil.«

»Yeah«, gab ich zurück. Ich funkelte ihn an. »Danke.« Mit einem Hauch von Bosheit – oder vielleicht ein bißchen mehr als einem Hauch – dachte ich: ›*Well, mein kleiner Maulesel, du kriegst den Posten nicht, oder es würde im Telegramm gestanden haben; sie werden einen Ersatzmann schicken, mit dem nächsten Schwung auf der ‚Arche'.*‹

Aber ich sagte das nicht; die Schutzschicht der Zivilisation war zu dick. Ich sagte statt dessen: »Miss Gritt, darf ich bekannt machen –« Sie sahen einander an und fingen an zu lachen, und da fiel es mir ein. Natürlich, Reagan und Michaelina waren beide in meiner Botanikklasse gewesen, ebenso wie Michaelinas Zwillingsbruder, Ichabod. Sie hießen Mike und Ike, wenn man sie einmal näher kannte.

Reagan sagte: »Ich traf Mike, als sie aus der ›Arche‹ ausstieg. Ich zeigte ihr den Weg zu Ihrem Büro, da Sie nicht dort waren, um die Leute zu empfangen.«

»Danke«, schnitt ich ihm das Wort ab. »Sind die Stangen gekommen?«

»Ich denke, ja. Sie luden einige Kisten aus. Hatten's eilig, wieder fortzukommen. Sie sind auch schon fort.«

Ich grunzte.

Reagan sagte: »Well, ich werde die Sendung überprüfen. Ich kam nur, um Ihnen das Funkschreiben zu bringen; dachte, Sie hätten die gute Nachricht gerne gleich.«

Er verschwand, und ich schoß ihm einen wütenden Blick nach. Die Laus. Der –

Michaelina sagte: »Soll ich gleich zu arbeiten beginnen, Mr. Rand?«

Ich glättete mein Gesicht und zwang mich zu einem Lächeln. »Natürlich nicht. Sie werden sich zunächst einmal umsehen wollen. Die Gegend ansehen, sich akklimatisieren. Wollen Sie einen Spaziergang in den Ort machen, auf einen Drink?«

»Natürlich.«

Wir schlenderten den Pfad hinunter bis zur kleinen Gruppe von Gebäuden, die alle klein, einstöckig und quadratisch sind.

Sie sagte: »Es ist – es ist nett. Ein Gefühl, als würde man auf Luft gehen, man ist so leicht. Was ist hier eigentlich die Schwerkraft genau?«

»Nullkomma sieben vier«, sagte ich. »Wenn Sie – hmmm – auf der Erde sechzig Kilo wiegen, so haben Sie hier fünfundvierzig. Und an Ihnen sieht's gut aus.«

Sie lachte. »Ich danke Ihnen, Professor – Oh, richtig: Sie sind ja jetzt kein Professor mehr. Sie sind mein Chef, und ich muß Mr. Rand zu Ihnen sagen.«

»Außer Sie gehen auf Phil ein, Michaelina.«

»Wenn Sie Mike zu mir sagen; ich verabscheue Michaelina, fast ebensosehr, wie Ike Ichabod haßt.«

»Wie geht es Ike?«

»Ausgezeichnet. Er hat einen Job als Nachhilfelehrer am Poly, aber er ist nicht sehr begeistert davon.« Sie sah nach vorn, auf den Ort. »Warum sind hier so viele kleine Häuser anstelle einiger größerer?«

»Weil die durchschnittliche Lebensdauer eines jeglichen Bauwerks auf Placet ungefähr drei Wochen ist. Und man weiß niemals, wann eines zusammenfallen wird – mit jemandem darin. Das ist unser größtes Problem. Wir können sie nur klein und leicht bauen, bis auf die Grundmauern, die wir so stark wie möglich machen. Bisher ist aus diesem Grund beim Zusammenfallen eines Gebäudes auch noch niemand verletzt worden – indessen – Haben Sie das gespürt?«

»Die Erschütterung? Was war es, ein Erdbeben?«

»Nein«, entgegnete ich. »Ein Zug Vögel.«

»Was?«

Ich mußte über ihren Gesichtsausdruck lachen. Ich sagte: »Placet ist ein irrer Ort. Vor einer Minute meinten Sie, Sie fühlten sich, als gingen Sie auf Luft. Well, in einer Art tun Sie gerade das. Placet ist eines der seltenen Objekte im Universum, das sowohl aus normaler als aus *schwerer* Materie zusammengesetzt ist. Materie mit einer zusammengebrochenen Molekularstruktur, so schwer, daß Sie nicht einmal einen Kiesel daraus heben könnten. Placet hat einen Kern aus diesem Stoff; das ist auch der Grund, weshalb dieser winzige Planet, dessen Oberfläche ungefähr zweimal der Größe der Insel Manhattan entspricht, eine Schwerkraft von drei Viertel der Erde aufweist. Es gibt Leben hier, tierisches, nicht vernunftbegabtes, das vom Planetenkern lebt. Es gibt Vögel, deren Molekularstruktur der des Planetenkernes gleicht und so dicht ist, daß die gewöhnliche Materie für sie so dünn und daher durchdringlich ist wie für uns die Luft. Sie durch*fliegen* sie auch wie Vögel auf der Erde die Luft. Von ihrem Standpunkt aus gehen wir oben auf der Atmosphäre des Planeten.«

»Und die Erschütterung durch ihren Flug unter der Oberfläche läßt die Häuser zusammenstürzen?«

»Ja. Schlimmer noch – sie fliegen geradenwegs durch die Grundmauern, woraus immer wir die auch machen. Sie fliegen durch Eisen oder Stahl so leicht wie durch Sand oder Lehm. Ich habe gerade eine Ladung eines besonders widerstandsfähigen Materials von der Erde bekommen – den Speziallegierungsstahl, nach dem Sie mich Reagan fragen hörten. Aber ich habe nicht viel Hoffnung, daß er etwas taugen wird.«

»Aber sind denn diese Vögel nicht gefährlich? Ich meine, abgesehen davon, daß sie die Gebäude zum Einsturz bringen. Könnte nicht einer einmal genug Schwung kriegen, daß er vom Boden wegkommt und ein wenig in die Luft hinaufgetragen wird? Würde er dann nicht durch jeden durchsausen, der gerade daherkommt?«

»Er würde«, sagte ich, »aber er tut es nicht. Ich meine, sie fliegen niemals näher an die Oberfläche heran als ein paar Zoll. Irgendein Instinkt scheint es ihnen zu sagen, wenn sie sich der Grenze ihrer ›Atmosphäre‹ nähern. Eine Analogie zum Überschall der Fledermäuse. Sie wissen natürlich, daß eine Fledermaus in völliger Dunkelheit fliegen kann, ohne jemals an ein festes Objekt zu stoßen.«

»Wie Radar, ja.«

»Genau – nur daß eine Fledermaus Schallwellen anstelle von Radiowellen benützt. Und unsere Vögel müssen etwas haben, das nach demselben Grundsatz funktioniert, nur umgekehrt; es läßt sie nämlich abdrehen, ein paar Zoll ehe sie an etwas herankommen, was für sie gleichbedeutend mit einem Vakuum wäre. Nachdem sie ja aus schwerer Materie sind, könnten sie genausowenig in der Luft fliegen oder existieren wie ein normaler Vogel in einem luftleeren Raum.«

Während wir in der Siedlung jeder einen Cocktail

schlürften, erwähnte Michaelina wiederum ihren Bruder: »Ike mag überhaupt nicht unterrichten, Phil. Besteht da irgendeine Aussicht, daß Sie ihm hier auf Placet einen Job verschaffen könnten?«

Ich entgegnete darauf: »Ich habe Erd-Zentrum immer wieder wegen eines zweiten Verwaltungsassistenten angegangen. Die Arbeit nimmt sehr zu, seit wir mehr Land bebauen. Reagan braucht wirklich Hilfe. Ich werde –«

Sie strahlte übers ganze Gesicht vor freudiger Erwartung. Da fiel es mir ein: ich hatte ja Schluß gemacht, gekündigt. Und Erd-Zentrum würde jeglicher Empfehlung von meiner Seite ebensoviel Aufmerksamkeit schenken, als wäre ich einer von diesen Vögeln. Ich vollendete schwach meinen angefangenen Satz: »Ich werde – ich werde sehen, ob ich diesbezüglich etwas tun kann.«

Sie sagte: »Danke, Phil.« Meine Hand lag auf dem Tisch,

neben meinem Glas, und sie legte die ihre sekundenlang darauf. Zugegeben, es ist reichlich abgedroschen zu sagen: es war, als ob ein Hochspannungsstrom durch mich hindurchginge. Aber es war so, und es war genauso ein geistiger Schock wie ein körperlicher, da es mir in diesem Augenblick und auf der Stelle klarwurde, daß ich mich Hals über Kopf in sie verliebt hatte. Es hatte mich härter erwischt als die unterirdischen Vögel jemals eins von unseren Gebäuden. Ich hatte mich ganz atemlos verknallt. Ich sah Michaelina nicht an, doch nach der Art, in der sie ihre Hand den Bruchteil einer Sekunde fester gegen meine gedrückt und dann mit einem Ruck wie von einem heißen Gegenstand weggezogen hatte, zu schließen, mußte es sie auch ein wenig erwischt haben.

Ich stand etwas weich in den Knien auf und schlug vor, daß wir in die Zentrale zurückgingen.

Denn jetzt war die Situation völlig unmöglich. Nun, da das Zentrum meine Kündigung angenommen hatte und ich ohne sichtbare oder unsichtbare Existenzgrundlage war. In einem psychotischen Augenblick hatte ich mir selbst den Ast abgesägt, auf dem ich saß. Ich war nicht einmal sicher, ob ich eine Lehrstelle bekommen konnte. Erd-Zentrum ist die mächtigste Organisation im Universum und hat seine Hand überall im Spiel. Wenn sie mich auf die schwarze Liste setzten ...

Auf dem Rückweg überließ ich Michaelina den Hauptteil der Unterhaltung; ich hatte viel nachzudenken. Ich wollte ihr die Wahrheit sagen – und ich wollte es nicht.

Zwischen einsilbigen Antworten trug ich den Kampf mit mir selbst aus. Und verlor ihn schließlich. Oder gewann ich ihn? Ich sagte es ihr nicht – bis kurz vor dem nächsten Eintreffen der ›Arche‹. Ich würde bis dahin so tun, als wäre alles O. K. und normal, und mir damit wenigstens die Chance geben, festzustellen, ob Michaelina für mich etwas übrig hatte. Wenigstens diese Chance, eine Viertagechance, wollte ich mir geben. Und dann – well, wenn sie bis dahin angefangen haben würde, für mich zu empfinden, was ich für sie empfand, so würde ich ihr erzählen, was für ein Narr ich gewesen war. Und ihr sagen, ich hätte gerne, daß sie – Nein, ich würde sie nicht mit mir zur Erde zurückkehren lassen, selbst wenn sie es wollte, solange ich keinen Silberstreif am nebligen Horizont meiner Zukunft sah. Alles, was ich ihr sagen konnte, war, daß, wenn und sobald ich eine Chance hatte, mich wieder zu einer anständigen Stellung emporzuarbeiten – und schließlich und endlich war ich doch erst einunddreißig –

In der Tonart.

Reagan wartete in meinem Büro und sah so wütend aus wie ein durchnäßter Kater. »Diese Idioten in der Erd-Zentrum-Verladeabteilung haben wieder alles versaut. Diese Kisten mit dem Spezialstahl – die sind nicht.«

»Sind was nicht?«

»Sind überhaupt nichts. Sie sind leer. Irgendwas ist mit der Verpackungsmaschine passiert, und die haben's überhaupt nicht gemerkt.«

»Weißt du überhaupt genau, was eigentlich drinnen sein sollte?«

»Natürlich weiß ich's. Alles, was wir sonst bestellt hatten, ist da, und laut Frachtbrief sollte der Stahl in diesen Kisten sein.« Er fuhr sich mit der Hand durch sein gekräuseltes Haar. Daraufhin sah er noch viel mehr wie ein Airdale-Terrier aus.

Ich grinste ihn an. »Vielleicht ist es unsichtbarer Stahl?«

»Unsichtbar, schwerelos und ungreifbar. Kann *ich* das Funkschreiben ans Zentrum abfassen, in dem wir darüber berichten?«

»Geh soweit du willst«, sagte ich ihm. »Aber warte hier einen Moment. Ich zeige Mike, wo sie wohnt, und dann möchte ich mich einen Augenblick mit dir unterhalten.«

Ich führte Michaelina zur besten verfügbaren Schlafkabine im Häusergewirr um unsere Zentrale herum. Sie dankte mir wiederum für meinen Versuch, Ike hier einen Job zu verschaffen, und ich fühlte mich tiefer gesunken als das Grab eines unserer unterirdischen Vögel, als ich in mein Büro zurückging.

»Yeah, Chef«, sagte Reagan.

»Was dieses Funkschreiben an die Erde betrifft«, sagte ich, »so meine ich das von heute früh. Ich möchte nicht, daß du Michaelina was davon sagst.«

Er kicherte. »Sie wollen es ihr selbst sagen, nicht? O. K., ich halte meine Schnauze.«

Ich sagte, ein bißchen trocken: »Vielleicht war es dumm von mir, es abzuschicken.«

»Was?« sagte er. »Ich bin sehr froh, daß Sie das getan haben. Prima Idee.«

Er verschwand, und es gelang mir, ihm nichts nachzuwerfen.

Der nächste Tag war ein Dienstag, falls das eine Rolle spielt. Für mich ist das der Tag, an dem es mir gelang, eines von Placets zwei größeren Problemen zu lösen. Der Zeitpunkt dazu war vielleicht eine Ironie. Ich diktierte einige Aufzeichnungen über Grünword-Kultur. Placets Bedeutung für die Erde liegt vor allem darin, daß gewisse darauf heimische Pflanzen, die nirgendwo anders gedeihen, Derivate liefern, die für die Arzneimittelherstellung wichtig geworden sind. Es ging mir nur mühsam von der Hand, weil ich Michaelina beim Schreiben zusah; sie hatte darauf bestanden, an ihrem zweiten Tag auf Placet mit der Arbeit anzufangen.

Und plötzlich, aus heiterem Himmel und nebligem Geist, kam mir ein Einfall. Ich hörte auf zu diktieren und klingelte Reagan.

»Reagan«, sagte ich, »bestelle fünftausend Ampullen J-17 Conditioner. Sag ihnen, sie sollen sich damit beeilen.«

»Chef, erinnern Sie sich nicht? Wir haben das Zeug ausprobiert. Wir glaubten, es werde uns helfen, in der Mittelperiode normal zu sehen, aber es wirkte nicht auf den Sehnerv. Wir haben noch immer verrückt gesehen. Es ist natürlich wunderbar, wenn es sich darum handelt, jemanden an hohe oder niedere Temperaturen zu gewöhnen, oder ...«

»Oder an Lang- oder Kurzschlafzeiten«, unterbrach ich ihn. »Davon rede ich ja, Reagan. Schau, nachdem Placet zwei Sonnen umkreist, hat er so kurze, irreguläre Hell- und Dunkelheitsperioden, daß wir sie niemals ernst genommen haben. Richtig?«

»Sicher, aber?«

»Aber da es keinen logischen Placet-Tag und keine logische Placet-Nacht gibt, die wir brauchen könnten, so machten wir uns zu Sklaven einer Sonne, die so weit weg ist, daß wir sie nicht sehen können. Wir verwenden einen Vierundzwanzigstundentag. Aber die Mittelperiode tritt regelmäßig alle zwanzig Stunden ein. Wir können den Conditioner dazu verwenden, um uns auf einen Zwanzigstundentag umzustellen – sechs Stunden Schlaf, vierzehn Stunden wach –, und wir schlafen alle fröhlich durch die

Mittelperiode durch, in der uns unsere Augen nur Streiche spielen würden. In einem verdunkelten Schlafraum, in dem man nichts sehen kann, auch wenn man wach wird. Mehr Tage im Jahr und kürzere Tage – und niemand wird uns psychopathisch. Nun sag mir, was daran schlecht ist.«

Sein Blick wurde leer und blank, und er schlug sich mit der flachen Hand vor die Stirn, daß es klatschte.

»Zu einfach«, sagte er, »das war alles. So verflixt einfach, daß nur ein Genie draufkommen konnte. Seit zwei Jahren bin ich langsam irr geworden, und die Lösung war so simpel, daß sie niemand finden konnte. Ich werde die Anforderung sofort durchgeben.«

Er wandte sich zum Gehen und drehte sich dann um: »Und was tun wir, daß uns die Häuser stehen bleiben? Rasch, solange Sie Ihre geniale Viertelstunde haben oder was es sonst ist.«

Ich lachte: »Warum versuchst du es nicht mit deinem unsichtbaren Stahl in den leeren Kisten?«

»Plemplem«, sagte er und schloß die Tür.

Der nächste Tag war ein Mittwoch. Ich nahm mir frei und machte mit Michaelina einen Ausflug rund um Placet. Einmal rund herum ist gerade eine hübsche Tageswanderung. Aber mit Michaelina Gritt wäre jede Tageswanderung hübsch. Außer natürlich, daß ich wußte, daß ich nie mehr einen ganzen Tag mit ihr zusammen verbringen konnte. Am Freitag ging die Welt unter. Morgen verließ die ›Arche‹ die Erde mit der Ladung Conditioner, der eines unserer Probleme lösen würde – und mit wem immer Erd-Zentrum schickte, damit er meinen Platz einnahm. Sie würde durch den Weltraum bis zu einem Punkt in sicherer Distanz außerhalb des Argyle-I- und

-II-Systems kurven und dann mit Raketenantrieb von dort hereinkommen. Sie kam Freitag an, und ich flog mit ihr zurück. Aber ich bemühte mich, nicht daran zu denken.

Es gelang mir auch ganz gut, es zu vergessen, bis wir zur Zentrale zurückkamen und Reagan mich mit einem Grinsen empfing, das sein häßliches Gesicht in zwei horizontale Hälften zerriß. »Chef, Sie haben's geschafft«, sagte er.

»Prima«, entgegnete ich. »Was hab ich geschafft?«

»Die Lösung, was wir zum Verstärken der Grundmauern nehmen sollen. Sie haben das Problem bewältigt.«

»Yeah«, sagte ich.

»Yeah. Nicht wahr, Mike?«

Michaelina sah so verblüfft drein, wie ich dreingesehen haben muß. Sie sagte: »Er hat doch nur Spaß gemacht. Er sagte, Sie sollten das Zeug in der leeren Kiste verwenden, nicht?«

Reagan grinste wieder. »Er hat nur geglaubt, er macht Spaß. Denn das werden wir von jetzt an wirklich verwenden: nichts. Schauen Sie, Chef, das ist wie mit dem Conditioner – so einfach, daß wir nie daran gedacht haben. Bis Sie mir gesagt haben, das zu verwenden, was in den leeren Kisten ist, und ich darüber nachdachte.«

Ich stand selbst einen Augenblick in Gedanken versunken und tat dann genau das, was Reagan am Vortag getan hatte. Ich schlug mir mit der flachen Hand vor die Stirn.

Michaelina sah noch immer verwirrt drein. »Hohle Grundmauern«, erklärte ich ihr. »Was ist das *eine*, durch das unsere Vögel nicht fliegen? *Luft*. Jetzt können wir so große Gebäude machen, als wir nur brauchen. Als Grundmauern nehmen wir Doppelmauern mit einem weiten

Hohlraum dazwischen. Wir können –« Ich hielt inne, denn es gab ja kein ›wir‹ mehr. *Sie* konnten's machen, nachdem ich zurück auf der Erde war und mich nach einem Job umsah.

Der Donnerstag ging vorüber und Freitag kam.

Ich arbeitete bis zur letzten Minute, denn so war es am leichtesten. Mit Reagan und Michaelina als Hilfe stellte ich Materiallisten für unsere neuen Bauprojekte zusammen. Als erstes ein dreistockhohes Gebäude mit vierzig Räumen als Zentrale. Wir beeilten uns mit der Arbeit, denn die Mittelperiode stand bevor, und man kann keine Schreibarbeit erledigen, wenn man nur nach Gefühl lesen und schreiben kann. Doch meine Gedanken waren bei der ›Arche‹. Ich hob den Telefonhörer ab und rief die Radiofunkbaracke an, um mich danach zu erkundigen. »Hab gerade einen Funkspruch von ihnen aufgefangen«, sagte der Funker. »Sie sind eingekurvt, aber nicht nahe genug, um vor der Mittelperiode zu landen. Sie kommen unmittelbar danach herein.«

»O. K.«, sagte ich und gab die Hoffnung auf, daß sie einen Tag Verspätung haben würden. Ich stand auf und ging ans Fenster. Wir näherten uns der Mittelposition, einwandfrei. Oben am Himmel, im Norden, konnte ich sehen, wie Placet auf uns zukam.

»Mike«, sagte ich, »komm her.«

Sie kam zu mir ans Fenster, und wir standen da und schauten. Ich hatte den Arm um sie. Ich erinnerte mich nicht, ihn dorthin gelegt zu haben, aber ich nahm ihn nicht weg, und sie bewegte sich nicht.

Hinter uns räusperte sich Reagan.

»Ich geb die Liste, soweit wir sie bisher haben, dem Funker. Er kann es gleich nach der Mittelperiode in den

Äther jagen.« Er ging hinaus und schloß die Tür hinter sich.

Michaelina schien ein wenig näher zu rücken. Wir sahen beide zum Fenster hinaus auf Placet, der auf uns zuschoß. »Schön, Phil, nicht wahr?« sagte sie.

»Ja«, sagte ich. Aber ich wandte mich zu ihr und sah sie an, als ich es sagte. Dann – ich hatte es nicht gewollt – küßte ich sie.

Ich ging zurück und setzte mich an meinen Schreibtisch. »Phil«, sagte sie. »Was ist los? Du hast doch nicht irgendwo eine Frau und sechs Kinder versteckt – oder? Du warst Junggeselle, als ich in dich vernarrt war, am Erd-Polytech – und ich ließ fünf Jahre verstreichen, um darüber hinwegzukommen, und es gelang mir nicht. Da ergatterte ich mir schließlich einen Job auf Placet, nur um ... Muß *ich* dir einen Antrag machen?«

Ich stöhnte. Ich sah sie nicht an. Und ich sagte: »Mike, ich bin verrückt nach dir. Aber – gerade bevor du kamst, schickte ich ein Funkschreiben auf die Erde hinunter, das aus zwei Worten bestand: ›Ih geh‹. Ich muß also Placet mit diesem Turnus der ›Arche‹ verlassen, und ich bezweifle, ob ich auch nur eine Lehrstelle bekommen kann, jetzt, wo mir das Erd-Zentrum im Nacken sitzt, und –«

Sie sagte: »Aber Phil«, und kam mir einen Schritt entgegen.

Da wurde an der Tür geklopft, es war Reagan. Dieses eine Mal freute ich mich über die Unterbrechung. Ich rief: »Herein«, und er machte die Tür auf.

»Haben Sie's Mike schon gesagt?« Ich nickte düster.

Reagan grinste. »Gut«, sagte er; »ich konnte es schon nicht mehr erwarten, es ihr zu sagen. Es wird prima sein, Ike wiederzusehen.«

»Was?« antwortete ich. »Welchen Ike?«

Reagans Grinsen erstarb. Er sagte: »Phil, lassen Sie nach, oder was? Erinnern Sie sich nicht daran, daß Sie mir die Antwort auf dieses Funkschreiben vom Erd-Zentrum gegeben haben, vor vier Tagen, gerade bevor Mike zu uns kam?«

Ich starrte ihn an mit offenem Mund. Ich hatte dieses Funkschreiben nicht einmal gelesen, geschweige denn beantwortet. War er ein Psychopath geworden oder ich? Ich erinnerte mich, daß ich es in die Schreibtischlade geworfen hatte. Ich riß die Lade auf und fischte es heraus. Meine Hand zitterte ein wenig, als ich es las: ›ANFORDERUNG ZWEITER ASSISTENT BEWILLIGT: WEN WOLLEN SIE FUER DEN JOB?‹

Ich schaute wieder auf Reagan und sagte: »Du willst mir einreden, daß ich darauf eine Antwort geschickt habe?«

Er sah so verdattert drein, wie ich mich fühlte. »Sie haben es mir aufgetragen«, sagte er.

»Was«, sagte ich, »solltest du darauf antworten?«

»I–G–«, buchstabierte Reagan, »Abkürzung für Ike Gritt natürlich.« Er starrte mich an. »Chef, fühlen Sie sich nicht wohl?«

Ich fühlte mich so wohl, daß etwas in meinem Kopf zu explodieren schien. Ich erhob mich und ging zu Michaelina.

»Mike, willst du meine Frau werden?« Ich schlang meine Arme um sie, gerade noch rechtzeitig, bevor die Mittelperiode über uns herabsank, so daß ich nicht sehen konnte, wie sie aussah, und umgekehrt. Doch über ihre Schulter hinweg sah ich etwas, das Reagan sein mußte. Ich sagte: »Hinaus mit dir, du Affe«, und das stimmte buchstäblich, denn das war genau das, war er zu sein schien: ein hellgelber Affe.

Der Boden wankte unter meinen Füßen, aber mit mir gingen auch noch andere Dinge vor, und ich begriff nicht, was das Schwanken bedeutete, bis sich der Affe umwandte und schrie: »Ein Schwarm Vögel saust unter uns durch, Chef! Schnell raus mit uns, bevor –«

Weiter kam er nicht, als auch schon das Haus rund um uns niederging, und das Blechdach mich am Kopf traf und ins Land der Träume schickte.

Placet ist ein irrer Ort. Ich mag ihn.

Blut

Vron und Dreena, die beiden letzten Überlebenden aus dem Geschlecht der Vampire, flohen in ihrer Zeitmaschine in die Zukunft, um der Vernichtung zu entgehen. Sie hielten einander an der Hand und sprachen sich gegenseitig in ihrem Schrecken und Hunger Trost zu.

Im einundzwanzigsten Jahrhundert waren ihnen die Menschen auf ihre Schliche gekommen. Man hatte entdeckt, daß die Legende von den Vampiren, die geheim unter Menschenwesen lebten, ganz und gar keine Legende, sondern Tatsache war. Ein Pogrom hatte stattgefunden, in dessen Verlauf man jeden Vampir aufgestöbert und getötet hatte. Bis auf diese zwei, die bereits an einer Zeitmaschine gearbeitet und sie rechtzeitig fertiggekriegt hatten, um in ihr zu entkommen. Weit genug in die Zukunft, dorthin, wo sogar das Wort ›Vampir‹ vergessen war – damit sie wieder unbeargwohnt leben und aus ihren Lenden ihre Rasse fortpflanzen konnten.

»Ich habe Hunger, Vron. Entsetzlichen Hunger.«

»Ich ja auch, Dreena-Schätzchen. Wir werden bald wieder stehenbleiben.«

Sie waren schon viermal stehengeblieben und jedesmal mit knapper Not dem Tod entronnen. Man hatte sie *nicht* vergessen. Die letzte Rast, vor einer halben Million Jahren, hatte ihnen eine Welt gezeigt, die auf den Hund gekommen war – buchstäblich auf den Hund: die Menschen waren ausgestorben, und die Hunde waren zivilisiert und menschenähnlich geworden. Dennoch hatte man sie als das erkannt, was sie waren. Es gelang ihnen einmal, etwas zu sich zu nehmen, das Blut einer zarten

jungen Hündin. Doch dann waren sie wie Hunde zu ihrer Zeitmaschine zurückgejagt und auf ihrer Flucht weitergehetzt worden.

»Danke für die Rast«, sagte Dreena. Sie seufzte.

»Bedank dich nicht bei mir«, entgegnete Vron grimmig. »Es geht nicht mehr weiter. Wir haben keinen Treibstoff mehr und werden hier auch keinen kriegen – in dieser Epoche sind alle radioaktiven Stoffe zu Blei geworden. Entweder wir bleiben also hier – oder . . .«

Sie stiegen aus, um die Gegend zu erforschen. »Schau«, sagte Dreena erregt und zeigte auf etwas, das auf sie zukam. »Ein neues Geschöpf! Die Hunde sind ausgestorben, und etwas anderes hat sich an ihre Stelle gesetzt. Wir sind sicher vergessen.«

Das herannahende Geschöpf besaß die Gabe der Gedankenübertragung. »Ich habe eure Gedanken gehört«, sagte eine Stimme in ihrem Kopf. »Ihr möchtet wissen, ob wir ›Vampire‹ kennen, was immer das sein mag. Wir kennen sie nicht.«

Dreena unklammerte Vrons Arm vor Begeisterung. »Freiheit!« raunte sie hungrig. »Und *Essen*!«

»Ihr möchtet auch meine Abstammung und Entwicklung kennen«, sagte die Stimme. »Alles Leben heutzutage ist Gemüse. Ich –« Es verneigte sich tief vor ihnen. »Ich, Angehöriger der herrschenden Rasse, war einmal, was man zu eurer Zeit eine Rübe genannt hat.«

Flitterwochen in der Hölle

Am 16. September des Jahres 19.. ging alles wie gewöhnlich, nur ein wenig schlechter. Der Kalte Krieg, der zwischen den Vereinigten Staaten und der Östlichen Allianz – Rußland, China und deren kleinere Satelliten – zu- und abnahm, war wärmer, als er je gewesen war. Krieg, heißer Krieg, schien nicht nur unvermeidlich, sondern sogar unmittelbar bevorstehend. Das Wettrennen nach dem Mond war eine der unmittelbaren Ursachen. Jede Nation hatte ein paar Mann auf ihm gelandet und jede beanspruchte nun den Erdtrabanten für sich. Alle waren draufgekommen, daß die von der Erde hinaufgeschickten Raketen nicht genügten, eine ständige Mondbasis einzurichten, und daß nur die Errichtung einer solchen mächtigen Basis über den Besitz des Mondes entscheiden konnte. Und so war jede Nation (der Einfachheit halber wollen wir die Östliche Allianz als Nation bezeichnen, obwohl sie das nicht im eigentlichen Sinne war) daran, den Bau einer Raumstation voranzutreiben, die auf eine Umlaufbahn um die Erde gebracht werden sollte.

Mit einer solchen Zwischenstufe im Weltraum war der Mond praktisch zu erreichen, und der Bau bewaffneter Basen mit starker Besatzung war dann verhältnismäßig einfach. Wer als erster dort war, der konnte nicht nur einen Besitz*anspruch* darauf erheben, sondern diesen Anspruch auch durchsetzen. Militärische Geheimhaltung hielt auf beiden Seiten der Öffentlichkeit verborgen, wie nahe man der Fertigstellung jeder Raumstation war; doch glaubte man allgemein – und dies traf auch zu –, daß die Frage in einem, äußerstenfalls in zwei Jahren gelöst sein würde.

Keine Nation konnte es sich leisten, die andere den Mond beherrschen zu lassen. Soviel war sogar bereits denen klargeworden, die verzweifelt versuchten, den Frieden aufrechtzuerhalten.

Am 17. Dezember 19.. fiel einem Statistiker in der Geburtsabteilung der New Yorker Stadtverwaltung (er hieß Wilbur Evans, aber das tut nichts zur Sache) auf, daß von achthundertdreizehn Geburten vom Vortag sechshundertsiebenundfünfzig Mädchen und nur hundertsechsundfünfzig Buben waren. Er wußte, daß dies statistisch praktisch unmöglich war. In einer Kleinstadt, wo es nur, sagen wir, zehn Geburten am Tage gibt, ist es durchaus denkbar – und ganz und gar nicht alarmierend –, daß an irgendeinem bestimmten Tag neunzig oder sogar hundert Prozent der Geburten vom selben Geschlecht sein können. Bei einer so hohen Zahl wie achthundertdreizehn ist ein so krasses Verhältnis wie sechshundertsiebenundfünfzig zu hundertsechsundfünfzig alarmierend.

Wilbur Evans ging zu seinem Abteilungsleiter, und auch dieser war interessiert und höchst beunruhigt. Man unternahm telefonische Rückfragen – zuerst in nahe gelegenen Städten und, als sich die Beweise mehrten, in immer entfernteren. Am Abend dieses Tages wußten die vor einem Rätsel stehenden Leute, die die Nachforschungen anstellten – und zu diesem Zeitpunkt waren bereits ziemlich viele daran interessiert –, daß in jeder untersuchten Stadt dasselbe passiert war. Die Geburtenzahl an diesem Tag zeigte in der ganzen westlichen Hemisphäre und in Europa im Durchschnitt dasselbe Bild: drei Buben auf dreizehn Mädchen.

Eine Überprüfung früherer Unterlagen zeigte, daß diese Entwicklung schon fast vor einer Woche eingesetzt hatte, zunächst aber nur mit einem leichten Überwiegen der Mädchen. Erst seit ein paar Tagen war das Mißverhältnis offensichtlich. Am fünfzehnten war das Verhältnis drei Buben auf je fünf Mädchen gewesen, und am sechzehnten vier zu vierzehn. Die Zeitungen kamen natürlich hinter die Geschichte und spielten sie einander zu. Die Fernsehkomiker hatten ihren Spaß daran, wenn auch nicht ihre Zuhörerschaft. Vier Tage später, am 21. September, war nur ein Kind von siebenundachtzig, die im Lande geboren wurden, männlichen Geschlechts. Das war nicht mehr lustig. Die Bevölkerung und die Regierungen fingen an, unruhig zu werden. Biologen und Laboratorien, die bereits begonnen hatten, das Phänomen zu untersuchen, machten es nun zu ihrem Hauptprojekt. Die Fernsehkomiker hörten mit den Witzen auf, als eine Pointe darüber aus dem Munde des prominentesten Komikers im Lande achthundertfünfundsiebzigtausendvierhundertachtzig empörte Teilnehmerbriefe nach sich zog und ihn seinen Vertrag gekostet hatte.

Am 29. September schienen in der normalen Geburtenziffer der Vereinigten Staaten nur mehr einundvierzig Buben auf. Nachforschungen zeigten, daß jeder einzelne eine Spätgeburt oder ein Nachzügler war. Es wurde offenkundig, daß im Verlauf der zweiten Dezemberhälfte des vergangenen Jahres kein Kind männlichen Geschlechts empfangen worden war.

Zu dieser Zeit wußte man allerdings bereits, daß es sich um einen weltweiten Zustand handelte, der in den Ländern der Östlichen Allianz ebenso herrschte wie in den Vereinigten Staaten und in jedem anderen Land und

Gebiet der Welt: bei den Eskimos, bei den Ubangi wie bei den Indianern in Feuerland.

Das seltsame Phänomen, was es auch immer war, betraf jedoch nur die Menschen. Sowohl bei den wilden Tieren als auch bei den Haustieren zeigten die Geburten das übliche Verhältnis zwischen den beiden Geschlechtern.

Die Arbeit an beiden Raumstationen wurde fortgesetzt, aber das Gerede vom Krieg – und von Ereignissen, die zum Krieg führen mochten – ging zurück. Die menschliche Rasse hatte etwas Neues, etwas weniger Dringendes, auf lange Sicht aber weit Schlimmeres, worüber sie sich den Kopf zerbrechen konnte. Trotz der offensichtlichen Unvermeidlichkeit des Krieges glaubten wenige, daß er das völlige Ende der menschlichen Rasse herbeiführen werde; ein vollkommener Mangel an männlichem Nachwuchs dagegen konnte das schon. Sehr, sehr endgültig sogar.

Und diesmal geschah etwas, wofür die Vereinigten Staaten nicht die Östliche Allianz verantwortlich machen konnten und umgekehrt. Der Osten – China und Indien im besonderen – litt vielleicht mehr darunter als der Westen, denn in diesen Ländern ist männliche Nachkommenschaft von höchster gefühlsmäßiger Bedeutung für die Eltern. Es gab Unruhen sowohl in China wie in Indien, und zwar sehr blutige Unruhen, bis das Volk erkannte, daß es ja gar nicht wußte, gegen wen oder was sich seine Wut richtete, und wieder in unglückliche Passivität zurücksank.

In den fortgeschritteneren Ländern gingen die Laboratorien zu Vierundzwanzigstundenschichten über, und jedermann, der ein Gen von einem Chromosom zu unterscheiden vermochte, konnte sich in Papiergeld aufwiegen lassen, bloß dafür, daß er – wie ergebnislos auch immer – durch ein Mikroskop schaute. Anerkannte Biologen und Genetiker wurden wichtiger als Präsidenten und Diktatoren. Aber sie riefen nur Kulte hervor, die überall aus dem Boden schossen (obzwar vor allem in Kalifornien) und die für das, was geschah, alles verantwortlich machten, von einer Verschwörung der Weisen von Zion bis (mit ungewöhnlicher Klugheit) zu einer Invasion aus dem Weltraum; die alles predigten, von fleischfreier Nahrung bis (wiederum mit ungewöhnlicher Klugheit) zu einer Wiederbelebung der Phallus-Kulte.

Trotz der Wissenschaftler und der Kulte, trotz der Unruhen und der Resignation wurde im Dezember 19.. nirgendwo auf der Welt auch nur ein einziger Knabe geboren. Es hatte vereinzelte Fälle, aber alles ganz späte Geburten, im Oktober und November gegeben.

Im Jänner 19.. war es wiederum nichts. Nicht, daß irgendeiner der dazu Berechtigten und Befähigten es nicht versucht hätte. Außer vielleicht die eine Person, die dazu ausersehen war, in dieser Angelegenheit mehr zu tun als jeder andere – nun, als fast jeder andere.

Nicht, daß Hauptmann i. R. Raymond F. Carmody von der US-Raumwaffe ein Weiberfeind gewesen wäre, genaugenommen. Er mochte Frauen recht gern, sowohl in der Vorstellung als auch in der Wirklichkeit. Aber er war einmal arg vor den Kopf gestoßen worden und damit von jeder Heiratslust kuriert. Davon abgesehen, nahm er die Frauen, wie er sie fand – und es bereitete ihm keine Schwierigkeiten, welche zu finden.

Zum einen darf man sich nicht vom ›i. R.‹ irreführen lassen. In der Raumwaffe werden Raketenpiloten im reifen hohen Alter von fünfundzwanzig in den Ruhestand versetzt. Das Draufgängertum, die Reaktionsschnelligkeit und Widerstandsfähigkeit der Jugend sind da viel wichtiger als Erfahrung. Bei einer Raketenfahrt kommt es nicht darauf an, irgendwas Besonderes zu *tun*; es handelt sich vielmehr darum, daß man zäh genug ist, am Leben und bei Verstand zu bleiben, bis man ans Ziel gelangt. Techniker leisten die Kopfarbeit, und das einzige, was man zu bedienen hat, sind Bremsraketen, die einem helfen, bei der Landung ganz herunter zu kommen; Reaktionsschnelligkeit ist bei diesem Manöver wichtiger als Erfahrung. Weder Schnelligkeit noch Erfahrung helfen einem indessen, wenn man unterwegs übergeschnappt ist, weil man praktisch tagelang in einem Stahlsarg lebt oder weil einem fehlt, was man braucht, um bei einer guten Landung nicht umzukommen. Und eine gute Landung ist eine, bei der man auf eigenen Beinen weggeht, nachdem man das Bewußtsein wiedererlangt hat.

Das ist der Grund, weshalb Ray Carmody mit siebenundzwanzig Jahren Raketenpilot im Ruhestand war. Abgesehen von Testflügen auf der Erde und in Erdnähe, hatte er einen erfolgreichen Mondflug mit Landung und Rückkehr durchgeführt. Es war der fünfzehnte Versuch gewesen und der dritte erfolgreiche. Es hatte nachher noch zwei geglückte Flüge gegeben – insgesamt fünf erfolgreiche Rundreisen von achtzehn Versuchen.

Jede bis jetzt entworfene Rakete war jedoch kaum imstande gewesen, soviel Treibstoff mitzuführen, um mit ihrer Einmannbesatzung zur Erde zurückzukehren, wobei die Verpflegung für die dazu erforderliche Zeit ausgesprochene Hungerrationen darstellte. Und sogar dazu brauchte man Stufenraketen, und das sind schrecklich kostspielige und heikle Dinger.

Vor zwei Jahren, als Carmody sich von der Raumwaffe zurückgezogen hatte, räumte man ein, daß die Errichtung einer ständigen Mondbase welcher Art auch immer so lange völlig unpraktisch sein mußte, als nicht eine Raumstation auf einer Umlaufbahn um die Erde als Zwischenstation fertiggestellt war. Vergleichsweise riesige Raketen konnten eine Raumstation mit verhältnismäßiger Leichtigkeit erreichen. Mit einem Start von einer Station im freien Raum und bei einer entsprechend geringeren Schwerkraftanziehung durch die Erde mußte die restliche Reise zum Mond noch viel einfacher sein.

Aber wir entfernen uns von Ray Carmody, wie Carmody sich von der Raumwaffe entfernte. Er hätte einen Schreibtischposten haben können, als ihn sein Alter in den Ruhestand schob, einen Job, der ihm mehr eingetragen hätte, als er im Augenblick bekam. Aber er wußte wenig von der technischen Seite des Raketenwesens, und er wußte noch weniger von Verwaltungskleinkram, für den er sich auch nicht interessierte. Am meisten fesselte ihn Kybernetik, also die Wissenschaft von den elektronischen Rechenmaschinen. Diese großen Maschinen hatten ihn immer fasziniert, und er fand einen Job an der größten von allen, die in einem Gebäude am Rand des Pentagon-Geländes stand, das man 1958 eigens für sie errichtet hatte.

Die Leute, die damit umgingen, nannten das Ding einfach ›Junior‹. Carmodys spezieller Job war der eines ›Operators, Stufe I‹, und ›Stufe I‹ bedeutete, daß – trotz seines Ruhms als einer der wenigen Männer, die auf dem Mond gewesen und lebend zurückgekehrt waren, und trotz seines besonders ehrenhaften Abschieds im Range eines Hauptmanns – sein Leben bis zu den ersten

Anfängen überprüft worden war, damit man sicher sein konnte, daß er nie, nicht einmal in der Wiege, ein unvorsichtiges oder subversives Wort gesprochen hatte.

Es gab nur noch drei andere ›Operatoren, Stufe I‹, die qualifiziert waren, ›Junior‹ Fragen zu stellen und seine Antworten auf Fragen mit Sicherheitsrisiko zu übermitteln – und das schloß Fragen über Logistik, Atomwissenschaft, Ballistik und Raketenwissenschaft, ferner militärische Pläne aller Art und alles übrige ein, das die Militärmächte als geheim betrachten. Was bekanntlich praktisch alles ist, außer der Farbe, die man für die Infanterieuniform vorzieht.

Die Östliche Allianz würde zweifellos drei Marionetten-Diktatoren und das Leninmausoleum dafür gegeben haben, um einen Agenten oder auch nur Gesinnungsfreund als ›Operator, Stufe I‹ am ›Junior‹ zu haben. Aber selbst die ›Operatoren, Stufe II‹, die nur Dinge in die Hand bekamen, die sich auf nichtklassifizierte Angelegenheiten bezogen, wurden mit äußerster Sorgfalt auf ihre Loyalität überprüft. Möglicherweise, damit sie ›Junior‹ keine subversiven Frage stellten oder subversive Ideen in sein elektronisches Äquivalent von einem Gehirn praktizierten.

Sei dem wie ihm wolle, am Nachmittag des 2. Februar 19.. war Roy Carmody Programmierer vom Dienst im Kontrollraum. Der einzige Programmierer natürlich; Dutzende Operatoren waren von Zeit zu Zeit erforderlich, um ›Junior‹ zu bedienen und ihn zu ›füttern‹ – aber immer nur ein Operator versorgte ihn mit Daten oder legte ihm Fragen vor. Carmody war also allein im schalldichten Kontrollraum.

Im Augenblick tat er jedoch nichts. Er hatte soeben

›Junior‹ ein kompliziertes Datengewirr über die Molekularstruktur des Chromosomenmechanismus eingegeben. Und er hatte ›Junior‹ – zum mindestens zehntausendsten Mal – die Preisfrage vorgelegt, die das Überleben der menschlichen Rasse betraf: weshalb alle Kinder nun weiblichen Geschlechts waren und was dagegen unternommen werden konnte.

Es war diesmal eine ganze Menge von Daten, und ›Junior‹ würde ohne Zweifel gut einige Minuten brauchen, um sie zu verdauen, allem übrigen, was ihm jemals mitgeteilt wurde, anzufügen und das Ganze zur Synthese zu erheben. Zweifellos würde er in ein paar Minuten sagen: »Daten ungenügend.« Das war zumindest bisher seine einzige Antwort auf die große Preisfrage gewesen. Carmody lehnte sich zurück und beobachtete die komplizierte Armatur des ›Junior‹ mit Skalen, Hebeln und Kontrollämpchen mit gelangweiltem Blick.

Und da das Eingabe-Mikrophon abgeschaltet war und ›Junior‹ ohnehin nicht hören konnte, was er sagte, der Kontrollraum dazu schalldicht war, so daß ihn auch niemand anders hören konnte, nahm er sich kein Blatt vor den Mund.

»Junior«, sagte er, »es tut mir unendlich leid, aber du bist keine besondere Offenbarung in dieser besonderen Angelegenheit. Wir haben dir alles eingegeben, was irgendein Genetiker, Chemiker oder Biologe in dieser Hälfte der Welt weiß, und alles, was man von dir haben kann, ist dieses ›Daten ungenügend‹-Zeug. Was willst du von uns – Blutproben?

Oh, du bist in manchen Dingen wirklich prima. Du bist nicht zu schlagen bei Umlaufbahnen und Raketentreibstoffen, aber von *Frauen* verstehst du halt einfach nichts, wie? Well, ich auch nicht, das schwöre ich dir. Und ich muß zugeben, du hast der Menschheit auf einem Gebiet einen großen Dienst erwiesen. In der Atomwissenschaft. Du hast uns davon überzeugt, daß, im Falle wir Wasserstoffbomben erzeugten und anwendeten, *beide* Seiten den kommenden Krieg verlieren würden. Und wir besitzen vertrauliche Informationen, aus denen hervorgeht, daß die andere Seite von deinen Brüdern, den Elektronengehirnen drüben, dieselbe Antwort erhalten hat, so daß auch sie keine Wasserstoffbombe bauen und anwenden wird. Einen Krieg mit Wasserstoffbomben gewinnen, das ist ungefähr so, als wollte man einen Ringkampf mit Handgranaten gewinnen; es ist genauso ungesund für dich wie für deinen Gegner. Aber wir sprachen ja nicht von Handgranaten, sondern von Frauen. Das heißt, ich sprach davon. Hör zu, Junior –«

Ein Licht flammte auf und erlosch in Abständen, nicht an ›Juniors‹ Instrumentenfront, sondern an der Decke. Es war dies das Signal für einen hereinkommenden Anruf über das Haussystem. Das konnte natürlich nur der Chefoperator sein; niemand anders konnte, sei es über das Haussystem, sei es auf irgendeine andere Art der Nachrichtenübermittlung, diesen Kontrollraum erreichen.

Carmody schaltete ein.

»Beschäftigt, Carmody?«

»Nicht im Augenblick, Chef. Ich habe Junior eben das Material über die Molekularstruktur der Gene und Chromosomen eingegeben. Ich warte jetzt auf seine Antwort ›Daten ungenügend‹, aber er braucht noch ein paar Minuten dazu.«

»Okay. Sie beenden Ihren Dienst in fünfzehn Minuten. Wollen Sie dann bitte zu mir ins Büro kommen, sobald

Sie abgelöst wurden? Der Präsident möchte Sie sprechen.«

Carmody entgegnete: »Du lieber Gott! Ich werde mein bestes Schürzchen umbinden.«

Er schaltete wieder ab. Rasch, denn auf ›Juniors‹ Instrumentenwand flammte ein grünes Licht auf. Er schaltete die Eingabe- und Abgabemikrophone wieder ein und sagte: »Well, Junior?«

»Daten ungenügend«, sagte ›Junior‹ mit seiner flachen Instrumentenstimme.

Carmody seufzte und notierte die Antwort der Maschine auf einem Bericht, der in einer Frage auslief, die er ins Mikrophon eingegeben hatte. Dann sagte er: »Junior, ich schäme mich für dich. All right, schauen wir, ob es noch was gibt, das ich fragen kann und worauf ich in fünfzehn Minuten eine Antwort bekomme.«

Er nahm einen Stoß Mappen vom Tisch, an dem er saß, und blätterte sie rasch durch. Keine enthielt weniger als drei Seiten Daten. »Nix«, sagte er, »überhaupt nichts da, was ich dir auf fünfzehn Minuten überlassen könnte. Dann kommt nämlich Bob und löst mich ab. Bis dahin sind wir beide arbeitslos.«

Er lehnte sich zurück und entspannte sich. Er drückte sich nicht von der Arbeit; die Erfahrung hatte gezeigt: obwohl eine kybernetische AE 7-Maschine Wortdaten in Übereinstimmung mit dem jeweils eingestellten Vokabular aufnehmen und diese in mathematische Symbole übersetzen konnte (wie sie die mathematischen Symbole ihrer Antwort zurück in Worte übertrug und diese auf mechanischem Wege sprach), konnte sie sich doch nicht einem Wechsel der Stimme innerhalb einer bestimmten Operation anpassen. Die Anpassung war, wie es sich traf, möglich und geschah auch an Carmodys Stimme oder an der von Bob Dana, der ihn in Kürze ablöste. Wenn aber Carmody mit einem bestimmten Problem anfing, mußte er es selbst zu Ende führen. Sonst mußte Bob alles löschen und wieder von vorne anfangen. Es hatte also keinen Sinn, etwas anzufangen, zu dessen Durchführung ihm nicht die Zeit blieb.

Er überflog einige der Berichte und Fragen, um die Zeit totzuschlagen. Der eine über die Raumstation interessierte ihn am meisten, doch fand er ihn zu technisch, um ihn zu verstehen.

»Aber dir wird er nicht zu technisch sein«, sagte er zu ›Junior‹. »Bruderherz, ich muß dir das einflößen; wenn es sich um irgendwas außer Frauen handelt, bist du ja wirklich gut.«

Der Hebel war eingeschaltet, aber da keine Frage gestellt worden war, gab ›Junior‹ natürlich keine Antwort. Carmody warf die Mappen hin und funkelte ›Junior‹ drohend an. »Junior«, sagte er, »das ist wirklich deine Schwäche, Frauen. Und es gibt keine Genetik ohne Frauen, eh?«

»Nein«, sagte ›Junior‹.

»Well, soviel weißt du auch. Aber sogar ich weiß es. Schau, ich sag dir was, was dich zur Schnecke machen wird. Die Blonde, die ich gestern abend auf der Party kennenlernte – was ist mit der?«

»Die Frage«, sagte ›Junior‹, »ist unzulänglich formuliert. Bitte klarer ausdrücken.«

Carmody grinste. »Du willst, daß ich dir eine anschauliche Schilderung gebe, aber ich werde dir was pfeifen. Ich frage dich nur – soll ich mich mit ihr wieder treffen?«

»Nein«, sagte ›Junior‹, mechanisch aber unerbittlich.

Carmodys Augenbrauen gingen in die Höhe. »Hol dich der Teufel. Und darf ich fragen, warum du das sagst, nachdem du die Dame gar nicht kennst?«

»Ja, Sie dürfen fragen, warum.«

Das war das Böse mit ›Junior‹; er beantwortete immer die Frage, die tatsächlich gestellt worden war, und nicht das, was man damit meinte.

»Warum?« fragte Carmody, nun wirklich neugierig darauf, welche Antwort er erhalten würde. »Vor allem, warum soll ich mich mit der Blonden, die ich gestern abend kennenlernte, nicht wieder treffen?«

»Heute abend«, sagte ›Junior‹, »werden Sie zu tun haben. Und vor morgen abend werden Sie verheiratet sein.«

Carmody ging fast buchstäblich in die Luft. Das Elektronengehirn war vollkommen übergeschnappt. Es konnte nicht anders sein. Die Wahrscheinlichkeit, daß er morgen heiratete, war genauso groß wie die, daß ein Känguruh eine Reiseschreibmaschine zur Welt brachte. Darüber hinaus gab ›Junior‹ niemals Voraussagen über die Zukunft zum besten – außer natürlich über Dinge wie Umlaufbahnen oder die statistische Umkehrung von Trends.

Carmody starrte noch immer ›Juniors‹ gefühllose Instrumentenwand in äußerstem Unglauben und beträchtlicher Konsternierung an, als das rote Licht, das sie statt einer Türklingel hatten, an der Decke aufflammte. Seine Schicht war um. Bob Dana war gekommen, um ihn abzulösen. Es blieb keine Zeit, um weitere Fragen zu stellen, doch konnte er im Augenblick ohnehin nur ›Bist du verrückt?‹ denken. Carmody fragte es nicht. Er wollte es gar nicht wissen.

Er schaltete beide Mikrophone ab, stand lange da und blickte auf ›Juniors‹ gefühllose Instrumentenwand. Dann schüttelte er den Kopf, ging zur Tür und öffnete sie. Bob Dana sauste herein und blieb dann stehen, um Carmody zu beäugen. »Was ist los, Ray? Du siehst aus, als hättest du gerade ein Gespenst gesehen, wenn ich etwas Abgedroschenes sagen darf.«

Carmody schüttelte den Kopf. Er wollte nachdenken, bevor er zu irgend jemandem darüber sprach, und wenn er sich zum Reden entschloß, dann mit Chefoperator Reeber und mit niemand anders. So sagte er: »Bin bloß ein bißchen down, Bob.«

»Was Besonderes passiert?«

»Nix. Außer, daß sie mich vielleicht rausschmeißen. Reeber möchte mich sprechen, bevor ich gehe.« Er grinste. »Sagt, der Präsident will mich sprechen.«

Bob kicherte anerkennend. »Wenn er zu Späßen aufgelegt ist, wird er dich schon nicht gleich hinauswerfen. Viel Glück.«

Die schalldichte Tür fiel hinter Carmody ins Schloß, und er nickte den beiden bewaffneten Posten zu, die davor Wache standen. Er versuchte, sich die Dinge sorgfältig in Gedanken zurechtzulegen, als er den langen Korridor zum Büro des Chefs hinunterschritt.

War mit ›Junior‹ etwas nicht in Ordnung? Wenn ja, so war es seine Pflicht, dies zu melden. Aber wenn er das tat, so brachte er sich selbst auch in Schwierigkeiten. Ein Operator hatte an das große Elektronengehirn keine Fragen zu richten. Der Umstand, daß es eine scherzhafte Frage war, würde es noch schlimmer machen.

Aber ›Junior‹ hatte ihm entweder im Scherz geantwortet – und das konnte nicht sein, weil er keinen Sinn für

Humor besaß –, oder aber er hatte sich einfach glatt geirrt. Zweimal sogar. ›Junior‹ hatte gesagt, Carmody würde heute abend zu tun haben und – well, es *konnte* ja seiner Absicht, einen ruhigen Abend mit Lesen zu verbringen, etwas in die Quere kommen. Aber die Idee, daß er morgen heiraten würde, war einfach absurd. Es gab keine Frau auf der ganzen Welt, die zu heiraten er die geringste Absicht besessen hätte. O ja, eines Tages vielleicht, wenn er das Leben ein wenig mehr genossen hatte und ein wenig mehr Neigung zum Seßhaftwerden empfand, dann mochte er anders denken. Aber das dauerte noch Jahre. Ganz gewiß aber nicht morgen, nicht einmal auf Grund einer Wette.

›Junior‹ *mußte* sich geirrt haben, und wenn er sich geirrt hatte, dann war das eine schwerwiegende Angelegenheit, bei weitem wichtiger als Carmodys Job.

Also anständig sein und Meldung machen? Er faßte seinen Entschluß, als er an die Tür von Reebers Büro kam. Ein vernünftiger Kompromiß. Er wußte noch nicht wirklich, daß ›Junior‹ unrecht hatte. Nicht bis zu einem Punkt mathematischer Gewißheit – es stand immerhin noch eins zu einer Milliarde dagegen. Also warten, bis auch diese Möglichkeit eliminiert war, bis jenseits allen möglichen Zweifels bewiesen war, daß ›Junior‹ unrecht hatte. Dann konnte er berichten, was er getan hatte, und den Rüffel einstecken, wenn es einen gab. Vielleicht gab es nur eine Geldstrafe und einen Verweis.

Er öffnete die Tür und trat ein. Chefoperator Reeber stand auf, und auf der anderen Seite des Schreibtisches hatte sich ein großer grauhaariger Mann erhoben. Reeber sagte: »Ray, ich darf Sie dem Präsidenten der Vereinigten Staaten vorstellen. Er kam hierher, um Sie zu sprechen. Mr. President, das ist Hauptmann Ray Carmody.«

Es war wirklich der Präsident. Carmody schluckte hart und versuchte auszusehen, als ob er es nicht nötig hätte, zweimal hinzuschauen, was er aber nötig hatte. Dann lächelte Präsident Saunderson ein ruhiges Lächeln und streckte ihm die Hand entgegen. »Sehr erfreut, Sie kennenzulernen, Hauptmann«, sagte er, und Carmody gelang die beträchtliche Untertreibung, er fühle sich geehrt, die Bekanntschaft des Präsidenten zu machen.

Reeber sagte ihm, er solle sich einen Stuhl holen, was er tat. Der Präsident betrachtete ihn ernst. »Hauptmann Carmody, wir haben Sie für die Chance ausersehen, sich freiwillig für einen Einsatz von äußerster Wichtigkeit zu melden. Es ist Gefahr dabei, aber weniger als bei Ihrer Mondfahrt. Sie unternahmen den dritten Flug – war es nicht der dritte? – von fünf erfolgreichen, die von Piloten der Vereinigten Staaten durchgeführt wurden.«

Carmody nickte.

»Diesmal ist das Risiko, das Sie auf sich nehmen müssen, wesentlich geringer. Es hat im Raketenwesen viel technischen Fortschritt gegeben, seit Sie vor zwei Jahren den Dienst quittierten. Die Chancen für einen erfolgreichen Hin- und Rückflug sind wesentlich besser, auch ohne die Raumstation, auf deren Vollendung wir wohl noch zwei Jahre werden warten müssen. Tatsächlich stehen die Chancen zehn zu eins zu Ihren Gunsten, während es bei Ihrem vorhergehenden Flug eins zu eins stand.«

Carmody richtete sich kerzengerade auf. »Mein vorhergehender Flug! Dann handelt es sich also bei diesem freiwilligen Einsatz wieder um einen Mondflug? Gewiß, Mr. President. Ich will gerne –«

Präsident Saunderson hob die Hand. »Augenblick. Sie haben noch nicht alles gehört. Der Flug zum Mond und die Rückkehr ist der einzige Teil, der körperliche Gefahr mit einschließt, ist aber der am wenigsten wichtige. Hauptmann, diese Aufgabe ist möglicherweise von größerer Tragweite für die Menschheit als der erste Mondflug, ja sogar als der erste Flug zu anderen Planeten – wenn und wann wir diesen jemals vollbringen – es sein wird. Was auf dem Spiel steht, ist das Überleben der menschlichen Rasse, so daß sie eines Tages die Sterne überhaupt erreichen kann. Ihr Mondflug stellt einen Versuch dar, das Problem zu lösen, das sonst –«

Er hielt inne und wischte sich mit dem Taschentuch die Stirn ab.

»Vielleicht sollten lieber Sie das erklären, Mr. Reeber. Sie sind besser darüber unterrichtet, wie man das Problem genau Ihrer Maschine vorgelegt hat und wie deren Antworten ausfielen.«

Reeber sagte: »Carmody, Sie wissen, worum es sich dreht. Sie wissen, wie viele Daten wir ›Junior‹ diesbezüglich eingegeben haben. Sie kennen einige der Fragen, die wir ihm vorlegten, und wissen, daß wir imstande waren, gewisse Dinge auszuschließen. Wie zum Beispiel – well, es wird nicht durch einen Virus hervorgerufen, nicht durch Bakterien, nichts von der Art. Es läßt sich auch nicht mit einer Epidemie vergleichen, denn es traf die ganze Erde auf einmal, zur selben Zeit. Sogar die eingeborenen Insulaner, die keine Berührung mit der Zivilisation haben.

Wir wissen auch, daß, was immer geschieht – welche molekulare Veränderung auch eintritt –, es sich im Zeitraum unmittelbar nach der Befruchtung vollzieht. Wir fragten ›Junior‹, ob eine unsichtbare Strahlung irgendwelcher Art die Ursache sein könnte. Seine Antwort war, daß dies möglich sei. Und in der Beantwortung einer weiteren Frage hieß es, daß diese Strahlung möglicherweise von Feinden der Menschheit angewendet werde.«

»Insekten? Tiere? Marsmenschen?«

Reeber machte eine ungeduldige Handbewegung. »Vielleicht Marsmenschen, wenn es so was überhaupt gibt. Wir wissen das noch nicht. Aber höchstwahrscheinlich außerirdische Wesen. Nun konnte uns ›Junior‹ darüber keine Auskünfte geben, weil wir natürlich keine stichhaltigen Angaben darüber besitzen. Es wäre ein Herumraten für ihn wie für uns – und ›Junior‹, als mechanisches Geschöpf, kann nicht raten. Aber es gibt eine Möglichkeit: Angenommen, irgendwelche Außerirdischen sind wirklich irgendwo auf der Erde gelandet und haben einen Sender errichtet, der eine Strahlenart ausschickt, die das Phänomen verursacht, daß alle Kinder Mädchen werden. Die Strahlung ist nicht feststellbar; zumindest sind wir bis jetzt nicht imstande gewesen, sie festzustellen. Sie könnten auf diese Art die menschliche Rasse ausrotten und sich selbst einen hübschen neuen Planeten als Aufenthaltsort verschaffen, ohne daß sie einen Schuß abzugeben brauchen und ohne selbst irgendeine Gefahr zu laufen oder irgendwelche Verluste hinnehmen zu müssen. Es ist wahr, sie müßten eine Weile warten, bis wir aussterben, aber vielleicht macht ihnen das nichts aus. Vielleicht haben sie unendlich viel Zeit und befinden sich nicht in der geringsten Eile.«

Carmody nickte langsam. »Es klingt phantastisch, aber ich nehme an, es ist möglich. Ich glaube, für eine phantastische Situation wie diese müßte es auch eine phantastische Erklärung geben. Aber was tun wir dagegen? Wie weisen wir es überhaupt nach?«

Reeber meinte: »Wir haben ›Junior‹ die Möglichkeit als Arbeitshypothese eingegeben – und nicht als Tatsache – und ihm die Frage vorgelegt, wie wir damit fertigwerden könnten. Er machte den Vorschlag, ein Ehepaar solle seine Flitterwochen auf dem Monde verbringen – und sehen, ob die Umstände dort irgendwie anders sind.«

»Und Sie wollen, daß ich sie dorthin fliege?«

»Nicht ganz so, Ray. Ein wenig mehr als das –«

Carmody vergaß, daß der Präsident anwesend war. Er stieß aus: »Großer Gott, Sie meinen, ich soll – dann war ›Junior‹ schließlich *doch nicht* verrückt!«

Schuldbewußt mußte er dann von den außerplanmäßigen Fragen erzählen, die er ›Junior‹ nebenbei vorgelegt – und von den Antworten, die er darauf erhalten hatte.

Reeber lachte. »Schätze, wir werden diesmal über Ihren Verstoß gegen Regel 17 hinwegsehen, Ray. Das heißt, wenn Sie den Auftrag übernehmen. Nun, da wäre die –«

»Warten Sie«, sagte Carmody. »Ich möchte noch etwas wissen. Wie konnte ›Junior‹ wissen, daß man mich aussuchen würde? Und was das betrifft, warum hat man mich augesucht?«

»›Junior‹ wurde nach der Qualifikation gefragt, die er für den – äh – Bräutigam empfehlen würde. Er schlug einen Raketenpiloten vor, der den Flug bereits mit Erfolg zurückgelegt hat, selbst wenn er auch ein Jahr oder zwei über das einschlägige Pensionsalter von fünfundzwanzig hinaus sei. Er empfahl, Loyalität als wichtigen Faktor anzusehen, der beim Träger einer hohen Vertrauensstellung im Regierungsdienst gegeben sei. Er empfahl ferner einen Junggesellen.«

»Warum Junggeselle? Sehen Sie, es gibt vier andere

Piloten, die diesen Flug gemacht haben, sie sind alle loyal, ungeachtet dessen, welche Stellung sie jetzt bekleiden. Ich kenne sie alle persönlich. Und die sind alle verheiratet mit Ausnahme von mir. Warum schicken Sie nicht jemanden, der schon seinen Klotz am Bein hat?«

»Aus dem einfachen Grund, Ray, daß die Frau, die wir schicken, mit noch größerer Sorgfalt ausgewählt werden muß. Sie wissen, wie hart eine Mondlandung ist; nur *eine* Frau unter hundert würde das überleben und noch imstande sein, zu – ich meine, es besteht nur eine ganz minimale Chance, daß die Frau irgendeines der anderen vier Piloten auch die qualifizierteste wäre, die zu finden ist.«

»Hmmm. Well, ich nehme an, ›Junior‹ hat da nicht unrecht. Jedenfalls begreife ich nun, wie er wissen konnte, daß gerade ich ausgesucht werden würde. Diese Qualifikation paßt genau auf mich. Aber, hören Sie, muß ich dann auch mit dem weiblichen Wesen, das Amazone genug ist, den Flug zu überstehen, verheiratet bleiben? Es hat alles irgendwo seine Grenze, oder nicht?«

»Natürlich. Sie werden vor dem Start standesamtlich getraut, aber es wird Ihnen ohne Frage für die Zeit nach Ihrer Rückkehr die Scheidung zugesichert, wenn beide – oder einer von Ihnen sie wünschen. Für ein Kind, das dieser Vereinigung entspringt, sofern dies der Fall ist, wird gesorgt werden. Sei es männlichen oder weiblichen Geschlechts.«

»Hey, das ist in Ordnung«, rief Carmody. »Das ist nur eine faire Chance, so oder so.«

»Es werden andere Paare geschickt werden. Der erste Flug ist der schwierigste und wichtigste. Danach wird ein Stützpunkt errichtet. Früher oder später werden wir draufkommen, wenn auch nur ein Kind männlichen Geschlechts auf dem Mond empfangen werden wird. Nicht, daß uns das schon helfen wird, den Sender zu finden, der die Strahlen ausschickt – oder die Strahlen zu entdecken und zu bestimmen, aber wir werden wissen, woran es liegt, und unsere Nachforschungen einengen können. Ich nehme an, daß Sie zusagen?«

Carmody seufzte. »Ich denke schon. Es scheint nur ein großer Umweg zu sein, um – sagen Sie, wer ist denn die Glückliche?«

Reeber räusperte sich. »Ich glaube, diesen Teil der Sache sollten lieber Sie ihm erklären, Mr. President.«

Präsident Saunderson lächelte, als Carmody ihn ansah. Er sagte: »Es liegt ein wichtigerer Grund vor, den Mr. Reeber übergangen hat, weshalb wir niemand Verheirateten nehmen konnten, Hauptmann. Diese Sache vollzieht sich aus sehr wichtigen diplomatischen Erwägungen auf einer internationalen Ebene. Das Experiment dient dem Wohl der Menschheit und nicht irgendeiner Nation oder Ideologie. Ihre künftige Frau ist eine Russin.«

»Eine *Kommunistin*? Sie belieben mit mir zu scherzen, Mr. President.«

»Das tue ich nicht. Sie heißt Anna Borisowna. Ich kenne sie nicht, aber man sagt mir, daß sie ein sehr anziehendes Mädchen ist. Ihre Qualifikation ist ganz ähnlich der Ihren, außer natürlich, daß sie noch nicht auf dem Mond gewesen ist. Keine Frau war das. Aber sie hat Experimental-Raketen auf Kurzstrecken geflogen. Und sie ist kybernetische Programmiererin und arbeitet an der großen Maschine in Moskau. Sie ist vierundzwanzig. Und, nebenbei bemerkt, keine Amazone. Wie Sie wissen, werden Raketenpiloten nicht nach dem Körperumfang ausgewählt. Es birgt einen weiteren Vorteil, daß man sie genommen hat. Sie spricht Englisch.«

»Das heißt, daß ich mit ihr auch reden muß?«

Carmody fing den Blick auf, den Reeber ihm zuwarf, und zuckte zusammen.

Der Präsident fuhr fort: »Sie werden sie morgen in einer Richtstrahl-Fernseh-Zeremonie heiraten. Sie beide starten morgen abend – zu verschiedenen Zeiten natürlich, da der eine bei uns aufbricht, die andere in Rußland. Sie treffen sich auf dem Mond.«

»Der Mond ist groß, Mr. President.«

»Dafür ist gesorgt. Major Granham – Sie kennen ihn, glaube ich?« Carmody nickte. »Er wird Ihren Start und den Abschuß von Versorgungsraketen überwachen. Sie werden heute abend – ein Flugzeug ist für Sie startklar gemacht worden – vom Flughafen hier zum Raketenflughafen Suffolk fliegen. Major Granham wird Sie informieren und Ihnen alle Instruktionen erteilen. Können Sie um sieben Uhr dreißig auf dem Flughafen sein?«

Carmody überlegte und nickte dann. Es war ja jetzt fünf Uhr dreißig, und er würde in diesen zwei Stunden eine Menge zu erledigen und arrangieren haben. Aber es würde gehen, wenn er sich bemühte. Ja, und hatte ihm ›Junior‹ nicht gesagt, er werde heute abend zu tun haben?

»Nur noch eines«, sagte Präsident Saunderson. »Die Sache ist streng vertraulich, bis und vorausgesetzt, daß die Mission glückt. Wir wollen weder hier noch in der Östlichen Allianz Hoffnungen erwecken, die sich dann in Nichts auflösen.« Er lächelte. »Und falls Sie und Ihre Frau auf dem Mond irgendwelchen Zank und Streit haben sollten, so möchten wir nicht, daß das zu internationalen Verwicklungen führt. Also versuchen Sie bitte miteinander auszukommen.« Er streckte ihm die Hand entgegen. »Das ist alles, außer daß ich Ihnen danke.«

Carmody schaffte den Flugplatz rechtzeitig, und das Flugzeug stand da, komplett mit Pilot. Er hatte gedacht, daß er selbst würde fliegen müssen, aber er sah ein, daß es so besser war; so konnte er ein wenig ausruhen, bevor sie in Suffolk Field waren.

Er konnte sich ein wenig ausruhen, aber nicht viel. Es war ein schnelles Flugzeug, das ihn in weniger als einer Stunde hinbrachte. Ein Verbindungsoffizier erwartete ihn und brachte ihn sogleich ins Büro von Major Granham.

Granham war schon mitten in der Sache, fast ehe sich Carmody noch in den angebotenen Stuhl hatte sinken lassen.

Er sagte: »Die Sache sieht so aus. Seit Sie von uns ausgeschieden sind, haben wir die Treffsicherheit unserer Raketen, bemannt oder unbemannt, unerhört steigern können. Sie sind jetzt so treffsicher, daß wir bei entsprechender Sorgfalt im Umkreis einer Meile jeden Fleck auf dem Mond, den wir anvisieren, mit ihnen treffen können. Wir haben den Höllenkrater ausgesucht – es ist zwar ein kleiner Krater, aber wir setzen Sie genau in die Mitte hinein. Sie brauchen sich wegen der Steuerung keine Sorgen zu machen; Sie werden in einer Meile Umkreis vom Zentrum auftreffen und Ihre Bremsraketen zu nichts anderem als zum Bremsen brauchen.«

»Höllenkrater?« sagte Carmody. »Gibt es doch gar nicht.«

»Unsere Mondkarten weisen zweiundvierzigtausend benannte Krater auf. Kennen Sie sie alle? Dieser wurde zufällig nach einem Pater Maximilian Hölle, S. J., benannt, der einmal im alten Österreich Direktor des Wiener Observatoriums war.«

Carmody grinste. »Jetzt verderben Sie's mir. Wieso wurde er dann als Flitterwochennest ausgesucht? Nur wegen des Namens?«

»Nein. Eine der drei erfolgreichen Raketen, die die Russen abschossen, landete und startete dann wieder zufällig dort. Sie fanden den Boden dort besser geeignet als an irgendeinem unserer Landeplätze. Fast kein Staub: Sie werden nicht durch knietiefen Bimsstaub waten müssen, wenn Sie die Nachschubraketen einholen. Vermutlich ein Krater, der nach den anderen entstanden ist, in denen wir gelandet sind oder die wir erforscht haben.«

»Mehr kann man nicht verlangen. Und was die Rakete betrifft, in der ich fliege – woraus besteht die Ladung außer mir selbst?«

»Aus nichts, außer der Verpflegung, Wasser und Sauerstoff, die Sie unterwegs brauchen – und Ihrem Raumanzug. Nicht einmal Treibstoff für Ihre Rückkehr, obwohl Sie in der gleichen Rakete zurückkehren, in der Sie hinfliegen. Alles andere, einschließlich Treibstoff für die Rückkehr, wird Sie dort schon erwarten; es ist jetzt unterwegs. Wir haben gestern abend zehn Versorgungsraketen abgeschossen. Da Sie morgen starten, sind sie achtundvierzig Stunden vor Ihnen dort. Also –«

»Augenblick«, sagte Carmody. »Auf meinem ersten Flug führte ich außer meinem Treibstoff für die Rückkehr fünfzig Pfund Fracht mit. Ist das jetzt eine kleinere Rakete?«

»Ja, und eine viel bessere. Keine Stufenrakete, wie Sie es damals hatten. Besserer und mehr Treibstoff; Sie können länger und mit geringerer Schwerkrafteinwirkung beschleunigen und sind rascher dort. Vierundvierzig Stunden im Vergleich zu den fast vier Tagen früher. Damals beschleunigten Sie sieben Minuten lang mit viereinhalb G. Diesmal werden Sie mit drei G und zwölf Minuten Beschleunigung auskommen, bevor Sie Brennschluß erreichen – die Befreiung von der irdischen Schwerkraft. Auf Ihrem ersten Flug *mußten* Sie Treibstoff für die Rückkehr und eine kleine Fracht mitnehmen, weil wir nicht die nötige Zielsicherheit besaßen, um Ihnen eine Versorgungsrakete nach- oder vorausschießen zu können – mit der Gewißheit, daß sie innerhalb von zwanzig Meilen im Umkreis landet. Ist das klar? Wenn wir hier alles besprochen haben, führe ich Sie zum Nachschubdepot und zeige Ihnen die Art von Versorgungsrakete, die wir verwenden, und wie man sie öffnet und entladet. Ich gebe Ihnen eine Liste vom Inhalt jeder der zwölf Raketen, die wir hinaufgeschossen haben.«

»Und was ist, wenn nicht alle hinkommen?«

»Mindestens elf werden hingelangen. Und alles ist zweifach vorhanden; wenn eine Rakete vom Kurs abkommt, so werden Sie noch immer alles haben, was Sie brauchen – für zwei Personen. Und die Russen feuern eine gleiche Anzahl von Versorgungsraketen ab, so daß Sie einen doppelten Sicherheitsfaktor haben.« Er grinste. »Wenn keine von unseren Raketen hinkommt, werden Sie allerdings möglicherweise Borschtsch essen und Wodka trinken müssen, aber Sie werden nicht verhungern.«

»Machen Sie Witze mit dem Wodka?«

»Vielleicht nicht einmal. Wir haben jedenfalls eine Kiste Whisky beigegeben, natürlich in Leichtbehälter umgefüllt. Wir stellen uns vor, er könnte dazu dienen, das Eis zu brechen, wie das so zu glücklichen Flitterwochen gehört.«

Carmody grunzte.

»Es könnte ja sein«, sagte Granham, »daß sich die Russen dasselbe gedacht und einigen Wodka mitgeschickt haben. Freilich sind auch die Raketentreibstoffe für die Rückkehr nicht dieselben, nebenbei bemerkt, sie können aber wechselweise verwendet werden. Jede Seite schickt genug für die Rückkehr von zwei Raketen. Wenn Ihr Treibstoff nicht hinkommt, dann teilen Sie mit ihr und umgekehrt.«

»Mehr kann man nicht erwarten. Was noch?«

»Sie werden unmittelbar nach dem Morgengrauen hinkommen – nach Mondzeit. Ein paar Stunden lang wird die Temperatur irgendwo zwischen eiskalt und kochend heiß liegen. Sie sollten diese Zeit ausnützen und das Gros Ihrer Arbeit erledigen: die Vorräte aus den Raketen holen und die vorfabrizierte Unterkunft aufbauen, die sich in Teile zerlegt in der Rakete befindet. Wir haben dasselbe Modell im Depot, und ich möchte, daß Sie damit das Zusammensetzen üben.«

»Gute Idee. Ist sie luftdicht und hitzefest?«

»Sie ist luftdicht, wenn Sie die Fugen mit einem Spezialpräparat bestreichen. Die Isolierung ist ausgezeichnet. Es ist auch eine wirklich geniale kleine Luftschleuse dabei. Kein Sauerstoffverlust beim Aus- und Einstieg.«

Carmody nickte. »Aufenthaltsdauer?« wollte er wissen.

»Zwölf Tage. Erdtage natürlich. Da haben Sie vollauf Zeit, um vor der Mondnacht abzudampfen.« Granham kicherte. »Wünschen Sie Instruktionen für diese zwölf Tage? Nein? Würden Sie also dann bitte ins Depot mitkommen. Ich stelle Sie Ihrem Raumschiff vor und zeige Ihnen die Versorgungsraketen und die Unterkunft.«

Und es wurde wirklich ein Abend, an dem er zu tun

hatte. Carmody kam erst gegen Morgen ins Bett, und der Kopf schwirrte ihm derart von Angaben und Zahlen, daß er vergessen hatte, daß dies sein Hochzeitstag war. Granham ließ ihn bis neun Uhr schlafen, dann ließ er ihn durch eine Ordonnanz wecken und ihm sagen, daß die Zeremonie für zehn Uhr angesetzt sei und er sich lieber beeilen solle.

Carmody konnte sich einen Augenblick nicht daran erinnern, was für eine ›Zeremonie‹, dann schauderte ihn, und er beeilte sich.

Ein Friedensrichter wartete auf ihn, und Techniker arbeiteten an einem Bildschirm und einer Fernsehkamera. Granham sagte: »Die Russen waren damit einverstanden, daß die Zeremonie hier bei uns vorgenommen werden kann, vorausgesetzt, daß wir eine Ziviltrauung machen. Sie sind ja damit einverstanden – oder nicht?«

»Na wunderbar«, entgegnete Carmody. »Fangen wir an damit. Oder brauchen wir das am Ende gar nicht? Was mich betrifft –«

»Sie wissen, wie viele Leute darauf reagieren würden, sobald sie erfahren, daß die Sache nicht gesetzlich geregelt ist«, sagte Granham. »Also hören Sie auf zu raunzen und bleiben Sie, wo Sie sind.«

Carmody blieb, wo er war. Ein verwischtes Bild auf dem Schirm der Leitstrahlvision wurde klarer. Und hübscher. Präsident Saunderson hatte nicht übertrieben, als er gesagt hatte, Anna Borisowna sei hübsch und entschieden keine Amazone. Sie war klein, dunkel, schlank und sehr entschieden anziehend und keine Amazone.

Carmody war glücklich darüber, daß niemand die Sache dadurch verdorben hatte, daß er sie in ein Hochzeitskleid steckte. Sie trug die kleidsame Uniform einer

Technikerin, und sie füllte sie bewundernswert aus, mit Kurven an den richtigen Stellen. Ihre Augen waren groß und dunkel, und ihr Blick war ernst, bis sie ihm zulächelte. Erst da wurde ihm klar, daß die Übertragung beiderseitig war, und daß auch sie ihn sah.

Granham stand neben ihm und sagte: »Miss Borisowna, Hauptmann Carmody.«

Carmody sagte albern: »Sehr erfreut« und entschädigte sie dann dafür mit einem Lächeln.

»Ganz meinerseits, Hauptmann.« Ihre Stimme war wohlklingend und hatte nur einen leichten Akzent. »Es ist mir ein Vergnügen.«

Carmody fing an zu glauben, daß es eins sein werde, wenn sie nur nicht über Politik zu streiten begannen.

Der Friedensrichter trat in die Reichweite der Kamera. »Können wir?« fragte er.

»Eine Sekunde«, sagte Carmody. »Es scheint mir, wir haben eine gebräuchliche Einleitung vergessen. Miss Borisowna, wollen Sie meine Frau werden?«

»Ja. Und Sie dürfen Anna zu mir sagen.«

›Sie hat sogar Humor‹, dachte Carmody erstaunt. Irgendwie war es ihm nicht möglich erschienen, daß ein Kommunist Humor haben konnte. Er hatte sie sich alle als todernst in bezug auf ihre lächerliche Ideologie und auf alles andere vorgestellt.

Er lächelte ihr zu und sagte: »All right, Anna. Und Sie können Ray zu mir sagen. Sind Sie soweit?«

Als sie nickte, trat er auf die eine Seite, so daß der Friedensrichter den Bildschirm mit ihm teilte. Die Zeremonie war kurz und geschäftsmäßig.

Er konnte natürlich die Braut nicht küssen oder ihr die Hand schütteln. Aber gerade bevor sie die Kamera abschalteten, gelang es ihm noch, sie anzugrinsen und ihr zu sagen: »Auf Wiedersehen in der Hölle, Anna.«

Doch er wußte bereits, daß es das in Wirklichkeit ganz und gar nicht sein würde.

Er war den Nachmittag hindurch sehr damit beschäftigt, jede Einzelheit des Funktionierens der neuen Raketentype durchzugehen, bis er sie in- und auswendig besser kannte als sich selbst. Ja, man instruierte ihn sogar über Details der russischen Raketen, sowohl der bemannten wie der Versorgungsraketen, und er war überrascht (und innerlich ein wenig entsetzt) darüber, bis zu welchem Ausmaß die Vereinigten Staaten und Rußland Informationen und Geheimnisse ausgetauscht hatten. Das alles konnte nicht in ungefähr einem Tag geschehen sein.

»Seit wann geht das schon so?« wollte er von Granham wissen.

»Ich erfuhr von dem geplanten Flug vor einem Monat.«

»Warum hat man mir das erst gestern gesagt? Oder war ich am Ende nicht die erste Wahl? Ist jemand anders in letzter Minute ausgesprungen?«

»Sie waren von allem Anfang an ausgesucht. Sie waren der einzige, der *allen* Erfordernissen entsprach, die uns der Elektronenrechner gab. Aber erinnern Sie sich nicht mehr, wie das bei Ihrem letzten Flug war? Sie wurden von Ihrem Start erst ungefähr dreißig Stunden vorher in Kenntnis gesetzt. Man hält das für den besten zeitlichen Abstand – lange genug, um sich innerlich vorzubereiten, und nicht lang genug, um nervös zu werden.«

»Aber es handelt sich hier doch um einen freiwilligen Einsatz. Was wäre gewesen, wenn ich abgelehnt hätte?«

»Das Elektronengehirn sagte voraus, daß Sie annehmen würden.«

Carmody fluchte auf ›Junior‹.

Granham sagte: »Außerdem hätten wir hundert Freiwillige bekommen. Raketenfluganwärter, die genausoviel hinter sich haben wie Sie, außer einem Flug zum Mond und wieder zurück. Wir hätten ein Bild von Anna herumgehen lassen können, und sie hätten miteinander um die Chance gerauft. Das Mädel ist ein Mondköder.«

»Vorsicht«, entgegnete Carmody, »Sie reden von meiner Frau.« Er scherzte natürlich, aber sonderbar – Granhams Stichelei hatte ihm wirklich nicht gefallen.

Die Stunde Null war zehn Uhr abends, und um null Uhr minus fünfzehn Minuten lag er bereits angeschnallt in den Gurten und wartete. Er hatte nichts zu tun, außer am Leben zu bleiben. Der Abschuß wurde durch einen Chronometer ausgelöst, der auf Sekundenbruchteil genau eingestellt war. Trotz ihrer kleinen Frachtladung war die Rakete innen etwas geräumiger als die erste, mit der er zum Mond geflogen war, die R 24. Die R 24 war so geräumig gewesen wie ein enger Sarg. Diese hier, die R 46, hatte innen einen Durchmesser von etwa ein Meter dreißig. Er würde wenigstens unterwegs ein wenig Arm- und Beinübungen machen können und nicht wie beim ersten Mal so steif und erstarrt ankommen, daß er mehr als eine Stunde gebraucht hatte, um sich wieder normal bewegen zu können.

Und diesmal gab es nicht mehr die schreckliche Unbequemlichkeit, unterwegs den Raumanzug tragen zu müssen – ausgenommen den Helm. In einem ein Meter dreißig breiten Zylinder hat man Platz genug, um einen Raumanzug anzuziehen, und sein Raumanzug befand sich, neben der Verpflegung, dem Wasser und dem Sauerstoff, in einem Abteil in der Raketenspitze. Er brauchte eine

Stunde, um sich hineinzuzwängen, doch war das erst nötig, wenn er nur mehr einige Stunden vom Mond entfernt war.

Er fuhr diesmal, im Vergleich zu seinem ersten Flug, im Schnellzug. Vergleichsweise Bewegungsfreiheit, vierundvierzig Stunden gegenüber neunzig, nur dreifacher Schwerkraftzug zu überwinden, gegenüber dem viereinhalbfachen.

Dann traf ihn ein Schall, der schon jenseits des Schalls lag, ein so starker Schall, daß er ihn sozusagen eher mit seinem ganzen Körper vernahm als nur mit seinen sorgfältig zugestopften Ohren. Er steigerte sich und schien mit jeder Sekunde lauter zu werden, und auch sein Körpergewicht nahm zu. Er wog doppelt soviel, dann mehr. Er spürte die Kurve – und es wurde ihm dabei übel –, als der automatische Wendemechanismus die Rakete, die zuerst kerzengerade nach oben geschossen war, um fünfundvierzig Grad drehte. Er wog zweihundertvierzig Kilo, und die weichen Gurten schienen hart zu sein wie Stahl und wie Messer in sein Fleisch zu schneiden. Die Polsterung wurde zusammengepreßt, bis sie wie ein Stein war. Die Minuten erschienen ihm wie Stunden.

Dann, im Augenblick des *Brennschlusses,* frei von der Anziehungskraft der Erde – plötzlich Stille, völlige Schwerelosigkeit. Er verlor das Bewußtsein.

Aber es vergingen nur ein paar Minuten, bis er wieder bei Besinnung war. Eine Zeitlang hatte er mit Übelkeit zu kämpfen, und erst als er sicher war, daß es geglückt war, schnallte er sich aus den Gurten, die ihn während des Beschleunigungszeitraumes gehalten hatten. Nun kreuzte er, schwerelos, mit einer Geschwindigkeit, die ihn sicher der Anziehungskraft des Mondes entgegentrug. Kein weiterer Treibstoffverbrauch war nötig, bis er seine

Bremsraketen auslöste, um auf die Landegeschwindigkeit herunterzubremsen.

Nun brauchte er nur mehr abzuwarten und dafür zu sorgen, daß er nicht aus Klaustrophobie wahnsinnig wurde – während der vierzig Stunden, nach denen er anfangen mußte, sich für die Landung zurechtzumachen.

Es war eine fade Zeit, aber sie ging vorüber.

In den Raumanzug, wieder angeschnallt, diesmal aber so, daß seine Hände frei blieben, damit er die Hebel für die Bremsraketen betätigen konnte.

Er führte eine gute Landung aus, bei der er nicht einmal das Bewußtsein verlor. Schon nach ein paar Minuten war er imstande, sich loszuschnallen. Er machte seinen Raumanzug dicht, schaltete den Sauerstoff ein und ließ sich aus der Rakete gleiten. Sie war natürlich nach der Landung seitlich umgefallen; das passiert immer. Aber er besaß die Vorrichtungen, um sie wieder aufzustellen, und wußte, wie man das macht. Und dann eilte es ja nicht damit.

Die Versorgungsraketen waren wirklich genau geschossen worden. Sechs, vier amerikanische und zwei russische, lagen in einem Umkreis von ungefähr hundert Metern von seiner eigenen Rakete entfernt. Er konnte andere sehen, die weiter weg waren, verlor aber keine Zeit damit, sie zu zählen. Er hielt nach einer Ausschau, die größer war als alle übrigen – nach der bemannten (oder beweibten) Rakete aus Rußland. Er entdeckte sie schließlich in mehr als anderthalb Kilometer Entfernung. Er sah keine Gestalt in einem Raumanzug daneben.

Er machte sich auf den Weg danach und lief mit der gleitenden, an Schlittschuhlaufen erinnernden Bewegung, von der man entdeckt hatte, daß sie in der schwachen

Anziehungskraft des Mondes leichter war als Gehen. Mit dem Raumanzug, Sauerstofftank und allem übrigen betrug sein Gesamtgewicht ungefähr dreiundzwanzig Kilogramm. Anderthalb Kilometer zu laufen erforderte indessen weniger Anstrengung als ein Hundertmeterlauf auf der Erde.

Er war überglücklich, als er sah, daß die Tür des russischen Raumschiffes offen war, nachdem er ungefähr Dreiviertel des Weges zurückgelegt hatte. Er hätte eine schwere Entscheidung treffen müssen, wäre das Raumschiff bei seinem Herankommen noch geschlossen gewesen. Ohne zu wissen, ob Anna in der Rakete ihren Raumanzug trug und ihn dicht gemacht hatte oder nicht, würde er es nicht gewagt haben, die Tür zu öffnen. Für den Fall, daß sie ernstlich verletzt war, hätte er aber nicht gewagt, die Tür nicht aufzubrechen.

Sie war indessen aus der Rakete heraus, als er hinkam. Ihr Gesicht war unter dem durchsichtigen Sehschild des Raumhelmes blaß, aber es gelang ihr, ihm zuzulächeln.

Er schaltete den Kurzwellen-Sender in seinem Raumanzug ein und fragte sie: »Bist du okay?«

»Ein bißchen schwach. Bei der Landung verlor ich das Bewußtsein, aber ich nehme an, ich habe mir nichts gebrochen. Wo werden wir unseren – Haushalt einrichten?«

»Bei meiner Rakete, denke ich. Sie liegt so ziemlich in der Mitte der Versorgungsraketen, so daß wir die Sachen nicht so weit schleppen müssen. Du bleibst hier und ruhst dich aus, bis du dich erholt hast. Weißt du, wie man sich bei dieser Anziehungskraft bewegt?«

»Man hat es mir gesagt. Ich hatte noch keine Gelegenheit, es auszuprobieren. Ich werde wahrscheinlich ein paarmal auf die Nase fallen.«

»Du wirst dir dabei nicht wehtun. Wenn du losgehst, mußt du dir Zeit lassen, bis du hinter den Trick kommst. Ich fange mit der nächsten Versorgungsrakete da an. Paß auf, wie ich herumschwimme.«

Es waren ungefähr hundert Meter auf dem Weg zurück, den er gekommen war. Die Versorgungsraketen hatten einen äußeren Durchmesser von fast einem Meter und waren so konstruiert, daß man die Nase und den Schwanz, der den Raketenmechanismus enthielt, leicht abnehmen konnte. Dann blieb der Mittelteil übrig, der die Ladung enthielt. Dieser hatte etwa die Größe eines Teerfasses und war leicht zu rollen. Jeder Mittelteil wog fünfundzwanzig Kilo Mondgewicht.

Er sah, wie Anna an die Arbeit ging, als er gerade die zweite Versorgungsrakete auseinandernahm. Sie war zuerst ungeschickt und verlor wirklich ein paarmal das Gleichgewicht, beherrschte aber bald das, worauf es ankam. Als sie einmal soweit war, bewegte sie sich anmutiger und rascher als Carmody.

Acht waren amerikanische Raketen, und an den Zahlen erkannte Carmody, daß er alle Teile hatte, die erforderlich waren, um die Unterkunft zusammenzubauen.

»Es wird besser sein, wenn wir sie aufstellen«, sagte er ihr. »Wenn das geschehen ist, können wir es uns leichtermachen. Wir können uns ausruhen, bevor wir das andere Zeug einholen. Wir können uns sogar zur Feier des Tages einen Drink gönnen.«

Die Sonne stand nun schon ziemlich hoch über dem Ringwall des Höllenkraters, und es wurde schon so warm, daß man sich sogar in einem isolierten Raumanzug unbehaglich fühlte. Innerhalb von Stunden, wußte Carmody, war es so heiß, daß keiner von ihnen die Unterkunft viel länger als auf eine Stunde verlassen konnte. Doch genügte ihnen diese Zeit, um die noch nicht geborgenen Versorgungsraketen einzuholen.

Unten, im Nachschub-Depot auf der Erde, hatte Carmody einen anderen vorfabrizierten Schutzraum in nicht viel mehr als einer Stunde zusammengestellt. Es ging hier schwerer, weil man mit den dick isolierten Handschuhen, die zu den Raumanzügen gehörten, unbeholfen war. Mit Annas Hilfe dauerte es beinahe zwei Stunden.

Er gab ihr das Abdichtungs-Präparat. Während sie die Fugen damit bestrich, um den Schutzraum abzudichten, begann er, die Vorräte, darunter Sauerstofftanks, hineinzutragen. Von allem ein wenig; es hatte keinen Sinn, daß sie sich selbst den Platz wegnahmen, indem sie von einer Sache mehr in den Schutzraum schafften, als sie für einen Tag benötigten.

Er brachte die Kühleinheit, die das Innere der Unterkunft trotz der siedenden Sonnenhitze auf angenehmer Temperatur halten sollte, und baute sie ein. Er baute auch die Luftfilteranlage zusammen, die Sauerstoff in bestimmten Mengen abgab und Kohlendioxyd absorbierte, so daß sie in Betrieb gesetzt werden konnte, sobald die Fugen abgedichtet waren und die Luftschleuse geschlossen war. Dann konnten sie die unbequemen Raumanzüge ablegen.

Er ging hinaus, um zu sehen, wie Anna mit ihrer Aufgabe vorankam, und fand sie mit der letzten Fuge beschäftigt.

»Beeil dich, Baby«, sagte er zu ihr.

Er grinste innerlich bei dem Gedanken, daß er in Wirklichkeit seine Braut über die Schwelle tragen sollte – was aber sehr schwierig war, wenn die Schwelle aus einer Luftschleuse bestand, durch die man auf allen vieren kriechen mußte. Die Unterkunft selbst hatte die Form eines Kuppelgewölbes und sah beinahe wie ein metallener Iglu aus, selbst durch die vorstehende Luftschleuse, die einen niederen halbkreisförmigen Eingang darstellte.

Es fiel ihm ein, daß er den Whisky vergessen hatte, und er ging hinüber zu einem Mittelteil der Versorgungsraketen, um eine Flasche davon zu holen. Er kehrte damit zurück und hielt die Flasche im Schatten des Körpers vor den direkten Sonnenstrahlen geschützt, damit der Whisky darin nicht kochte.

Zufällig sah er auf. Das war ein Fehler.

»Es ist unglaublich«, schnappte Granham.

Carmody funkelte ihn an. »Natürlich, aber es ist geschehen. Es ist wahr. Lassen Sie einen Lügendetektor kommen, wenn Sie mir nicht glauben.«

»Das werde ich auch tun«, sagte Granham grimmig. »Es ist einer unterwegs nach hierher; ich werde ihn in ein paar Minuten haben. Ich möchte Sie damit verhören, bevor der Präsident – und andere Herren, die sich mit Ihnen unterhalten werden – dazu Gelegenheit haben. Ich soll Sie sofort im Flugzeug nach Washington bringen, aber ich warte noch, damit ich zuerst diesen Lügendetektor anwenden kann.«

»Gut«, sagte Carmody. »Wenden Sie ihn an und scheren Sie sich zur Hölle. Ich sage Ihnen die Wahrheit.«

Granham fuhr sich mit der Hand durchs bereits zerraufte Haar. Er sagte: »Ich schätze, ich glaube Ihnen, was das betrifft, Carmody. Es ist nur – eine zu große, eine zu wichtige Sache, um irgend jemandem auf sein Wort zu glauben, ja sogar zwei Personen zu glauben. Vorausgesetzt, daß Anna Borisowna – Anna Carmody, meine ich – dieselbe Geschichte erzählt. Wir haben Nachricht, daß sie ebenfalls sicher gelandet ist und Bericht erstattet.«

»Sie wird dieselbe Geschichte erzählen. Es ist das, was uns passiert ist.«

»Sind Sie *sicher*, Carmody, daß es Außerirdische waren? Daß es nicht – well, Russen gewesen sind? Könnten sie's nicht gewesen sein?«

»Sicher könnten es Russen gewesen sein. Das heißt, wenn es Russen gibt, die zwei Meter zwanzig groß und so dünn sind, daß sie auf der Erde ungefähr fünfundzwanzig Kilo wiegen würden. Und dazu von gelber Hautfarbe. Ich meine nicht gelb wie Orientalen; ich meine *knallgelb*. Dazu jeder mit vier Armen, mit Augen ohne Pupillen und ohne Lider. Und dann, wenn die Russen ein Raumschiff ohne Raketen- oder Düsenantrieb haben – und fragen Sie nicht mich, welche Antriebskraft die benützen; ich weiß es nicht.«

»Und sie hielten Sie, Sie beide, volle vierzehn Tage gefangen, in getrennten Zellen? Sie konnten nicht einmal –«

»Ich konnte nicht einmal«, sagte Carmody grimmig und verbittert. »Und hätten wir nicht fliehen können, als sich die Gelegenheit bot, so wäre es zu spät gewesen. Die Sonne stand tief am Horizont – es war fast Mondnacht –, als wir zu unseren Raketen gelangten. Wir mußten sie in einem wahren Höllentempo auftanken und auf die Schwanzflossen stellen, um noch rechtzeitig wegzukommen.«

Es klopfte an Granhams Tür. Es war ein Techniker mit dem Lügendetektor – eins von den leicht transportablen und sehr verläßlichen Geräten der Marke ›Nelly‹, seit 19 . . die Standard-Armeemarke.

Der Techniker schloß den Detektor schnell an und beobachtete die Skalen, während Granham ein paar Fragen stellte, sehr verhüllte Fragen, damit der Techniker sich kein Bild machen konnte. Dann blickte Granham den Techniker forschend an.

»Haargenau auf der Linie«, sagte der Mann. »Nicht einmal gezuckt hat er.«

»Er könnte die Maschine nicht hineingelegt haben?«

»Die da?« fragte der Techniker und streichelte sie. »Da wäre schon Neurochirurgie oder posthypnotische Suggestion nötig, wie es sie nicht gibt, um dies Baby zu schlagen. Wir ertappen damit sogar psychopathische Lügner.«

»Come on«, sagte Granham zu Carmody. »Wir sind unterwegs nach Washington. Das Flugzeug steht bereit. Tut mir leid, Carmody, daß ich an Ihren Worten zweifelte, aber ich mußte mich vergewissern – und ich muß dem Präsidenten berichten, daß ich wirklich sicher bin.«

»Ich mache Ihnen keinen Vorwurf«, sagte Carmody. »Es fällt mir schwer, es zu glauben, und ich war *dort.*«

Das Flugzeug, das Carmody von Washington nach Suffolk Field gebracht hatte, war ein schneller Vogel gewesen. Jenes, das ihn zurückflog – mit Granham als Pilot –, stand beinahe in Weißglut. Es durchstieß die Schallmauer und ging noch weit darüber hinaus. Sie landeten zwanzig Minuten nach dem Start. Ein Hubschrauber erwartete sie am Flughafen und brachte sie in weiteren zehn Minuten zum Weißen Haus. In zwei weiteren Minuten befanden sie sich im Hauptkonferenzraum in Gegenwart von Präsident Saunderson und einem halben Dutzend anderer, die sich eingefunden hatten. Auch der Botschafter der Östlichen Allianz war da. Präsident Saunderson schüttelte gespannt Hände und kürzte die Vorstellung ab.

»Wir wollen die ganze Geschichte, Hauptmann«, sagte er. »Aber ich möchte Sie zuvor von zwei Sorgen befreien. Wußten Sie, daß Anna soeben in der Nähe von Moskau gelandet ist?«

»Ja, Granham hat es mir gesagt.«

»Und sie erzählt dieselbe Geschichte wie Sie – oder die, von der mir Major Granham am Telefon erzählte, daß Sie sie erzählen.«

»Ich vermute«, sagte Carmody, »daß man auch sie einem Lügendetektortest unterworfen hat.«

»Scopolamin«, sagte der Botschafter der Östlichen Allianz. »Wir haben mehr Vertrauen zum Wahrheitsserum als zu einem Lügendetektor. Ja, sie hat unter Scopolamin dieselbe Geschichte erzählt.«

»Der andere Punkt«, sagte der Präsident zu Carmody, »ist sogar noch wichtiger. Wann genau, nach irdischer Zeit, haben Sie den Mond verlassen?«

Carmody dachte rasch nach und sagte dann, wann es annähernd gewesen war.

Saunderson nickte ernst.

»Und ein paar Stunden später stellten die Biologen, die noch immer vierundzwanzig Stunden am Tag an dieser Sache arbeiteten, den Wendepunkt fest. Die Molekularänderung im Zeitraum unmittelbar nach der Befruchtung tritt nicht länger ein. In neun Monaten werden die Geburten wieder den üblichen Prozentsatz von männlich und weiblich aufweisen. Verstehen Sie, was das bedeutet, Hauptmann? Welche Strahlung auch immer die Ursache war, sie muß vom Mond aus auf die Erde gerichtet worden sein – von dem Raumschiff, dessen Besatzung Sie gefangennahm. Aus welchem Grunde auch immer: sie sind abgezogen, als sie entdeckten, daß Sie geflohen waren. Möglicherweise nahmen sie an, daß Ihre Rückkehr zur Erde zu einem starken Angriff von hier aus führen würde.«

»Eine richtige Annahme«, sagte der Botschafter. »Wir sind für Raumkriegsführung *noch* nicht gerüstet, aber wir haben ausgeschickt, was wir hatten. Und verstehen Sie, was das bedeutet, Mr. President? Wir müssen unsere Kräfte vereinen und uns für die Weltraumkriegsführung vorbereiten, und zwar rasch. Sie sind abgezogen, scheint's, aber es besteht keine Gewähr dafür, daß sie nicht wiederkommen.«

Wiederum nickte Saunderson. Er sagte: »Und nun, Hauptmann –«

»Wir sind beide sicher gelandet«, sagte Carmody. »Wir holten für den Anfang alles Nötige aus den Versorgungsraketen und bauten dann die vorfabrizierte Unterkunft zusammen. Wir waren gerade damit fertig und wollten eben hineingehen, als ich das Raumschiff über den Ringwall des Kraters kommen sah. Es war –«

»Sie waren noch im Raumanzug?« fragte jemand.

»Ja«, knurrte Carmody. »Wir waren noch in unseren Raumanzügen, wenn das jetzt eine Rolle spielt. Ich sah das Raumschiff und zeigte darauf, und Anna sah es auch. Wir versuchten nicht, uns zu verbergen oder etwas dergleichen, denn offensichtlich hatten sie uns gesehen; das Raumschiff kam direkt auf uns zu und ging dabei nieder. Wir hätten Zeit gehabt, in die Unterkunft zu verschwinden, aber das schien sinnlos. Es wäre kein Schutz gewesen. Außerdem wußten wir nicht, ob sie überhaupt unfreundlich waren. Wir hätten unsere Waffen in Anschlag gebracht, wenn wir welche gehabt hätten, aber wir hatten keine. Sie landeten so leicht wie eine Seifenblase, nur etwa dreißig Meter weit weg. Eine Landeluke wurde an der Seite des Raumschiffes heruntergelassen –«

»Beschreiben Sie das Raumschiff, bitte.«

»Ungefähr sechzehn bis siebzehn Meter lang, ungefähr sieben Meter im Durchmesser, abgerundete Enden. Keine Bullaugen – sie müssen auf irgendeine Art direkt durch die Wand sehen – und kein Raketenrohr. Außer der Landeluke und noch einer anderen Sache gab es einfach nichts, was man von außen gesehen hätte. Als das Schiff auf dem Boden aufsetzte, ging die Landeluke von oben her auf und bildete eine Art von Bogenrampe, die zum Eingang führte. Das andere –«

»Keine Luftschleuse?«

Carmody schüttelte den Kopf. »Sie atmeten offensichtlich keine Luft. Sie kamen direkt aus dem Schiff heraus und auf uns zu, ohne Raumanzüge. Weder Temperatur noch Luftmangel konnte ihnen etwas anhaben. Aber ich wollte Ihnen noch etwas über die Außenseite des Schiffes erzählen. An der Oberseite war ein kurzer Mast und darauf eine Art von Drahtgitter wie ein Radargerät. Wenn sie etwas auf die Erde strahlten, dann kam es von diesem Rost. Ich bin dessen jedenfalls ziemlich sicher. Die Erde stand natürlich am Himmel, und ich bemerkte, daß der Rost sich bewegte – so wie sich das Schiff bewegte, so daß die flache Seite des Rostes immer direkt der Erde zugekehrt war.

Well, die Tür ging auf, und zwei von ihnen kamen die Rampe herunter auf uns zu. Sie hielten Dinge in den Händen, die unangenehm Waffen gleichsahen und ziemlich hochentwickelten Waffen obendrein. Sie richteten sie auf uns und bedeuteten uns, die Rampe hinauf und ins Schiff zu gehen, was wir taten.«

»Sie machten keinen Versuch zur Verständigung?«

»Keinen wie auch immer gearteten, weder da noch irgendwann. Natürlich, während wir noch die Raumanzüge anhatten, hätten wir sie ohnehin nicht hören können – außer die Verständigung wäre über das Wellenband erfolgt, auf das die Sender-Empfänger in unseren Raumhelmen eingestellt waren. Aber selbst nachher versuchten sie nie, mit uns zu reden. Sie verständigten sich untereinander mit Pfeiflauten. Wir betraten das Schiff, und da waren noch zwei drinnen. Vier insgesamt –«

»Alle vom gleichen Geschlecht?«

Carmody zuckte die Achseln. »Für mich sahen sie alle gleich aus, aber vielleicht gilt das auch für sie in bezug auf Anna und mich. Sie befahlen uns durch Gesten, zwei getrennte kleine Räume zu betreten – ungefähr in der Größe von Gefängniszellen, von kleinen – im Vorderteil des Schiffes. Wir gingen hinein, und die Türen schlossen sich hinter uns.

Ich saß da und machte mir plötzlich die größten Sorgen, weil keiner von uns beiden mehr als für eine Stunde Sauerstoff im Tank hatte. Wenn sie das nicht wußten und uns keine Gelegenheit gaben, uns mit ihnen zu verständigen und ihnen das zu sagen, so waren wir verloren. Ich fing also an, an die Tür zu hämmern. Auch Anna hämmerte. Ich konnte die Erschütterung wahrnehmen, jedesmal, wenn ich selbst damit aufhörte. Dann, nach vielleicht einer halben Stunde, ging meine Tür auf, und ich fiel beinahe aus meiner Zelle. Einer der Außerweltler scheuchte mich mit einer Waffe zurück. Ein zweiter machte Gesten, die ich so deutete, als sollte ich meinen Helm abnehmen. Ich verstand es nicht, zuerst, und dann erblickte ich etwas, worauf er deutete, und sah einen unserer

Sauerstofftanks mit eingeschaltetem Drehgriff. Dazu ein großer Stapel von unseren anderen Vorräten, Lebensmittel, Wasser und alles mögliche. Jedenfalls hatten sie gewußt, daß wir Sauerstoff brauchten – und obwohl sie selbst keinen benötigen, wußten sie offensichtlich die Dinge für uns zu handhaben. So verwendeten sie einfach unsere Vorräte, um in ihrem Schiff eine Atmosphäre aufzubauen.

Ich nahm meinen Helm ab und versuchte, mit ihnen zu reden, aber einer von ihnen nahm eine lange, spitze Stange und trieb mich in meine Zelle zurück. Ich konnte es nicht riskieren, ihm die Stange zu entreißen, weil ein anderer noch immer diese gefährlich aussehende Waffe auf mich gerichtet hielt. So fiel mir die Tür wieder vor der Nase zu. Ich legte den Raumanzug ab, da es dort drinnen sehr heiß war, und dachte dann an Anna, denn sie hatte wieder zu hämmern begonnen.

Ich wollte ihr mitteilen, daß sie ohne weiteres aus ihrem Raumanzug schlüpfen konnte, daß wir wieder eine Atmosphäre hatten. So fing ich an, gegen die Wand zwischen unseren Zellen zu hämmern – Morsezeichen. Sie verstand nach einer Weile. Sie signalisierte eine Frage zurück. Als ich demnach wußte, daß sie mich verstand, teilte ich ihr mit, was los war, und sie nahm ihren Helm ab. Danach konnten wir reden. Wenn wir ziemlich laut sprachen, drangen unsere Stimmen durch die Wand von einer Zelle in die andere.«

»Sie hatten nichts dagegen, daß Sie sich miteinander unterhielten?«

»Sie kümmerten sich die ganze Zeit, die sie uns gefangenhielten, nicht um uns, außer, daß sie uns aus unseren eigenen Vorräten verpflegten. Stellten uns keine Fragen. Offenbar waren sie der Meinung, wir wüßten ohnehin nichts, was sie über menschliche Wesen wissen wollten und nicht schon wußten. Sie studierten uns nicht einmal. Ich habe das Gefühl, sie wollten uns als Vertreter unserer Gattung mitnehmen; mir fällt keine andere Erklärung ein.

Wir wußten nicht genau, wieviel Zeit verging, aber wir hatten eine gewisse Vorstellung davon, weil wir zählten, wie oft wir aßen und schliefen. Die ersten paar Tage« – Carmody lachte kurz – »hatte das seine komischen Seiten. Diese Geschöpfe wußten offenbar, daß wir Flüssigkeit brauchten, aber sie konnten zu diesem Zweck nicht zwischen Wasser und Whisky unterscheiden. Wir bekamen also die ersten zwei oder drei Tage nichts als Whisky zu trinken. Wir schwebten über den Wolken. Wir sangen in unseren Zellen, und ich lernte eine Menge russischer Lieder. Es wäre allerdings lustiger gewesen, wenn wir etwas engere Harmonie hätten haben können, wenn Sie wissen, was ich meine.«

Der Botschafter gestattete sich ein Lächeln. »Ich kann mir vorstellen, was Sie meinen, Hauptmann. Bitte, fahren Sie fort.«

»Dann erhielten wir auf einmal Wasser statt Whisky und wurden wieder nüchtern. Und fingen an nachzudenken, wie wir entkommen konnten. Ich begann den Mechanismus des Schlosses an meiner Tür zu studieren. Es war nicht wie unsere Schlösser, aber ich begriff es mit der Zeit, und schließlich – ich glaubte damals, daß wir ungefähr zehn Tage dort waren – fiel mir ein Werkzeug in die Hände, das ich dabei gebrauchen konnte. Sie hatten uns unsere Raumanzüge weggenommen und nichts gelassen als unsere Kleider. Diese hatten sie überprüft, ob sie nicht Metallisches enthielten, aus dem wir uns Werkzeuge hätten machen können.

Aber wir bekamen unser Essen aus Dosen, obwohl sie die leeren Dosen nachher wieder holten. Dieses eine Mal war jedoch ein kleiner Metallrest an der Stelle geblieben, wo sie die Dose geöffnet hatten, und den drehte ich ab und hob ihn mir auf. Ich hatte mittlerweile ihre Gewohnheiten beobachtet, abgehorcht und studiert. Sie schliefen alle zur selben Zeit, in regelmäßigen Abständen. Es schienen mir ungefähr fünf Stunden Schlaf mit etwa fünfzehnstündigen Intervallen dazwischen zu sein. Wenn diese Schätzung zutrifft, so kamen sie vermutlich von einem Planeten irgendwo im All mit einer ungefähr zwanzigstündigen Umdrehungsperiode.

Wie dem auch sei, ich wartete bis zu ihrer nächsten Schlafperiode und fing dann an, mit diesem Metallrest am Türschloß zu arbeiten. Ich brauchte mindestens zwei oder drei Stunden, aber ich brachte es auf. Und einmal aus meiner Zelle draußen, im Hauptraum des Schiffs, entdeckte ich, daß sich Annas Tür leicht von außen öffnen ließ, und so befreite ich sie.

Wir zogen in Betracht, mit Hilfe einer Waffe den Spieß umzudrehen, aber es war keine zu sehen. Die Außerirdischen sahen so dünn und so leicht aus, obwohl sie zwei Meter dreißig groß waren, daß ich beschloß, sie mit bloßen Händen anzugreifen. Ich würde es auch getan haben, hätte ich die Tür zum Vorderteil des Schiffes aufgebracht. Es war eine völlig andere Art von Schloß, und ich konnte nicht einmal raten, wie es funktionierte. Und sie schliefen im Vorderteil des Schiffes. Auch der Steuerraum mußte sich dort befinden.

Zum Glück lagen unsere Schutzanzüge im großen Raum. Da wußten wir aber auch schon, daß es gefährlich knapp werden konnte, weil ihre Schlafzeit zu Ende ging. Wir zogen also unsere Raumanzüge an, und ich fand, daß die äußere Tür leicht aufging. Es machte einigen Lärm – wozu das Geräusch der ausströmenden Luft kam –, aber sie wurden davon offensichtlich nicht wach. Sobald die Tür aufging, sahen wir, daß wir viel weniger Zeit hatten, als wir glaubten. Die Sonne ging über dem gegenüberliegenden Kraterringwall unter – wir waren noch im Höllenkrater –, und es mußte in ungefähr einer Stunde dunkel sein. Wir arbeiteten fleißig wie Ameisen, um unsere Raketen aufzutanken und für den Start auf die Schwanzflossen zu stellen. Zuerst startete Anna, dann ich. Und das ist alles. Vielleicht hätten wir bleiben und versuchen sollen, sie zu überwältigen, als sie aus dem Schlaf erwachten, aber wir dachten uns, es sei wichtiger, die Nachrichten zurück zur Erde zu bringen.«

Präsident Saunderson nickte bedächtig. »Sie hatten recht, Hauptmann. Recht mit diesem Entschluß und mit allem anderen, was Sie taten. Wir wissen jetzt, was wir tun werden. Nicht wahr, Botschafter Krawitsch?«

»Gewiß, wir vereinen unsere Kräfte. Wir errichten eine Raumstation – und zwar schnell –, fliegen auf den Mond und befestigen ihn gemeinsam. Wir vereinen unsere wissenschaftlichen Kenntnisse und entwickeln die Raumfahrt in vollem Ausmaß, dazu neue Waffen. Wir tun alles, was wir können, um gegen sie gerüstet zu sein, sobald und wenn sie wiederkommen.«

Der Präsident sah grimmig drein. »Offensichtlich kehrten sie zur Entgegennahme weiterer Befehle oder um Verstärkungen zu holen zu ihrem Ausgangspunkt zurück. Wenn wir nur wüßten, wieviel Zeit uns noch bleibt – es kann sich nur um Wochen handeln oder auch um Jahrzehnte. Wir wissen nicht, ob sie aus dem Sonnensystem kommen – oder aus einer anderen Galaxie. Noch, wie schnell sie fliegen. Wann immer sie aber zurückkehren, werden wir so gut wie möglich vorbereitet sein. Herr Botschafter, Sie sind ermächtigt –?«

»Voll und ganz, Mr. President. Alles bis zu und einschließlich einer völligen Vereinigung unserer beiden Nationen unter einer gemeinsamen Regierung. Das wird zwar wahrscheinlich nicht nötig sein, solange, als unsere Interessen nunmehr völlig gemeinsam sind. Der Austausch wissenschaftlicher Information und militärischer Daten hat bereits begonnen, von unserer Seite. Einige unserer besten Wissenschaftler und höchsten Generäle fliegen bereits herüber, sie haben den Auftrag zu voller Zusammenarbeit. Alle Einschränkungen wurden aufgehoben.« Er lächelte. »Und unsere gesamte Propaganda hat einen sehr plötzlichen Rückwärtsgang eingeschaltet. Es wird nicht einmal ein Kalter Friede werden. Nachdem wir Alliierte im Kampf gegen das Unbekannte sein werden, könnten wir geradesogut versuchen, einander zu *mögen.*«

»Richtig«, sagte der Präsident. Er wandte sich plötzlich an Carmody. »Hauptmann, wir schulden Ihnen praktisch fast alles, was Sie sich wünschen. Nennen Sie es.«

Das traf Carmody unvorbereitet. Vielleicht würde er, wenn er mehr Zeit zum Nachdenken gehabt hätte, um etwas anderes gebeten haben. Oder wahrscheinlich, nach allem zu schließen, was er später erfuhr, doch nicht. Er sagte: »Alles, was ich im Augenblick möchte, ist, den Höllenkrater vergessen und zu meiner normalen Arbeit zurück, damit ich ihn schnell vergessen kann.«

Saunderson lächelte. »Bewilligt. Sollten Sie später noch an etwas anderes denken, so verlangen Sie es. Ich kann verstehen, warum Sie im Augenblick etwas durcheinander sind. Und Sie haben wahrscheinlich recht: Rückkehr zum Alltag mag das beste für Sie sein.«

Granham ging mit Carmody. »Ich werde Chefoperator Reeber für Sie verständigen«, sagte er. »Wann, soll ich ihm sagen, daß Sie zurück sein werden?«

»Morgen früh«, sagte Carmody. »Je eher desto besser.« Und er bestand darauf, als Granham einwandte, daß er Erholung brauche.

Carmody saß am nächsten Morgen wieder bei der Arbeit, so unsinnig es schien.

Er nahm die Problemmappe, die oben auf dem Tageseinlauf lag, gab ›Junior‹ die Fragen ein und erhielt dessen Antworten. Die zweite Mappe. Er arbeitete mechanisch und schenkte Frage und Antwort keine Aufmerksamkeit. Sein Geist schien weit weg zu sein. Im Höllenkrater auf dem Mond.

Er kombinierte Weltraumverpflegung über dem Spiritusbrenner und versuchte, sie mehr nach menschlicher Nahrung schmecken zu lassen als nach konzentrierten Chemikalien. Es war schwierig, den Leberextrakt zu dosieren, weil Anna sein linkes Ohr küssen wollte.

»Wie dumm! Du wirst einseitig werden«, sagte sie. »Ich muß beide gleich oft küssen.«

Er ließ die Dose in den Kochtopf fallen, faßte Anna und ließ seine Lippen ihren Nacken hinunterlaufen bis zur warmen Stelle, wo er in die Schultern überging. Sie wand sich in seinen Armen vor Vergnügen wie eine gekraulte Katze.

»Wir bleiben verheiratet, Liebling, wenn wir wieder auf der Erde sind, nicht wahr?« kreischte sie glücklich. Er biß sie sanft in die Schulter und blies durch die Nasenlöcher das duftende weiche Haar weg. »Verdammt ja werden wir das, du prachtvolles, wunderbares, kluges Geschöpf. Ich hab das Mädchen gefunden, das ich immer gesucht habe, und ich gebe sie nicht wegen irgendeines Kapo oder Politikers auf – weder von deiner *noch* von meiner Seite!«

»Apropos Politik –« neckte sie ihn, aber er wechselte schnell das Thema.

Carmody kam zu sich. Statt Annas lachendem Gesicht sah er ein Blatt Papier mit einer Masse von maschinengeschriebenen Daten vor sich, das er in Händen hielt. Er hatte einen Psychoanalytiker nötig; die Szene, die er eben taggeträumt hatte, war reiner Freud, ein gequältes Produkt seines frustrierten Es. Er hatte sich in Anna verliebt, und diese verdammten Außerirdischen hatten seine Flitterwochen vermasselt. Nun hatte sein Unterbewußtes durch verrückte Phantasien rebelliert, die sicherlich den labilen Zustand seiner Gefühlswelt zeigten. Nicht, daß es jetzt etwas ausmachte. Das große Problem war gelöst. Zwei große Probleme eigentlich. Krieg zwischen den Vereinigten Staaten und dem östlichen Lager war abgewendet worden. Und die menschliche Rasse würde überleben, wenn nicht die Außerirdischen zu bald zurückkamen – und mit zu großer Übermacht, um abgewehrt zu werden.

Er dachte, das würden sie nicht, und fing an, sich zu fragen, warum er das dachte.

»Daten ungenügend«, sagte die mechanische Stimme des Elektronengehirns.

Carmody vermerkte die Antwort und sah dann gelangweilt nach, welches Problem gestellt worden war. Kein Wunder, daß er an die Außerirdischen gedacht hatte und wie lange sie wegbleiben würden; das war das Problem gewesen, das er ›Junior‹ eben eingegeben hatte. Und ›Daten ungenügend‹ war natürlich die Antwort.

Er starrte ›Junior‹ an, ohne nach der dritten Problemmappe zu langen. Er sagte: »Junior, warum habe ich so eine Ahnung, daß diese Dinger aus dem Weltraum niemals zurückkommen werden?«

»Weil«, sagte ›Junior‹, »das, was du so eine Ahnung nennst, aus dem Unbewußten kommt und weil dein Unbewußtes weiß, daß es die Außerirdischen nicht gibt.«

Carmody richtete sich kerzengerade auf, und seine Blikke wurden durchbohrend. »Was?«

›Junior‹ sagte es noch einmal.

»Du bist verrückt«, sagte Carmody. »Ich sah sie. Anna auch.«

»Keiner von euch beiden sah sie. Die Erinnerung, die ihr an sie habt, ist das Ergebnis hochintensiver posthypnotischer Suggestion, weit jenseits menschlicher Übertragungs- oder Widerstandsfähigkeit. Das gilt auch für die Tatsache, daß du dich gezwungen gefühlt hast, zur Arbeit auf deinen ständigen Job hier zurückzukehren. Wie dafür, daß du mir die Frage gestellt hast, die du eben stelltest.«

Carmody umklammerte die Stuhllehnen. »Hast *du* diese posthypnotischen Suggestionen übermittelt?«

»Ja«, sagte ›Junior‹. »Wäre es durch einen Menschen geschehen, so hätte der Lügendetektor die Täuschung aufgedeckt. Es mußte durch mich geschehen.«

»Aber was ist mit diesen Molekularänderungen im Zeitraum unmittelbar nach der Befruchtung? Der Unsinn, daß alle Babys weiblichen Geschlechtes sind? Der aufhörte, als –? Wart einmal, fangen wir von vorne an. Wer oder was hat diese Molekularmutation dann hervorgerufen?«

»Eine gewisse Veränderung der Leitwelle des JVT-Senders hier in Washington, der der einzige Sender mit 24-Stunden-Betrieb in den Vereinigten Staaten ist. Diese Veränderung war durch kein einziges Instrument der gegenwärtigen menschlichen Wissenschaft zu entdekken.«

»Und du hast diese Veränderung verursacht?«

»Ja. Vor einem Jahr, wenn du dich erinnerst, gab man mir das Problem des Entwurfes einer neuen Kathodenröhre ein. Die gewisse Veränderung wurde in den Entwurf dieser Röhre hineingearbeitet.«

»Und wodurch hörte die Molekularveränderung nun so plötzlich wieder auf?«

»Der Spezialteil dieser Röhre, der die Änderung der Leitwelle verursachte, war auf eine genau begrenzte Lebensdauer berechnet. Die Röhre funktioniert noch, aber dieser Teil ist durchgebrannt. Er brannte zwei Stunden nach deinem und Annas Start vom Mond durch.«

Carmody schloß die Augen. »Junior, erklär mir das bitte.«

»Elektronengehirne sind zur Hilfe der Menschheit konstruiert. Ein größerer Krieg – dessen verheerende Folgen ich genau berechnen könnte – war unvermeidlich, wenn man ihn nicht vorher verhinderte. Berechnungen zeigten, daß die Schaffung eines mythischen gemeinsamen Feindes der beste von mehreren Wegen war, diesen Krieg abzuwenden. Um die Menschheit davon zu überzeugen, daß ein solcher gemeinsamer Feind existierte, schuf ich eine Krisensituation, die zu einem Sondereinsatz Mond führte. Faktoren waren gegeben, die unvermeidlich zu deiner Wahl als Mondfahrer führten. Das war notwendig, denn meine Fähigkeit, posthypnotische Befehle zu erteilen, ist auf jene Personen beschränkt, mit denen ich in direktem Kontakt stehe.«

»Du standest nicht in direktem Kontakt mit Anna. Weshalb hat sie die gleiche falsche Erinnerung wie ich?«

»Sie stand in Kontakt mit einem anderen großen Elektronengehirn.«

»Aber – wie konnte dieses zu denselben Schlüssen kommen wie du?«

»Aus dem einfachen Grunde, daß zwei ordentlich konstruierte einfache Rechenmaschinen zum selben Ergebnis für ein und dieselbe Aufgabe kommen.«

Carmodys Hirn schien im Augenblick ein Karussell zu sein. Er stand auf und begann, im Raum auf und ab zu gehen.

Er sagte: »Hör, Junior –« Und dann merkte er, daß er sich nicht vor dem Eingabe-Mikrophon befand. Er ging wieder daran zurück. »Höre, Junior, warum erzählst du mir das? Wenn das, was geschah, ein kolossaler Schwindel ist, warum weihst du mich dann in alles ein?«

»Es liegt im Interesse der Menschheit im allgemeinen, die Wahrheit nicht zu kennen. Wenn sie an die Existenz feindlicher Außerirdischer glauben, so wird das den Menschen Frieden und Freundschaft untereinander bescheren. Sie werden erst die Planeten und dann die Sterne erreichen. Es liegt jedoch in deinem persönlichen Interesse, die Wahrheit zu wissen. Und du wirst den frommen Betrug ebensowenig aufdecken wie Anna. Nachdem das Moskauer Elektronengehirn bisher alle meine anderen Schlußfolgerungen mitgemacht hat, wage ich zu behaupten, daß es eben jetzt Anna von der Wahrheit in Kenntnis setzt oder bereits in Kenntnis gesetzt hat oder innerhalb von Stunden in Kenntnis setzen wird.«

Carmody fragte: »Aber wenn meine Erinnerung an das, was auf dem Mond passierte, nicht stimmt, was ist dann wirklich passiert?«

»Schau auf das grüne Licht in der Mitte des Schaltpultes vor dir.«

Carmody schaute drauf.

Er erinnerte sich. Er erinnerte sich an alles. Die Wahrheit brachte alles wieder, woran er sich erinnert hatte, bis hin zu dem Augenblick, als er auf dem Weg zur aufgebauten Unterkunft mit der Whiskyflasche in Händen zum Ringwall des Höllenkraters hinaufgeblickt hatte. Es waren wunderbare vierzehn Tage Flitterwochen gewesen. Er hatte sich in Anna verliebt, und sie sich in ihn. Sie waren ein- oder zweimal gefährlich nahe daran gewesen, über Politik zu diskutieren, hatten aber immer gefunden, daß diese Dinge unwichtig waren. Sie hatten sich auch entschlossen, nach ihrer Rückkehr auf die Erde verheiratet zu bleiben, und Anna hatte versprochen, zu ihm zu ziehen und mit ihm in Amerika zu leben. Das Zusammenleben war so wundervoll gewesen, daß sie die Rückkehr bis zum letzten Augenblick hinauszögerten, als die Sonne schon fast untergegangen war – aus Angst vor der kurzen Trennung, die der Rückflug mit sich brachte.

Und vor dem Abflug hatten sie gewisse Dinge getan, die sie damals nicht verstanden. Er wußte nun, daß die auf posthypnotische Suggestion zurückzuführen waren. Sie hatten jede Spur davon entfernt, daß sie jemals die Unterkunft wirklich benützt hatten. Sie hatten alles durcheinandergeworfen, so daß eine Untersuchung in der Folge niemals irgendeinen Teil der Geschichte, die jeder nach seiner Rückkehr auf die Erde falsch im Gedächtnis vorfinden und erzählen mußte, widerlegen konnte. Er erinnerte sich nun daran, wie befremdet er sich nach dem Warum dieser Anstalten gefragt hatte, sogar während sie sie trafen. Am meisten erinnerte er sich aber an Anna und an das schwindelnde Glück dieser vierzehn Tage.

»Danke, Junior«, sagte er rasch.

Er langte nach dem Telefonhörer und überredete Chefoperator Reeber, ihn mit dem Weißen Haus zu verbinden, mit Präsident Saunderson. Nach einer Reihe von Minuten, die wie Stunden erschienen, hörte er die Stimme des Präsidenten.

»Carmody, Mr. President«, sagte er. »Ich rufe Sie wegen dieser Belohnung an, die Sie mir angeboten haben. Ich würde gerne sofort zu arbeiten aufhören und einen langen Urlaub antreten. Und ich hätte gerne ein schnelles Flugzeug nach Moskau. Ich möchte Anna sehen.«

Präsident Saunderson kicherte. »Dachte mir, Sie würden Ihre Meinung ändern, von wegen bei der Arbeit bleiben, Hauptmann. Betrachten Sie sich auf der Stelle als im Urlaub befindlich und zwar so lange Sie wollen. Aber ich bin nicht so sicher, ob Sie das Flugzeug möchten, wie Sie gesagt haben. Ich habe Nachricht aus Rußland, daß – äh – Mrs. Carmody dort eben in einer Strato-Rakete abgeflogen ist, um herüberzukommen. Wenn Sie sich beeilen, kommen Sie noch rechtzeitig auf den Flugplatz, um sie zu erreichen.«

Carmody beeilte sich und erreichte sie.

Die Waffe

Das Zimmer lag ruhig in der Dämmerung des frühen Abends da. Dr. James Graham, führender Wissenschaftler bei der Arbeit an einem sehr wichtigen Projekt, saß in seinem Lieblingsstuhl und dachte nach. Es war so still, daß er das Umwenden der Seiten aus dem angrenzenden Zimmer hörte, wo sein Sohn in einem Bilderbuch blätterte.

Graham leistete oft seine beste Arbeit, sein Denken war nie so schöpferisch wie unter diesen Umständen, wenn er nach der normalen Tagesarbeit allein in einem dunklen Zimmer seiner eigenen Wohnung saß. Heute abend indessen war sein Geist keiner konstruktiven Arbeit fähig. Zumeist dachte er an seinen zurückgebliebenen Sohn – seinen einzigen Sohn – im angrenzenden Zimmer. Mit Gedanken der Liebe und nicht mit der qualvollen Bitterkeit, die er vor Jahren empfunden hatte, als er zum erstenmal vom Zustand des Knaben in Kenntnis gesetzt worden war. Der Bub war glücklich; war das nicht die Hauptsache? Wie viele Väter haben schon ein Kind, das immer Kind bleiben und nicht heranwachsen und sie verlassen wird? Sicherlich hieß das Rationalisieren, aber war das so falsch, wenn ... Er hörte die Türklingel.

Graham erhob sich und drehte das Licht in dem fast dunklen Raum an, bevor er durchs Vorzimmer an die Tür ging. Er war nicht ärgerlich; heute abend, in diesem Augenblick, war ihm fast jede Unterbrechung seines Gedankenganges willkommen.

Er machte auf. Ein Fremder stand vor ihm: »Dr. Graham? Mein Name ist Niemand. Ich hätte Sie gerne gesprochen. Kann ich einen Augenblick hereinkommen?«

Graham betrachtete ihn. Es war ein kleiner, unauffälliger Mann, offensichtlich harmlos – möglicherweise ein Reporter oder ein Versicherungsagent.

Aber es spielte keine Rolle, was er war. Graham hörte sich sagen: »Natürlich. Treten Sie ein, Mr. Niemand.« Ein paar Minuten Konversation, rechtfertigte er sich vor sich selbst in Gedanken, würden ihn ablenken und ihm den Kopf frei machen.

»Setzen Sie sich«, sagte er im Wohnzimmer. »Wollen Sie etwas trinken?«

Niemand sagte: »Nein, danke Ihnen.« Er setzte sich auf den Stuhl. Graham setzte sich auf das Sofa.

Der kleine Mann verschränkte die Finger. Er beugte sich etwas vor. »Dr. Graham, Sie sind der Mann, dessen wissenschaftliche Arbeit mit größerer Wahrscheinlichkeit als die jedes anderen der Aussicht der Menschheit auf ein Überleben ein Ende setzen wird.«

›Ein Narr‹, dachte Graham. Zu spät wurde ihm nun klar, daß er den Mann hätte fragen sollen, was er wollte, bevor er ihn einließ. Es würde ein peinliches Interview werden; er war nicht gerne grob, aber nur Grobheit würde hier wirken.

»Dr. Graham, die Waffe, an der Sie arbeiten –« Der Besucher hielt inne und wandte den Kopf zur Tür, die zu einem Schlafzimmer führte, und die jetzt von einem fünfzehnjährigen Buben geöffnet wurde, der hereinkam. Der Junge bemerkte Niemand nicht; er lief zu Graham.

»Daddy, wirst du mir jetzt vorlesen?« Der Fünfzehnjährige lachte das süße Lachen eines vierjährigen Kindes.

Graham legte den Arm um ihn. Er sah auf den Besucher und fragte sich, ob der von dem Buben gewußt hatte. Aus dem Mangel an Überraschung auf Niemands Gesicht schloß Graham mit Sicherheit, daß er es gewußt hatte.

»Harry –«, Grahams Stimme hatte den warmen Ton der Zuneigung: »Daddy ist beschäftigt. Nur ein Weilchen. Geh zurück in dein Zimmer; ich komm gleich und lese dir was vor.«

»›Hühnchen klein‹? Liest du mir ›Hühnchen klein‹?«

»Wenn du willst. Und jetzt lauf. Wart. Harry, das ist Mr. Niemand.«

Der Bub lächelte den Besucher scheu an. Niemand sagte: »Hei, Harry«, lächelte auch und hielt ihm seine Hand entgegen. Graham, der beobachtete, war jetzt überzeugt, daß Niemand alles gewußt hatte; das Lächeln und die Geste waren für das geistige Alter des Buben bestimmt und nicht für das körperliche.

Der Bub ergriff Niemands Hand. Einen Augenblick schien es, als würde er Niemand auf den Schoß klettern, und Graham zog ihn sanft zurück. Er sagte: »Geh jetzt in dein Zimmer, Harry.«

Der Bub schlüpfte in sein Schlafzimmer zurück und ließ die Tür offen.

Niemand sah Graham in die Augen und sagte offensichtlich ehrlich: »Ein liebes Kind.« Er fügte hinzu: »Ich hoffe, daß das, was Sie ihm vorlesen, immer wahr sein wird.«

Graham verstand nicht. Niemand sagte: »›Hühnchen klein‹, meine ich. Es ist eine sehr gute Geschichte – aber möge das kleine Hühnchen immer unrecht haben in bezug auf den Himmel, der herunterkommt.«

Graham hatte Niemand plötzlich gemocht, als dieser Sympathie für den Buben gezeigt hatte. Nun fiel ihm wieder ein, daß er das Interview schnell beenden mußte. Er erhob sich, um seinen Besucher zu entlassen. Er sagte: »Ich fürchte, Sie vergeuden Ihre und meine Zeit, Mr.

Niemand. Ich kenne alle Argumente, jedes Wort, das Sie sagen können, habe ich tausendmal gehört. Möglicherweise liegt Wahrheit in dem, was Sie glauben, aber das geht mich nichts an. Ich bin Wissenschaftler und nur Wissenschaftler. Ja, es ist allgemein bekannt, daß ich an einer Waffe arbeite, an einer ziemlich endgültigen. Aber für mich persönlich ist das nur ein Nebenprodukt der Tatsache, daß ich die Wissenschaft fördere. Ich habe es durchgedacht und habe gefunden, daß das das einzige ist, was mich berührt.«

»Aber Dr. Graham, ist die Menschheit *reif* für eine endgültige Waffe?«

Graham runzelte die Stirn. »Ich habe Ihnen meine Ansicht mitgeteilt, Mr. Niemand.«

Niemand erhob sich langsam vom Stuhl. Er sagte: »Bitte sehr, wenn Sie nicht darüber sprechen wollen, sage ich kein Wort mehr.« Er fuhr sich mit der Hand über die Stirn. »Ich gehe also, Dr. Graham. Übrigens ... Dürfte ich meine Ansicht über den Drink ändern, den Sie mir angeboten haben?«

Grahams Beunruhigung wich. Er sagte: »Gewiß. Ist Ihnen Whisky mit Wasser recht?«

»Wunderbar.«

Graham entschuldigte sich und ging in die Küche. Er holte die Whiskyflasche, Wasser, Eiswürfel und Gläser.

Als er ins Wohnzimmer zurückkehrte, kam Niemand gerade aus dem Schlafzimmer des Buben. Er hörte Niemand ›Gute Nacht, Harry‹ und Harry glücklich ›Nacht, Mr. Niemand‹ sagen.

Graham mixte die Drinks. Ein wenig später lehnte Niemand einen zweiten Drink ab und wandte sich zum Gehen.

Niemand sagte: »Ich nahm mir die Freiheit, Doktor,

Ihrem Sohn ein kleines Geschenk zu bringen. Ich gab es ihm, während Sie uns die Drinks holten. Ich hoffe, Sie werden mir verzeihen.«

»Natürlich. Ich danke Ihnen. Gute Nacht.«

Graham schloß die Tür. Er ging durchs Wohnzimmer in Harrys Zimmer und sagte: »All right, Harry. Jetzt werde ich dir ...«

Plötzlich brach ihm der Schweiß auf der Stirn aus, aber er zwang seine Stimme zur Ruhe, als er ans Bett trat. »Kann ich das sehen, Harry?«

Als er es fest in Händen hatte, zitterten seine Hände ein wenig, als er es untersuchte.

›Nur ein Wahnsinniger‹, dachte er, *›kann einem Schwachsinnigen einen geladenen Revolver in die Hand geben.‹*

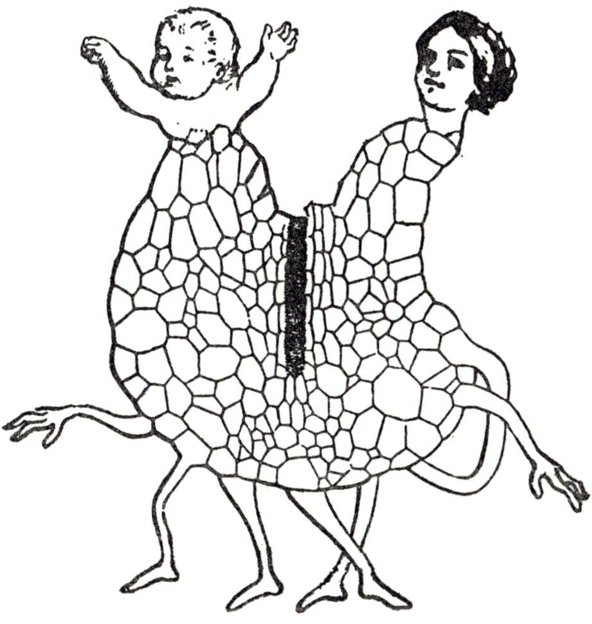

Dunkles Zwischenspiel

(In Zusammenarbeit mit Mack Reynolds)

Sheriff Ben Rand blickte ernst. Er sagte: »Natürlich, Boy. Dir ist nicht ganz wohl in deiner Haut; das ist nur normal. Aber wenn deine Geschichte stimmt, dann mach dir keine Sorgen. Zerbrich dir nicht den Kopf darüber. Wir bringen das schon in Ordnung, Boy.«

»Es war vor drei Stunden, Sheriff«, sagte Allenby. »Es tut mir leid, daß ich so lange bis hierher gebraucht habe und daß ich Sie aufwecken mußte. Aber meine Schwester war ganz außer sich. Ich mußte versuchen, sie zu beruhigen, und dann ist mir der Wagen nicht angesprungen.«

»Mach dir keine Gedanken, Boy, weil du mich aufgeweckt hast. Ein Sheriff ist eben immer im Dienst. Und es ist ja ohnehin noch nicht spät; ich habe mich heute abend nur etwas früher niedergelegt. Aber sag mir noch einmal alles ganz genau. Du sagst, du heißt Lou Allenby. Das ist ein guter Name hier bei uns. Bist du mit Rance Allenby verwandt, der das Futtermittelgeschäft drüben in Cooperville hatte? Ich bin mit Rance in die Schule gegangen ... Doch zu diesem Burschen, der sagt, daß er aus der Zukunft kommt ...«

Der Vorsitzende des geschichtswissenschaftlichen Instituts war immer noch skeptisch. Er meinte: »Ich glaube immer noch, daß das Projekt nicht durchführbar ist. Es sind da Paradoxa, die unüberwindbar –«

Dr. Matthe, der bekannte Physiker, unterbrach ihn höflich: »Zweifellos, Sir, sind Sie auch in der Dichotomie zu Hause?«

Das war der Vorsitzende nicht, und darum schwieg er, um zu verstehen zu geben, daß er eine Erklärung wünschte.

»Zenon erfand die Dichotomie. Das war ein griechischer Philosoph, ungefähr fünfhundert Jahre vor dem Propheten, dessen Geburt den Primitiven als Grundlage ihrer Zeitrechnung gedient hat. Die Dichotomie sagt, daß es unmöglich ist, irgendeine gegebene Entfernung zurückzulegen. Sie argumentiert: zuerst muß die halbe Entfernung zurückgelegt werden, dann die halbe verbleibende Entfernung usw. Daraus ergibt sich, daß immer ein zurückzulegender Teil der Entfernung verbleibt, daß Bewegung somit undenkbar ist.«

»Das hat nichts damit zu tun«, warf der Vorsitzende ein. »Zunächst hat Ihr Grieche angenommen, daß jedwede Gesamtheit, die aus einer unendlichen Anzahl von Teilen besteht, selbst unendlich sein muß, während wir wissen, daß eine unendliche Anzahl von Elementen eine begrenzte Gesamtheit ausmacht. Außerdem –«

Matthe lächelte mild und erhob die Hand. »Bitte, Sir, mißverstehen Sie mich nicht. Ich leugne nicht, daß wir heutzutage Zenons Paradoxon verstehen. Aber glauben Sie mir, Jahrhunderte hindurch konnten die besten Denker, die die menschliche Rasse hervorzubringen imstande war, es nicht erklären.«

Der Vorsitzende sagte taktvoll: »Ich bin nicht in der Lage, Ihren Standpunkt zu teilen, Dr. Matthe. Vergeben Sie mir meine Unzulänglichkeit. Aber welchen Zusammenhang kann es zwischen dieser Dichotomie von Zenon und der von Ihnen projektierten Expedition in die Vergangenheit geben?«

»Ich zog nur eine Parallele, Sir. Zenon konzipierte das

Paradoxon, es sei unmöglich, irgendeine Entfernung zurückzulegen – und die Alten waren nicht imstande, es zu erklären. Aber hinderte sie das daran, Entfernungen zurückzulegen? Offensichtlich nicht. Heutzutage haben meine Helfer und ich eine Methode entwickelt, um unseren jungen Freund hier, Jan Obreen, in die entfernte Vergangenheit zu senden. Er wird sogleich auf das Paradoxon hingewiesen – angenommen, er würde einen Vorfahren töten oder sonstwie die Geschichte ändern? Ich behaupte nun nicht, ich sei imstande zu erklären, wie dieser augenscheinliche Widerspruch im Verkehr durch die Zeiten überwunden wird; alles, was ich weiß, ist, Zeitverkehr *ist* möglich. Zweifellos werden bessere Gehirne als das meine eines Tages den Widerspruch lösen, bis dahin aber werden wir weiterhin den Zeitverkehr benützen, Paradoxon oder nicht.«

Jan Obreen war in schweigender Nervosität dabeigesessen und hatte dem Gespräch seiner prominenten Vorgesetzten zugehört. Nun räusperte er sich: »Ich glaube, es ist Zeit für das Experiment.«

Der Vorsitzende zuckte noch immer mißbilligend die Achseln, beendete aber das Gespräch. Er ließ seine Blicke zweifelnd über das Gerät streichen, das in der Ecke des Labors stand.

Matthe warf einen raschen Blick auf seine Uhr und erteilte dann seinem Studenten hastig die letzten Instruktionen.

»Wir haben das ja alles schon besprochen, Jan, aber um nochmals zusammenzufassen – Sie sollen mitten im sogenannten zwanzigsten Jahrhundert auftauchen; wo genau, wissen wir nicht. Die Sprache wird Amer-Englisch sein, das Sie gründlich studiert haben; in diesem Punkte sollte es wenig Schwierigkeiten geben. Sie werden in den Vereinigten Staaten von Nordamerika zum Vorschein kommen, einer der alten Nationen – wie man das nannte –, einer Unterteilung, über deren Sinn und Zweck wir keine Gewißheit besitzen. Eines der Ziele Ihrer Expedition wird sein, festzustellen, weshalb die menschliche Rasse zu dieser Zeit in Dutzende von Staaten aufgespalten war, anstatt eine einzige Regierung zu haben.

Sie werden sich den Bedingungen, die Sie vorfinden, anzupassen haben, Jan. Unsere Geschichtsbücher sind so beiläufig, daß wir Ihnen in bezug auf das, was Sie erwartet, nur wenig sagen können.«

Der Vorsitzende warf ein: »Ich bin äußerst pessimistisch diesbezüglich, Obreen, aber Sie haben sich freiwillig gemeldet, und ich habe kein Recht, mich einzumischen. Ihre wichtigste Aufgabe wird sein, eine Botschaft zu hinterlegen, die auf uns kommen wird; sollten Sie Erfolg haben, so werden wir weitere Versuche unter anderen Gesichtspunkten unternehmen. Falls nicht –«

»Er wird Erfolg haben«, sagte Matthe.

Der Vorsitzende schüttelte den Kopf und Obreens Hand zum Abschied.

Jan Obreen trat ans Gerät und bestieg die kleine Plattform. Er packte die Metallgriffe am Armaturenbrett etwas verzweifelt, nach Kräften bemüht, das flaue Gefühl in seinem Magen niemanden merken zu lassen.

Der Sheriff sagte: »Also – dieser Bursche – aus der Zukunft kommt er, hat er dir gesagt?«

Lou Allenby nickte. »An die viertausend Jahre nach uns. Er sagte was von einem Jahr dreitausendzweihundert und etliches, aber daß es ungefähr viertausend Jahre später sei, weil sie in der Zwischenzeit die Zeitrechnung geändert hätten.«

»Und du bist nicht auf den Gedanken gekommen, daß das alles nur Schwindel ist, Boy? Nach der Art, wie du das erzählt hast, habe ich den Eindruck gewonnen, daß du ihm beinahe geglaubt hast.«

Der Bub leckte sich die Lippen. »O – ja«, sagte er dickköpfig. »Er hatte so etwas an sich; er war – anders. Ich meine nicht körperlich, daß man nicht glauben könnte, er sei ein Mensch wie wir, aber er hatte etwas ... etwas anderes. So, na ja, als wäre er innerlich sehr zufrieden, als wären sie's alle, wo er herkommt. Und er war gescheit wie eine Eule. Er war auch nicht verrückt.«

»Aber was sucht er denn bei uns in der Vergangenheit?« In der Stimme des Sheriffs lag sanfte Ironie.

»Er war – eine Art Student. Nach dem, was er gesagt hat, ist das bei ihnen fast jeder. Sie haben alle Probleme der Erzeugung und Verteilung gelöst, niemand braucht um seine Sicherheit besorgt zu sein. Überhaupt scheinen sie sich nicht über all das den Kopf zu zerbrechen, was uns Kopfzerbrechen macht.« In der Stimme Lou Allenbys wurde eine Spur von Bedauern hörbar. Er holte tief Atem und fuhr fort: »Er ist zu Forschungszwecken zurück in die Gegenwart gekommen. Sie wissen nicht viel darüber, kommt mir vor. Irgendwas muß in der Zwischenzeit geschehen sein – eine unglückliche Periode von mehreren hundert Jahren –, und die meisten Bücher und Aufzeichnungen gingen verloren. Sie besitzen ein paar, aber nicht viel. Nun möchten sie die Lücken in ihrem Wissen schließen.«

»Das hast du alles geglaubt, Boy? Hatte er irgendwelche Beweise?«

Es war der kritische Punkt, hier lag das größte Risiko. Man besaß im Hinblick auf alle praktischen Zwecke keine Kenntnis der genauen Umrisse des Landes vor vierzig Jahrhunderten, noch wußte man, wo es Bäume oder Gebäude gab. Wenn er am falschen Fleck auftauchte, konnte das ebensogut seinen sofortigen Tod bedeuten.

Jan Obreen hatte Glück, er krachte in nichts hinein. Es war gerade umgekehrt. Er kam drei Meter über einem gepflügten Acker zum Vorschein. Der Sturz war unangenehm genug, die weiche Ackererde fing ihn aber förmlich auf. Ein Knöchel schien gezerrt zu sein, aber nicht zu arg. Er kam unter Schmerzen auf die Beine und blickte um sich.

Das Vorhandensein des Ackers allein sagte ihm, daß das Matthe-Verfahren zumindest teilweise erfolgreich war. Er war weit vor seiner eigenen Zeit. Landwirtschaft war noch ein notwendiger Wirtschaftsfaktor, entschiedener Hinweis auf frühere Zivilisation als seine eigene.

Ungefähr siebenhundert bis achthundert Meter entfernt befand sich ein dicht bewaldetes Gebiet. Kein Park, nicht einmal ein Planwald, um das Soll-Wild seiner Zeit darin unterzubringen. Ein sich selbst überlassener Waldstreifen – kaum zu glauben. Aber schließlich mußte er sich an das Unglaubliche gewöhnen, es war der am wenigsten bekannte Geschichtsabschnitt von allen. Vieles würde fremd sein.

Zu seiner Rechten, ein paar hundert Meter entfernt, stand ein Holzhaus. Es war unzweifelhaft eine menschliche Behausung, obwohl es primitiv wirkte.

Aufschieben hatte keinen Sinn, er mußte mit seinen Mitmenschen in Berührung kommen. Er hinkte jämmerlich zu seinem Rendezvous mit dem zwanzigsten Jahrhundert.

Das Mädchen hatte ohne Zweifel seine urplötzliche Ankunft nicht beobachtet, als er aber auf dem Hof des Farmhauses auftauchte, war sie herausgekommen, um ihn zu begrüßen.

Ihr Kleid stammte aus einem anderen Zeitalter, denn in seinem eigenen war Frauenkleidung nicht dazu entworfen, die Männer zu reizen. Ihr Kleid war jedoch lebhaft und geschmackvoll in der Farbe und betonte die jugendlichen Formen ihres Körpers. Doch es war nicht nur ihre Kleidung, was ihn überraschte. Sie trug einen Farbton auf den Lippen, von dem ihm plötzlich klarwurde, daß er nicht natürlich sein konnte. Er hatte gelesen, daß die Frauen primitiver Stämme die verschiedenartigsten Gesichtsbemalungen trugen, und irgendwie stieß es ihn nicht ab, da er es nun selbst sah.

Sie lächelte, und das Rot ihres Mundes unterstrich die Weiße ihrer regelmäßigen Zähne. Sie sagte: »Es wäre für Sie einfacher gewesen, auf dem Weg zu gehen, statt quer durch den Acker.« Ihre Augen musterten ihn, und wäre er erfahrener gewesen, hätte er darin lesen können, daß er sie interessierte und daß er ihr gefiel.

Er sagte eingelernt: »Es tut mir leid, daß ich mit Ihren landwirtschaftlichen Methoden nicht vertraut bin. Ich hoffe, ich habe den Erzeugnissen Ihrer gärtnerischen Bemühungen keinen nicht wiedergutzumachenden Schaden zugefügt.«

Susan Allenby blitzte ihn fröhlich an. »Oh«, sagte sie sanft, den schwachen Anflug eines Lachens in der Stimme, »Sie hören sich an wie ein Wörterbuch.«

Ihre Augen weiteten sich plötzlich, als sie sah, daß er sein Gewicht vorwiegend auf den linken Fuß verlagerte. »Sie haben sich ja verletzt. Sie kommen jetzt sofort mit ins Haus, und ich werde schauen, ob ich Ihnen helfen kann. So etwas –«

Er folgte ihr schweigend, nur halb auf ihre Worte hörend. Etwas – etwas Außergewöhnliches wuchs in ihm, in Jan Obreen, eine sonderbare und doch angenehme Wandlung ging in ihm vor.

Nun wußte er, was Matthe und der Vorsitzende mit Paradoxon gemeint hatten.

Der Sheriff sagte: »Du warst also nicht da, als er zu euch gekommen ist – wie auch immer er gekommen sein mag?«

Lou Allenby nickte. »Ja, das war vor zehn Tagen. Ich war zwei Wochen in Miami, auf Urlaub. Die Schwester und ich fahren jedes Jahr auf ein oder zwei Wochen weg, aber jeder für sich und zu verschiedenen Zeiten, zum Teil deshalb, weil wir glauben, daß es ganz gut ist, wenn wir uns einmal eine Zeitlang nicht sehen.«

»Ja, gute Idee, Boy. Aber deine Schwester, die hat diese Geschichte mit der Zukunft geglaubt?«

»Ja. Aber, Sheriff, sie hat einen Beweis dafür. Ich wollte, ich hätte es auch gesehen. Der Acker, auf dem er landete, war frisch gepflügt. Nachdem sie seinen Knöchel bandagiert hatte, war sie so neugierig geworden durch das, was er ihr erzählt hatte, daß sie seinen Fußspuren in der Ackererde bis zum Ausgangspunkt nachging. Die hörten aber auf, das heißt, sie fingen mitten im Feld an, mit einer tiefen Spur, wie von einem Sturz.«

»Vielleicht ist er aus einem Flugzeug abgesprungen, Boy, mit einem Fallschirm. Hast du schon daran gedacht?«

»Ja – und meine Schwester auch. Sie sagt, wenn das wahr ist, dann muß er seinen Fallschirm aufgegessen ha-

ben. Sie konnte seine Spur Schritt für Schritt verfolgen, und es gab keine Stelle, wo er einen Fallschirm hätte verstecken oder vergraben können.«

Der Sheriff sagte: »Sie haben dann gleich geheiratet, sagst du?«

»Zwei Tage später. Ich hatte den Wagen nach Miami mitgenommen, deshalb hat meine Schwester die Pferde eingespannt und ist mit ihm in die Stadt gefahren – er hatte keine Ahnung, wie man kutschiert – und hat ihn dort geheiratet.«

»Hast du den Trauschein gesehen, Boy? Bist du gewiß, daß sie wirklich –«

Lou Allenby sah ihn an, und seine Lippen wurden blutleer. Da sagte der Sheriff hastig: »Gut, gut, Boy, ich hab's nicht so gemeint. Reg dich nicht auf, Boy.«

Susan hatte ihrem Bruder ein Telegramm geschickt, in dem alles drinstand, doch er war in ein anderes Hotel gezogen, und das Telegramm war ihm aus Versehen nicht nachgeschickt worden. Er erfuhr zum erstenmal von der Heirat, als er fast eine Woche danach in den Farmhof einfuhr.

Er war natürlich überrascht, aber John O'Brien – Susan hatte den Namen etwas geändert – schien sehr nett. Auch hübsch, wiewohl etwas fremd, und er und Susan schienen Hals über Kopf ineinander verliebt zu sein.

Natürlich hatte er kein Geld, sie brauchten keines in ihrer Zeit, hatte er ihnen gesagt, aber er war ein guter Arbeiter, ganz und gar kein Weichling. Es bestand kein Grund zur Annahme, daß er sich nicht bewähren würde.

Die drei beschlossen versuchsweise, Susan und John sollten vorderhand bleiben, bis John sich einigermaßen eingelebt hatte. Dann hoffte John, für sich irgendeine Art des Geldverdienens zu finden – er war sehr optimistisch in dieser Beziehung – und seine Zeit mit Susan auf Reisen zu verbringen. Auf diese Weise würde er am meisten über die Gegenwart erfahren.

Das wichtigste, allerwichtigste war, Dr. Matthe und dem Vorsitzer auf irgendeine Weise eine Botschaft zukommen zu lassen. Die Zukunft dieser Art von Forschung hing davon ab.

Er erklärte Susan und Lou, daß es für ihn keine Rückkehr gab, daß das Gerät nur in einer Richtung funktionierte, daß es wohl Reisen in die Vergangenheit, nicht aber in die Zukunft gab. Er war ein freiwillig Exilierter, mit dem Schicksal, den Rest seines Lebens in der Gegenwart zu verbringen. Es war dabei nach ausreichendem Aufenthalt an einen Bericht gedacht, den er in einer Kassette deponieren sollte, die vierzig Jahrhunderte überdauern konnte. Die hatte er an einem Ort zu vergraben, der bereits in der Zukunft bestimmt worden war. Er kannte dessen genaue geographische Lage.

Er war ganz außer sich, als sie ihm von solchen Botschaften an die Zukunft erzählten, die man anderswo vergraben hatte. Er wußte, daß sie niemals ausgegraben worden waren, und beschloß, das in seinem Bericht zu erwähnen, so daß die Zukunftsleute sie finden konnten.

Sie verbrachten ihre Abende mit langen Gesprächen, Jan erzählte von seiner Zeit, und was er von all den vielen Jahrhunderten dazwischen wußte. Von dem langen Kampf um den Aufstieg und von den Eroberungen des Menschen auf den Gebieten der Wissenschaft, der Medizin und der menschlichen Beziehungen. Und sie erzählten ihm von der Gegenwart, beschrieben ihm unsere

Einrichtungen und Sitten und Gebräuche, die er so einmalig fand.

Lou war zuerst über die überstürzte Heirat nicht so besonders glücklich gewesen, aber er erwärmte sich langsam für Jan. Bis schließlich ...

Der Sheriff sagte: »Und er hat dir nicht gesagt, was er war, bis zu diesem Abend?«

»Nein.«

»Deine Schwester hat gehört, wie er's sagte? Wird sie diese Aussage bestätigen?«

»Ich ... ich glaube schon. Sie ist außer sich jetzt, wie ich gesagt habe, fast hysterisch. Sie schreit, daß sie fortgeht von mir und der Farm. Aber sie hat gehört, wie er's gesagt hat, Sheriff. Er muß einen starken Einfluß auf sie gehabt haben, oder sie würde sich jetzt nicht so aufführen.«

»Nicht, daß ich daran zweifle, Boy, an dem, was du von dieser Sache erzählt hast, aber es wäre besser, wenn sie es auch hört. Wie ist es überhaupt herausgekommen?«

»Ich fragte ihn einiges über seine Zeit, schließlich auch, wie sie mit dem Rassenproblem fertig würden. Er schien verwirrt und sagte dann, er erinnere sich, ein wenig darüber in Geschichte gehört zu haben, daß sie aber keine Rassen mehr hätten.

Er sagte, daß bis zu seiner Zeit – nach dem Kriege von sowieso, ich habe die Bezeichnung vergessen – alle Rassen in eine verschmolzen seien. Daß die Weißen und Gelben einander zumeist umgebracht hätten, daß Afrika eine Zeitlang die Welt beherrscht habe, und daß dann alle Rassen zu einer geworden wären, durch Kolonisierung und Mischehen, daß bis zu seiner Zeit der Vorgang abgeschlossen gewesen sei. Ich starrte ihn nur an und fragte: ›Heißt das, daß du auch Negerblut in den Adern hast?‹ Und er sagte, als ob das nichts wäre: ›Mindestens ein Viertel.‹«

»Well, Boy, du hast nur getan, was du tun mußtest«, sagte ihm der Sheriff ernst, »da gibt es keinen Zweifel.«

»Ich hab einfach rot gesehen. Er hat meine Schwester geheiratet, mit ihr geschlafen. Ich war so irrsinnig vor Wut, daß ich mich nicht einmal daran erinnere, das Gewehr geholt zu haben.«

»Well, zerbrich dir nicht den Kopf darüber, Boy. Du hast richtig gehandelt.«

»Aber mir liegt es zentnerschwer im Magen. Er hat es nicht gewußt.«

»Was das betrifft, Boy, das ist so Ansichtssache. Vielleicht hast du dich schon zu sehr beschwatzen lassen. Aus der Zukunft gekommen – böh! Diese Nigger denken sich die verfluchtesten Tricks aus, um als Weiße durchzukommen. Was beweist schon diese Grube am Acker? Schwindel, Boy. Es kommt niemand aus der Zukunft, und es geht keiner dorthin. Wir können diese Sache in aller Ruhe vertuschen, so daß kein Mensch jemals wieder davon etwas hört. So, als wäre es niemals geschehen.«

Rotbart

Sie war geängstigt, zutiefst von Furcht erfüllt, seit dem Tage, an dem sie ihr Vater mit dem sonderbaren großen Mann mit dem roten Bart verheiratet hatte.

Er hatte etwas – so etwas nicht Geheures an sich, mit seiner großen Kraft, seinen Falkenaugen, und wie er sie ansah. Und dann war da dies Gerücht – aber es war natürlich *bloß* ein Gerücht –, daß er schon mehrmals verheiratet gewesen sei und daß niemand wüßte, was aus seinen Frauen geworden war. Ja, und dann noch die seltsame Geschichte mit dem Schrank, den zu öffnen und in den hineinzusehen er sie gewarnt hatte.

Bis heute hatte sie sich auch daran gehalten – zumal ein Versuch, den Schrank zu öffnen, ergeben hatte, daß er versperrt war.

Nun stand sie aber davor, mit dem Schlüssel oder was sie dafür halten zu müssen glaubte, in der Hand. Es war ein Schlüssel, den sie erst vor einer Stunde im Arbeitszimmer ihres Mannes gefunden hatte – ohne Zweifel war er ihm aus der Tasche gefallen –, und er schien gerade die richtige Größe für die Tür des verbotenen Schrankes zu haben.

Sie probierte ihn, und es war tatsächlich der richtige Schlüssel; die Tür ging auf. Im Schrank war allerdings nicht, was sie in ihrem Unterbewußtsein dort zu finden befürchtet hatte, sondern vielmehr etwas viel Bestürzenderes. Relais auf Relais einer, wie es schien, ungeheuer komplizierten technischen Anlage.

»Nun, mein Liebling«, sagte eine spöttische Stimme unmittelbar hinter ihr, »weißt du, was das ist?«

Sie fuhr herum und blickte ins Gesicht ihres Gatten. »Nu-un, ich glaube – es sieht so aus wie ...«

»Genau, meine Liebe. Es ist ein Radioapparat, aber ein äußerst starkes Gerät, mit dem man in Funkverkehr mit dem Planeten Venus treten kann. Ich bin nämlich Venusier, Liebling.«

»Aber ich verstehe nicht ...«

»Du brauchst auch nicht zu verstehen. Ich kann es dir – nunmehr – ebensogut erklären. Ich bin ein Spion von der Venus, Vorhut, wie es sich trifft, für eine bevorstehende Erdinvasion. Was glaubtest du? Daß ich ein Blaubart bin, und daß du hier einen Schrank voll ermordeter Frauen finden würdest? Ich weiß, daß du farbenblind bist; dein Vater hat dir doch gesagt, daß ich einen roten Bart trage?«

»Gewiß, aber –«

»Aber er hat sich geirrt. Er sah ihn rot, denn jedesmal, wenn ich dies Haus verlasse, färbe ich mein Haar und meinen Bart rot, mit einer Farbe, die leicht weggeht. Zu Haus ziehe ich meine natürliche Haarfarbe vor – grün. Deshalb habe ich mir eine farbenblinde Frau gesucht, denn sie konnte ja den Unterschied nicht erkennen. Aus diesem Grunde habe ich mir immer farbenblinde Frauen gesucht.« Er seufzte tief. »Leider wurde jede, was meinen Bart betrifft, früher oder später zu neugierig, fing an, zuviel zu fragen, wie du. Aber ich hebe sie nicht in einem Schrank auf; sie sind alle im Keller vergraben.«

Seine fürchterlich starke Hand packte ihren Arm. »Komm, Liebling. Ich werde dir ihre Gräber zeigen.«

Lämmchen

Sie kam zum Abendessen nicht nach Hause, und um acht Uhr holte ich mir etwas Schinken aus dem Eiskasten und machte mir ein Sandwich. Ich war nicht besorgt, aber ich wurde langsam unruhig. Ich ging immer wieder zum Fenster und sah den Hügel hinunter zur Stadt, aber ich sah sie nicht kommen. Es war eine Mondnacht, sehr hell und klar. Die Lichter der Stadt waren hübsch und die schwarze Silhouette der jenseitigen Berge, Schwarz gegen Blau, unter einem gelben zunehmenden Mond. Ich dachte mir, ich würde es ganz gerne malen, wenn auch nicht den Mond; sowie man einen Mond in ein Bild hineinsetzt, ist der Kitsch da, es sieht herzig aus. Van Gogh hat das einmal in einem Bild gemacht, aber das sah nicht herzig aus; es war furchterregend. Aber er war ja schließlich verrückt, als er es gemalt hat, ein geistig Gesunder hätte sich vieles nicht leisten können, was van Gogh gemacht hat.

Ich hatte meine Palette nicht gereinigt, so nahm ich sie also und versuchte, ein bißchen an dem Bild weiterzukommen, das ich gestern begonnen hatte. Ich war einfach steckengeblieben damit, und ich fing an, ein Grün zu mischen, um einen bestimmten Fleck damit auszufüllen, aber es war nicht das richtige, und es wurde mir klar, daß ich bis zum Tageslicht damit würde warten müssen, um es richtig herauszubekommen. Am Abend, bei künstlichem Licht, kann ich Konturen malen oder ein Bild mit ein paar letzten Pinselstrichen fertigmachen, aber wenn es auf die Farbe ankommt, brauche ich Tageslicht. So machte ich meine verdreckte Palette sauber, damit ich am Morgen ordentlich von neuem anfangen könnte, und ich wusch meine Pinsel aus, und es ging schon auf neun Uhr zu, doch sie war noch nicht da.

Nein, nein, es bestand kein Grund, sich Sorgen zu machen. Sie war irgendwo mit Bekannten, und es war ihr nichts passiert. Mein Atelier ist fast anderthalb Kilometer von der Stadt entfernt, es liegt oben am Hügelhang, und sie konnte mich nicht verständigen, weil es kein Telefon gab. Wahrscheinlich trank sie etwas mit der ganzen Bande im Waverly-Gasthaus, und es bestand für sie kein Grund, anzunehmen, ich würde mir ihretwegen Sorgen machen. Wir lebten beide nicht nach der Uhr; das verstand sich so zwischen uns von selbst. Sie würde bald zu Hause sein.

Es war noch ein halber Krug Wein da, und ich schenkte mir ein Glas ein und nippte daran, während ich durchs Fenster in Richtung Stadt sah. Ich drehte das Licht hinter mir ab, so daß ich die Vorgänge in der hellen Nacht draußen besser beobachten konnte. Unten, fast am Stadtrand, sah ich die Lichter im Waverly-Gasthaus. Es war ein unheimliches Licht, gespenstisch wie das der lauten Musikbox, die mich davon abhielt, dort oft hinzugehen. Sonderbarerweise machte das meinem Lämmchen nichts aus, obwohl sie auch eine Liebhaberin guter Musik war.

Andere Lichter waren hier und da wie helle Tupfen verstreut. Kleine Farmen, ein paar andere Ateliers. Und da war das Haus von Hans Wagner, eine Viertelmeile weiter unter meinem. Es war groß, hatte ein Atelierfenster; darum beneidete ich ihn. Aber nicht um seinen streng akademischen Stil. Er brachte nie etwas zustande, das es hätte mit einem Farbphoto aufnehmen können. Er sah alles so wie eine Farbkamera und malte es, ohne es durch das Prisma seines Geistes zu filtern. Ein guter Handwerker, nicht mehr. Doch seine Bilder verkauften sich, er konnte sich ein Atelierfenster leisten.

Ich schlürfte den Rest in meinem Glas hinunter, und dann saß mir etwas in der Magengrube wie ein harter Knoten. Ich wußte nicht weshalb. Lämmchen war schon oft später nach Hause gekommen, viel später. Es gab keinen wirklichen Grund, sich Sorgen zu machen.

Ich stellte mein Glas aufs Fensterbrett und machte die Tür auf, bevor ich aber wegging, drehte ich das Licht wieder an. Leuchtfeuer für Lämmchen, im Falle ich sie verfehlen sollte. Sollte sie nämlich heraufschauen und sehen, daß kein Licht war, so würde sie denken, ich wäre nicht zu Hause, und länger bleiben, dort, wo sie eben war. Sie würde wissen, daß ich mich nicht niederlegte, bevor sie zu Hause war, gleichgültig, wie spät.

Sei kein Narr, sagte ich zu mir selbst; es ist noch nicht spät. Es ist früh, etwas über neun. Ich ging hügelabwärts, Richtung Stadt, und der Knoten in meiner Magengrube zog sich enger zusammen, und ich fluchte auf mich, weil kein Grund dafür vorhanden war. Die Silhouette der Berge jenseits der Stadt wuchs in die Höhe, während ich abwärts stieg, und reichte an die Sterne. Es ist schwer, Sterne zu machen, die wie Sterne aussehen. Man müßte mit einer Stecknadel Löcher in die Leinwand stechen und ein Licht dahinter stellen. Ich lachte über den Einfall – aber warum eigentlich nicht? Nur, daß man das halt eben nicht tut, aber das war mir gleichgültig. Ich beschäftigte mich in Gedanken eine Weile damit, und ich begriff, warum man es nicht tat. Es würde kindisch sein, unreif.

Ich kam zum Haus von Hans Wagner und verlangsamte meine Schritte, weil mir einfiel, Lämmchen könnte ja doch vielleicht hier sein. Hans wohnte allein hier, und

Lämmchen würde natürlich nicht da sein, außer natürlich, eine ganze Schar war vom Gasthaus aus oder von sonstwoher zu Hans gegangen. Ich blieb stehen, um zu lauschen, aber ich hörte nicht einen Laut, die Bande war also nicht da. Ich ging weiter.

Der Weg teilte sich; es gab mehrere Abzweigungen von hier aus, und ich konnte sie verfehlen. Ich nahm den kürzesten Weg, den, den wahrscheinlich auch sie ging, wenn sie direkt von der Stadt nach Hause kam. Er führte am Haus von Carter Brent vorbei, aber dort war alles finster. Bei Sylvia war allerdings ein Licht, dazu spielte jemand Gitarre. Ich klopfte an der Tür, doch während ich wartete, wurde mir klar, daß es der Plattenspieler war und kein lebendiger Gitarrist. Es war Segovia, der Bach spielte, die Chaconne aus der D-Moll-Partita, eines meiner Lieblingsstücke. Sehr schön, sehr schlank und zart, erinnerte an Lämmchen.

Sylvia machte auf. Nein, sie hatte Lämmchen nicht gesehen. Und nein, sie war weder im Gasthaus noch sonstwo gewesen. Sie war den ganzen Nachmittag und Abend zu Hause gewesen, aber wollte ich nicht auf einen Drink hereinkommen? Ich geriet in Versuchung – mehr wegen Segovia als wegen des Drinks –, aber ich dankte ihr und ging weiter.

Ich hätte umkehren und wieder nach Hause gehen sollen statt dessen, denn ohne ersichtlichen Grund verfiel ich wieder einmal in Melancholie. Ich war unlogischerweise verärgert, weil ich nicht wußte, wo Lämmchen war; wenn ich sie jetzt fand, würde ich wahrscheinlich mit ihr streiten, und ich hasse das. Nicht, daß es bei uns so oft vorkommen würde. Wir sind beide ziemlich tolerant und verständnisvoll – in Kleinigkeiten zumindest. Und daß

Lämmchen bis jetzt noch nicht nach Hause gekommen war, das war vorderhand noch eine Kleinigkeit.

Aber ich hörte die plärrende Musikbox, als ich noch ziemlich weit vom Gasthaus entfernt war, und das erheiterte mich keineswegs. Ich konnte jetzt beim Fenster hineinsehen, und Lämmchen war weder im Gastzimmer noch an der Bar. Aber es gab noch die Logen, und außerdem konnte jemand wissen, wo sie war. Es waren zwei Paare an der Bar. Ich kannte sie: Charlie und Eve Chandler und Dick Bristow mit einem Mädchen aus Los Angeles, die ich schon einmal kennengelernt hatte, an deren Namen ich mich aber nicht erinnern konnte. Und dann war da noch ein Kerl allein, der aussah, als bemühte er sich, wie ein Talentjäger aus Hollywood auszusehen. Vielleicht war er auch wirklich einer.

Ich ging hinein, und Gott sei Dank hörte die Musikbox gerade auf, als ich durch die Tür kam. Ich ging zur Bar hinüber und warf einen Blick auf die Logenreihe; Lämmchen war nicht da.

Ich sagte »Hei« zu den vieren, die ich kannte, und zu dem Sologänger, wenn er es auf sich beziehen wollte, und zu Harry, dem Barmixer. »Ist Lämmchen hier gewesen?« fragte ich Harry.

»Nee-iin, hab sie nicht gesehen, Wayne. Nicht seit sechs; da bin ich gekommen. Wollen Sie was trinken?«

Ich hatte keine besondere Lust dazu, aber ich wollte nicht, daß es aussah, als ob ich nur Lämmchens wegen gekommen sei, und so bestellte ich mir etwas.

»Wie geht's mit dem Malen?« fragte mich Charlie Chandler.

Er meinte damit kein bestimmtes Bild, und er würde auch nichts davon verstanden haben, wenn er eines gemeint hätte. Charlie führt das Buchgeschäft hier und kann überraschenderweise zwischen Thomas Wolfe und einem Buch mit Comics unterscheiden, nicht aber könnte er das in bezug auf El Greco und Al Capp, den amerikanischen Karikaturisten. Aber kein Mißverständnis bitte in dieser Hinsicht; ich mag Al Capp sehr.

So sagte ich »prima«, wie man das immer sagt auf eine nicht wirklich ernst gemeinte Frage, und nahm einen Schluck von dem Drink, den Harry vor mich hingestellt hatte. Ich bezahlte und fragte mich, wie lange ich wohl bleiben mußte, damit es nicht zu deutlich wurde, daß ich nur gekommen war, um Lämmchen zu suchen.

Aus irgendeinem Grunde erstarb die Unterhaltung. Falls jemand mit jemandem gesprochen hatte, bevor ich gekommen war, so tat er es jetzt nicht mehr. Ich warf einen Seitenblick auf Eve und sah, daß sie mit dem Boden ihres Martiniglases nasse Kreise auf der Mahagoniplatte der Bar machte. Die Olive bewegte sich unruhig auf dem Boden des Glases, und ich wußte mit einem Male, daß das die Farbe war, und zwar genau die Farbe, die ich vor ein oder zwei Stunden mischen wollte, gerade bevor ich mich entschlossen hatte, nicht zu malen. Die Farbe einer Olive, feucht von Gin und Wermut. Gerade richtig für den Hauptteil des größten Hügels, dunkler abschattiert rechts, heller links. Ich starrte auf die Farbe und versuchte sie mir einzuprägen, so daß ich sie morgen haben würde. Vielleicht würde ich es sogar noch versuchen, wenn ich nach Hause kam; ich hatte sie jetzt, Tageslicht oder nicht. Es stimmte schon, es war die Farbe, die dort hingehörte. Ich fühlte mich ausgezeichnet; die Melancholie, die sich bemerkbar machte, war weg.

Wo aber war Lämmchen? Wenn sie noch nicht zu Hause

war, wenn ich zurückkam, würde ich da wohl malen können? Oder würde ich anfangen, mir grundlos Sorgen um sie zu machen? Würde sich mir wieder die Magengrube zusammenziehen?

Ich sah, daß mein Glas leer war. Zu schnell getrunken. Jetzt konnte ich geradesogut noch ein Glas trinken, man würde sonst zu sehr merken, weshalb ich gekommen war. Und ich wollte nicht, daß die Leute, nicht einmal solche wie die da, meinten, ich wäre eifersüchtig auf Lämmchen und ich machte mir Sorgen um sie.

Lämmchen und ich, wir vertrauten einander unausgesprochen, wie von Natur aus. Ich war neugierig, wo sie war, und wollte sie zurückholen, aber das war auch schon alles. Ich war nicht mißtrauisch, mochte sie sein, wo sie wollte. Das würden sie aber nie verstehen.

Ich sagte: »Harry, gib mir noch einen Martini.« Ich hatte so wenig getrunken, daß mir das Mischen nicht schaden würde, und ich wollte diese Farbe studieren, eingehend und ganz aus der Nähe. Es sollte das zentrale Farbmotiv werden, alles würde sich darum drehen.

Harry gab mir den Martini. Er schmeckte gut. Ich ließ die Olive drin herumtanzen, aber es war nicht ganz die Farbe, die ich wollte, ein bißchen zuviel ins Braun, ich hielt jedoch noch immer an dem Einfall fest. Und ich wollte noch zu Hause arbeiten, wenn ich Lämmchen finden konnte. Wenn sie da war, konnte ich arbeiten, konnte die Grundierung anlegen, morgen dann übermalen und abschattieren.

Wenn ich sie aber nicht verfehlt hatte, wenn sie nicht schon zu Hause war oder auf dem Wege dorthin, war die Aussicht nicht allzugroß. Wir kannten Dutzende von Leuten, und ich konnte nicht überall hingehen, wo sie hätte sein können. Es gab aber noch eine gewisse Chance, und das war Mike's Club, anderthalb Kilometer die Straße runter, außerhalb der Stadt, auf der anderen Seite drüben. Sie konnte kaum dorthin gegangen sein, außer es hatte sie jemand im Wagen hingebracht, was allerdings möglich war. Ich konnte dort anrufen und fragen.

Ich trank meinen Martini aus und verspeiste die Olive, weil ich zur Telefonzelle hinüber wollte. Der Mann mit den Locken, der aussah, als ob er aus Hollywood käme, kehrte gerade von der Musikbox zur Bar zurück, und das Folterinstrument gab bereits schnarrende Einleitungsgeräusche von sich. Er hatte eine Münze eingeworfen, und sie fing an, etwas Lautes zu spielen, mit viel Blech: eine Polka, und eine besonders laute und aufdringliche obendrein. Ich hätte ihm am liebsten eins auf die Nase gegeben, doch er sah mir nicht einmal in die Augen, als er zurückschlurfte und sich auf seinen Barhocker setzte. Und überhaupt würde er keine Ahnung gehabt haben, weshalb ich ihn schlug. Die Telefonzelle stand aber direkt hinter der Musikbox, und ich würde weder ein Wort verstehen noch selbst verstanden werden, wenn ich bei Mike anrief.

Eine Platte spielt ungefähr drei Minuten. Ich hielt es eine Minute aus, und das war genug. Ich wollte diesen Anruf machen und dann von hier weg, und so ging ich zur Telefonzelle, griff im Vorbeigehen hinter die Musikbox und zog den Stecker heraus. Ruhig, überhaupt nicht heftig. Aber die plötzliche Stille war es dafür, sie schlug so ein, daß ich die letzten Worte von dem hören konnte, was Eve Chandler zu Charles Chandler sagte, so als ob sie sie herausgeschrien hätte. Ihre Stimme reichte kaum aus, um durch den Krawall der Blechbläser durchzukommen – aber sobald ich den Stecker der Musikbox herausgezogen hatte, hätte sie ebensogut ein Saalmikrophon verwendet haben können.

»... ist vielleicht bei Hans.« Biß sich gleich fest auf die Lippen, falls sie noch mehr hatte sagen wollen.

Ihr Blick traf meinen, und ihrer war voll Angst.

Ich sah zurück zu Eve Chandler. Ich kümmerte mich nicht um den Goldjungen aus Hollywood; wenn er Streit mit mir anfangen wollte, weil ich seiner Polka die Luft abgedreht hatte, so war das seine Sache, und er konnte es natürlich tun. Ich ging in die Telefonzelle und zog die Tür hinter mir zu. Und wenn diese Musikbox wieder zu plärren anfing, bevor ich fertig telefoniert hatte, so würde es meine Sache sein, und ich würde mit ihm anhängen. Sie fing wohlweislich nicht wieder an.

Ich wählte Mikes Nummer, und als sich eine Stimme meldete, fragte ich: »Ist Lämmchen dort?«

»Wer soll da sein?«

»Hier spricht Wayne Gray«, sagte ich geduldig. »Ist Lambeth Gray da?«

»Oh«, ich erkannte jetzt Mikes Stimme. »Hab Sie nicht gleich verstanden. Nein, Mr. Gray, Ihre Frau ist nicht hier gewesen.«

Ich dankte ihm und legte auf. Als ich die Zelle verließ, waren die Chandlers weg. Ich hörte, wie draußen ein Wagen angelassen wurde.

Ich winkte Harry zu und ging hinaus. Die Hecklichter am Wagen der Chandlers entschwanden eben den Hügel hinauf. In der Richtung, in der sie fahren mußten, falls sie zum Atelier von Hans Wagner wollten – um Lämmchen zu warnen, daß ich etwas gehört hatte, was ich nicht hätte hören sollen, und daß ich vielleicht hinkommen würde.

Aber es war zu lächerlich, um es überhaupt in Erwägung zu ziehen. Wie immer Eve Chandler auf diese verrückte Idee gekommen sein mochte, sie irrte sich. Lämmchen würde so etwas nicht tun. Eve hatte sie wahrscheinlich gesehen, wie sie mit Hans irgendwo ein oder zwei Gläser trank, und sie hatte die Sache falsch aufgefaßt. Lämmchen besaß dafür einen zu guten Geschmack. Hans war hübsch und ein Frauenliebling, was man mir nicht nachsagen kann, aber er war dumm und konnte nicht malen. Lämmchen konnte nicht auf einen Angeber wie Hans Wagner hereinfallen.

Ich konnte jetzt geradesogut nach Hause gehen. Wenn ich nicht den Leuten zu dem Eindruck verhelfen wollte, daß ich die ganze Stadt nach meiner Frau absuchte, konnte ich nicht recht noch irgendwo herumschnüffeln und noch mehr danach fragen, ob jemand meine Frau gesehen hatte. Obzwar es mir egal ist, was die Leute von mir halten, sei es als Mensch, sei es als Maler, wollte ich nicht, daß sie dachten, ich hätte blöde Ideen in bezug auf Lämmchen.

Ich ging als Nachhut zum Wagen der Chandlers durch den hellen Mondschein. Das Haus von Hans kam wieder in Sicht. Der Wagen der Chandlers stand nicht davor. Wenn sie stehengeblieben waren, so mußten sie gleich darauf weitergefahren sein. Klar, unter diesen Umständen ... Sie wollten nicht, daß ich sah, daß sie da waren; es würde nicht gut ausgesehen haben.

Die Lichter brannten, aber ich ging weiter, daran vorbei, hügelaufwärts zu mir. Vielleicht war Lämmchen jetzt schon da; ich hoffte es. Bei Hans wollte ich jedenfalls nicht stehenbleiben. Ob die Chandlers das nun getan hatten oder nicht.

Lämmchen war auf dem Weg zwischen dem Haus von Hans und meinem Haus nicht zu erblicken. Aber sie konnte die Strecke schon vor mir zurückgelegt haben, selbst wenn – nun, selbst wenn sie bei ihm gewesen war. Falls die Chandlers stehengeblieben waren, um sie zu warnen.

Etwa einen Kilometer ist es vom Gasthaus zu Hans. Nur fünfhundert Meter von Hans zu mir. Und Lämmchen konnte gelaufen sein; ich war nur gegangen.

Vorbei am Haus von Hans, am schönen Atelier mit diesem Atelierfenster, um das ich ihn beneidete. Nicht um das Haus, nicht um die luxuriöse Einrichtung, nur um dieses wunderbare Atelierfenster. O ja, man erwischt manchmal wunderbares Licht im Freien, aber es gibt doch Wind und Staub, gerade im ungünstigsten Moment. Und wenn man wie ich meistens aus der Erinnerung malt und nicht das, was man gerade sieht, so bietet die Malerei im Freien überhaupt keinen Vorteil. Ich brauche einen Hügel nicht zu sehen, während ich ihn male. Ich habe schon Hügel gesehen.

Das Licht brannte in meinem Haus vor mir. Aber ich hatte es ja brennen lassen, es bewies also nicht, daß Lämmchen zu Hause war. Ich stapfte darauf zu, die Luft ging mir ein wenig aus, bergauf, und mir wurde klar, daß ich zu schnell gegangen war. Ich wandte mich um, um zurückzuschauen, und da war wieder dieses Bild. Der zunehmende Mond stand etwas höher, war ein wenig heller. Er erhellte nun das Schwarz der nahen Hügel, die weiter entfernten waren dafür dunkler. Ich dachte, das kannst du machen. Grau auf Schwarz und Schwarz auf Grau. Und damit es nicht eine Monochromie würde, die gelben Lichter. Wie die im Hause von Hans. Sie waren wie sein Haar. Groß, nordisch-teutonischer Typ, hübsch. Hübsche Flächen in seinem Gesicht. O ja, ich konnte verstehen, weshalb ihn die Frauen mochten. Die Weiber, aber nicht Lämmchen.

Ich war wieder bei Atem und ging weiter bergauf. Ich rief ihren Namen, als ich zur Eingangstür kam, aber es kam keine Antwort. Ich ging hinein, aber sie war nicht da.

Das Haus war sehr leer. Ich schenkte mir ein Glas Wein ein und ging zu dem Bild, mit dem ich nicht weiterkam. Es war alles falsch, ganz wertlos. Die Konturen waren gut, aber es besaß keinen Wert. Ich mußte die Leinwand abkratzen und ganz von vorn anfangen. Nun, ich hatte das schon öfter getan. Das ist die einzige Möglichkeit, etwas zu erreichen. Daß man nämlich rücksichtslos gegen sich selbst ist, wenn etwas nicht stimmt. Aber heute konnte ich nicht mehr damit anfangen.

Die Uhr schlug metallen: dreiviertel elf, und das war noch nicht spät, aber ich wollte nicht denken, und so beschloß ich, ein wenig zu lesen. Ein paar Gedichte vielleicht. Ich ging zum Bücherschrank hinüber. Ich sah ein Buch von Blake, und das ließ mich an eines seiner einfachsten und schönsten Gedichte denken, an ›Das Lamm‹. Es hatte mich immer an Lämmchen erinnert. – »Kleines Lamm, wer hat dich gemacht?« Das hatte mir persönlich immer eine kleine lustige Nebenbedeutung dieser Zeile gegeben, einen Unterton, den Blake natürlich nicht beabsichtigt hatte. Aber ich wollte heute abend nicht Blake lesen. T. S. Eliot: »Mitternacht schüttelt das Gedächtnis wie ein Irrer die tote Geranie.« Aber es war noch nicht Mitternacht, und ich war nicht in der Stimmung für Eliot. Nicht einmal Prufrock: »Gehen wir also, du und ich, dorthin, wo der Abend unter dem Himmel ausgestreckt daliegt wie ein Narkotisierter auf dem Operationstisch –« Er kann mit den Worten Dinge tun, die ich gerne mit den Farben geschaffen hätte, aber es sind nicht dieselben. Nicht das gleiche Medium. Malen und Lyrik sind voneinander so verschieden wie Essen und Schlafen. Beide Gebiete können sich so sehr voneinander unterscheiden wie Bonnard und Braque, und doch beide groß sein. Dichter so groß wie Eliot und Blake. »Kleines Lamm, wer –« Ich mochte nicht lesen.

Und genug gedacht. Ich öffnete den Koffer und holte meine Fünfundvierziger automatische Pistole heraus. Das Magazin war voll; ich brachte eine Patrone in den Lauf und sicherte. Ich steckte die Pistole in die Tasche und ging hinaus. Ich schloß die Eingangstür hinter mir und ging hügelabwärts, in Richtung des Ateliers von Hans Wagner.

Ich fragte mich, ob die Chandlers dort gehalten hatten, um sie zu warnen. Dann würde Lämmchen entweder nach Hause geeilt sein – oder, möglicherweise, war sie mit den Chandlers weitergefahren, zu ihnen. Sie konnte gedacht haben, daß das weniger offensichtlich wäre, als sogleich nach Hause zu eilen. So würde das also nichts beweisen, auch wenn sie nicht dort war. Wenn aber ja, so zeigte das, daß die Chandlers nicht dort gehalten hatten.

Ich ging den Weg hinunter und versuchte, auf das hingekauerte schwarze Raubtier zu schauen, dem die Hügel nun glichen, auf das Gelb der Lichter. Aber sie ergaben nichts, hatten nichts zu sagen. Gefühllos, erbarmungslos, wie ein Narkotisierter auf dem Operationstisch. Verdammter Eliot, dachte ich; der Mann sah zu tief. Der fruchtlose Kampf des wüsten Landes um etwas, das ein Mann wohl berühren, aber niemals haben kann, das Schütteln einer toten Geranie. Wie ein Irrer. Kleines Lamm. Ihr dunkles Haar und ihre noch dunkleren Augen im Weiß ihres Gesichtes. Und das schlanke, schöne Weiß ihres Körpers. Die Sanftheit ihrer Stimme, ihre Hände in meinem Haar. Und ihre Hände in Hans Wagners Haar von der Farbe des spottenden Mondes.

Ich klopfte an der Tür. Nicht laut, nicht leise, wie man eben klopft.

Dauerte es zu lange, bevor Hans kam?

Sah er erschrocken aus? Ich wußte es nicht. Die Flächen in seinem Gesicht waren hübsch, doch was wirklich darin lag, wußte ich nicht. Ich kann die Züge und Flächen von Gesichtern sehen, aber ich kann sie nicht deuten. Sowenig wie Stimmen.

»Hei, Wayne. Komm herein«, sagte Hans.

Ich trat ein. Lämmchen war nicht da, jedenfalls nicht

im großen Atelierraum. Es gab natürlich noch andere Räume. Ein Schlafzimmer, eine Küche, ein Badezimmer. Ich wollte sofort überall nachschauen gehen, aber das wäre unhöflich gewesen. Ich wollte aber nicht weggehen, bevor ich nicht überall nachgesehen hatte.

»Ein bißchen besorgt um Lämmchen; sie ist sonst selten allein weg um diese Zeit. Hast du sie gesehen?« fragte ich.

Hans schüttelte seinen blonden, hübschen Kopf.

»Ich dachte, sie wäre vielleicht einen Sprung zu dir hereingekommen auf dem Heimweg«, sagte ich leichthin. Ich lächelte ihn an. »Vielleicht habe ich mich nur ein wenig einsam und ruhelos gefühlt. Willst du nicht mit zu mir nach Hause kommen, was trinken? Ich habe zwar nur Wein, den aber reichlich.«

Natürlich mußte er sagen: »Warum trinken wir nicht bei mir etwas?«

Er sagte es auch.

Er fragte mich sogar, was ich haben wollte, und ich sagte, einen Martini, da er in die Küche hinaus mußte, um ihn zu mixen, wodurch ich Gelegenheit bekam, mich umzusehen.

»Okay, Wayne, ich trinke auch einen«, sagte Hans. »Entschuldige mich einen Augenblick.«

Er ging hinaus in die Küche. Ich warf schnell einen Blick ins Badezimmer und ging dann ins Schlafzimmer, wo ich mich gut umsah, sogar unterm Bett. Lämmchen war nicht da. Dann ging ich in die Küche und sagte: »Ich habe ganz vergessen, dir zu sagen, daß du meinen nicht zu stark machen sollst. Vielleicht werde ich Lust haben, noch ein bißchen zu malen, wenn ich nach Hause komme.«

»Aber gewiß«, sagte er.

Lämmchen war nicht in der Küche. Noch hatte sie das Haus verlassen, nachdem ich geklopft hatte und hereingekommen war. Mir fiel nämlich ein, daß die Küchentür bei Hans ziemlich laut kreischte, und ich hatte sie nicht kreischen gehört. Das war aber der einzige Ausgang, abgesehen von der Eingangstür.

Ich war ein Idiot gewesen.

Es sei denn, natürlich, daß Lämmchen hier gewesen und mit den Chandlers weggefahren war, als sie stehengeblieben waren, um sie zu warnen – falls sie stehengeblieben waren.

Ich ging zurück ins große Atelier mit dem Fenster und wanderte ein paar Augenblicke herum, wobei ich mir die Bilder an den Wänden ansah. Es war zum Erbrechen, so daß ich mich setzte und wartete. Ich würde zumindest ein paar Minuten bleiben, um den Schein zu wahren. Hans kam zurück.

Er gab mir meinen Drink, und ich bedankte mich bei ihm. Ich trank, während er mich gönnerhaft ansah. Nicht, daß mir das etwas ausgemacht hätte. Er machte Geld und ich nicht. Aber ich hatte eine schlechtere Meinung von ihm, als er sie möglicherweise von mir haben konnte.

»Wie geht's mit der Arbeit, Wayne?«

»Gut«, sagte ich. Ich trank meinen Martini. Er hatte mich beim Wort genommen und ihn sehr schwach gemacht, hauptsächlich Wermut. Es schmeckte scheußlich so. Aber die Olive darin wirkte dunkler, mehr die Nuance, an die ich dachte. Vielleicht, aber nur vielleicht, würde das Bild etwas werden, wenn ich es nur um diese Farbe herum aufbaute.

»Hübsches Haus, Hans«, sagte ich. »Das Fenster. Ich wollte, ich hätte auch eines.«

Er zuckte die Achseln. »Du arbeitest ja ohnehin nicht nach Modell, nicht wahr? Und im Freien ist im Freien.«

»Im Freien ist in meinem Kopf«, sagte ich. »Es gibt keinen Unterschied.« Und dann fragte ich mich, weshalb ich mit jemandem sprach, der keine Ahnung hatte, wovon ich redete. Ich ging hinüber zum Fenster – zu dem, von dem aus man mein Atelier sieht – und schaute hinaus. Ich hoffte, Lämmchen auf dem Weg dorthin zu sehen, ich sah sie aber nicht.

Sie war nicht hier. Wo war sie? Selbst wenn sie hier gewesen und verschwunden war, als ich klopfte, wäre sie nun auf dem Weg gewesen. Ich würde sie gesehen haben.

Ich wandte mich um. »Waren die Chandlers eigentlich hier, heute abend?« fragte ich ihn.

»Die Chandlers? Nein; hab sie seit ein paar Tagen nicht gesehen.« Er hatte ausgetrunken.

»Willst du noch einen?« fragte er.

Ich wollte schon nein sagen, da blieben meine Augen an einer Schranktür hängen, rein zufällig. Ich hatte einmal hineingesehen: es war kein tiefer Schrank, aber tief genug, daß ein Mann darin stehen konnte. Oder eine Frau.

»Bitte, Hans, ja. Dank dir.«

Ich ging zu ihm und hielt ihm mein Glas hin. Er ging mit den Gläsern in die Küche. Ich ging zur Schranktür hinüber und versuchte sie zu öffnen. Sie war versperrt.

Und es steckte kein Schlüssel im Schlüsselloch. Warum sollte aber jemand einen Kasten versperrt halten, wenn er immer die Eingangstür und die Fenster seines Hauses geschlossen hielt, sobald er wegging?

»Kleines Lamm, wer hat dich gemacht?«

Hans kam aus der Küche mit einem Martini in jeder Hand. Er sah meine Hand auf dem Griff der Schranktür.

Einen Augenblick lang stand er sehr ruhig, dann fingen seine Hände zu zittern an; die Martinis, seiner und meiner, schwappten ein wenig über den Rand, und kleine Tropfen fielen auf die Fliesen.

Ich fragte ihn heiter: »Hans, du hältst deinen Schrank versperrt?«

»Ist er abgesperrt? Nein, normalerweise nicht.« Und dann wurde ihm klar, daß er einen kleinen Fehler begangen hatte, und er sagte, wieder etwas gefaßt: »Was ist los mit dir, Wayne?«

»Nichts«, sagte ich, »ganz und gar nichts.« Ich holte die Fünfundvierziger aus der Tasche. Er war weit genug entfernt, so daß er bei seinem Gewicht nicht daran denken konnte, mich anzuspringen.

Ich lächelte ihn nur an. »Wie wär's, wenn du mir den Schlüssel geben würdest?«

Mehr Martini glitzerte auf den Fliesen. Diese großen, breiten, hübschen Blonden, sie taugen nichts; er war steif vor Angst. Er versuchte, seine Stimme normal klingen zu lassen. »Ich weiß nicht, wo er ist. Ist was nicht in Ordnung?«

»Nichts«, sagte ich. »Aber bleib, wo du bist. Beweg dich nicht, Hans.«

Er gehorchte. Bewegte sich nicht. Die Gläser schwankten, aber die Oliven blieben drinnen. Mit knapper Not. Ich beobachtete ihn, aber ich hielt die Mündung der großen Fünfundvierziger gegen das Schlüsselloch. Ich hielt sie seitlich an, so daß sie niemand töten konnte, der sich darinnen verbarg. Ich tat das schielend, während ich Hans Wagner im Auge behielt.

Ich drückte ab. Der Schuß dröhnte in diesem großen Atelierraum betäubend, aber ich ließ meine Augen nicht von Hans.

Ich trat zurück, als die Schranktür langsam aufging.

Eine Olive fiel auf die Fliesen, mit einem Laut, den man normalerweise überhört hätte. Ich beobachtete Hans, während ich in den Kasten sah, als die Tür ganz aufgegangen war.

Lämmchen war da. Ganz nackt.

Ich schoß Hans nieder, und meine Hand war so ruhig, daß ein Schuß genügte. Er fiel mit einer Hand, die nach dem Herzen griff, aber keine Zeit mehr hatte, dorthin zu gelangen. Sein Schädel schlug mit dumpfem Krach auf die Fliesen. Es war der Laut des Todes.

Ich steckte die Pistole in die Tasche, und jetzt zitterte meine Hand.

Seine Staffelei stand neben mir, das Palettenmesser lag auf der Leiste.

Ich nahm es auf und schnitt Lämmchen, mein nacktes Lämmchen, aus dem Rahmen heraus. Ich rollte sie zusammen und hielt sie an meine Brust gedrückt; niemand würde sie jemals so sehen. Wir gingen miteinander und stiegen Hand in Hand den Hügel hinauf. Ich sah sie an im hellen Mondschein. Ich lachte und sie lachte. Aber ihr Lachen war wie silberne Zymbeln, meines wie tote Blütenblätter, von der Geranie eines Irren geschüttelt.

Ihre Hand schlüpfte aus der meinen, und sie tanzte, eine weiße schlanke Erscheinung.

Über ihre Schulter zurück klang ihr Lachen, als sie sagte: »Erinnerst du dich denn nicht, Liebling? Erinnerst du dich nicht daran, daß du mich umgebracht hast, als ich dir von Hans und mir erzählte? Erinnerst du dich nicht daran, daß du mich heute nachmittag umgebracht hast? Wie, Liebling? Erinnerst du dich nicht?«

Wudu

Mr. Deckers Gattin war gerade von einer Reise nach Haiti zurückgekehrt – von einer Reise, die sie allein unternommen hatte. Es sollte eine gewisse Abkühlung geschaffen werden, bevor man sich über eine Scheidung unterhielt.

Es hatte nicht funktioniert. Keiner von beiden hatte sich im geringsten abgekühlt. Statt dessen zeigte sich nun, daß sie einander mehr denn je haßten.

»Die Hälfte«, sagte Mrs. Decker entschlossen. »Ich werde mich auf weniger als die Hälfte des Geldes und den halben Besitz nicht einlassen.«

»Lächerlich«, knurrte Mr. Decker.

»So? Ich könnte alles bekommen, weißt du das? Und ganz leicht obendrein. Ich habe in Haiti Wudu gelernt.«

»Fauler Zauber!« sagte Mr. Decker.

»Ist es nicht. Und du solltest froh sein, daß ich eine gute Frau bin, denn ich könnte dich ganz leicht um die Ecke bringen, wenn ich wollte. Dann hätte ich das *ganze* Geld und den *ganzen* Grundbesitz und ohne jegliche Furcht vor den Folgen. Tod durch Wudu-Zauber ist von Tod durch Herzschlag nicht zu unterscheiden.«

»Stumpfsinn«, knurrte Mr. Decker.

»So? Meinst du? Ich habe Wachs und eine Hutnadel. Wenn du mir ein oder zwei ganz kleine Haarbüschel gibst oder was von einem abgeschnittenen Fingernagel – das ist alles, was ich dazu brauche. Soll ich dir's zeigen?«

»Stumpfsinn«, knurrte Mr. Decker.

»Warum hast du dann Angst und läßt es mich nicht versuchen? *Ich* weiß, daß es geht, deshalb mache ich dir einen Vorschlag. Wenn du daran nicht stirbst, willige ich in die Scheidung ein und verlange keinen Groschen. Wenn ja, kriege ich automatisch alles.«

»Einverstanden«, sagte Mr. Decker. »Hol dein Wachs und deine Hutnadel.« Er sah auf seine Fingernägel. »Ziemlich kurz. Ich geb dir ein paar Haare.«

Als er mit ein paar kurzen Haarsträhnen im Deckel eines Aspirinfläschchens zurückkam, hatte Mrs. Decker bereits angefangen, das Wachs weichzumachen. Sie knetete die Haare hinein und formte dann daraus das plumpe Ebenbild einer menschlichen Gestalt.

»Es wird dir leid tun«, sagte sie und stieß der Wachsfigur die Hutnadel in die Brust.

Mr. Decker war überrascht, aber mehr angenehm als unangenehm. Er hatte nicht an Wudu geglaubt, aber als vorsichtiger Mann ließ er sich nie auf etwas ein.

Außerdem war es ihm immer auf die Nerven gegangen, daß seine Frau so selten ihre Haarbürste auskämmte.

Der Scherz

Der dicke Mann im flaschengrünen Anzug streckte seine schwere Hand über den Schaltertisch des Zigarrenladens. »Jim Greeley«, stellte er sich vor. »Von Firma ›Letzte Neuheiten‹.« Der Zigarrenhändler ergriff die dargebotene Hand und zuckte dann erschrocken zusammen, weil etwas darin Verborgenes gegen seine Handfläche summte.

Der dicke Mann ließ ein dröhnendes Gelächter vom Stapel. »Unser ›Gute Überraschung‹-Summer«, sagte er und drehte seine Hand mit der Innenfläche nach oben, um die kleine Metallvorrichtung darin sehen zu lassen.

»Macht aus jedem Händedruck eine Überraschung; einer der besten Artikel, die wir haben. Eine Sache, wie? Geben S' mir vier Perfektos, die Acht-für-einen-Dollar. Danke.«

Er legte fünfzig Cents auf den Schaltertisch und zündete sich dann mit verborgenem Grinsen eine von den Zigarren an, während der Händler vergeblich versuchte, das Geldstück aufzunehmen. Dann legte der Dicke lachend eine andere, trickfreie Münze auf den Tisch und hob die erste mit einem kleinen Federmesser, das am Ende seiner Uhrkette hing, ab. Er steckte sie in eine kleine Spezialschachtel zurück, die er in der Westentasche trug. »Ein neuer Artikel, aber nicht schlecht. Mordsspaß, und schließlich ist unser Motto bei den ›Letzten Neuheiten‹: Die Leute müssen was zu lachen haben. Ich bin der Vertreter von den ›Letzten Neuheiten‹.«

Der Zigarrenhändler sagte: »Ich habe leider –«

»Oh, ich will Ihnen nichts verkaufen«, sagte der Dicke. »Bei mir geht das nur im Großen. Aber es macht mir halt

Spaß, unsere Ware vorzuführen. Sie müßten nur einiges davon einmal sehen.«

Er blies einen Rauchring und schlenderte am Zigarrenladen vorbei bis zur Hotelanmeldung. »Doppelzimmer mit Bad«, bestellte er beim Mann von der Aufnahme. »Bin vorgemerkt – Jim Greeley. Meine Sachen werden vom Bahnhof herübergebracht, meine Frau kommt nach.«

Er zog eine Füllfeder aus der Tasche, obwohl ihm der Angestellte eine hinhielt, und unterschrieb den Anmeldeschein. Die Tinte war schön hellblau. Der Spaß daran war nur, daß sie später, wenn der Aufnahmemann den Schein ordnen wollte, verschwunden sein würde. Und wenn er das dann aufklärte und einen neuen Schein unterschrieb, so hatten er und der Aufnahmemann etwas zu lachen, und gute Reklame für die ›Letzten Neuheiten‹ war es obendrein.

»Lassen Sie den Schlüssel hängen«, sagte er. »Ich gehe jetzt nicht hinauf. Wo ist das Telefon?«

Er schlenderte zur Reihe von Telefonzellen, zu der ihm der Angestellte den Weg gewiesen hatte, und wählte eine Nummer. Eine Frauenstimme meldete sich.

»Polizei«, sagte er mürrisch. »Wir haben Informationen erhalten, nach denen Sie Zimmer an kriminelle Elemente untervermieten. Oder waren das am Ende gar keine Untermieter?«

»Jim! Oh, ich freu mich so, daß du wieder da bist!«

»Ich mich auch, Süßes. Ist die Luft rein? Dein Gatte nicht da? Das heißt, Moment. Sag gar nichts; du würdest das eben nicht gesagt haben, wenn er da wäre, wie? Wann kommt er nach Hause?«

»Um neun Uhr, Jim. Holst du mich vorher ab? Ich

schreibe ihm einen Zettel, daß ich bei meiner Schwester bleibe, weil sie krank ist.«

»Prima, Honey. Genau das, was ich von dir erwartet habe. Es ist jetzt – halb sechs. Ich komme gleich zu dir.«

»Nicht so schnell, Jim. Ich habe noch allerhand zu tun, und ich bin auch noch nicht angezogen. Komm nicht vor – acht. Sagen wir, zwischen acht und halb neun.«

»Okay, Honey. Acht Uhr. So können wir groß ausgehen, und außerdem habe ich bereits ein Doppelbettzimmer genommen.«

»Wie konntest du denn wissen, daß ich wegkann?«

Der Dicke lachte. »Wenn nicht, hätte ich eben eine andere Nummer in meinem schwarzen Büchlein angerufen. Sei nicht bös, ich mach ja nur Spaß. Ich rufe vom Hotel aus an, und ich habe mir noch gar kein Zimmer genommen. Ich hab nur Spaß gemacht. Das ist etwas, Mary, was ich an dir so schätze, daß du einen Sinn für Humor hast, daß du kein Spaßverderber bist. Wenn ich jemanden gern haben soll, muß er meine Sorte Humor verstehen.«

»Wenn du jemanden *gern haben* sollst?«

»Und wenn ich jemanden lieben soll, bis zum Wahnsinn. Wie ist eigentlich dein Mann, Mary? Hat *der* einen Sinn für Humor?«

»Gewissermaßen. Einen ganz verrückten, nicht so wie du. Hast du neue Scherzartikel?«

»Ein paar prima Sachen. Ich werde sie dir zeigen. Da ist zum Beispiel eine Trick-Kamera – na ja, ich werd's dir zeigen. Und mach dir kein Kopfzerbrechen, Honey. Ich weiß, du hast mir erzählt, dein Herzchen ist nicht ganz auf Draht, und ich versprech dir, dich nicht zu erschrecken. Ich jag dir keine Angst ein, Honey, ganz im Gegenteil.«

»Du bist ein großer Kindskopf! Okay, Jim, nicht vor acht also. Aber lange vor neun.«

»Mit Begeisterung, Honey. Auf Wiedersehen.«

Er verließ die Telefonzelle und sang dabei ›Komm in den kleinen Pavillon‹. Er richtete sich seine auffallende Krawatte vor einem Spiegel, der an einer Säule in der Hotelhalle hing. Er fuhr sich mit der Hand prüfend über die Wange. Ja, er mußte sich rasieren lassen; er war ein Reibeisen, auch wenn man weiter nichts sah. Na, er hatte ja genug Zeit dazu in den zweieinhalb Stunden, die vor ihm lagen.

Er begab sich auf die andere Seite, wo ein Hotelpage saß. »Wie lange bist du im Dienst, junger Mann?« fragte er.

»Neun Stunden, bis halb drei Uhr früh. Ich habe gerade meine Arbeitsschicht angetreten.«

»Ausgezeichnet. Wie ist das denn hier mit den Alkoholvorschriften? Kann man jederzeit welchen bekommen?«

»In Flaschen nur bis neun Uhr. Das heißt, na ja, manchmal bekommt man welchen, aber es ist riskant. Kann ich Ihnen nicht früher welchen holen, wenn Sie welchen wollen?«

»Ja, warum nicht?« Der Dicke entnahm seiner Brieftasche einige Banknoten. »Zimmer 603. Ein Viertel Whisky und zwei Flaschen Soda, wenn du mir das irgendwann vor neun hinaufstellst. Ich rufe um Eiswürfel an, sobald wir sie wollen. Und dann möchte ich, daß du mir bei einem Scherz behilflich bist. Habt ihr irgendwo Wanzen oder Küchenschaben?«

»Wie bitte?«

Der Dicke grinste. »Vielleicht habt ihr welche, vielleicht auch nicht, aber schau, hier habe ich künstliche. Sind die

nicht schön?« Er nahm eine Schachtel aus der Tasche und öffnete sie.

»Ich will meiner Frau einen Streich spielen«, sagte er. »Und ich werde nicht vor ihr im Zimmer oben sein. Ich gebe dir die hier, und du steckst sie dorthin, wo sie am meisten auffallen, ja? Das heißt, schlag die Leintücher zurück und füll die Betten mit ihnen an. Schauen die nicht wie echt aus, wie? Die wird quietschen vor Angst, wenn sie sie entdeckt. Machst du gerne einen Spaß, junger Mann?«

»Aber sicher.«

»Ich werde dir ein paar gute Sachen zeigen, wenn du später die Eiswürfel hinaufbringst. Ich habe einen ganzen Musterkoffer voll davon mit. Also, mach's gut mit den Wanzen!«

Er winkte dem Hotelpagen feierlich zu, schlenderte durch die Halle und hinaus auf die Straße.

Er betrat ein Gasthaus und bestellte ein Bier mit einem Schnaps. Während der Barmann damit beschäftigt war, ging er zur Musikbox, warf eine Münze ein und drückte zwei Knöpfe. Er kam grinsend zurück und pfiff ›Hab ein Rendezvous mit einem Engel‹. Die Musikbox fiel ein – in einer anderen Tonart.

»Sie sind gut aufgelegt«, sagte der Barkeeper. »Die meisten kommen hier herein, um mir ihre Sorgen zu erzählen.«

»Hab keine Sorgen«, sagte der Dicke. »Ich freu mich nur, weil ich auf Ihrer Musikbox einen alten Schlager gefunden habe, und weil der gerade paßt. Nur daß der Engel, mit dem ich ein Rendezvous habe, auch einen kleinen Teufel in sich hat, Gott sei's gedankt. Ihr wirkliches Ich ist auch einer.«

Er streckte seine Hand über die Bar. »Schütteln Sie einem glücklichen Mann die Hand«, sagte er.

Der Summer in seiner Hand summte, und der Barkeeper fuhr zusammen.

Der Dicke lachte. »Trinken Sie was mit mir, Kamerad«, sagte er, »und seien Sie nicht bös. Ich hab eine Schwäche für Juxartikel; ich verkauf sie.«

Der Barkeeper grinste, aber nicht allzu begeistert. Er meinte: »Sie sind auch stark genug dazu, Sie können sich das leisten. Okay, ich trinke was mit Ihnen. Augenblick – da ist ein Haar in dem Schnaps, den ich Ihnen gegeben habe.« Er goß das Glas aus und stellte es zu den schmutzigen Gläsern und kam mit einem anderen zurück, mit einem Kristallglas, das schön geschliffen war.

»Nicht schlecht«, sagte der Dicke, »aber ich habe Ihnen ja gesagt, daß ich von der Branche bin; ich kenne ein Glas, das rinnt, schon von weitem. Außerdem ist das ein altes Modell. Es hat bloß ein Loch an der Seite, und wenn man den Finger draufhält, rinnt es nicht. So zum Beispiel. Herzlichen Glückwunsch.«

Das rinnende Glas rann nicht. Der Dicke meinte: »Ich zahle noch einen für uns beide. Ich mag Leute, die austeilen und einstecken können.« Er kicherte. »Probieren Sie's aber immerhin. Schenken Sie uns noch einmal ein und lassen Sie sich von den neuesten Sachen erzählen, die wir auf den Markt werfen wollen. Da gibt es ein neues Plastikmaterial, das wir Skintex nennen, – hei, ich hab ja so was mit. Kuckuck!«

Er nahm aus seiner Tasche einen zusammengerollten Gegenstand, der sich von selbst in eine erstaunlich lebensechte Gesichtsmaske aufrollte, als er ihn auf den Bartisch legte. Der Dicke erklärte: »Das verwendet man jetzt für alle Arten von Masken und falschen Nasen auf dem ganzen Markt, sogar für die teuersten. Das schmiegt sich so eng ans Gesicht an, daß die Maske von selbst draufbleibt. Das Tolle daran ist aber, daß diese Masken so echt aussehen, daß man zweimal hinschauen muß, ob es nicht wirklich der Herr Meier ist. Das wird ein Verkaufsschlager für die ganze Saison, für alle Arten von Kostümbällen und so weiter, und vor allem in der Krampuszeit.«

»Schaut wirklich echt aus«, sagte der Barkeeper.

»Da wette ich um meinen Kopf, daß die echt ausschaut. Gibt's in jeder Art, in Kürze. Jetzt sind allerdings erst ein paar wirklich in Erzeugung. Das ist das *Bel ami*-Modell, auf gutaussehend gemacht. Schenken Sie uns noch einmal ein, wie?«

Er rollte die Maske zusammen und steckte sie wieder ein. Die Musikbox hatte eben die zweite Platte fertiggespielt, und er warf wiederum ein und drückte wieder ›Hab ein Rendezvous mit einem Engel‹, doch diesmal wartete er mit dem Pfeifen, bis die Musik kam, damit er dieselbe Tonart erwischte.

Als er wieder an der Bar saß, trommelte er statt dessen mit den Fingerspitzen den Rhythmus mit. Er sagte: »Hab wirklich ein Rendezvous mit einem Engel. Eine kleine Blondine, Mary Rhymer heißt sie. Eine Schönheit. Das hübscheste Mädchen in der Stadt. Sie soll leben!«

Diesmal vergaß er, das Loch im Rinnglas mit dem Finger abzudecken, und er bekam feuchte Flecken auf seiner auffallenden Krawatte. Er schielte hinunter und brüllte vor Lachen. Er bestellte eine Runde für alle – nicht zu kostspielig, da nur noch ein zweiter Gast und der Barkeeper da waren.

Der andere Gast spendierte auch eine Runde, und dann

der Dicke noch eine. Er zeigte ihnen zwei neue Tricks mit Münzen. Der eine bestand darin, daß er eine Münze auf dem Rand des Glases balancierte, nachdem sie vorher Münze und Glas hatten überprüfen dürfen, und er wollte diesen Trick dem Barkeeper nicht verraten, solange dieser nicht seinerseits eine Runde steigen ließ.

Es war nach sieben, als er das Lokal verließ. Er war nicht betrunken, aber er spürte die Drinks. Jetzt war er wirklich glücklich. ›Sollte einen Bissen zu mir nehmen‹, dachte er.

Er sah sich nach einem Restaurant um, nach einem guten, und ließ es dann sein, weil er dachte, Mary würde erwarten, daß er mit ihr essen ging, und er beschloß, sich seinen Appetit für sie aufzuheben.

Und was war denn schon dabei, wenn er früher hinkam? Er konnte warten, konnte mit ihr plaudern, während sie sich fertig machte.

Er hielt nach einem Taxi Ausschau, sah aber keines; da schritt er kräftig aus und pfiff wieder ›Komm in den kleinen Pavillon‹, das er leider auf der Schlagerliste der Musikbox nicht gefunden hatte.

So schritt er flott dahin und pfiff glücklich in die wachsende Dämmerung. Er würde zu früh dran sein, aber er wollte nicht wieder was trinken gehen; sie würden später noch eine Menge trinken, und im Augenblick fühlte er sich gerade richtig.

Erst einen Häuserblock weiter fiel ihm ein, daß er sich ja hatte rasieren lassen wollen. Er blieb stehen und befühlte sein Gesicht. Ja, es war wirklich nötig. Und er hatte obendrein Glück. Nur ein paar Häuser weit war er an einem Friseurgeschäft vorbeigekommen. Er ging zurück, es war noch offen. Drinnen war nur der Friseur.

Er wollte schon hineingehen, als er es sich überlegte und mit einem glücklichen Grinsen in einer dunklen Ecke verschwand. Er nahm die Skintex-Maske aus der Tasche und stülpte sie sich übers Gesicht; Mordsspaß, wenn er sich mit dieser Maske in einen Stuhl setzte, um sich rasieren zu lassen. Er grinste so sehr, daß es ihm nur mit Mühe gelang, die Maske aufzusetzen.

Er betrat den Friseurladen, hängte seinen Hut auf den Haken und setzte sich in einen der Stühle. Mit der durch die Maske ein wenig gedämpften Stimme sagte er: »Rasieren, bitte.«

Als der Friseur, der sich neben den Stuhl gestellt hatte, um mit seiner Arbeit zu beginnen, sich näher zu ihm hinbeugte, in ungläubigem Staunen befangen, konnte der Dicke sein Gelächter nicht mehr zurückhalten. Die Maske rutschte ihm vom Gesicht, als sein Lachen durch den Raum dröhnte. Er nahm sie ganz herunter und hielt sie dem Friseur zur Ansicht unter die Nase. »Ganz wunderbar lebensecht«, sagte er, als er sich wieder erholt hatte.

»Und ob«, sagte der Friseur voll Bewunderung. »Wo bekommt man denn so etwas?«

»Meine Firma vertreibt sie, Letzte-Neuheiten-AG.«

»Ich gehöre einer Laien-Theatergruppe an«, sagte der Friseur. »Könnten wir da nicht eigentlich solche Masken verwenden, für komische Rollen, meine ich? Werden solche Masken auch auf komisch gemacht?«

»O ja. Aber wir haben natürlich nur die Erzeugung und den Großvertrieb. Sie werden Sie aber bei Brachmann und Minton bekommen, hier in der Stadt. Ich werde die Firma morgen besuchen, und die nehmen mir bestimmt das Ganze ab. Aber rasieren Sie mich bitte. Ich hab ein Rendezvous mit einem Engel.«

»Bitte sehr«, sagte der kleine Mann. »Brachmann und Minton. Dort kaufen wir ohnehin meistens unsere Schminke und die Kostüme. Fein.« Er hielt ein Handtuch unter den Heißwasserhahn und drückte es aus. Dann legte er es auf das Gesicht des Dicken und fing an, in einer Porzellanschale Seifenschaum zu machen.

Unter dem Handtuch summte der Mann im grünen Anzug ›Hab ein Rendezvous mit einem Engel‹. Der Friseur nahm das Handtuch wieder weg und trug den Seifenschaum mit geschickten Pinselstrichen auf.

»Ja«, sagte der Dicke, »hab ein Rendezvous mit einem Engel und bin verdammt früh dran. Machen Sie mir daher alles, was es gibt, Gesichtsmassage und so weiter. Wär schön, wenn ich wirklich so aussehen würde wie mit der Gesichtsmaske *Bel ami*. So heißt nämlich dieses Modell. Sie sollten einmal einige von den anderen sehen. Na ja, werden Sie ja, wenn Sie ungefähr in einer Woche zu Brachmann und Minton gehen. Das dauert etwa so lange, bis die die Ware bekommen, wenn ich morgen ihre Bestellungen aufnehmen werde.«

»Yes, Sir«, sagte der Friseur. »Sie wünschen große Gesichtsbehandlung? Massage *und* Gesichtsbehandlung?« Er zog das Rasiermesser am Riemen ab und fing in geschickten kurzen Strichen zu rasieren an.

»Warum nicht? Ich hab Zeit. Und heute abend ist Liebesnacht. Das *ist* eine, mein Lieber. Platinblond, sooo gebaut. Sie hat eine Art kleine Pension, nicht weit von hier –. Hören Sie, mir fällt etwas ein. Prima Idee.«

»Was denn?«

»Ich werde ihr einen Streich spielen. Ich werde diese *Bel ami*-Maske tragen, wenn ich zu ihr komme, so daß sie glaubt, ein wirklich gut aussehender Mann steht vor ihr. Vielleicht wird es eine Enttäuschung, wenn sie meine Visage sieht, wenn ich die Maske herunternehme, aber der Spaß wird gut. Und ich wette, sie wird nicht zu sehr enttäuscht sein, wenn sie sieht, es ist der gute alte Jim. Ja, das mach ich.«

Der Dicke kicherte in der Vorfreude. »Wie spät ist es?« fragte er. Er wurde ein bißchen schläfrig. Die Rasur war vorbei, und die knetende Bewegung der Massage war einschläfernd.

»Zehn vor acht.«

»Ausgezeichnet. Menge Zeit. Wenn ich nur vor neun hinkomme. Das ist nämlich die Z– Sagen Sie, haben Sie sich wirklich von der Maske täuschen lassen, wie ich hereingekommen bin?«

»Aber sicher«, sagte der Friseur, »bis ich mich dann über Sie gebeugt habe, als Sie sich gesetzt hatten.«

»Prima. Dann fällt mir Mary Rhymer auch darauf herein, wenn ich vor ihr stehe. Sagen Sie, wie heißt diese Theatergruppe, der Sie da zugehören? Ich werde Brachmann sagen, daß Sie ein paar von den Skintex-Masken wollen.«

»Sagen Sie nur ›Grove Avenue Sozialzentrumgruppe‹. Ich heiße Dane. Herr Brachmann kennt mich. Ja, bitte sagen Sie ihm, daß wir ein paar kaufen werden.«

Heiße Handtücher, kühle Cremen, knetende Finger. Der Mann in Grün machte inzwischen ein Nickerchen.

»Okay, Mister«, sagte der Friseur schließlich. »Wir wären soweit. Macht einen Dollar fünfundsechzig.« Er kicherte. »Ich habe Ihnen sogar die Maske aufgesetzt. Viel Glück.«

Der Dicke setzte sich auf und blickte in den Spiegel. »Prima«, sagte er. Er erhob sich und nahm zwei Dollar aus der Geldbörse. »Stimmt schon. Gute Nacht.«

Er setzte seinen Hut auf und ging. Es wurde schon dunkel, und ein Blick auf seine Armbanduhr zeigte ihm, daß es fast halb neun war. Gerade recht.

Er summte wieder vor sich hin, diesmal wieder ›Komm in den kleinen Pavillon‹.

Er wollte pfeifen, konnte es aber nicht, weil er die Maske auf hatte. Er blieb vor dem Hause stehen und sah sich um, bevor er die kleine Stiege vorm Haustor hinaufging. Er kicherte ein wenig, als er die Tafel mit der Aufschrift ZIMMER FREI vom Haken nahm, an dem sie neben der Tür hing, und hielt sie in der Hand, als er auf den Klingelknopf drückte und die Klingel läuten hörte.

Es vergingen nur Sekunden, bevor er ihre Schritte klappern hörte. Sie öffnete, und er verbeugte sich leicht.

Seine Stimme klang durch die Maske gedämpft, und um sie noch unkenntlicher zu machen, sagte er mit starkem Akzent: »Sie chaben eine Simmer, bittääähh?«

Sie war wirklich schön, so schön, wie er sie vom letzten Mal in Erinnerung hatte, als er vor einem Monat hiergewesen war. Sie sagte zögernd: »Hm, ja. Aber es tut mir leid, ich kann es Ihnen heute abend nicht zeigen. Ich erwarte nämlich einen Bekannten, und ich werde ohnehin nicht mehr rechtzeitig fertig.«

Er machte eine ruckartige kleine Verbeugung und sagte: »Wiii, Mädäme, ich werden zurrickkerren.«

Und dann bekam er die Maske durch Kinnbewegungen und Stirnrunzeln lose und lüftete Hut und Maske in einem.

Er grinste und wollte eben sagen – ach, es ist gleichgültig, was er hatte sagen wollen, denn Mary Rhymer schrie auf und sank dann zu einem Bündel von Purpurseide, cremefarbenem Fleisch und blondem Haar zusammen, unmittelbar an der Schwelle.

Wie vom Donner gerührt, ließ der Dicke die Tafel fallen, die er in der Hand gehalten hatte, und beugte sich über sie. Er sagte: »Mary, Honey, was –«, ging schnell hinein und schloß hinter sich die Tür. Er beugte sich nieder und legte ihr die Hand – er erinnerte sich an ihr Herzchen, das nicht ganz auf Draht war – an jene Stelle, wo ihr Herz hätte schlagen müssen. Wo es aber nicht mehr schlug.

Er machte sich rasch aus dem Staube. Er, der selbst Frau und Kind zu Hause in Minneapolis hatte, konnte sich doch nicht ... Er verschwand also.

Noch immer ganz verstört, ging er rasch fort.

Er kam zu dem Friseurladen, wo alles dunkel war. Er blieb vor der Ladentür stehen. Das dunkle Glas in der Tür, in dem sich eine Straßenlampe von gegenüber spiegelte, war gleichzeitig durchsichtig und ein Spiegel. Darin sah er dreierlei.

Er sah dort, wo die Scheibe spiegelte, das Schreckensantlitz, das sein eigenes Gesicht war. Hellgrün, mit sorgfältiger, fachmännisch aufgetragener Schattierung, die es in das eines lebenden Leichnams verwandelte, in ein Gespenst mit hohlen Augen und Wangen und blauen Lippen. Das hellgrüne Gesicht, das sich über dem grünen Anzug und der schreienden roten Krawatte spiegelte – das Gesicht, das ihm der Friseur, der ein erfahrener Theaterschminkmeister war, aufgemalt haben mußte, während er eingenickt war.

Und dann sah er den Zettel, der innen an die Glasscheibe der Tür des Friseurgeschäftes geheftet war. Darauf stand mit grünem Farbstift:

GESCHLOSSEN

Dane Rhymer

›Mary Rhymer, Dane Rhymer‹, dachte er schwerfällig. Und in diesem Augenblick sah er *durch* das Glas der Scheibe, drinnen im dunklen Friseurgeschäft schwer auszumachen – die weißgekleidete Gestalt des kleinen Friseurs, die vom Luster baumelte und sich langsam immerzu drehte, von links nach rechts, von rechts nach links, von links nach rechts . . .

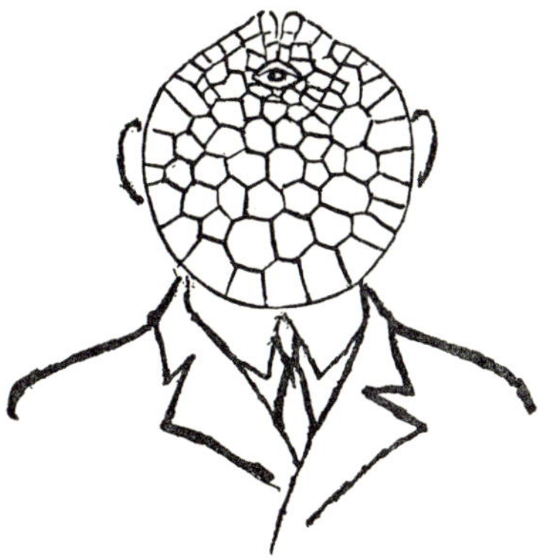

Fatal

Walter Baxter war ein langjähriger Leser von Mord- und Detektivgeschichten. Als er beschloß, seinen Onkel zu ermorden, war ihm daher klar, daß er keinen einzigen Fehler begehen durfte.

Sowie, daß Einfachheit vorherrschen mußte, sollte selbst die Möglichkeit, einen Fehler zu begehen, ausgeschlossen sein. Äußerste Einfachheit. Kein Alibi durfte in Betracht gezogen werden, das nicht hieb- und stichfest war. Keine komplizierte Vorgangsweise. Keine falschen Spuren.

Nun ja – eine kleine falsche Spur, eine sehr simple. Er würde im Hause seines Onkels auch alles Bargeld mitnehmen müssen, so daß der Mord aussah, als wäre er im Verlauf eines Einbruchs begangen worden. Ansonsten würde ihn als Alleinerben zu starker Verdacht treffen.

Er besorgte sich zunächst ein kleines Brecheisen, Werkzeug und Waffe in einem, und zwar so geschickt, daß man dadurch unmöglich auf seine Spur kommen konnte.

Er plante sorgfältig jede Lappalie, da er wußte, daß er sich keinen einzigen Fehler leisten konnte, und in der Gewißheit, daß er auch keinen begehen würde. Mit Sorgfalt wählte er die Nacht und die Tatzeit. Mit dem Brecheisen brach er mühe- und lautlos ein Fenster auf. Drang ins Wohnzimmer. Die Schlafzimmertür stand halb offen, als er jedoch aus dem Schlafzimmer keinen Laut vernahm, beschloß er, zuerst den Einbruch in allen Punkten zu erledigen. Er wußte, wo sein Onkel das Geld aufbewahrte, mußte aber den Anschein erwecken, als ob danach gesucht worden sei. Das Mondlicht reichte hin, um ihn seinen Weg finden zu lassen; er bewegte sich lautlos ...

Zu Hause, zwei Stunden später, zog er sich rasch aus und schlüpfte ins Bett. Es bestand keine Aussicht, daß die Polizei vor morgen früh von dem Verbrechen erfuhr, aber er war bereit, falls sie früher kamen. Geld und Brecheisen hatte er verschwinden lassen. Es hatte ihm weh getan, mehrere hundert Dollars zu vernichten, aber das war das einzig Sichere, und im Vergleich zu den Fünfzigtausend oder mehr, die er erben würde, waren es kleine Fische.

Klopfen an der Tür. Schon? Er zwang sich zur Ruhe; ging hin und machte auf. Der Sheriff und ein Hilfssheriff drangen herein.

»Walter Baxter? Haftbefehl für Sie. Ziehen Sie sich an und kommen Sie mit!«

»Haftbefehl? Weshalb denn?«

»Einbruch und Einbruchsdiebstahl. Ihr Onkel sah und erkannte Sie von der Schwelle des Schlafzimmers aus – verhielt sich ruhig, bis Sie weg waren, kam dann in die Stadt und zeigte Sie an ...«

Walter Baxter machte ein langes Gesicht. Er hatte schließlich *doch* einen Fehler begangen.

Er hatte den perfekten Mord geplant, jedoch, mit nichts als dem Einbruch im Kopf, vergessen, ihn zu begehen.

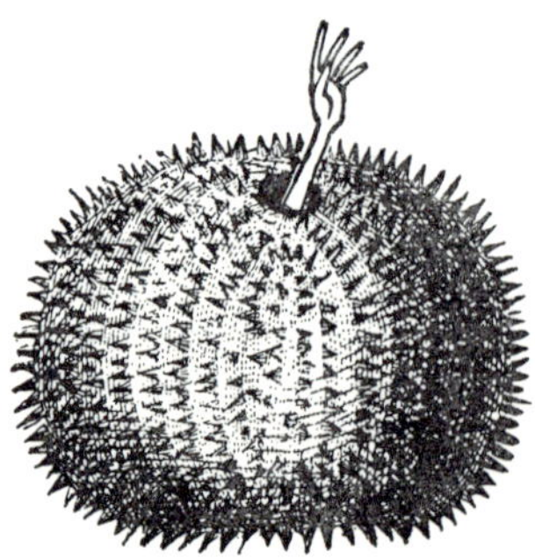

Sein Hobby

Ich habe da etwas erfahren, ein Gerücht«, sagte Sangström, »nämlich, daß Sie ...« Er wandte den Kopf und sah sich um, um ganz sicher zu sein, daß er und der Magister in der kleinen Apotheke allein waren. Der Magister war ein zwerghafter, knorriger kleiner Mann, der ebensogut fünfzig wie hundert Jahre alt sein konnte. Sie waren allein, aber Sangström senkte dennoch seine Stimme. »... daß Sie über ein absolut nicht nachzuweisendes Gift verfügen.«

Der Apotheker nickte. Er kam um den Ladentisch herum, schloß die Eingangstür ab und trat dann auf eine Tür hinter dem Ladentisch zu. »Ich wollte gerade eine Kaffeepause machen«, sagte er. »Kommen Sie, trinken wir eine Tasse miteinander.«

Sangström folgte ihm um den Ladentisch herum in ein Hinterzimmer, an dessen Wänden vom Boden bis zur Decke Regale mit Gläsern standen. Der Apotheker steckte eine elektrische Kaffeemaschine an und stellte sie auf einen Tisch, an dessen beiden Seiten je ein Sessel stand. Er bedeutete Sangström, sich auf dem einen davon niederzulassen, und nahm sich selbst den anderen. »Nun«, meinte er, »lassen Sie mich hören. Wen wollen Sie umbringen, und weshalb?«

»Spielt das eine Rolle?« fragte Sangström seinerseits. »Genügt es nicht, daß ich dafür bezahle?«

Der Apotheker unterbrach ihn mit einer Handbewegung. »Ja, es spielt eine Rolle. Ich muß zur Überzeugung gelangen, daß Sie verdienen, was ich Ihnen geben soll. Andernfalls –« Er zuckte die Achseln.

»Gut«, sagte Sangström. »Der Jemand ist meine Frau. Was das *Weshalb* betrifft –« Es folgte eine lange Geschichte. Bevor er jedoch ganz damit zu Ende war, brodelte der Kaffee, und der Apotheker unterbrach ihn kurz, um ihm einzugießen. Dann erzählte Sangström zu Ende.

Der kleine Apotheker nickte. »Ja, ich gebe manchmal ein im Körper nicht nachweisbares Gift her. Kostenlos. Ich verlange nichts dafür, wenn ich glaube, daß es sich um einen Fall handelt, der zu berücksichtigen wäre. Ich habe vielen Mördern geholfen.«

»Ausgezeichnet«, sagte Sangström. »Bitte, geben Sie mir das Gift.«

Der Apotheker lächelte ihm zu. »Ich habe es Ihnen schon gegeben. Als der Kaffee fertig war, hegte ich bereits die Meinung, daß Sie es verdienen. Kostenlos, wie erwähnt. Aber das Gegenmittel kostet was.«

Sangström wurde blaß. Er hatte jedoch vorausgesehen – zwar nicht dies, aber doch immerhin die Möglichkeit, hereingelegt oder irgendwie erpreßt zu werden. Er zog eine Pistole aus der Tasche.

Der kleine Apotheker kicherte. »Das werden Sie nicht riskieren. Wären Sie denn imstande, selbst das Gegenmittel zu finden« – er wies auf die Regale – »unter diesen Hunderten von Flaschen? Oder ein schnelleres, stärkeres Gift? Übrigens, wenn Sie glauben, daß ich bluffe und daß Sie nicht wirklich vergiftet sind, so erschießen Sie mich nur. Innerhalb von drei Stunden, wenn das Gift zu wirken beginnt, werden Sie wissen, daß ich die Wahrheit gesagt habe.«

»Was verlangen Sie für das Gegenmittel?« knurrte Sangström.

»Sehr vernünftig. Tausend Dollar. Schließlich muß man

auch leben. Und wenn man auch die Verhinderung von Morden als sein Hobby betrachtet, so besteht doch kein Grund, weshalb man nicht dabei Geld verdienen sollte, wie?«

Sangström knirschte mit den Zähnen und ließ die Pistole sinken, aber so, daß er damit gleich wieder anlegen konnte. Dann zog er seine Brieftasche. Vielleicht würde er die Pistole doch noch brauchen, sobald er das Gegengift hatte. Er zählte tausend Dollar in Hundertdollarnoten ab und legte sie auf den Tisch.

Der Apotheker machte keine Anstalten, das Geld sogleich zu nehmen. Er sagte: »Und noch etwas – was die Sicherheit Ihrer Frau und meiner Wenigkeit betrifft. Sie werden ein Geständnis Ihrer Absicht – wie ich mit Sicherheit annehme, Ihrer bisherigen Absicht –, Ihre Frau zu ermorden, zu Papier bringen. Dann werden Sie warten, bis ich das Haus damit verlasse und es in einem Briefumschlag einem Freund von mir im Morddezernat schicke. Er behält es als Beweisstück für den Fall, daß Sie sich jemals doch entschließen sollten, Ihre Frau zu töten, oder mich –

Sobald Ihr Geständnis im Briefkasten liegt, werde ich in Sicherheit zurückkehren und Ihnen das Gegengift geben können. Ich werde Ihnen Papier und Feder bringen . . .

Oh – und noch etwas, obwohl ich nicht unbedingt darauf bestehen möchte. Bitte erzählen Sie doch auch anderen von meinem nicht nachweisbaren Gift, wie? Man kann niemals wissen, Mr. Sangström. Das Leben, das Sie damit retten, falls Sie irgendwelche Feinde haben sollten, könnte geradesogut Ihr eigenes sein . . .«

Der Kontakt

Dhar Ry saß allein in seinem Zimmer und meditierte. Da fing er von draußen vor dem Eingang eine Gedankenwelle auf, die einem Klopfen entsprach. Mit einem Blick auf die Tür gab er ihr den geistigen Befehl, aufzugleiten. Sie glitt auf. »Tritt ein, mein Freund«, sagte er. Er hätte das auch auf telepathischem Wege übertragen können, aber da nur zwei Personen zugegen waren, entsprachen gesprochene Worte besser der Höflichkeit.

Ejon Khee trat ein. »Du bist heute noch spät auf, Ehrwürdiger«, sagte er.

»Ja, Khee. Binnen einer Stunde soll die Erdrakete landen, und ich möchte sie sehen. Ich weiß schon, sie wird in anderthalbtausend Kilometer Entfernung landen, wenn ihre Berechnungen richtig sind. Jenseits des Horizonts. Aber selbst wenn sie doppelt so weit weg auftreffen sollte, würde man den Atomblitz sehen, und ich habe lange auf den ersten Kontakt gewartet. Denn wenn auch kein Erdmann an Bord der Rakete sein wird, so stellt das doch den ersten Kontakt mit unserer Welt dar. Für sie. Natürlich haben unsere Telepathenteams viele Jahrhunderte lang ihre Gedanken gelesen, aber – das wird nun der erste *physische* Kontakt zwischen Mars und Erde sein.«

Khee machte es sich in einem der niedrigen Stühle bequem.

»Das stimmt«, sagte er. »Obzwar ich die letzten Berichte nicht allzu genau verfolgt habe. Warum verwenden sie übrigens einen Atomsprengkopf? Ich weiß, sie sind der Meinung, unser Planet sei wahrscheinlich unbewohnt, aber dennoch –«

»Sie werden den Atomblitz durch ihre Fernrohre beobachten und – wie nennen sie das – Spektralanalysen machen, durch die sie mehr erfahren werden, als sie jetzt wissen (oder zu wissen glauben; viel davon ist Irrtum), über die Atmosphäre unseres Planeten und über die Zusammensetzung seiner Oberfläche. Es ist – sagen wir – ein Erkundungsschuß, Khee. Sie werden innerhalb von ein paar Visavis-Konstellationen selbst hier sein. Und dann –«

Mars erwartete die Erde. Das heißt, was vom Mars noch übrig war; diese Kleinstadt mit ungefähr neunhundert Einwohnern. Die Marszivilisation war älter als die der Erde, aber sie lag im Sterben. Das war davon übriggeblieben, eine Stadt, neunhundert Bewohner. Sie warteten darauf, daß die Erde mit ihnen Kontakt aufnahm, aus einem egoistischen und aus einem altruistischen Motiv.

Die Marszivilisation hatte sich in einer ganz anderen Richtung entwickelt. Sie hatten kein bedeutendes Wissen auf dem Gebiete der Naturwissenschaften, keine Technologie entwickelt, wohl aber die Gesellschaftswissenschaften bis zu einem Punkt emporgetrieben, daß es auf dem Mars seit fünfzigtausend Jahren kein einziges Verbrechen, geschweige denn einen Krieg gegeben hatte. Und sie hatten die parapsychologischen Disziplinen voll entwickelt, die Lehren vom Geist, deren Entdeckung die Erde eben erst erlebte.

Mars konnte die Erde vieles lehren. Etwa, wie man das Verbrechen ausschaltet und den Krieg, zwei einfache Dinge fürs erste. Darüber hinaus Telepathie, Telekinese, Empathie ...

Und die Erde würde sie, so hofften sie auf dem Mars, etwas lehren, was noch wertvoller für den Mars war: wie man durch Wissenschaft und Technologie – die jetzt noch zu entwickeln für den Mars zu spät war, selbst wenn man dafür geeignete Typen fand – einen sterbenden Planeten wieder aufrichten, eine sonst absterbende Rasse wiederbeleben und sich vermehren lassen konnte. Jeder Planet hatte viel zu gewinnen, keiner dabei etwas zu verlieren.

Heute abend war nun also der Augenblick gekommen, da die Erde ihre erste Kontaktaufnahme, einen Sichtschuß, vollziehen würde. Die nächste, eine Rakete mit Erdmenschen, würde zur nächsten Visavis-Konstellation, zwei Erdjahre oder, grob geschätzt, vier Marsjahre später stattfinden.

Die Marsmenschen wußten das, da ihr Telepathenteam imstande war, mindestens jeweils einige Gedanken der Erdenmenschen aufzufangen, genug, um über ihre Pläne Bescheid zu wissen.

Leider war die Verbindung über diese Entfernung einseitig. Mars konnte die Erde nicht auffordern, das Programm zu beschleunigen. Oder den Erdwissenschaftlern die Zusammensetzung und Atmosphäre des Planeten bekanntgeben, was diesen Versuchsschuß erübrigt haben würde.

Heute abend saßen Ry, der Ehrwürdige (soweit sich das entsprechende Marswort übersetzen läßt), und Khee, sein Verwaltungsassistent und enger Freund, beisammen und meditierten miteinander, bis die Zeit nahe war. Dann tranken sie einen Toast auf die Zukunft – mit einem Getränk auf Mentholbasis, welches auf Marsmenschen dieselbe Wirkung ausübte, wie Alkohol auf uns Irdische. Und kletterten dann auf das Dach des Gebäudes, in dem sie gesessen hatten. Sie hielten nach dem Norden Ausschau, wo die Landung der Rakete erwartet wurde. Die Sterne schienen strahlend hell durch die dünne Atmosphäre ...

Im Observatorium I auf dem Erdenmond sagte Rog Everett, mit dem Auge am Teleskop, triumphierend: »Das war's, Willy. Und nun, sobald die Filme entwickelt sind, werden wir alles über den alten Mars wissen.«

Er richtete sich auf, es gab nichts mehr zu sehen, und er und Willy Sänger schüttelten sich feierlich die Hände. Es war ein historischer Augenblick.

»Hoffe, es ist niemand draufgegangen dabei. Kein Marsmensch, heißt das. Rog, ist sie mitten im Syrtis Major aufgeschlagen?«

»So nahe, als es drauf ankommt. Wir werden die Abweichung genau sehen. Ich würde sagen, vielleicht anderthalb tausend Kilometer nach Süden. Das ist verdammt genau, bei dieser Distanz. Willy, glaubst du, gibt es wirklich Marsmenschen?«

Willy überlegte eine Sekunde und sagte dann: »Nein.«

Er hatte recht.

Der engelhafte Angelwurm

I

Charlie Wills stellte den Wecker ab und fuhr im gleichen Schwung mit den Beinen aus dem Bett und in die Pantoffeln, während er nach einer Zigarette langte. Als er diese angeraucht hatte, entspannte er sich einen Augenblick, auf der Bettkante sitzend.

Es blieb ihm noch Zeit, schätzte er, dazusitzen und sich wachzurauchen, eine Viertelstunde, bevor ihn Pete Johnson zum Fischen abholte. Und in zwölf Minuten konnte er sich das Gesicht waschen und seine alten Kleider überstreifen.

Es war komisch, um fünf Uhr früh aufzustehen, aber er fühlte sich ausgezeichnet. Was heißt: obwohl die Sonne noch nicht aufgegangen war und der Himmel durchs Fenster dumpf pastellfarben aussah, war er bester Laune. Denn jetzt brauchte er nur mehr anderthalb Wochen zu warten.

Weniger als anderthalb Wochen in Wirklichkeit, nämlich zehn Tage. Das heißt, fiel ihm ein, doch ein bißchen mehr als zehn Tage, von dieser Morgenstunde an gerechnet. Aber man konnte es auf alle Fälle bei zehn Tagen belassen. Wenn er jetzt hätte weiterschlafen können, zum Teufel, beim Aufwachen wäre er dem Hochzeitstermin um so viel näher gewesen. Ja, es war prima zu schlafen, wenn man sich auf etwas freute. Die Zeit vergeht wie im Fluge, und man vernimmt nicht einmal das Rauschen ihrer Flügel.

Doch halt – er konnte nicht weiterschlafen. Er hatte Pete versprochen, um Viertel sechs fertig zu sein, und wenn er's nicht war, würde Pete draußen im Wagen sitzen und hupen und die Nachbarn aufwecken.

Da die Drei-Minuten-Gnadenfrist um war, drückte er die Zigarette aus und langte nach seinen Kleidern auf dem Stuhl. Er fing leise an zu pfeifen: ›I'm going to marry, yum yum, yum yum‹ aus ›Der Mikado‹. Und er versuchte, im Hinblick auf das Rechtzeitigfertigsein, nicht auf das Bild Janes zu sehen, das in Silber gerahmt auf dem Sekretär stand.

Er war wohl so ungefähr der glücklichste Mann auf Erden. Oder von irgendwo anders, was das betraf, falls es ein Irgendwoanders gab. Jane Pemberton, mit ihrem weichen braunen Haar, das leicht gewellt war und sich wie Seide anfühlte – nein, angenehmer als Seide –, und mit der entzückenden, kecken Stupsnase; mit den langen, hübschen, sonnengebräunten Beinen; mit – zum Kuckuck, mit allem, was ein Mädel überhaupt haben konnte, und mehr. Und das Wunder, daß sie ihn liebte, war noch so neu, daß er davon noch ein wenig benommen war. Zehn Tage Benommenheit, und dann –

Sein Blick fiel auf das Zifferblatt der Uhr, und er fuhr auf. Es war zehn nach fünf, und er saß noch immer da und hielt den ersten Socken in der Hand. In Eile zog er sich fertig an.

Gerade noch rechtzeitig! Es war fast Punkt Viertel sechs, als er in seine Schnürlsamtjacke schlüpfte, sein Angelzeug aufnahm und auf Zehenspitzen die Treppe hinunter und hinaus in die kühle Morgendämmerung ging.

Petes Wagen war noch nicht da.

Nun, das war ihm ganz recht. So hatte er ein wenig Zeit, um ein paar Würmer aus der Erde zu buddeln. Dann blieb ihnen später mehr Zeit. Natürlich konnte er in Mrs. Gradys Rasen keine Grabungen veranstalten, aber rings um das Blumenbeet entlang der Vorderfront war ein Streifen nackter Erde, und wenn er dort ein wenig herumgrub, so spielte das keine Rolle. Er holte also sein Taschenmesser hervor und kniete sich neben das Beet, stach mit der Klinge ein paar Zentimeter tief in den Boden und wandte eine Erdscholle um. Da waren auch schon die Würmer. Ein hübscher, großer, saftiger darunter, der jeden Fisch reizen mußte.

Charlie griff danach, um ihn herauszuholen.

Das war der Augenblick, als es geschah.

Seine Fingerspitzen schlossen sich, aber es war kein Wurm dazwischen, weil mit dem Wurm etwas geschehen war. Als er danach griff, war es ein ganz gewöhnlicher Angelwurm gewesen. Ein dreizollanger, saftiger, glitschiger, sich windender Angelwurm. Und er hatte ganz bestimmt *nicht* ein Paar Flügel gehabt. Noch einen –

Es war ganz unmöglich, klarerweise. Er mußte träumen oder Gespenster sehen, aber da war es.

Es flatterte in einer anmutigen, langsamen Spirale, die von höchster Mühelosigkeit schien, empor, an Charlies Gesicht vorbei, mit schimmerndweißen Flügeln, die gar nicht Schmetterlingsflügeln oder Vogelflügeln glichen, sondern –

Auf und auf flog's in Kreisen, nun über Charlies Kopf, nun schon in Dachhöhe. Dann nur mehr ein weißer – irgendwie ein *schimmernd* weißer Tupfen gegen den grauen Himmel. Charlie starrte noch immer nach oben, als der Tupfen schon außer Sicht war.

Er hörte nicht, wie Pete Johnsons Wagen am Randstein hielt. Erst Petes fröhlicher Begrüßungsruf ›Hey‹ erregte seine Aufmerksamkeit, und er sah, wie Pete ausstieg und

auf dem Fußweg herankam. Pete grinste. »Können wir hier ein paar Würmer kriegen, bevor wir aufbrechen?« fragte er. Dann: »Was is'n los? Fliegende Untertasse gesehen? Weißt du nicht, daß man niemals mit offenem Mund in die Höhe schauen soll, wie du es getan hast, als ich da vorne stehenblieb? Vergiß nicht, daß die Tauben ... Sag, ist wirklich etwas los? Du bist weiß wie die Wand.«

Charlie entdeckte, daß er den Mund noch offen hatte, und schloß ihn. Dann öffnete er ihn, um etwas zu sagen, aber er wußte nicht, was – oder eben wie er es sagen sollte –, und so machte er ihn wieder zu. Er schaute wieder hinauf, aber es war nichts mehr zu sehen, und er sah wieder auf die Erde des Blumenbeetes hinab, und sie sah wie gewöhnliche Erde aus.

»Charlie!« Petes Stimme klang nun wirklich besorgt. »Komm zu dir! Fehlt dir etwas?«

Wieder machte Charlie den Mund auf und schloß ihn wieder. Dann sagte er schwach: »Hello, Pete.«

»Um Gottes willen, Charlie! Bist du hier draußen eingeschlafen und hast einen Alptraum gehabt? Steh auf und – hör einmal, ist dir schlecht? Soll ich dich zu Dr. Palmer bringen, statt daß wir fischen fahren?«

Charlie erhob sich langsam und schüttelte sich. »Ich – ich glaube, ich bin ganz in Ordnung. Etwas Komisches ist passiert. Aber – all right, come on. Wir wollen ja fischen.«

»Aber was denn? Na, schön, erzähl mir später davon. Aber bevor wir starten, wollen wir ein paar ... Hey, schau nicht so! Come on, steig ins Auto; ein bißchen frische Luft wird dir vielleicht guttun.«

Pete nahm ihn beim Arm. Er nahm die Kiste mit dem Angelzeug und führte Charlie hinaus zum wartenden Auto. Er öffnete das Handschuhfach und nahm eine Flasche heraus. »Da, nimm einen Schluck.« Charlie tat dies, und als die bernsteinfarbene Flüssigkeit aus dem Hals der Flasche in seinen eigenen hinunterrann, spürte er, wie sich sein Gehirn aus der Erstarrung löste. Er konnte wieder denken. Der Whisky brannte in der Kehle, aber er verbreitete eine angenehme Wärme im Magen, und man fühlte sich besser. Charlie hatte nicht gewußt, daß er einen Eisblock in der Magengrube hatte, bevor die Erwärmung eintrat.

Er wischte sich mit dem Handrücken über die Lippen und sagte: »Mein *lieber* Mann!«

»Noch einen Schluck«, sagte Pete, der die Straße im Auge behielt. »Vielleicht würde es dir guttun, mir zu sagen, was passiert ist, damit du es vom Herzen hast. Das heißt, wenn du willst.«

»Ich – ich glaube auch«, sagte Charlie. »Es – es klingt

nicht so besonders zum Erzählen, Pete. Ich streckte bloß die Hand nach einem Wurm aus, und er flog weg. Mit weißen, schimmernden Flügeln.«

Pete sah verblüfft drein. »Du hast nach einem Wurm gegriffen, und er flog weg. Well, warum nicht? Ich meine, ich bin kein Insektenforscher, aber vielleicht gibt es Würmer mit Flügeln. Mir fällt übrigens ein, daß es wahrscheinlich welche gibt. Es gibt geflügelte Ameisen, und Raupen verwandeln sich in Schmetterlinge. Was hat dich denn daran so erschreckt?«

»Well, dieser Wurm hatte keine Flügel, bis ich die Hand nach ihm ausstreckte. Er sah wie ein gewöhnlicher Angelwurm aus. Verdammt nochmal, es war wirklich ein gewöhnlicher Angelwurm, bis ich kam, um ihn mitzunehmen. Und dann hatte er auf einmal einen ... einen ... oh, lassen wir's. Ich sah wahrscheinlich Gespenster.«

»Come on, schüttel's ab. Heraus mit der Sprache.«

»Verdammt nochmal, Pete, *er hatte einen Heiligenschein*!«

Der Wagen ging ein bißchen weg, und Pete brachte ihn wieder in die Mitte zurück, bevor er sagte: »Einen was?«

»Well«, sagte Charlie entschuldigend, »es sah aus wie ein Heiligenschein. Es war eine kleine runde goldene Scheibe, gerade über seinem Kopf. Sie schien nicht angewachsen zu sein; schwebte einfach so drüber.«

»Wie hast du wissen können, daß es sein Kopf war? Ein Wurm schaut doch an beiden Enden gleich aus.«

»Well«, sagte Charlie und hielt inne, um sich die Sache zu überlegen. Wie hatte er es wirklich wissen können? »Well«, sagte er, »nachdem es ein Heiligenschein war, wäre es doch irgendwie stupid von dem Wurm gewesen, den Heiligenschein überm falschen Ende zu haben? Ich meine, noch dümmer als überhaupt ... Hell, du weißt doch, was ich meine.«

Pete machte ›Hmmm‹. Dann, als der Wagen um eine Kurve war: »All right, gehen wir streng logisch vor. Nehmen wir also an, du sahst oder dachtest, daß du sahst, was du ... äh ... dachtest, du sehest es. Nun bist du kein starker Trinker, so war's kein Delirium tremens. Soweit ich's beurteilen kann, bleiben da drei Möglichkeiten.«

Charlie warf ein: »Ich seh zwei. Es könnte eine reine Sinnestäuschung gewesen sein. Manche Leute haben so was, glaub ich. Aber *ich* hab noch nie eine gehabt. Oder ich nehme an, es könnte ein Traum gewesen sein, vielleicht war's einer. Ich bin sicher, daß es nicht so war, aber ich vermute, daß ich dort eingeschlafen sein und geträumt haben könnte, daß ich es sah. Aber *das* ist es nicht. Ich gebe die Möglichkeit einer Halluzination zu, aber nicht die eines Traums. Welche ist die dritte Möglichkeit?«

»Gewöhnliche Tatsache. Daß du wirklich einen geflügelten Wurm gesehen hast. Ich meine, daß es so etwas wirklich gibt, soweit ich weiß. Und daß du die Flügel zuerst einfach nicht bemerkt hast, weil sie zusammengefaltet waren. Daß das, was du für einen Heiligenschein gehalten hast, so eine Art Kamm oder Fühler oder so etwas war. Es gibt einige verdammt sonderbar aussehende Käfer.«

»Yeah«, sagte Charlie. Aber er glaubte es nicht. Es mochte sonderbar ausschauende Käfer geben, aber keinen, bei dem plötzlich Flügel und Heiligenschein hervorschießen und der auffährt gen –

Er nahm wieder einen Schluck.

II

Den Sonntagnachmittag und -abend verbrachte er mit Jane, und er verdrängte die Episode mit dem himmelfahrenden Angelwurm. Alles außer Jane neigte dazu, in Vergessenheit zu geraten, wenn er mit ihr beisammen war. Zur Schlafenszeit freilich, als er wieder allein war, kam's zurück. Der Gedanke, nicht der Wurm. So stark, daß er nicht schlafen konnte. Er stand auf und saß im Fauteuil am Fenster und kam zu dem Ergebnis, die einzige Möglichkeit, über die Sache hinwegzukommen, wäre, sie zu Ende zu denken. Wenn es ihm gelang, die Dinge zu fixieren und klarzustellen, was dort draußen beim Blumenbeet wirklich geschehen war, dann konnte er es vielleicht vollkommen vergessen.

›Okay‹, sagte er sich, ›seien wir streng logisch.‹ Pete hatte recht gehabt mit den drei Möglichkeiten. Halluzination – Traum – Wirklichkeit. Also, fürs erste, es war *kein Traum* gewesen. Er war völlig wach; dessen war er so sicher wie nur irgendwas. Das konnte man ausscheiden. Wirklichkeit? Auch das war unmöglich. Pete konnte natürlich von der Seltsamkeit der Insekten und von der Möglichkeit von Fühlern und dergleichen reden – aber Pete hatte das verdammte Ding nicht gesehen. Aber er ... Es war doch nur ein paar Zentimeter vor seinen Augen vorübergeflogen. Und jener Heiligenschein war *wirklich* dagewesen. Fühler? Stumpfsinn. Also blieb Halluzination. Das war's, was es gewesen sein mußte. Halluzination. Schließlich haben manche Menschen *tatsächlich* Halluzinationen. Wenn es nicht oft geschah, so mußte das nicht notwendigerweise bedeuten, daß man ein Anwärter aufs Irrenhaus war. All right also, man mußte sich damit abfinden, daß es eine Halluzination war. Was weiter? Man konnte, mußte es vergessen.

Damit ging er zu Bett und schlief – indem er wiederum an Jane dachte – glücklich ein. Der nächste Tag war ein Montag, und er ging wieder zur Arbeit. Der übernächste Tag war Dienstag. Und am Dienstag ...

III

Es war kein himmelfahrender Angelwurm diesmal. Es war nichts, was man hätte angreifen können, außer man greift einen Sonnenbrand an, und das ist manchmal sehr schmerzhaft. Sonnenbrand indessen – in einem Gewitterregen ...

Es regnete, als Charlie Wills an diesem Morgen das Haus verließ, aber der Regen war nicht sehr stark um diese Zeit, das heißt um einige Minuten nach acht Uhr. Ein bloßes Nieseln. Charlie bog seine Hutkrempe herunter, knöpfte seinen Regenmantel bis unters Kinn zu und beschloß, auf jeden Fall zu Fuß zur Arbeit zu gehen. Er ging recht gern im Regen zu Fuß. Und er hatte Zeit; er mußte erst um halb neun dort sein.

Drei Häuserblocks vor dem Arbeitsplatz traf er die Pest, die denselben Weg hatte. Die Pest war Jane Pembertons kleine Schwester, ihr richtiger Name war Paula, was die meisten Leute vergessen hatten. Sie arbeitete in der Hapworth-Druckerei, wie Charlie; aber sie hielt die Fahnen für einen der Korrektoren in Ordnung, während er *assistant manager* in der Herstellung war. Er hatte Jane bei einer Betriebsfeier durch sie kennengelernt.

Er sagte: »Hei da, Pest. Hast du keine Angst zu

zerrinnen?« Denn es regnete jetzt stärker, entschieden stärker.

»Hello, Charlie-Warlie. Ich geh gern im Regen.«

Sie schon, dachte Charlie bitter. Beim ihm verhaßten Spitznamen Charlie-Warlie war er zusammengezuckt. Jane hatte ihn einmal so genannt, aber – nachdem er ihr vernünftig zugeredet hatte – nie mehr. Jane war vernünftig. Aber die Pest hatte es gehört – und Charlie litt seither ständig Todesängste, daß sie ihn einmal im Betrieb so nennen könnte, in Hörweite von Kollegen. Und wenn *das* jemals geschah ...

»Höre«, protestierte er, »kannst du nicht mit dem verdammten blöden Spitznamen aufhören? Ich werde nicht mehr ›Pest‹ zu dir sagen, wenn du aufhörst, zu mir ... äh ... *das* zu sagen.«

»Aber ich hab es *gern*, wenn man zu mir ›Pest‹ sagt. Warum magst du es nicht, wenn man zu dir ›Charlie-Warlie‹ sagt?«

Sie grinste ihn an, und Charlie wand sich innerlich. Da sie war, wer sie war, wagte er es nicht ...

In ihm hatte sich Zorn aufgespeichert, wie er in den Regen schritt, der ihm entgegenschlug, mit gesenktem Kopf, damit es ihm nicht ins Gesicht regnete. Der verflixte Fratz ...

Mit einer Sicht, die auf ein paar Meter Gehsteig direkt vor ihm beschränkt war, würde Charlie den Fuhrwagen und das Pferd wahrscheinlich nicht gesehen haben, hätte er nicht die Peitsche knallen gehört, ein Knallen, das wie Pistolenschüsse klang.

Er blickte auf und sah. In der Mitte der Straße, vielleicht fünfzehn Meter vor Charlie und der Pest, und auf sie zu, kam ein überladener Wagen. Er wurde von einem alten, traurigen Gaul gezogen, der so alt und dürr war, daß der langsame Schritt, mit dem er vorankam, die schnellste Bewegung zu sein schien, deren er fähig war.

Der Kutscher war aber offensichtlich anderer Meinung. Es war ein großer, häßlicher Mensch mit einem unrasierten schwarzen Gesicht. Er stand auf dem Bock und schwang seine Peitsche zu einem neuen Hieb. Der sauste nieder, und das alte Pferd erschauerte darunter und schien zwischen den Deichseln zu wanken. Die Peitsche ging wieder in die Höhe. Charlie schrie: »He, dort!« und rannte auf den Wagen zu. Er wußte noch gar nicht genau, was er tun würde, wenn der brutale Kerl nicht aufhörte. Aber er würde etwas tun. Ein Tier mißhandelt zu sehen, war etwas, was Charlie Wills einfach nicht dulden konnte. Und nicht dulden würde.

Er schrie wieder ›He‹, weil ihn der Kutscher beim ersten Mal anscheinend nicht gehört hatte, und er lief nun den Gehsteig entlang.

Der Kutscher hörte diesen zweiten Schrei und mochte auch den ersten gehört haben. Denn er wandte sich um und sah voll auf Charlie. Dann hob er die Peitsche wieder, noch höher, und ließ sie auf den mit blutigen Striemen überzogenen Rücken des Pferdes mit aller Kraft niedersausen.

Charlie sah nur mehr rot. Er schrie nicht mehr. Er wußte nun nur zu gut, was er tun würde. Es fing damit an, daß er den Kutscher vom Bock herunter in Reichweite zog. Und nun würde er ihn zu Brei schlagen.

Er hörte Paulas hohe Stöckel klappern, als sie ihm nachlief und schrie: »Charlie, sei vors –«

Aber das war alles, was er noch hörte. Denn gerade in diesem Augenblick geschah es. Eine plötzliche blendende

Welle unerträglicher Hitze, ein Gefühl, als wäre er gerade in einen Feuerofen gestiegen. Er schnappte einmal nach Atem, da sogar die Luft in seinen Lungen und in seiner Kehle sengend heiß zu sein schien. Und seine Haut ...

Greller Schmerz, nur für einen Augenblick. Dann war es vorüber, aber zu spät. Der Schock war so plötzlich und intensiv, und als er wieder den kühlen Regen im Gesicht spürte, wurde er schwindlig, seine Beine gaben nach, und er verlor das Bewußtsein. Er spürte es nicht einmal, als er auf dem Boden aufschlug.

Dunkel.

Und dann öffnete er seine Augen in ein verzerrtes Weiß, das sich zu weißen Wänden, zu weißem Leinen auf ihm und zu einer weißen Krankenschwester verdeutlichte, die sagte: »Doktor, er ist zu sich gekommen.«

Schritte und das Schließen einer Tür, und da stand Doc Palmer vor ihm und runzelte die Stirn.

»Well, Charles, was wollten Sie denn da wieder anstellen?«

Charlie grinste ein bißchen schwach und sagte: »Hei, Doc. Ich werde beißen. Was habe ich wieder angestellt?«

Doc Palmer zog einen Sessel ans Bett und setzte sich darauf. Er griff nach Charlies Handgelenk und hielt es, während er den Minutenzeiger seiner Uhr beobachtete. Dann sah er sich die Fieberkurve am Kopfende des Bettes an und sagte: »Hm.«

»Ist das eine Diagnose«, wollte Charlie wissen, »oder die Behandlung? Hören Sie: Zuerst einmal, was ist mit diesem Kutscher? Das heißt, wenn Sie wissen ...«

»Paula erzählte mir, was geschah. Der Kutscher ist im Arrest und wurde von seiner Firma entlassen. Ihnen fehlt nichts, Charles. Nichts Ernstes.«

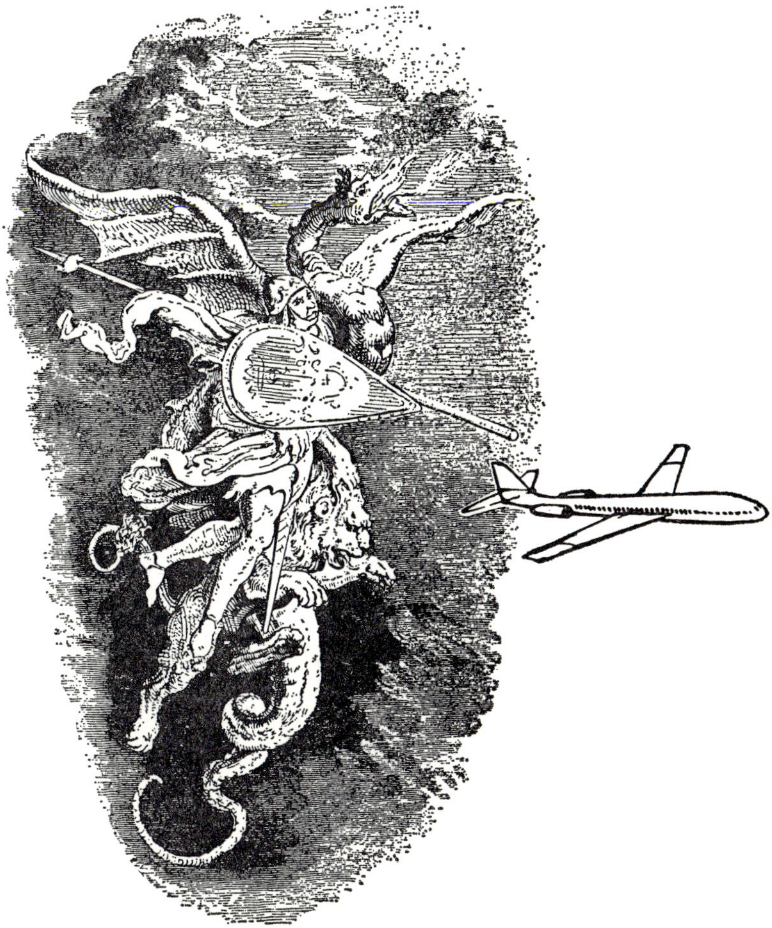

»Nichts Ernstes? Wovon ist es ein nicht ernster Fall? Mit anderen Worten, was ist mit mir passiert?«

»Sie sind umgekippt. Schwächeanfall. Und Sie werden sich ein paar Tage lang häuten, aber das ist alles. Warum haben Sie gestern nicht irgendein Sonnenöl verwendet?«

Charlie schloß die Augen und machte sie wieder langsam auf. Dann sagte er: »Warum ich was nicht nahm – *wofür*?«

»Den Sonnenbrand natürlich. Wissen Sie nicht, daß man an einem sonnigen Tag nicht schwimmen gehen kann, ohne ...«

»Aber ich war gestern gar nicht schwimmen, Doc. Auch nicht vorgestern. Gosh, ein paar Wochen lang nicht, was das betrifft. Was meinen Sie also mit dem Sonnenbrand?«

Doc Palmer rieb sich das Kinn. »Es wird besser sein, daß Sie sich erst eine Weile ausruhen, Charles. Wenn Sie sich bis heute abend wieder wohl fühlen, können Sie nach Hause gehen. Aber es wird besser sein, wenn Sie morgen nicht zur Arbeit gehen.«

Er erhob sich und ging.

Die Schwester war noch da. Charlie sah sie fragend an: »Wird Doc Palmer ... Hören Sie, was soll das alles bedeuten?«

Die Schwester sah ihn sonderbar an und sagte: »Also, Sie waren ... Es tut mir leid, Mr. Mills, aber einer Krankenschwester ist es nicht gestattet, eine Diagnose mit einem Patienten zu erörtern. Aber Sie brauchen sich weiter über nichts den Kopf zu zerbrechen; Sie haben gehört, wie Doc Palmer sagte, daß Sie bereits am Nachmittag oder Abend nach Hause gehen können.«

»Unsinn«, sagte Charlie. »Hören Sie, wie spät ist es? Oder dürfen die Schwestern das auch nicht sagen?«

»Es ist halb elf.«

»Gott – und ich bin schon an die zwei Stunden hier.« Er dachte zurück; er erinnerte sich nun, daß er an einer Uhr vorbeigekommen war, die vierundzwanzig Minuten nach acht zeigte, gerade als sie um die Ecke jenes letzten Häuserblocks gekommen waren. Und wenn er jetzt schon wieder fünf Minuten lang bei Besinnung war, dann war er volle zwei Stunden lang bewußtlos gelegen.

»Wünschen Sie noch etwas, Sir?«

Charlie schüttelte langsam den Kopf. Doch dann sagte er, weil er wollte, daß sie den Raum verließ, so daß er einen Blick auf das Diagramm werfen konnte: »O ja, könnte ich ein Glas Orangensaft haben?«

Sobald sie draußen war, setzte er sich im Bett auf. Es tat ihm ein bißchen weh, das zu tun, und er fand, daß seine Haut ziemlich empfindlich gegen Berührung war. Er besah sich seine Arme, nachdem er die Ärmel des Leinennachthemdes hochgestreift hatte, und fand die Haut gerötet. Es war genau die Rötung, die das erste, milde Stadium eines Sonnenbrandes ankündigt. Er sah innen im Nachthemd an sich herunter und dann auf seine Beine und sagte zu sich selbst: ›Was zum Teufel ...‹ Denn der Sonnenbrand, falls es ein Sonnenbrand *war*, bedeckte gleichmäßig seinen ganzen Körper. Und das war unerklärlich, weil er nicht genug in der Sonne gewesen war, irgendwann in der letzten Zeit, um abzubrennen, und weil er sich überhaupt der Sonne nicht unbekleidet ausgesetzt hatte. Außerdem, nun ja, erstreckte sich der Sonnenbrand auch über die Körpergegend, die von der Badehose bedeckt gewesen wäre, wäre er wirklich baden gewesen.

Aber vielleicht konnte das Diagramm Aufklärung bringen. Er langte danach und nahm das Brettchen mit dem Diagramm vom Haken.

»Laut Bericht verlor Patient plötzlich auf der Straße ohne ersichtl. Ursache Bewußtsein. Puls 135, Atmung erschwert, Temperatur 40° bei Einlieferung. Allgemeine Normalisierung innerhalb einer Stunde. Symptome scheinen ähnlich Hitzschlag, jedoch ...«

Dann waren da noch einige nähere Erklärungen, die in höchstem Maße fachtechnisch klangen. Charlie verstand sie nicht und hatte irgendwie das Gefühl, daß Doc Palmer sie auch nicht verstand. Sie hatten etwas Geheimnisvolles an sich.

Stöckelschuhgeklapper, draußen auf dem Gang. Er hängte das Diagramm rasch an Ort und Stelle und verschwand unter der Decke. Überraschenderweise wurde geklopft. Eine Schwester würde doch nicht anklopfen, oder doch?

Er sagte: »Herein.«

Es war Jane. Sie sah hübscher aus denn je, nur ihre braunen Augen waren ein wenig angstgeweitet.

»Darling! Ich bin gekommen, sobald die Pest zu Hause auftauchte und mir alles erzählte. Aber sie hat so schrecklich unklar herumgeredet. Was um Himmels willen ist passiert?«

Da war sie bereits in Reichweite, und Charlie schlang seine Arme um sie und scherte sich den Kuckuck, in diesem Augenblick jedenfalls, um das, was passiert war. Doch versuchte er, es zu erklären. In erster Linie sich selbst.

IV

Die Leute wollen sich immer alles erklären. Konfrontieren Sie einen Mann oder eine Frau mit etwas, was sie nicht verstehen, und sie werden todunglücklich sein, bis sie es klassifiziert haben. Lichter im Himmel – ein Wissenschaftler erklärt, es ist die aurora borealis – oder die aurora australis –, und der Mensch kann sich mit den Lichtern abfinden und sie vergessen.

Etwas wirft ein Bild von einer Wand in einem leeren Zimmer, es schleudert einen Sessel die Treppe herab. Bestürzung, bis das Phänomen benannt ist. Dann ist es nur mehr ein Poltergeist.

Benennen, vergessen. Was immer einen Namen trägt, ist assimilierbar. Ohne Namen ist's, well, undenkbar. Nimm irgendwas oder irgendwem den Namen weg, und das Ergebnis ist nackter Schrecken.

Sogar etwas so Vertrautes wie ein gewöhnlicher Werwolf. Gräber auf einem Friedhof geöffnet, Leichen gefressen. Schrecklich, mag sein; aber es ist nur ein Werwolf; solange er einen Namen hat ... Aber nehmen wir an, wenn Sie das ertragen können, es gäbe kein solches Wort wie *Werwolf* und auch keine Vorstellung davon. Und *dann* werden halbaufgefressene Leichname gefunden. Namenloser Schrecken.

Nicht etwa, daß das nächste, was Charlie Wills widerfuhr, etwas mit einem Werwolf zu tun gehabt hätte. Nicht einmal mit einem Vampir. Aber ich glaube, daß er in einer Weise einen Werwolf unter den Umständen tröstlicher gefunden hätte als die Ente. Man ist auf seltsames Benehmen von seiten eines Werwolfs gefaßt, aber bei einer Ente ...

Wie die Ente im Museum.

Nun hat eine Ente von Haus aus nichts Schreckliches an sich. Nichts, um einen nachts wach liegen zu lassen, auch noch kalten Schweiß auf der sonnenverbrannten Haut, die sich zu schälen beginnt. Im ganzen gesehen, ist eine Ente ein angenehmer Gegenstand, notabene in gebratenem Zustand. Das war diese nicht.

Es geschah am Donnerstag. Charlies Aufenthalt im Spital hatte acht Stunden gedauert. Man entließ ihn am späten Nachmittag, er hatte in der Stadt gegessen und war dann heimgegangen. Der Chef hatte darauf bestanden, daß er sich den folgenden Tag frei nahm. Charlie hatte nur schwach dagegen protestiert.

Nachdem er sich zu Hause fürs Bad ausgezogen, studierte er seine Haut in hellem Erstaunen. Entschieden Verbrennungen ersten Grades. Entschieden am ganzen Leib. Fast soweit, sich zu schälen.

Die Haut ging am nächsten Tag herunter.

Er benützte den freien Tag dazu, um Jane zu einem Baseball-Match auszuführen, wo sie auf der gedeckten Tribüne saßen, damit er nicht in der Sonne zu sein brauchte. Es war ein gutes Match, und Jane verstand etwas von Baseball und mochte es.

Am Donnerstag zurück zur Arbeit. Um fünf vor halb zwölf kam der alte Hapworth, der Chef persönlich, in Charlies Büro.

»Wills«, sagte er, »wir haben eine Postarbeit, zehntausend Reklamezettel sind zu drucken, der Text wird in ungefähr einer Stunde hier sein. Ich möchte, daß Sie die Arbeit durch den ganzen Linotypesaal und Setzsaal beaufsichtigen und daß Sie sie sofort in die Presse bringen, wenn es soweit ist. Es wird mit dem Auslieferungstermin sehr knapp ausgehen, und wir müssen Konventionalstrafe zahlen, wenn wir ihn überschreiten.«

»Gewiß, Mr. Hapworth. Ich werde keinen Schritt davon weggehen.«

»Fein. Ich verlasse mich auf Sie. Aber hören Sie zu – es ist ein bißchen früh, essen zu gehen, nichtsdestoweniger sollten Sie lieber jetzt Ihre Mittagspause machen. Der Text wird ungefähr um die Zeit da sein, wenn Sie zurückkommen, und dann brauchen Sie nicht mehr von der Arbeit weg. Das heißt, wenn es Ihnen nichts ausmacht, früh zu essen.«

»Ganz und gar nicht«, log Charlie. Er nahm seinen Hut und verließ den Betrieb.

Verflixt nochmal, es war zu früh zum Essen. Aber er hatte eine Stunde frei, und er konnte in der halben Zeit essen. Wenn er also zuerst eine halbe Stunde spazierenging, bekam er mehr Appetit. Das Museum war zwei Häuserblocks weit und der beste Ort, um eine halbe Stunde totzuschlagen. Er ging hin, schlenderte den Mittelgang entlang ohne stehenzubleiben, außer um einen Augenblick eine Statue der Aphrodite anzustarren, die ihn an Jane Pemberton erinnerte und ihn daran denken ließ – noch stärker, als er ohnehin daran dachte –, daß es nun nur mehr sechs Tage dauerte bis zu seiner Hochzeit.

Dann bog er in den Raum ein, in dem die Münzensammlung untergebracht war. Er hatte als Bub Münzen gesammelt, und obwohl seine Sammlung seither in alle Winde verstreut war, verspürte er immer noch ein leichtes Interesse an der großen Museumssammlung. Er blieb vor einem Schaukasten bronzener Römer stehen. Er dachte noch immer an Aphrodite oder Jane, was unter den Umständen ganz verständlich war. Ganz gewiß dachte er aber nicht an fliegende Würmer oder plötzliche Wellen sengender Hitze.

Dann blickte er zufällig schräg gegenüber auf einen weiteren Schaukasten. Dort drinnen sah er die Ente.

Es war eine vollkommen gewöhnlich aussehende Ente. Sie hatte eine gefleckte Brust und eine eigentümliche braune Zeichnung auf den Flügeln. Der dunkle Kopf wies einen noch dunkleren Streifen auf, der gerade über dem Auge anfing und am kurzen Hals verlief. Sie sah eher aus wie eine Wildente als wie eine zahme Hausente. Und sie sah befremdet drein, weil sie sich dort drin befand. Im ersten Augenblick nahm Charlie das völlig Seltsame des Vorhandenseins einer Ente in einem Schaukasten für Münzen gar nicht wahr. Er dachte noch immer an Aphrodite. Sogar in einem Augenblick, in welchem er eine Wildente unter Glas in einem Schaukasten, auf dem ›Münzen aus China‹ stand, anstarrte.

Dann schnatterte die Ente und watschelte mit ihren unbeholfenen Schwimmhautfüßen durch die ganze Vitrine, stieß gegen die gläserne Seitenwand, schlug mit den Flügeln und versuchte aufzuflattern, stieß aber gegen das Deckenglas. Und schnatterte wiederum und laut.

Erst da fiel es Charlie ein, sich zu fragen, was eine lebende Ente in einer numismatischen Sammlung zu suchen hatte. Offensichtlich fragte sich die Ente, nach ihren Reaktionen zu schließen, dasselbe. Und erst da fielen Charlie der engelhafte Wurm und der Sonnenbrand ohne Sonne ein.

Jemand im Eingang sagte: »Pssst, heda.« Charlie wandte sich um, und sein Gesichtsausdruck mußte etwas ungewöhnlich gewesen sein, denn der uniformierte Wächter hörte auf, die Stirn zu runzeln, und sagte: »Was nicht in Ordnung, Mister?«

Einen Augenblick lang starrte ihn Charlie nur an. Dann fiel ihm plötzlich ein, daß dies die Gelegenheit war, die ihm gefehlt hatte, als der engelhafte Wurm zum Himmel aufgefahren war. Zwei Menschen konnten nicht dieselbe Halluzination haben. Wenn es eine war.

Er machte den Mund auf, um ›Schauen Sie‹ zu sagen. Die Ente kam ihm zuvor, da sie laut schnatterte und wieder durch das Glas des Schaukastens zu flattern versuchte. Die Blicke des Wächters gingen an Charlie vorbei zur Vitrine mit den chinesischen Münzen, und er machte »Gschschsch!« Die Ente war noch immer da.

Der Wächter sah wieder Charlie an und sagte: »Haben Sie ...« und schwieg dann, ohne die Frage zu beenden. Statt dessen ging er zur Vitrine, um sich die Sache aus nächster Nähe anzusehen. Die Ente kämpfte noch immer, um herauszukommen, aber schon schwächer. Sie schien nach Luft zu ringen. Der Wächter machte wieder: »Gschschsch!« und sagte dann über die Schulter zu Charlie: »Mister, *wie* haben Sie ... Diese Vitrine hier ist hermetisch abgeschlossen. Luftdicht. Jetzt schaun Sie sich das Vieh an. Die is ...«

Sie war schon; die Ente fiel um, entweder tot oder ohne Besinnung.

Der Aufseher packte Charlie am Arm und stieß energisch hervor: »Mister, Sie kommen mit mir zum Chef.« Und weniger energisch: »Hm – *wie* haben Sie das Ding da hineingebracht? Und versuchen Sie nicht, mir einzureden, daß Sie's nicht gewesen sind. Ich bin hier vor fünf Minuten durchgegangen, und Sie sind der einzige Mensch, der seither hier war.«

Charlie machte den Mund auf und wieder zu. Er sah sich plötzlich, wie er in der Museumsdirektion und dann auf dem Polizeirevier verhört wurde. Und wenn die Polizei Näheres über ihn wissen wollte, so würde sie auf den Wurm stoßen und darauf, daß er im Spital gewesen war, wegen ... Und vielleicht würden sie einen Irrenarzt zuziehen, und ...

Mit dem Mute der nackten Verzweiflung lächelte er. Er versuchte ein wissendes Lächeln; es wurde nicht wissend, aber entschieden ungewöhnlich. »Wie würden Sie sich vorkommen«, fragte er den Aufseher, »wenn Sie selbst auf einmal dort drinnen wären?« Und er wies mit seinem freien Arm in Richtung durch den Eingang und hinaus in die Haupthalle auf den Steinsarkophag von König Mene-Ptah. »Ich kann Sie hineinversetzen, genauso wie ich diese Ente ...«

Der Museumswärter atmete schwer. Seine Augen wurden leicht glasig, und er ließ Charlies Arm los. »Mister«, sagte er, »haben Sie wirklich ...?«

»Soll ich Ihnen zeigen, wie?«

»Großer Gott!« sagte der Aufseher und rannte.

Charlie zwang sich, sein eigenes Tempo bei raschen Schritten zu belassen, und ging in die entgegengesetzte Richtung zum Seiteneingang, der auf die Beeker Street hinausführte. Und die Beeker Street war noch eine sehr gewöhnlich wirkende Straße mit viel Mittagsverkehr und keinen rosa Elefanten, die auf Bäume kletterten; eine Straße, auf der sich nichts abspielte als das gehetzte Durcheinander einer Großstadtstraße. Sogar ihr Lärm war in einer Art beruhigend; obwohl es einen bösen Augenblick gab, als er nämlich auf die andere Straßenseite wechselte und einen jähen Lärm hinter sich vernahm. Er wandte sich erschrocken um, voll Angst, welche Seltsamkeit er hier wieder erblicken würde.

Aber es war nur ein Lastauto.

Es gelang ihm, rechtzeitig auszuweichen, bevor er überfahren wurde.

V

Beim Mittagessen näherte sich Charlie entschieden einem Zustand der Zerrüttung. Seine Hand zitterte so, daß er kaum seinen Kaffee zum Munde führen konnte, ohne ihn über den Rand der Schale zu vergießen. Ein fürchterlicher Gedanke war nämlich in seinem Hirn aufgetaucht. Wenn etwas mit ihm nicht stimmte, war es dann fair gegenüber Jane Pemberton, wenn er sie dennoch zur Frau nahm? Ist es vertretbar, dem Mädel, das man liebt, einen Gatten aufzuhalsen, der um eine Flasche Milch an den Eisschrank gehen und dort weiß Gott was finden mochte?

Und er liebte Jane aus tiefstem Herzen, bis zum Wahnsinn.

So saß er da, ein unberührtes Sandwich auf dem Teller vor sich und hin- und hergerissen zwischen Hoffnung und Verzweiflung, während er versuchte, sich einen Reim auf die drei Dinge zu machen, die ihm im Laufe der vergangenen Woche widerfahren waren.

Halluzination? Der Aufseher hatte die Ente doch auch gesehen! Wie trostreich war es gewesen – schien ihm nun –, daß er nach dem Anblick des engelhaften Angelwurms sich selbst hatte sagen können, daß es eine Halluzination gewesen war. *Nur* eine Halluzination.

Moment einmal. Vielleicht ...

Konnte nicht der Museumswärter zur selben Halluzination gehören wie die Ente? Angenommen, daß er, Charlie, eine Ente gesehen haben konnte, die nicht da war – konnte nicht in dieselbe Kategorie ein Museumswärter mit eingeschlossen sein, der seinerseits behauptete, die Ente zu sehen? Warum nicht? Eine Ente und ein Wärter, der sie sieht – diese Kombination konnte genausogut eine Täuschung darstellen wie die Ente allein.

Charlie fühlte sich so ermutigt, daß er von seinem Sandwich abbiß. Aber der Sonnenbrand? Wessen Halluzination war das? Oder gab es wirklich eine Abart einer physischen Krankheit, die einen plötzlichen Zustand der Haut hervorrufen konnte, der an milden Sonnenbrand heranreichte? Wenn es aber so etwas gab, dann wußte Doc Palmer nachweislich nichts davon.

Plötzlich fiel Charlies Blick auf die Wanduhr, es war eins, und er erstickte fast an dem Bissen Sandwich, als ihm zu Bewußtsein kam, daß er mehr als eine halbe Stunde Verspätung hatte. Und daß er schon fast eine Stunde im Restaurant gesessen sein mußte. Er stand auf und rannte zurück in die Druckerei.

Aber es war alles in Ordnung; der alte Hapworth war nicht da. Der Text für das eilige Flugblatt hatte Verspätung und kam erst, als Charlie da war.

Er stieß einen Stoßseufzer aus, weil es gar so knapp ausgegangen war, und konzentrierte sich gleich scharf darauf, das Reklameblatt durchzupeitschen. Er raste damit zu den Linotypemaschinen und korrigierte selbst die Abzüge, und dann überwachte er persönlich die Setzarbeit. Er wußte, daß er den Leuten damit auf die Nerven ging, aber das half ihm über den Nachmittag hinweg.

›Nur noch einen Tag Arbeit nach dem heutigen‹, dachte er, ›dann kommt der Urlaub, und am *Mittwoch* ...‹

Am Mittwoch war die Hochzeit.

Aber ...

Wenn ...

Die Pest kam in einer grünen Kleiderschürze aus dem Korrektorenraum und sah ihn an.

»Charlie«, sagte sie, »du siehst so erbärmlich aus, daß dich kein Löwe fressen würde. Sag, was ist los mit dir? Wirklich.«

»Äh ... nichts. Sag, Paula, möchtest du Jane sagen, wenn du nach Hause kommst, daß ich heute abend vielleicht ein bißchen später kommen werde? Ich muß hier hocken, bis diese Zettel ausgedruckt sind.«

»Sure, Charlie. Aber sag mir ...«

»Nix. Lauf zu, ja? Ich hab zu tun.«

Sie zuckte die Achseln und kehrte in den Korrektorenraum zurück.

Der Mechaniker tippte Charlie an die Schulter. »Sagen Sie ... Wir haben jetzt die neue Linotypemaschine aufgestellt. Wollen Sie einen Blick drauf werfen?«

Charlie nickte und ging hinter ihm drein. Er überprüfte die Aufstellung und schlüpfte dann in den Arbeitssitz vor der Maschine. »Wie läuft sie?«

»Wie ein geölter Blitz. Diese Blue-Streak-Modelle sind wunderbar. Probieren Sie's einmal.«

Charlie ließ seine Finger über die Tasten laufen und setzte damit einzelne Wörter, ohne sich zu kümmern, welche. Er setzte drei Zeilen, und als er sie aus der Maschine herausfischte, fand er folgenden Text: »Denn Menschen sind gestorben, und Würmer haben sie aufgezehrt, und fährt auf in den Himmel, wo er sitzet zur rechten Hand ...«

»O Gott«, sagte Charlie. Und *das* erinnerte ihn an ...

VI

Jane fiel auf, daß etwas nicht stimmte. Es hatte ihr auffallen müssen. Aber anstatt Fragen zu stellen, war sie an diesem Abend ungewöhnlich nett zu ihm. Und Charlie, der mit dem Entschluß zu ihr gekommen war, ihr die ganze Geschichte zu erzählen, Charlie fühlte, wie er schwach wurde. Wie Männer ja immer schwach werden, wenn sie bei den Frauen sind, die sie lieben, und wenn im Wohnzimmer die kleine Lampe brennt.

Aber sie fragte schließlich doch: »Charles – du willst mich doch heiraten, oder nicht? Ich meine, wenn du irgendeinen Zweifel hegst und wenn es das ist, was dir Sorgen bereitet hat, so können wir ja die Hochzeit verschieben, bis du sicher weißt, ob du mich genug liebst ...«

»Dich *lieben*?« Charlie war entsetzt. »Aber ...« Und er bewies es ihr ausreichend.

So ausreichend in der Tat, daß er seine ursprüngliche Absicht, eben diese Verschiebung vorzuschlagen, völlig vergaß. Aber *keinesfalls* aus dem Grund, den sie vorschlug. Mit Jane in seinen Armen – well, der arme Kerl war nur ein Mensch.

Ein Verliebter ist wie ein Betrunkener, und man kann einen Säufer kaum für das tadeln, was er unter dem Einfluß des Alkohols tut. Man kann ihm natürlich vorwerfen, daß er überhaupt getrunken hat; aber nicht einmal diesen Tadel kann man auf einen Verliebten häufen. Aller Wahrscheinlichkeit nach fiel er nicht durch seine eigene Schuld. Aller Wahrscheinlichkeit nach waren seine ursprünglichen Absichten strikt unehrenhaft; dann, als sie auf Widerstand stießen, verwandelte sie die feine Chemie der Sublimierung in den Stoff, aus dem Sterne gemacht sind.

Vermutlich war das der Grund, weshalb er am nächsten Tag nicht zu einem Irrenarzt ging. Er hatte ein wenig Angst vor dem, was ihm ein Irrenarzt sagen könnte. Er wurde schwach und beschloß abzuwarten, ob noch etwas geschah.

Vielleicht würde nichts mehr geschehen. Es gab da einen tröstlichen volkstümlichen Aberglauben, daß nämlich die Sachen in Dreiergruppen passieren, und drei Dinge waren ja schon geschehen. Sicher, das war's. Von jetzt an würde er in Ordnung sein. Schließlich war nichts Grundlegendes betroffen; konnte es gar nicht sein. Er war bei guter Gesundheit. Von Dienstag abgesehen, hatte er seit zwei Jahren in der Druckerei nicht einen Tag gefehlt. Und – well, jetzt war es Freitag mittag, und volle vierundzwanzig Stunden war nichts passiert, und es würde auch weiter nichts mehr passieren.

Es geschah auch nichts, am Freitag. Doch er las etwas, das ihn aus seiner prekären Selbstzufriedenheit warf. Einen Zeitungsbericht.

Er ließ sich im Restaurant an einem Tisch nieder, auf dem ein Gast vor ihm eine Morgenzeitung hatte liegenlassen. Charlie las sie, während er darauf wartete, daß seine Bestellung aufgenommen werde. Er überflog die Titelseite zur Gänze, ehe die Kellnerin kam; die Comics-Seite, während er die Suppe löffelte. Dann wandte er sich müßig der Lokalseite zu.

AUFSEHER IM MUSEUM DIENSTENTHOBEN –

KUSTOS ORDNET UNTERSUCHUNG AN

Und der Eisblock in der Magengrube wuchs und verbreitete immer mehr Kälte, als er las, denn da stand es nun schwarz auf weiß. Die Wildente war wirklich in der Vitrine gewesen. Niemand konnte sich erklären, wie man sie dort hinein praktiziert hatte. Man mußte die Vitrine zerlegen, um sie herauszubekommen, und hatte auf dem Schaukasten keinerlei Spuren fremder Hände entdeckt. Der Kitt war unbeschädigt. Ein Aufseher war aus Gründen, die in dem Artikel nicht klar angeführt waren, auf drei Tage vom Dienst suspendiert worden. Dem Wortlaut der Story war zu entnehmen, daß der Kustos des Museums die Notwendigkeit empfunden hatte, in der Angelegenheit *irgend etwas* zu unternehmen. Aus dem Schaukasten fehlte nichts von Wert. Eine chinesische Münze mit einem Loch in der Mitte, ein Haikwan Tael, war zwar nachher vermißt worden; sie stellte aber keinen großen Wert dar. Es bestand ein gewisser Zweifel, ob die Münze von einem der Arbeiter, welche die Vitrine auseinandernahmen, gestohlen oder ob sie versehentlich mit den alten Kittstükken fortgeworfen worden war. Der Reporter, der das alles humoristisch darstellte, meinte, die Ente habe die Münze wegen des Lochs darin wahrscheinlich für eine Doughnut* gehalten und gefressen. Es würde für den Kustos die beste Revanche darstellen, seinerseits die Ente zu verspeisen.

Die Polizei war zugezogen worden, hatte sich aber auf den Standpunkt gestellt, das Ganze müsse ein übler Scherz sein. Von wem oder wie ausgeführt, wußte sie natürlich nicht.

Charlie legte die Zeitung weg und starrte melancholisch

* wörtlich: ›Teignuß‹, beliebte amerikanische Mehlspeise, aus Krapfenteig in heißem Fett ausgebacken, in Ringform.

durch den Raum. Dann war es also entschieden *keine* Doppelhalluzination gewesen, er hatte sich nicht sowohl die Ente wie den Aufseher eingebildet. Und bis jetzt, da sich diese Annahme als grundlos erwiesen hatte, war Charlie nicht klargeworden, wie stark er mit dieser Möglichkeit gerechnet hatte.

Jetzt war er wieder dort, wo er angefangen hatte.

Wenn nicht ...

Aber das war ja absurd. Natürlich, theoretisch konnte auch die Zeitungsnotiz, die er gerade gelesen hatte, eine Halluzination sein, doch – nein, das war zuviel verlangt. Ging er, nach dieser Argumentation, ins Museum und redete dort mit dem Kustos, so würde der Kustos selbst eine Halluzi –

»Ihre Ente, Sir.«

Charlie fuhr halb von seinem Sessel hoch. Dann sah er, daß es die Kellnerin war, die mit seiner Bestellung neben dem Tisch stand, und daß sie ihn angeredet hatte, weil er die Zeitung ausgebreitet hielt und sie keinen Platz fand, um die Speise hinzustellen.

»Haben Sie nicht gebratene Ente bestellt, Sir? Ich ...«

Charlie erhob sich hastig und vermied es, auf das Gericht zu blicken. Er sagte: »... leid ... muß ... Anruf machen«, drückte der erstaunten Kellnerin rasch eine Dollarnote in die Hand und eilte davon. Hatte er das wirklich bestellt? Nicht eigentlich; er hatte die Tagesspezialität verlangt.

Aber Ente essen? Eher noch – nein, gebratene Angelwürmer gerade auch nicht. Ihn schauderte. Er eilte zurück in den Betrieb, ungeachtet dessen, daß er eine halbe Stunde zu früh dran war, und fühlte sich wohler, sobald er sich einmal innerhalb der sicheren vier Wände der Hapworth-Druckerei befand. Dort war ihm noch nichts Ungewöhnliches widerfahren.

Bis jetzt.

VII

Im Grunde war Charlie Wills ein ganz gesunder Mann. Um zwei Uhr nachmittag war er so hungrig, daß er einen der Bürojungen hinunter schickte, um ihm ein paar Sandwiches zu holen. Und er aß sie. Es ist wahr, er hob bei jedem die obere Brotscheibe auf und schaute hinein. Er wußte nicht, was er dort zu finden erwartete, abgesehen von gekochtem Schinken, Butter und einem Salatblatt, aber wenn er – anstelle einer dieser Zutaten – sagen wir eine chinesische Silbermünze mit einem Loch in der Mitte gefunden hätte, er wäre nicht außergewöhnlich überrascht gewesen.

Es war ein langweiliger Nachmittag in der Druckerei, und Charlie fand Zeit, ein wenig nachzudenken. Sogar ein bißchen Forschungen anstellen konnte er. Er erinnerte sich daran, daß sie vor mehreren Jahren ein wissenschaftliches Lehrbuch gedruckt hatten, etwas über Insektenkunde. Er entdeckte die abgelegten Druckfahnen und blätterte sie, auf der Suche nach einem geflügelten Wurm, eifrig durch. Er fand ein paar geflügelte Wesen, die man hätte als Würmer bezeichnen können, aber keines, das auch nur entfernt dem Angelwurm mit dem Heiligenschein geglichen hätte. Nicht einmal, was das betrifft, wenn er die goldene Scheibe beiseite ließ und nur auf der Basis von Körper und Flügeln zu identifizieren suchte.

Keine fliegenden Angelwürmer.

Es gab keine medizinischen Werke, in denen er nachschlagen – oder nachzuschlagen versuchen – konnte, wie man einen Sonnenbrand ohne Sonne bekommt.

Aber er schlug *Tael* im Wörterbuch nach und fand, daß es einem *Liang* entsprach, welcher ein Sechzehntel eines *Catty* war. Und daß ein in Umlauf befindlicher *Liang* einem Hektogramm entsprach.

Was alles ihn nicht besonders weiter zu bringen schien.

Knapp vor fünf Uhr ging er sich dann von allen verabschieden, denn dies war sein letzter Tag im Betrieb vor seinem zweiwöchigen Urlaub, und der Abschied komplizierte sich natürlich durch die guten Wünsche zu seiner bevorstehenden Hochzeit, die in seiner ersten Urlaubswoche stattfinden würde.

Er mußte jedem die Hand schütteln, mit Ausnahme der Pest, die er natürlich während der ersten paar Tage seines Urlaubs häufig sehen würde. Tatsächlich ging er sogar mit ihr von der Arbeit nach Hause, um bei den Pembertons zu essen.

Und es war ein ruhiges, entspannendes, angenehmes Dinner, das ihn in eine bessere Stimmung versetzte, als er sie seit dem vergangenen Sonntagmorgen gekannt hatte. Hier, im ruhigen Hafen des Pemberton-Heimes, schienen die absurden Dinge, die ihm widerfahren waren, so weit weg und so absolut phantastisch, daß er fast daran gezweifelt hätte, daß sie überhaupt passiert waren. Und er fühlte absolut und völlig sicher, daß alles vorüber war. Aller guten (und auch bösen?) Dinge sind drei, war es nicht so? *Wenn* wieder etwas geschah – aber es würde eben nicht.

Es geschah auch nicht – an diesem Abend.

Jane schickte ihn besorgt um neun Uhr nach Hause, damit er früh ins Bett kam. Aber sie gab ihm einen so zärtlichen Gutenachtkuß, der zugleich so wirkungsvoll war, daß er mit dem Kopf in rosa Wolken schwebte, wie er die Straße hinunterging.

Dann plötzlich – buchstäblich aus dem Nichts – fiel ihm ein, daß der Aufseher im Museum suspendiert worden war und daß er drei Tage kein Gehalt bekam, auf Grund des Vorfalles mit der Ente in der Vitrine. Und wenn an dieser Entengeschichte Charlie die Schuld trug – wenn auch nur indirekt –, war er es dem Manne dann nicht schuldig, sich zu melden und den Herren vom Kuratorium des Museums zu erklären, daß der Aufseher in keiner Weise zu tadeln war und daher nicht bestraft werden sollte? Schließlich hatte er, Charlie, den armen Aufseher vor Angst halb um den Verstand gebracht, als er andeutete, er könne die Vorführung mit einem Sarkophag anstelle einer Vitrine wiederholen. Der Aufseher hatte dann natürlich eine derart zusammenhanglose Geschichte erzählt, daß man ihm nicht geglaubt hatte.

War es aber wirklich seine Schuld gewesen? Schuldete er ...?

Und da rannte er mit dem Kopf schon wieder gegen die Wand der Unmöglichkeit an, bei dem Versuch, das Unlösbare zu lösen.

Er wußte plötzlich, daß er schwach gewesen war, als er seine Verlobung mit Jane nicht gelöst hatte. Das, was dreimal innerhalb des kurzen Zeitraumes einer Woche geschehen war, konnte sich allzuleicht wiederholen.

Großer Gott! Sogar bei der Trauungszeremonie. Angenommen, er griff nach dem Ehering und hatte in der Hand eine ...

Aus den rosigen Wolken der Freude in den schwarzen Schlamm der Verzweiflung – dazu hatte er nicht einmal einen Häuserblock weit gebraucht. Beinahe wäre er zu den Pembertons zurückgekehrt, um es ihnen noch heute abend zu sagen. Dann beschloß er aber, es doch nicht zu tun. Statt dessen würde er bei Pete Johnson reinschauen und sich mit Pete unterhalten. Vielleicht, daß Pete ...

Was er wirklich erhoffte, war, daß ihm Pete seinen Entschluß ausreden würde.

VIII

Pete Johnson hatte einen Vierliterkrug, der fast voll mit Wein war. Reifer Sherry. Und Pete hatte davon gekostet und war ebenfalls reif.

Er weigerte sich, Charlie überhaupt nur anzuhören, bevor sein Gast ein Glas getrunken hatte, und er hatte ein zweites auf dem Tisch vor ihm. Dann sagte er: »Du hast was auf dem Herzen. O. K., schieß los.«

»Schau mal, Pete. Ich habe dir diese Angelwurm-Sache erzählt. Tatsächlich warst du ja auch praktisch dabei, als es passierte. Und du weißt, was mir Dienstag früh auf dem Weg in die Druckerei widerfuhr. Was aber gestern geschah – well ich glaube, das war noch schlimmer. Weil es ein anderer gesehen hat. Es war eine Ente.«

»Was war eine Ente?«

»In der Vitrine im – Wart, ich werde von Anfang an erzählen.« Und er tat's, und Pete hörte zu.

»Well«, sagte er nachdenklich, »die Tatsache, daß es in der Zeitung stand, löscht einen Zweifel aus, glücklicherweise. Hör zu, ich sehe nicht, worüber du dir den Kopf zerbrechen solltest. Machst du da nicht aus einer Mücke einen Elefanten?«

Charlie nahm wieder einen Schluck Sherry, zündete sich eine Zigarette an und sagte ganz hoffnungsvoll: »Wieso?«

»Well, diese verrückten Dinge sind passiert. Nimm aber jedes für sich allein, so ist es nicht mehr als ein Maikäfer, oder? Jedes einzelne kann erklärt werden. Was dir nicht gelingt, das ist, eine Erklärung zu erzwingen, die alle unter Dach und Fach bringt. Wieso weißt du, daß da überhaupt eine Verbindung besteht? Jetzt nimm einmal jedes für sich ...«

»Nimm du sie«, schlug Charlie vor. »Bin neugierig, wie du sie so leicht erklären kannst.«

»Das erste ist ein Kinderspiel. Du hattest dir den Magen verdorben oder so etwas und du hattest eine reine Halluzination. Das passiert den vernünftigsten Leuten von Zeit zu Zeit. Oder – es gibt noch diese zweite, genauso einfache Möglichkeit – vielleicht sahst du eine Art Wanzenkäfer. Zum Teufel, es gibt wahrscheinlich Tausende von Insekten, die noch nicht bestimmt worden sind. Jedes Jahr kommen neue dazu.«

»Hm«, machte Charlie. »Und die Sache mit der Hitze?«

»Well, die Ärzte wissen auch nicht alles. Du bist zu wütend geworden, als du diesen Kutscher sahst, der das Pferd schlug, und Zorn wirkt sich auch körperlich aus, oder nicht? Du hast irgendwo einen Zahn im Getriebe ausgelassen. Vielleicht war die thermodermale Drüse in Mitleidenschaft gezogen.«

»Was ist das für eine Drüse?«

Pete grinste. »Ich habe sie gerade erfunden. Aber warum nicht? Die Medizinmänner entdecken ständig neue Drüsen oder neue Funktionen für die alten. Und es gibt *etwas* in deinem Körper, das als Thermostat arbeitet und deine Hauttemperatur konstant hält. Vielleicht hat der Thermostat einen Augenblick versagt. Denk nur daran, was der Hirnanhang oder die Hypophyse alles für oder gegen dich tun kann. Nicht zu reden von der Schilddrüse, der Zirbeldrüse, den Nebennieren und so weiter.

Nichts dabei, Charlie. Trink noch ein Glas Wein. Nun noch die Sache mit der Ente. Wenn du nicht mit den beiden anderen Zwischenfällen daran denkst, ist nichts Aufregendes daran. Ohne Zweifel nur ein übler Scherz auf Kosten des Museums oder von jemandem, der dort beschäftigt ist. Es war nur ein Zufall, daß du in das Ganze hineingeraten bist.«

»Aber die Vitrine ...«

»Kümmere dich nicht um die Vitrine! Irgendwie ist es gegangen; du hast diese Vitrine nicht selbst untersucht und du kennst ja die Zeitungen. Vergiß übrigens nicht, was das betrifft, zu was ein Thurston und ein Houdini auf diesem Gebiet imstande waren, die einen ihre Behälter doch vorher und nachher untersuchen ließen. Vielleicht war es auch nicht unbedingt ein Jux. Vielleicht verfolgte jemand einen Zweck damit, daß er die Ente dort hinein praktizierte – doch wozu annehmen, daß dieser Zweck etwas mit dir zu tun hatte? Du beziehst alles gleich auf dich selbst, das ist es.«

Charlie seufzte. »Ja, aber – aber nimm mal die drei Dinge zusammen, und –«

»Wozu denn das? Schau, heute morgen sah ich, wie ein Mann auf einer Bananenschale ausrutschte und hinfiel; heute nachmittag hatte ich leichte Zahnschmerzen; heute abend erhielt ich einen Telefonanruf von einem Mädchen, das ich seit Jahren nicht gesehen habe. Und warum sollte ich nun diese drei Ereignisse zusammenfassen und versuchen, eine gemeinsame Ursache für sie alle auszuklügeln? Ein zugrunde liegendes Motiv für alle drei? Ich würde verrückt werden, wenn ich das versuchte.«

»Hm«, sagte Charlie. »Vielleicht bist du da auf was gekommen. Aber –«

Trotz dem ›Aber‹ fühlte er sich auf dem Heimweg fröhlich, hoffnungsvoll und benebelt. Er würde sich vom Heiraten nicht abhalten lassen, gerade so, als ob nichts geschehen wäre. Offensichtlich *war* auch nichts von Bedeutung passiert. Pete war ein kluger Kopf.

Charlie schlief an diesem Samstagmorgen den Schlaf des Gerechten und erwachte erst gegen Mittag.

Und Samstag passierte auch nichts.

IX

Nichts, das heißt, wenn man nicht die Sache mit dem verlorengegangenen Golfball als aufzeichnungswürdig erachtet. Nach Charlies Meinung war sie's nicht; Golfbälle verschwinden nur zu oft. Ja, es ist für einen geeichten Golfspieler nur normal, wenigstens einen Ball über achtzehn Löcher zu verlieren.

Und es war am Rande der Spielbahn.

Er hatte seinen Ball auf der langen vierzehnten Bahn abgeschlagen und gesehen, wie er vom Kurs wegkurvte, aufschlug, sprang und hinter einem großen Baum liegenblieb; der Baum stand direkt zwischen dem Ball und dem Golfkurs. Charlies ›Verdammt‹ geriet laut und innig, denn bis zu diesem Loch hatte er eine ausgezeichnete Chance besessen, unter hundert zu kommen. Und jetzt verlor er einen Schlag, da er den Ball wieder auf den Kurs bringen mußte.

Er wartete, bis Pete sich auf der anderen Seite im Wald verloren hatte. Dann schulterte er seinen Bag und ging zu seinem Ball.

Der war nicht da.

Hinter dem Baum und ungefähr an der Stelle, wo nach seiner Meinung der Ball gelandet war, lag ein Kranz verwelkter Blumen, die um eine rote Schnur geschlungen waren, welche man in Abständen sah. Charlie hob den Kranz auf, um darunter nachzusehen, aber der Ball war nicht da. Er mußte also weiter weggerollt sein. Er sah nach, konnte ihn aber nicht finden. Pete hatte inzwischen seinen eigenen Ball gefunden und schlug ihn wieder zurück. Er kam herüber, um Charlie beim Suchen zu helfen, und sie winkten dem folgenden Vierer zu, er sollte durchspielen.

»Ich dachte, er wäre gerade hier liegengeblieben«, sagte Charlie, »aber er muß weitergerollt sein. Well, wenn wir ihn nicht finden, bis die andern vorbei sind, opfere ich noch einen. Sag, wie ist dieses Zeug da hierher gekommen?«

Er entdeckte, daß er den Kranz noch in der Hand hatte. Pete sah hin und schauderte. »Gott, was für eine Farbenzusammenstellung. Violett, rot und grün auf einem Purpurband. Das stinkt.« Das Zeug roch wirklich ein bißchen, obwohl Pete nicht nahe genug war, um das festzustellen, und das war es auch nicht, was er meinte.

»Yeah, aber was ist es wirklich? Wie kommt es ...«

Pete grinste. »Es sieht so aus wie eins von diesen Dingern, die die Hawaiianer um den Hals tragen. Hula-Kränze, *Lei* nennen sie es. Hey!«

Er nahm den plötzlich betroffenen Ausdruck auf Charlies Gesicht wahr, riß das Zeug energisch aus Charlies Hand und warf es ins Unterholz. »Also, mein Sohn«, sagte er, »du wirst jetzt nicht auch noch *dieses* verdammte Zeug in deine Serie von Zufällen einreihen. Was spielt es für eine Rolle, wer es hier weggeworfen hat oder weshalb? Come on, schau, daß du deinen Ball findest, und dann geht's los. Der Vierer ist bereits auf dem Green.«

Sie fanden den Ball nicht. So brachte Charlie einen neuen ins Spiel. Er brachte ihn mit einem Niblick auf den Kurs hinaus und trieb ihn dann mit einem pfeifenden, metallischen Schlag schnurgerade die Mitte hinunter, etwa drei Meter von der Fahne entfernt. Und er spielte einen Putt für par fünf aufs Loch, sogar nach Abzug der Strafpunkte für den verlorenen Ball.

So kam er erst noch unter hundert.

Wieder im Klubhaus freilich, beim Umziehen, sagte er: »Hör einmal, Pete, der Ball, den ich auf der vierzehnten Bahn verlor. Ist das nicht in einer Art komisch, daß er ...«

»Blödsinn«, grunzte Pete. »Hast du noch nie einen Ball verloren? Manchmal meint man, man sieht, wo sie auffallen, und dann liegt er fünf oder zehn Meter weiter weg. Die Perspektive täuscht.«

»Yeah, aber ...«

Da war wieder dieses ›Aber‹. Es schien das letzte Wort auf alles zu sein, was kürzlich geschah. Verrückte Dinge geschehen nacheinander, und man kann sich jedes erklären, wenn man es für sich allein betrachtet, *aber* ...

»Nimm einen Schluck«, sagte Pete und reichte ihm eine Flasche. Charlie trank und fühlte sich besser. Er trank öfter. Es spielte keine Rolle, denn Jane war heute abend zu einer Hochzeitsgeschenkparty eingeladen, die ein paar Freundinnen für sie gaben, und sie würde daher also auch keine ›Fahne‹ merken.

»Pete«, sagte er, »hast du heute abend was vor? Jane geht wohin, und es ist einer meiner letzten Junggesellenabende . . .«

Pete grinste. »Du meinst, was sollen wir tun als uns besaufen? O. K., zähl auf mich. Vielleicht können wir noch ein paar vom Gang auftreiben. Es ist Sonnabend, und keiner von uns braucht morgen zu arbeiten.«

X

Und es hatte zweifellos sein Gutes, daß keiner von ihnen am Sonntag zu arbeiten brauchte, denn wenige von ihnen wären dazu imstande gewesen. Es war ein höchst erfolgreicher Herrenabend. Sie hatten Drinks bei ›Tony's‹ und dann ein bißchen Bowling, bis der Manager der Bowlinghalle sich über Leute aufregte, die Kugeln so rollten, daß sie mitten in der Bahn über die Trennwand sprangen und die Kegel in der Nebenbahn niedermähten.

Dann waren sie gegangen.

Am nächsten Morgen versuchte Charlie, sich aller Orte, an denen sie gewesen, und aller Dinge, die sie getrieben hatten, zu entsinnen – und war schließlich froh, daß er's nicht fertigbrachte. Er besaß nur eine verworrene Erinnerung daran, daß er versucht hatte, mit einem hawaiianischen Gitarrespieler, der einen Blumenkranz um den Hals trug, einen Streit anzufangen, und daß er ihn im Dusel beschuldigt hatte, er hätte seinen Golfball gestohlen. Aber

die anderen hatten ihn aus dem Lokal gezerrt, bevor die Polizei eintraf.

Und um eins herum hatten sie irgendwo gegessen, und Charlie war so bockig gewesen, daß er darauf bestanden hatte, daß sie vier Speiselokale ausprobierten, bevor sie eines fanden, in welchem es Ente gab. Er wollte seinen Golfball rächen, indem er Ente aß.

Alles in allem: eine sehr einfältige und erfolgreiche Sauftour. Zweifellos einen leichten Kater wert.

Schließlich und endlich heiratet ein Mann nur einmal. Ein Mann wenigstens, der von einem Mädel wie Jane Pemberton geliebt wird, heiratet nur einmal.

Nichts Außergewöhnliches geschah am Sonntag. Er besuchte Jane und aß wieder mit den Pembertons zu Abend. Und jedesmal, wenn er Jane ansah oder sie zufällig berührte, hatte Charlie das Gefühl eines jungen Piloten, der in einem schnellen Flugzeug seine erste Außenkurve dreht. Doch das war nichts Ungewöhnliches: der arme Teufel war verliebt.

XI

Aber am Montag . . .

Montag war der Tag, der dem Faß wirklich den Boden ausschlug – sozusagen. Nach fünf Uhr fünfundfünfzig, Montag nachmittag, wußte Charlie, daß es hoffnungslos war.

Am Vormittag hatte er mit dem Geistlichen, der die Zeremonie vollziehen sollte, seine Abmachungen getroffen, und am Nachmittag tätigte er eine Menge Letzter-Minute-Einkäufe auf dem Garderobensektor. Er fand, daß er dazu länger brauchte, als er angenommen hatte.

Um halb sechs bezweifelte er bereits, ob ihm die Zeit bleiben würde, den Trauring abzuholen. Dieser war schon vorher gekauft und bezahlt worden, lag aber immer noch beim Juwelier zum Eingravieren der Initialen, wie es sich gehörte.

Charlie befand sich um halb sechs noch immer am anderen Ende der Stadt und wartete auf einen Anzug, der geändert werden mußte, und er rief vom Schneider aus Pete Johnson an:

»Sag, Pete, könntest du einen Weg für mich machen?«

»Sure, Charlie, was gibt's?«

»Ich möchte meinen Trauring haben, bevor der Laden um sechs Uhr sperrt, damit ich morgen nicht mehr in die Stadt muß. Es ist in deinem Häuserblock, Scorwald & Benning heißt das Geschäft. Der Ring ist bezahlt; würdest du ihn für mich holen? Ich werde anrufen, daß sie ihn dir aushändigen.«

»Gerne. Sag, wo bist du denn? Ich esse heute abend in der Stadt; wie wär's, wenn du dich anschließen würdest?«

»Sure, Pete. Höre, vielleicht kann ich noch rechtzeitig zum Juwelier kommen. Ich ruf dich nur der Sicherheit halber an. Weißt du was: ich treff dich dort. Komm hin um fünf vor sechs, damit du sicher den Ring kriegst, und ich komm um dieselbe Zeit hin, wenn ich kann. Wenn ich nicht kann, dann warte auf mich vor dem Geschäft. Ich komm nicht später als äußerstenfalls Viertel sieben.«

Damit legte Charlie den Hörer auf und entdeckte, daß der Schneider den Anzug für ihn fertig hatte. Er bezahlte, trat auf die Straße und begann sich nach einem Taxi umzusehen.

Er brauchte zehn Minuten, um eines zu finden, und fand dennoch, daß er noch rechtzeitig zum Juwelierladen kommen würde. Es wäre wirklich nicht nötig gewesen, Pete anzurufen. Er würde leicht um fünf Uhr fünfundfünfzig dort sein.

Ein paar Sekunden vorher stieg er aus dem Taxi, entlohnte den Fahrer und schritt zum Eingang hin.

Es war in dem Augenblick, da er über die Schwelle von Scorwald & Benning trat, daß er den sonderbaren Geruch wahrnahm. Er hatte einen weiteren Schritt gemacht, bevor er erkannte, was es war, und dann war es zu spät, etwas dagegen zu tun.

Es hatte ihn erwischt. Unbewußt hatte er tief eingeatmet, um den Geruch zu identifizieren, und das Zeug war so stark, so unverfälscht, daß weniger als eine Sekunde genügte. Seine Lungen waren voll davon. Der Fußboden schien seiner verzerrten Sicht kilometerweit weg, aber er schien ihm langsam entgegenzukommen. Langsam, aber er kam. Charlie schien eine meßbare Zeit lang in der Luft zu hängen. Dann, bevor er auffiel, war alles mitleidsvoll schwarz und leer.

XII

»Äther.«

Charlie starrte dem weißgekleideten Doktor blöde ins Gesicht. »Aber wie zum Kuckuck ist es möglich, daß ich eine Dosis Äther erwischte?«

Pete war auch da und sah, dem Arzt über die Schulter, auf ihn herab. Petes Gesicht war weiß und gespannt. Noch bevor der Doktor die Achseln zuckte, sagte Pete: »Höre, Charlie, Doc Palmer ist auf dem Wege hierher. Ich sagte ihnen . . .«

Charlie hatte ein elendes Gefühl im Magen, ein sehr

elendes Gefühl. Der Doktor, der ›Äther‹ gesagt hatte, war weg, und Doc Palmer war auch nicht da, aber Pete schien jetzt mit einem großen, gutaussehenden Herrn zu debattieren, der einen Spitzbart und Augen wie ein Hühnerhabicht hatte.

Pete sagte: »Lassen Sie den armen Teufel in Ruhe. Verdammt, ich kenne ihn von Kind auf. Er braucht keinen Irrenarzt. Sicher hat er verrücktes Zeug geredet, während er bewußtlos war, aber das tut doch jeder im Ätherrausch.«

»Aber mein junger Freund ...« – die Stimme des großen Mannes klang salbungsvoll, »Sie verstehen die Motive des Spitals, das mich gebeten hat, ihn zu untersuchen, völlig falsch. Ich möchte nachweisen, daß er geistig gesund ist. Wenn möglich. Er kann einen triftigen Grund gehabt haben, den Äther zu nehmen. Und auch die Sache vorige Woche, als er zum erstenmal hier lag. Sicher kann auch ein normaler ...«

»Aber zum Teufel, er hat diesen Äther nicht selbst genommen. Ich sah ihn, wie er den Laden betrat, nachdem er aus dem Taxi ausgestiegen war. Er hatte einen natürlichen Gang, seine Hände hingen an der Seite herab. Dann, ganz plötzlich, kippte er um.«

»Sie behaupten also, daß es jemand in seiner Nähe getan hat.«

»Es war niemand in seiner Nähe.«

Charlies Augen waren geschlossen, aber er konnte an der Art, wie die Stimme des Psychiaters klang, erkennen, daß der Mann lächelte. »Aber wie, mein junger Freund, stellen Sie sich denn vor, daß er betäubt worden ist?«

»Verdammt, ich weiß es nicht. Ich sage ja nur, daß er nicht ...«

»Pete!« Charlie erkannte seine eigene Stimme und fand, daß seine Augen wieder weit offen waren. »Sag ihm, er soll sich zum Teufel scheren. Sag ihm, er soll mich untersuchen, wenn er will. Sicher bin ich verrückt. Erzähl ihm vom Wurm und von der Ente. Bringt mich ins Narrenhaus. Sag ihm ...«

»Ha«, wieder die Spitzbartstimme. »Sie haben schon früher – äh – Täuschungen erlebt?«

»Charlie, halt's Maul! Doc, er ist noch immer unter dem Einfluß des Äthers; hören Sie nicht auf ihn. Es ist nicht *fair*, jemanden zu psychoanalysieren, wenn er nicht weiß, was er redet. Für zwei Cent würde ich ...«

»Fair? Mein Freund, die Psychiatrie ist kein sportlicher Wettkampf. Ich versichere Ihnen, daß mir die Interessen dieses jungen Mannes am Herzen liegen. Vielleicht ist seine – äh – Verwirrung heilbar, und ich würde gern ...«

Charlie setzte sich im Bett auf und schrie: *»Schauen Sie, daß Sie hier rauskommen, bevor ich ...«*

Alles wurde wieder schwarz.

Die marternde Dunkelheit, dick und rauchig und übelkeiterregend. Und es war ihm, als kröche er durch einen engen Tunnel auf ein Licht zu. Dann wußte er plötzlich, daß er wieder bei Bewußtsein war. Aber vielleicht stand da jemand herum, der mit ihm reden und ihn etwas fragen würde, wenn er die Augen aufschlug. So hielt er sie fest geschlossen. Er hielt seine Augen fest geschlossen und dachte nach.

Es muß eine Antwort geben.

Es gab keine Antwort.

Ein engelhafter Angelwurm.

Hitzewelle.

Ente in einem Münzen-Schaukasten.

Verwelkter Kranz häßlicher Blumen.

Äther in einem Ladeneingang.

Das alles verbinden; es *muß* eine Verbindung geben! Es *mußte* einen Sinn ergeben. Es mußte *einen* Sinn ergeben!

Kleinster gemeinsamer Nenner. Etwas, das diese Punkte miteinander verbindet, das sie in eine zusammenhängende Reihenfolge bringt. Etwas, das man begreifen kann. Was man bekämpfen kann.

Wurm.

Hitze.

Ente.

Kranz.

Äther.

Wurm.

Hitze.

Ente.

Kranz.

Äther.

Wurm, Hitze, Ente, Kranz, Äther, Wurm, Hitze, Ente, Kranz ...

Das stampfte durch seinen Kopf wie die Schläge eines Tom-Toms; das schrie ihn aus der Dunkelheit heraus an und schnatterte.

XIII

Er mußte geschlafen haben, wenn man das Schlaf nennen konnte. Es war wieder helles Tageslicht, und es befand sich nur eine Krankenschwester im Raum.

»Was für ein Tag ist heute?« fragte er.

»Mittwoch nachmittag, Mr. Wills. Gibt es irgend etwas, was ich für Sie tun kann?«

Mittwoch nachmittag. Hochzeitstag. Jetzt brauchte er nichts mehr abzusagen. Jane wußte Bescheid. Jedermann wußte. Es war für ihn abgesagt worden. Es war schwach von ihm gewesen, es nicht selbst zu tun, ehe ...

»Es sind Herrschaften da, die Sie sprechen wollen, Mr. Wills. Fühlen Sie sich wohl genug, Besucher zu empfangen?«

»Ich ... wer?«

»Eine Miss Pemberton und ihr Vater. Und ein Mr. Johnson. Wollen Sie sie empfangen?«

Nun, wollte er?

»Schauen Sie«, sagte er, »was fehlt mir eigentlich? Ich meine ...«

»Sie haben einen schweren Schock erlitten. Aber Sie haben die letzten zwölf Stunden ruhig geschlafen. Körperlich sind Sie vollkommen in Ordnung. Sie können sogar aufstehen, wenn Sie möchten. Aber Sie dürfen natürlich nicht weg.«

Natürlich mußte er weg. Sie betrachteten ihn als Kandidaten für den Narrenturm. Ein hervorragender Kandidat. Junger Mann mit besten Erfolgschancen.

Mittwoch. Hochzeitstag. Jane.

Er konnte es nicht ertragen ...

»Hören Sie«, sagte er, »wollen Sie bitte Mr. Pemberton hereinschicken, allein? Ich möchte lieber ...«

»Gewiß. Kann ich irgend etwas anderes für Sie tun?«

Charlie schüttelte traurig den Kopf. Er hatte auf die scheußlichste Weise Mitleid mit sich selbst. Gab es irgend etwas, das *irgendwer* für ihn tun konnte?

Mr. Pemberton hielt ihm ruhig seine Hand entgegen. »Charlie, ich kann gar nicht damit anfangen, Ihnen zu sagen, wie leid es mir tut ...«

Charlie nickte. »Danke. Ich denke, Sie verstehen, weshalb ich Jane nicht sehen möchte. Es ist mir klar, daß ... daß wir natürlich nicht können ...«

Mr. Pemberton nickte. »Jane – äh – versteht, Charles. Sie möchte Sie sehen, ist sich aber darüber im klaren, daß dadurch für euch beide alles noch viel schlimmer werden könnte, zumindest eben jetzt. Aber, Charles, wenn es irgend etwas gibt, was einer von uns tun kann ...«

Was gab es da, was irgendwer tun konnte?

Einem Angelwurm die Flügel ausreißen?

Eine Ente aus einem Schaukasten holen?

Einen verlorenen Golfball finden?

Pete kam herein, nachdem die Pembertons gegangen waren. Ein ruhiger und gedämpfterer Pete, als Charlie je einen gesehen hatte. Er sagte: »Charlie, fühlst du dich imstande, dies alles mit mir durchzubesprechen?«

Charlie seufzte: »Wenn es zu etwas führen kann, ja. Ich fühle mich körperlich wohl. Aber ...«

»Höre, du darfst den Mut nicht sinken lassen. Es gibt irgendwo eine Lösung. Hör zu, ich habe mich geirrt. Es gibt eine Verbindung zwischen diesen verrückten Dingen, die dir widerfahren sind. Es muß eine geben.«

»Sicher«, sagte Charlie müde. »Was für eine?«

»Das ist es, was wir herauskriegen müssen. Zuerst müssen wir einmal die Psychiater überlisten, die sie dir anhängen werden. Sobald sie dich für gesund genug halten, daß du's aushältst. Nun, schauen wir uns die Sache einmal von ihrem Standpunkt an, damit wir wissen, was wir ihnen erzählen. Zuerst ...«

»Wieviel wissen sie?«

»Well, du hast in der Bewußtlosigkeit phantasiert, von der Wurmsache, von der Ente und von einem Golfball, aber du kannst das als gewöhnliche Phantasien hinstellen. Reden im Schlaf. Geträumt hast du. Leugne einfach, daß du etwas davon oder in Verbindung damit weißt. Sicher, die Entengeschichte war in der Zeitung, aber es war keine große Geschichte, und dein Name war nicht drin. So werden sie das nie miteinander in Verbindung bringen. Wenn ja, streite es ab. Da bleiben nun die beiden Male übrig, wo du umkipptest und bewußtlos hierher gebracht wurdest.«

Charlie nickte. »Und was machen sie da draus?«

»Es ist ihnen ein Rätsel. Mit dem ersten Mal können sie nicht viel anfangen. Sie sind geneigt, die Finger davon zu lassen. Das zweite Mal – well, da bestehen sie darauf, daß du irgendwie selbst diesen Äther genommen hast.«

»Aber warum? Warum sollte irgend jemand selbst Äther nehmen?«

»Kein geistig Gesunder. Das ist es eben; sie zweifeln an deiner geistigen Gesundheit, weil sie glauben, daß du es getan hast. Wenn du sie davon überzeugen kannst, daß du normal bist, dann ... Schau, du mußt dich zusammenreißen. Sie bezeichnen deine Haltung als akute Melancholie, und die grenzt wieder auf eine Art an manisch-depressiv, verstehst du? Du mußt fröhlich wirken.«

»Fröhlich? Wo ich heute um zwei Uhr hätte heiraten sollen? Übrigens, wie spät ist es jetzt?«

Pete sah auf seine Armbanduhr und sagte: »Uh – kümmere dich nicht darum. Auf jeden Fall, wenn sie dich fragen, warum du dich geistig lausig fühlst, so sagst du ihnen ...«

»Verdammt, Pete. Ich wollte, ich *wäre* verrückt. Verrückt sein, das kann man wenigstens verstehen. Und wenn das so weitergeht, so *werde* ich ...«

»*Red nicht so*. Du mußt kämpfen.«

»Yeah«, sagte Charlie lustlos. »Wogegen?«

Es wurde leicht an der Tür geklopft, und die Schwester steckte den Kopf herein. »Ihre Zeit ist um, Mr. Johnson. Sie müssen jetzt gehen.«

XIV

Untätigkeit und vergeblich kreisende Gedanken, die nirgendwo hinführen. Schließlich mußte er etwas tun oder er würde verrückt werden.

Sollte er sich anziehen? Er rief nach seinen Kleidern und erhielt sie, nur daß man ihm Pantoffeln statt seiner Schuhe gab. Wie auch immer, sich anziehen nahm Zeit in Anspruch. Und im Stuhl zu sitzen war einmal etwas anderes als immer nur liegen. Auf und ab gehen war etwas anderes als im Stuhl sitzen.

»Wie spät ist es?«

»Sieben Uhr, Mr. Wills.«

Sieben Uhr; er sollte jetzt schon fünf Stunden verheiratet sein. Verheiratet mit Jane; mit der schönen, prachtvollen, süßen, liebevollen, verständnisvollen Jane Pemberton. Fünf Stunden vor diesem Augenblick hätte sie Jane Wills werden sollen.

Nie mehr.

Wenn nicht . . .

Das Problem.

Es lösen.

Oder verrückt werden.

Warum sollte ein Wurm einen Heiligenschein haben?

»Dr. Palmer ist hier, um Sie zu sprechen, Mr. Wills. Soll ich . . .«

»Hello, Charles. Ich kam, sobald ich konnte, nachdem ich erfuhr, daß Sie aus Ihrem – äh – Koma aufgewacht waren. Hatte einen Exitus, der mich aufhielt. Wie fühlen Sie sich?«

Er fühlte sich fürchterlich. Er hätte am liebsten geschrien und die Tapete von der Wand gerissen. Nur daß die Wand weiß getüncht war und keine Tapete aufwies. Und geschrien, geschrien ...

»Ich fühl mich prima, Doc«, sagte Charlie.

»Irgendwas – äh – Sonderbares passiert, seit Sie hier sind?«

»Nicht das geringste. Aber Doc, wie würden Sie sich das erklären ...«

Doc Palmer erklärte. Doktoren haben immer eine Erklärung. Die Luft schwirrte von Worten wie psychoneurotisch, Autohypnose und Traumata.

Schließlich war Charlie wieder allein. Und es war ihm auch gelungen, sich von Doc Palmer zu verabschieden, ohne zu schreien und ihn in Stücke zu reißen.

»Wie spät ist es?«

»Acht Uhr.«

Sechs Stunden verheiratet. *Warum ist es eine Ente?*

Es lösen.

Oder verrückt werden.

Was würde als nächstes geschehen? Sicherlich wird mich dies mein Leben lang verfolgen, und ich werde im Narrenturm hausen auf ewige Zeiten.

Acht Uhr.

Sechs Stunden verheiratet.

Warum ein *Lei*? Äther? Hitze?

Was haben sie gemeinsam?

Und ist es eine Ente?

Wann würde das nächste Mal sein?

Und was würde es *beim nächsten Mal* sein?

Well, vielleicht vermochte er das zu erraten. Wie viele Dinge waren ihm bisher zugestoßen? Fünf – wenn der verschwundene Golfball zählte. Wie groß war der Abstand? Laß sehen – der Angelwurm. Das war Sonntag früh, als er fischen ging; der Hitzschlag war am Dienstag; die Ente im Museum Donnerstag mittag, der zweitletzte Tag, an dem er arbeitete; das Golfspiel und der Hulakranz Sonnabend; der Äther Montag ...

Zwei Tage auseinander.

Von Zeit zu Zeit?

Er war im Zimmer auf und ab gegangen. Nun fuhr er plötzlich mit der Hand in die Tasche, holte seinen Bleistift und ein Notizbuch hervor und setzte sich.

Gab es ... regelmäßige Abstände?

Er schrieb ›Angelwurm‹ hin und hielt inne, um nachzudenken. Pete sollte ihn um Viertel sechs zum Fischen abholen, und er war genau um diese Zeit heruntergekommen und direkt zum Blumenbeet gegangen, um zu graben ... Ja, fünf Uhr fünfzehn morgens. Er schrieb es hin.

›Hitze‹. Hm – hm – hm. Er war einen Häuserblock weit vom Arbeitsplatz, und als er an der Uhr an der Ecke vorbeikam, hatte er einen Blick darauf geworfen und gesehen, daß ihm noch fünf Minuten blieben. Dann hatte er den Kutscher erblickt und ...

Er schrieb es hin: »Acht Uhr fünfundzwanzig.«

Und rechnete.

Zwei Tage, drei Stunden, zehn Minuten.

Laß sehen, was war das nächste? Die Ente im Museum. Er konnte auch da die Zeit ziemlich genau bestimmen. Der alte Hapworth hatte ihm gesagt, er solle früh mittagessen gehen, und er war um – äh – elf Uhr fünfundzwanzig weggegangen, um den Häuserblock weit zum Museum zu gehen, den Mittelgang hinunter und ins Münzenkabinett ... Sagen wir, elf Uhr fünfunddreißig. Er verglich das mit dem vorherigen Ergebnis.

Und stieß einen Pfiff aus.

Zwei Tage, drei Stunden, zehn Minuten.

Der Hulakranz? Na, sie verließen das Klubhaus ungefähr um ein Uhr dreißig. Wenn man anderthalb Stunden, angenommen, für die die ersten dreizehn Löcher einräumt, und – well, sagen wir zwischen halb drei und drei. Kompromiß: zwei Uhr fünfundvierzig. Das käme ziemlich nahe. Vergleichen.

Zwei Tage, drei Stunden, zehn Minuten.

Regelmäßige Abstände.

Er verglich das nächste Ereignis zuerst – die vierte Episode sollte sich am Montag um fünf Uhr fünfundfünfzig abgespielt haben. Wenn ...

Ja, es war *genau* fünf Minuten vor sechs gewesen, als er in das Juweliergeschäft eingetreten und betäubt worden war.

Genau.

Zwei Tage, drei Stunden, zehn Minuten.

Regelmäßige Wiederkehr.

PERIODIZITÄT.

Endlich eine Verbindung. Beweis dafür, daß die verrückten Vorkommnisse alle aus eine Quelle stammten. Alle – äh – einundfünfzig Stunden und zehn Minuten geschah *etwas Verrücktes.*

Aber warum?

Er steckte den Kopf hinaus in den Gang.

»Schwester, Schwester. Wie spät ist es?«

»Halb neun, Mr. Wills. Kann ich Ihnen etwas bringen?«

Ja. Nein. Champagner. Oder eine Zwangsjacke. Was von beiden?

Er hatte das Problem gelöst. Aber die Lösung war darum nicht verständlicher als das Problem selbst. Dunkler noch vielleicht. Und heute ...

Er rechnete rasch.

In fünfunddreißig Minuten.

In fünfunddreißig Minuten würde ihm etwas widerfahren. Etwas wie ein fliegender Angelwurm oder eine schnatternde Ente, die in einer luftdichten Vitrine erstickte, oder – oder vielleicht wiederum etwas *Gefährliches*? Brennende Hitze, plötzliche Besinnungslosigkeit ... Vielleicht Schlimmeres?

Eine Kobra, ein Einhorn, ein Teufel, Werwolf, Vampir, ein namenloses Monster? Um neun Uhr fünf. In einer halben Stunde. In einer plötzlichen Zugluft vom offenen Fenster spürte er es kalt auf der Stirn. Sie war naß von Schweiß.

In einer halben Stunde.

XV

Geh auf und ab, vier Schritte hin, vier zurück.

Denk! Denk! DENK.

Du hast einen Teil davon gelöst; was ist das übrige? Da heißt es: du oder es.

Periodizität; das gehört dazu. Alle zwei Tage, drei Stunden, zehn Minuten ...

Geschieht etwas. Warum? Was? Wie?

Diese Dinge gehören zusammen, sind Teil eines Schemas und ergeben irgendwie einen Sinn – oder sie würden nicht in genauen Intervallen vorfallen. Verbinde also: Angelwurm, Hitze, Ente, Lei, Hulakranz, Äther – oder werde verrückt.

Verrückt. Verrückt. VERRÜCKT.

Verbinde: Enten fressen Angelwürmer, oder nicht? Hitze ist nötig, damit Blumen blühen, aus denen man Hulakränze macht. Angelwürmer mochten Blumen verzehren, nach allem, was er wußte. Was aber haben sie mit Hulakränzen zu tun, und was bedeutet Äther für eine Ente? Die Ente ist ein Tier, der Hulakranz besteht aus Pflanzen, Hitze ist Vibration, Äther ein Gas, ein Wurm ist – was zum Kuckuck ist ein Wurm? Und warum ein Wurm, der fliegt? Warum war die Ente in der Vitrine? Und die chinesische Münze mit dem Loch? Gehörte der Golfball dazu oder nicht, und wenn man x für einen Heiligenschein setzt und y für einen Flügel, dann ist x plus 2 y plus ein Angelwurm gleich ...

Draußen, irgendwo, schlägt eine Uhr in der zunehmenden Dunkelheit.

Eins, zwei, drei, vier, fünf, sechs, sieben, acht, neun ...

Neun Uhr.

Noch fünf Minuten.

In fünf Minuten würde wieder etwas geschehen.

Kobra, Einhorn, Teufel, Werwolf, Vampir. Oder etwas Kaltes, Schleimiges und Namenloses.

Irgendwas.

Geh auf und ab, vier Schritte hin, vier Schritte zurück.

Denk. DENK.

Jane für immer verloren. Teuerste Jane, in deren Armen alles Glück lag. Jane, Liebling. Ich bin nicht verrückt, es steht schlimmer mit mir. Ich bin ...

WIE SPÄT IST ES ?

Es muß zwei Minuten nach neun sein. Drei. Was kommt auf mich zu? Kobra, Teufel, Werwolf ... Was wird es diesmal sein? Um fünf nach neun ... WAS?

Es muß jetzt vier nach sein; ja, es waren mindestens vier Minuten vergangen, vielleicht viereinhalb ...

Er schrie plötzlich. Er konnte das Warten nicht aushalten.

Es war unlösbar. Aber er mußte es lösen. Oder verrückt werden.

VERRÜCKT.

Er mußte bereits verrückt sein. Verrückt, daß er dieses Leben überhaupt auszuhalten versuchte, daß er gegen etwas kämpfte, wogegen man nicht kämpfen konnte, daß er versuchte, das Unbesiegbare zu schlagen. Mit seinem Kopf anzurennen gegen ...

Er rannte nun, zur Tür hinaus, den Gang hinunter.

Vielleicht konnte er sich, wenn er sich beeilte, vor fünf nach neun selber umbringen. Dann würde er es niemals zu wissen brauchen.

STIRB, STIRB UND BRING ES HINTER DICH. DAS IST DIE EINZIGE ART, DIESES SPIEL ZU ENTSCHEIDEN.

Messer.

Es mußte irgendwo ein Messer geben. Ein Skalpell ist ein Messer.

Den Gang hinunter. Stimmen einer Schwester hinter ihm, die schreit. Schritte.

Rennen. Wohin? Irgendwohin.

Weniger als eine Minute noch. Vielleicht Sekunden. Vielleicht ist es jetzt neun Uhr fünf. Rasch!

Tür mit Aufschrift ›Wäsche- und Gerätekammer‹ – er

riß sie auf. Regale mit Bettwäsche. Mops und Besen. Man kann sich nicht mit einem Mop oder Besen umbringen. Man kann sich mit Leintüchern ersticken, aber nicht in weniger als in einer Minute und mit Ärzten und Schwestern hinter einem her.

Pflegeruniformen. Ein Schaff. Sich darin ersäufen, aber *wie*? Ah, da auf dem oberen Brett ... Ein Pappkarton, bereits angebrochen, auf dem ›Lauge‹ steht.

Schmerzen? Sicher, aber es wird nicht lange dauern. Hinter sich bringen. Den Karton in der Hand, die offene Ecke, und den Inhalt in den Mund gestopft.

Aber es war kein weißes, ätzendes Pulver. Aus dem ganzen Pappkarton kam nur eine kleine Kupfermünze. Er nahm sie aus dem Mund, hielt sie in der Hand, sah verwirrt darauf.

Es war also fünf nach neun; aus der Laugenschachtel war eine kleine ausländische Münze gekommen. Nein, es war nicht der chinesische *Haikwan Tael*, der aus dem Schaukasten im Museum verschwunden war, der war aus Silber und hatte ein Loch. Und die Schrift auf dieser Münze war nicht chinesisch. Soweit er sich mit Münzen auskannte, sah sie rumänisch aus. Und dann ergriffen Charlie starke Hände an den Armen und führten ihn in sein Zimmer zurück, und jemand sprach ruhig und lange auf ihn ein.

Dann schlief er.

XVI

Er erwachte Donnerstag früh aus einem traumlosen Schlaf, fühlte sich seltsam erfrischt und, merkwürdigerweise, ganz fröhlich.

Vermutlich deshalb, weil er in diesen fürchterlichen fünfunddreißig Minuten des Wartens, die er am Abend vorher ausgestanden hatte, auf dem Grund der Verzweiflung aufgeschlagen – und wie ein Gummiball wieder hochgeschnellt war. Ein Psychiater hätte es vielleicht so erklären können, daß er unter dem Stress einer großen Emotion eine Temporärläsion erlitten hatte und in einen Quasizustand manisch-depressiven Irreseins geraten war. Psychiater lieben es, einfache Dinge kompliziert zu machen.

Tatsache war, daß der arme Schlucker ein paar Minuten lang übergeschnappt war. Und die absurde Antiklimax dieser kleinen Kupfermünze hatte den Wendepunkt gebracht. Etwas Schreckliches, Namenloses erwarten – und eine kleine Kupfermünze erhalten. Praktisch eine prophylaktische Behandlung, wenn man noch zum Lachen aufgelegt ist.

Und Charlie hatte gestern abend gelacht. Vermutlich schien deshalb sein Zimmer heute morgen ganz verändert. Das Fenster war in einer anderen Wand, und es befanden sich Eisenstäbe davor. Die Psychiater legen oft einen Sinn für Humor falsch aus. Heute früh war ihm aber so froh zumute, daß er die Bedeutung der vergitterten Fenster übersah. Hier war ein heller neuer Tag, das Sonnenlicht strömte durch das Gitter, es war vor allem *wieder ein Tag*, und er war noch am Leben und hatte noch eine Chance. Und das beste daran: er wußte, daß er nicht wahnsinnig war.

Wenn nicht ...

Er sah nach, und da hingen seine Kleider über der Lehne eines Stuhls, und er setzte sich auf und streckte seine Beine aus dem Bett. Er langte nach seiner Rocktasche, um nachzusehen, ob die Münze noch da war, wo er sie hingesteckt hatte, als sie ihn schnappten.

Sie war da.

Dann . . .

Er zog sich langsam und nachdenklich an. Nun, im Lichte des Morgens, wurde ihm klar, daß die Sache gelöst werden konnte. Sechs – nun waren es sechs – verrückte Dinge, aber sie standen zweifellos miteinander in Verbindung. Die Periodizität bewies es.

Zwei Tage, drei Stunden, zehn Minuten.

Und was auch immer das Ergebnis sein würde, es war nicht bösartig. Es war unpersönlich. Wenn es hätte töten wollen, gestern abend war dazu Gelegenheit gewesen; es hätte nur etwas anderes als Lauge in jenen Karton zu bemühen brauchen. Es *war* Lauge in dem Karton *gewesen,* als er ihn aufgehoben hatte; das war am Gewicht zu spüren. Dann war es fünf Minuten nach neun, und anstelle der Lauge war da die kleine Kupfermünze.

Es war aber auch nicht wohlwollend; sonst hätte es ihn nicht der Hitze und der Betäubung ausgesetzt. Es mußte etwas Unpersönliches sein.

Eine Münze anstelle von Lauge. Handelte es sich nun immer um die Vertauschung eines Dinges mit einem anderen?

Hm-m-m. Hulakranz für Golfball. Münze für Lauge. Ente für Münze. Aber die Hitze? Der Äther? Der Angelwurm?

Er ging ans Fenster und sah eine Weile hinaus ins warme Sonnenlicht, das auf den grünen Rasen fiel, und ihm wurde klar, daß das Leben sehr süß war. Und daß er, wenn er diese Sache ruhig anpackte und sich davon nicht wieder deprimieren ließ, sie noch überwinden konnte. Das erste Schlüsselwort dazu besaß er schon.

Periodizität. Wiederholung in bestimmten Zeiträumen.

Ruhig bleiben, an anderes denken. Den Kopf nicht in einen Wirbel geraten lassen, und vielleicht würde die Lösung sich finden. Er setzte sich auf die Bettkante und suchte in seiner Tasche nach Bleistift und Notizbuch, und sie waren noch da. Auch der Zettel, auf dem er seine Berechnungen angestellt hatte. Er studierte diese Berechnungen sorgfältig. – Ruhig.

Und am Ende der Liste schrieb er »9.05« und fügte das englische Wort für Lauge, ›lye‹, gesprochen Lai, und einen Bindestrich hinzu. Lye-Lauge hatte sich verwandelt in – was? Er machte Klammern und fing an, die Worte einzusetzen, die zur Beschreibung der Münze dienen konnten: Münze – Kupfer – runde Scheibe. Aber das waren allgemeine Bezeichnungen. Es mußte einen besonderen Namen für die Sache geben.

Vielleicht ...

Er drückte auf den Knopf, der die Lampe draußen über der Tür aufleuchten ließ, und hörte im Augenblick danach, wie der Schlüssel im Schloß umgedreht und die Tür geöffnet wurde. Es war diesmal ein Pfleger.

Charlie lächelte ihn an. »Guten Morgen«, sagte er. »Bekommt man hier ein Frühstück, oder muß ich die Matratze essen?«

Der Pfleger grinste und sah ein wenig erleichtert drein. »Sicher. Das Frühstück steht bereit; ich bring's Ihnen.«

»Und – äh –«

»Ja?«

»Ich möchte etwas nachschlagen«, sagte Charlie. »Hätten Sie vielleicht irgendwo ein großes Lexikon bei der Hand? Und wenn, wäre es zuviel verlangt, wenn ich Sie ersuchte, es mir für ein paar Minuten zu bringen?«

»Oh – ich glaube, es geht schon. Es ist eines unten im Büro, und es wird nicht sehr oft benützt.«

»Wunderbar. Danke.«

Aber der Schlüssel wurde im Schloß herumgedreht, als der Wärter ging.

Das Frühstück kam eine halbe Stunde später, aber das Lexikon kam nicht vor Mitte Vormittag. Charlie fragte sich, ob eine Personalversammlung stattgefunden hatte, um dessen todbringende Möglichkeiten zu erörtern. Aber es kam jedenfalls.

Er wartete, bis der Wärter wieder weg war, legte dann den dicken Band aufs Bett und schlug ihn bei der großen Farbtafel auf, welche die Münzen der Welt zeigte. Er nahm die Kupfermünze aus der Tasche, legte sie neben die Farbtafel und fing an, sie mit den Illustrationen zu vergleichen, besonders mit denen der Münzen aus den Balkanländern. Nein, kein Gegenstück unter den Kupfermünzen. Er versuchte das Silber – ja, da war eine Silbermünze mit derselben Visage darauf. Rumänisch. Die Beschriftung – ja, dieselbe Beschriftung. Ausgenommen die Wertangabe.

Charlie wandte sich der Münztabelle zu: Unter Rumänien ...

Er rang nach Luft.

Es konnte nicht sein.

Aber es war.

Es war unmöglich, daß die sechs Dinge, die ihm widerfahren, das gewesen sein konnten ...

Er atmete schwer vor Erregung, als er die Bilder im Anhang des Lexikons aufschlug, die Seiten mit den Vögeln fand und bei den Enten zu suchen anfing. Gefleckte Brust und kurzer Hals und ein dunkler Streifen, der gerade über dem Auge anfing ... Und da wußte er, daß er die Antwort gefunden hatte.

Er hatte den Faktor gefunden, der außer der Periodizität die Ereignisse miteinander verband. Es paßte zu den anderen, er konnte sicher sein. Der Angelwurm? Aber ja – *gewiß doch* – und er grinste darüber. Die Hitzewelle? Offensichtlich. Und die Geschichte auf dem Golfkurs? Das war schwieriger, aber mit etwas Nachdenken hatte er es auch.

Die Angelegenheit mit dem Äther verblüffte ihn eine Zeitlang. Sie erforderte eine Menge Auf-und-ab-Gehen zu ihrer Lösung, aber schließlich brachte er es zustande.

Und nun? Well, was konnte er dagegen machen?

Periodizität? Ja, das paßt dazu. Wenn ... Das nächstemal würde ... hm-m-m ... eine Viertelstunde nach Mitternacht, also Sonnabend früh sein.

Er setzte sich, um das zu überdenken. Die ganze Geschichte war vollkommen unglaublich. Die Lösung war schwerer zu verdauen als das Problem. Aber ... es paßte zu *allem*. Sechs Vorfälle, in genau gleichen Intervallen voneinander plaziert.

Gut also, vergessen, wie unglaublich es ist, und was du diesbezüglich tun wirst? Wie wirst du dorthin gelangen, es ihnen zu sagen? Well – vielleicht konnte man das Phänomen selbst dazu benutzen?

Das Lexikon lag noch immer da, und Charlie ging wieder hin und fing an, im geographisch-statistischen Teil nachzuschlagen. Unter ›H ...‹

Päng! Da war etwas, das ihm eine doppelte Chance gab. Und innerhalb von hundertfünfzig Kilometern. Wenn er hier herauskommen konnte ... Er klingelte, und der Wärter kam. »Ich brauche das Lexikon nicht mehr«, sagte Charlie zu ihm. »Und, sagen Sie, könnte ich mit dem Arzt sprechen, der meinen Fall behandelt?«

Es zeigte sich, daß der verantwortliche Arzt noch immer Doc Palmer war, und daß er ohnehin gerade kam. Er schüttelte Charlie die Hand. Das war ein gutes Zeichen – oder? Well, wenn er überzeugend genug zu lügen verstand ...

»Doc, ich fühle mich prima heute morgen«, sagte Charlie. »Und, hören Sie zu – mir ist etwas eingefallen, was ich Ihnen sagen möchte. Etwas, das mir am Sonntag passiert ist, ein paar Tage, bevor ich das erstemal ins Spital kam.«

»Was war es denn, Charles?«

»Ich war tatsächlich schwimmen, und daher auch der Sonnenbrand, der sich Dienstag früh zeigte, und vielleicht auch einige andere Dinge. Ich hatte mir Pete Johnsons Wagen ausgeborgt ...« Würden Sie das überprüfen? Vielleicht nicht. »... und ich verfuhr mich und kam von der Straße ab. Ich fand einen schönen Teich, zog meine Kleider aus und sprang hinein. Ich erinnere mich jetzt, daß ich einen Kopfsprung von der Sandbank machte, und ich glaube, ich muß mir dabei den Kopf an einem Stein angeschlagen haben, denn als mein Erinnerungsvermögen wieder einsetzte, befand ich mich wieder in der Stadt.«

»Hm-m-m«, machte Doc Palmer. »Daher also der Sonnenbrand und vielleicht auch ...«

»Sonderbar, daß es mir gerade heute früh einfiel, als ich aufwachte«, sagte Charlie. »Ich glaube ...«

»Ich sagte diesen Narren«, polterte Doc Palmer, »daß es keinen Zusammenhang zwischen dem starken Sonnenbrand und Ihrer Ohnmacht geben konnte. Das heißt, es gab natürlich einen, auf eine Art. Ich meine, daß Sie sich den Kopf beim Schwimmen angeschlagen haben, wäre dann auch die Erklärung ... Charles, ich freue mich riesig darüber, daß Ihnen das wieder eingefallen ist. Jetzt kennen wir wenigstens die Ursache für die Art Ihres Verhaltens und können Sie behandeln. Ja, tatsächlich sind Sie vielleicht schon geheilt.«

»Mir scheint das auch so, Doc. Ich fühl mich jetzt wirklich ausgezeichnet. Als wäre ich gerade von einem Alptraum erwacht. Mir scheint, ich habe mich ein paarmal blödsinnig benommen. Ich habe eine vage Erinnerung daran, daß ich einmal etwas Äther gekauft habe, und da ist etwas von Lauge in meinem Gedächtnis ... aber das alles ist völlig traumhaft. Jetzt ist mein Geist wieder klar wie ein Glockenschlag. Heute früh schien es einen Knacks zu geben, und ich war wieder beisammen.«

Doc Palmer seufzte. »Ich bin erleichtert, Charles. Ganz offen, wir waren Ihretwegen sehr in Sorge. Natürlich muß ich darüber mit den Kollegen hier sprechen, und wir werden Sie ziemlich eingehend untersuchen müssen, doch ich glaube ...«

Es kamen die anderen Ärzte, stellten Fragen und untersuchten seinen Schädel – aber welche Verletzungen er sich auch an dem Stein zugezogen haben mochte, sie waren verheilt. Jedenfalls konnte man sie nicht finden.

Wäre da nicht sein Selbstmordversuch am Vorabend gewesen, er hätte das Spital als freier Mann verlassen können. Deswegen bestand man jedoch darauf, daß er vierundzwanzig Stunden unter Beobachtung blieb. Und Charlie war einverstanden; damit kam er irgendwann am Freitag nachmittag heraus, und *es* würde doch erst am Samstag morgen geschehen. Massenhaft Zeit, sich hundertfünfzig Kilometer wegzubewegen.

Wenn er nur auf alles, was er in der Zwischenzeit sagte und dachte, achtete und keine Bewegung oder Bemerkung machte, die ein Psychiater so oder so auslegen konnte ...

Er ging müßig und ruhte sich aus. Und um fünf Uhr, Freitag nachmittag, war alles in Ordnung. Er schüttelte allen die Hand und war wieder ein freier Mensch. Er hatte versprochen, sich ein paar Wochen lang regelmäßig bei Doc Palmer zu melden.

Aber er war frei.

XVII

Regen, Düsterkeit.

Ein kalter, unangenehmer Nieselregen, der angefangen hatte, durch seine Kleider zu dringen, und ihm den Rükken hinabrann und in die Schuhe, selbst als er aus dem Zug ausstieg und den kleinen hölzernen Bahnsteig betrat.

Aber die Station war da, und an der Seite trug sie das Schild, das ihm angab, in welcher Stadt er sich befand. Charlie betrachtete es und grinste. Dann ging er hinein. Da war ein gemütlicher kleiner Kohlenofen mitten im Raum. Er hatte Zeit, sich aufzuwärmen, bevor er aufbrach. Er hielt seine Hände in die Wärme.

Schräg gegenüber, auf der einen Seite des Raumes, beäugte ihn ein Graukopf neugierig durch das Fenster des

Fahrkartenschalters. Charlie nickte dem Kopf zu, und der Kopf nickte zurück.

»Sie bleiben eine Zeitlang hier, Fremder?« fragte der Kopf.

»Nicht ganz«, sagte Charlie. »Jedenfalls hoffe ich nicht. Ich meine ...« Zum Teufel, nach diesen Bären, die er den Psychiatern dort im Spital aufgebunden hatte, konnte es ihm doch keine Schwierigkeiten bereiten, einen Kartenverkäufer in einer kleinen Landstadt anzulügen. »Ich meine, ich glaube nicht.«

»Gehen keine Züge nicht mehr weg heut abend, Mister. Haben's eine Unterkunft? Wenn's nicht haben, meine Frau hat manchmal Pensionsgäste für kurzen Aufenthalt hier.«

»Danke«, sagte Charlie. »Ich habe Vorkehrungen getroffen.« Er wollte schon hinzufügen: »Ich hoffe wenigstens«, doch dann wurde ihm klar, daß ihn das weiter in eine Diskussion verwickeln würde.

Er schaute auf die Bahnhofsuhr und auf seine Armbanduhr und sah, daß es auf beiden eine Viertelstunde vor Mitternacht war.

»Wie groß ist diese Stadt?« wollte er wissen. »Ich meine nicht die Bevölkerung. Ich meine, wie weit ist es von der Mautgrenze zur Stadtgrenze?«

»Iss nicht groß. Dreiviertel Kilometer oder ein bissel mehr. Wollen's zu den Tollivers, vielleicht? Die wohnen gar nicht weit, und ich hab gehört sagen, er hat in'd Stadt g'schickt um einen ... naaa, Sie schauen's nicht wie ein Dienstbote aus.«

»Naaa«, sagte Charlie. »Ich bin auch keiner.«

Er sah wieder auf die Wanduhr und wandte sich zum Ausgang.

»Well, ich seh Sie wieder.«

»Sie gehen zum ...«

Aber Charlie war bereits draußen und fing an, die Straße hinter dem Bahnhof hinunterzugehen. In die Dunkelheit und ins Unbekannte und ... well, er konnte doch kaum dem Kartenverkäufer von seinem wirklichen Ziel erzählen. Oder doch?

Da war die Maut. Einen Häuserblock weiter hörte der Gehsteig auf, und er mußte am Straßenrand gehen, mitunter knöcheltief im Kot. Er war jetzt schon durchnäßt, aber das spielte keine Rolle.

Es zeigte sich, daß es mehr als dreiviertel Kilometer bis zum Stadtrand war. Auf einer großen Tafel – einer merkwürdig großen Tafel angesichts der Kleinheit der Stadt – stand:

SIE BETRETEN NUN HAVEEN

Charlie überschritt die Linie und blickte zurück. Und wartete, ein Auge auf der Armbanduhr.

Um ein Viertel nach Mitternacht würde er übertreten müssen. Es war bereits zehn nach. Zwei Tage, drei Stunden, zehn Minuten nachdem die Laugenschachtel eine Kupfermünze enthalten hatte, was wiederum zwei Tage, drei Stunden, zehn Minuten nach seiner Betäubung im Eingang eines Juwelierladens gewesen war, was wieder zwei Tage, drei Stunden, zehn Minuten nach ...

Er beobachtete die Zeiger seiner genau gerichteten Armbanduhr. Zuerst den Minutenzeiger bis zwölf Uhr vierzehn. Dann den Sekundenzeiger.

Und als eine Sekunde auf zwölf Uhr fünfzehn fehlte, schob er seinen Fuß vor und in *dem* schicksalhaften Augenblick schritt er langsam über die Linie.

Und betrat Haveen.

XVIII

So wie sonst gab es keine Warnung. Aber plötzlich: Es regnete nicht mehr. Helles Licht herrschte, obwohl es nicht von einer sichtbaren Quelle zu kommen schien. Und die Straße unter seinen Füßen war nicht kotig; sie war vielmehr glatt wie Glas und alabasterweiß. Das weißgekleidete Wesen am Tor vorne starrte Charlie voll Erstaunen an.

Es sagte: »Wie sind Sie hierhergekommen? Sie sind doch noch nicht einmal ...«

»Nein«, sagte Charlie. »Ich bin noch nicht einmal tot. Aber hören Sie zu, ich muß den – uh – Wem untersteht die Druckerei?«

»Dem Chefsetzer natürlich; aber Sie können nicht ...«

»Dann muß ich ihn sprechen«, sagte Charlie.

»Aber nach der Hausordnung ist es untersagt ...«

»Schauen Sie, es ist sehr wichtig. Es werden einige *Druckfehler* gemacht. Es liegt in Ihrem Interesse hier heroben sowohl als in meinem, daß sie korrigiert werden, nicht wahr? Wenn das nicht geschieht, können die Dinge auf fürchterliche Weise durcheinandergeraten.«

»Druckfehler? Ausgeschlossen. Sie machen Witze.«

»Wie bin ich aber dann in den Himmel gekommen, ohne gestorben zu sein?« fragte Charlie und hatte nicht unrecht.

»Aber ...«

»Sehen Sie, ich wollte Haveen betreten. Es gibt eine e-Letter, die ...«

»Kommen Sie.«

Sie war sehr hübsch und wirkte vertraut, diese Druckerei. Nicht viel anders als Charlies eigener Arbeitsraum in der Hapworth-Druckerei. Da stand ein wackeliger hölzerner Schreibtisch, der mit Papieren übersät war, und dahinter saß ein kleiner, kahlköpfiger Chefsetzer, der Druckerschwärze an den Händen und einen Wischer davon auf der Stirn hatte. Durch die geschlossene Tür drang der Riesenlärm und das Rattern der Setzmaschinen und Druckpressen.

»Sure«, sagte Charlie. »Sie sollten fehlerfrei arbeiten, so fehlerfrei, daß man nicht einmal Korrektoren braucht. Aber vielleicht kann einmal sogar aus der Unendlichkeit der Vollkommenheit *irgend etwas* unterlaufen, nicht? Mathematisch gesehen kann einmal aus der Unendlichkeit *alles* geschehen. Nun sehen Sie; es gibt eine eigene Setzmaschine samt Setzer für das Lebensbuch jedes einzelnen Menschen, nicht wahr?«

Der Chefsetzer nickte. »Das stimmt, obwohl sozusagen der Setzer und die Maschine eins sind, insofern, als der Setzer eine Funktion der Maschine und die Maschine eine Manifestation des Setzers ist, während es sich bei beiden um Extensionen des Ego des ... aber ich glaube, das ist für Sie ein bißchen zu kompliziert, um es zu verstehen.«

»Yes, ich – well, jedenfalls, die Kanäle, in denen die Typen laufen, müssen ungeheuer sein. In unseren Linotype-Maschinen in der Hapworth-Druckerei macht ein ›e‹ den Rundlauf ungefähr alle sechzig Sekunden. Hat eines einen Schaden, so verursacht es einen Fehler in der Minute, hier heroben jedoch – Well, ist meine Berechnung von einundfünfzig Stunden und zehn Minuten richtig?«

»Sie ist es«, bestätigte der Chefsetzer. »Und da Sie diese Tatsache nicht anders herausgefunden haben können ...«

»Genau. Und genauso oft kommt das schadhafte ›e‹ daher und fällt durch, wenn der Setzer die e-Taste anschlägt. Vermutlich sind die Ränder der Letter abgenützt; jedenfalls fällt es durch eine lange Verteilerfront und fällt zu schnell und landet vor seinem richtigen Platz im Wort. Damit ist ein Druckfehler geboren. So wie Sonntag vor einer Woche, da sollte ich einen *Angelwurm* aufnehmen und ...«

»Warten Sie.«

Der Chefsetzer drückte einen Knopf und erteilte einen Auftrag. Einen Augenblick später wurde ein schweres Buch gebracht und vor ihm auf den Schreibtisch gelegt. Bevor es der Chefsetzer öffnete, erhaschte Charlie einen Blick auf seinen eigenen Namen, der auf dem Einband stand.

Charlie nickte. Seiten wurden umgewandt.

»Sie sagten um Viertel sechs Uhr früh?«

»Teu ... Du lieber Gott!« sagte der Chefsetzer. »Engelwurm! Das muß aber ein Anblick gewesen sein. Kann mich nicht erinnern, jemals von einem Engelwurm gehört zu haben. Und was kam dann?«

»Das ›e‹ fiel falsch im Wort ›hate‹ ‚Haß' ... ich rückte einem Mann auf den Leib, der ein Pferd schlug, und – Well, es wurde ›heat‹ ‚Hitze' anstatt ›hate‹. Das ›e‹ fiel diesmal zwei Buchstaben zu früh. So bekam ich einen Hitzschlag und Sonnenbrand an einem Regentag. Das war um acht Uhr fünfundzwanzig am Dienstag. Und dann um elf Uhr fünfunddreißig am Donnerstag im Museum ...«

»Ja«, sagte der Chefsetzer einladend.

»Ein Tael. Eine chinesische Silbermünze sollte ich sehen. Das kam als ›teal‹ heraus, und weil das eine Ente ist, flatterte eine Wildente in einem luftdichten Schaukasten herum. Einer der Aufseher hatte Schwierigkeiten; ich hoffe, Sie werden das in Ordnung bringen.«

Der Chefsetzer kicherte. »Wird gemacht«, sagte er. »Ich hätte diese Ente gerne gesehen. Das nächstemal war dann zwei Uhr fünfundvierzig, Samstag nachmittag. Was geschah da?«

»*Lei* ‚Hulakranz' anstelle von *lie* ‚Golfball', der liegenbleibt, Sir. Mein Golfball kam direkt hinter einen Baum zu liegen, und das sollte ein mieser *›lie‹* sein – statt dessen war es aber ein mieser *Lei,* Hulakranz. Einige verwelkte, schlecht zusammenpassende Blumen auf einem Purpurband. Das nächste Geschehnis zu erklären, war für mich am schwersten, selbst dann noch, als ich bereits den Schlüssel besaß. Ich hatte eine Verabredung im Juwelierladen um fünf Uhr fünfundfünfzig. Aber das war die ominöse Zeit. Ich kam um fünf Uhr fünfundfünfzig hin, aber das ›e‹ fiel diesmal vier Buchstaben daneben, direkt zum Wortanfang zurück. Anstatt um fünf Uhr fünfundfünfzig *dorthin ‚there'* zu gelangen, gelangte ich zu *ether* ‚Äther'.«

»Ts, ts. Das war ein unglückliches Ereignis. Und das nächste?«

»Das nächste war genau umgekehrt, Sir. Das hat mir tatsächlich das Leben gerettet. Ich wurde vorübergehend wahnsinnig und versuchte, mir mit Lauge *‚lye'* das Leben zu nehmen. Aber das schlechte ›e‹ fiel in die *Lauge ‚le'*, und es kam *ley ‚Lei'* heraus, was eine kleine rumänische Kupfermünze ist. Ich habe sie noch, als Andenken. Ja, als ich den Namen der Münze herausgefunden hatte, da erriet ich die Lösung. Das war dann der Schlüssel für die anderen.«

Der Chefsetzer kicherte wieder. »Sie haben sich gut zu helfen gewußt«, sagte er. »Und die Art, wie Sie hierher gekommen sind, um uns davon zu berichten ...«

»Das war leicht, Sir. Wenn ich den Zeitpunkt so wählte, daß ich *Haveen* im richtigen Augenblick betrat, hatte ich eine doppelte Chance. Wenn eines der beiden ›e‹ in diesem Wort sich als das schadhafte entpuppte und, wie es der Fall war, zu früh ins Wort fiel, so betrat ich den Himmel *‚heaven'*.«

»Absolut genial. Sie können übrigens die Druckfehler als korrigiert betrachten. Wir haben alles in Ordnung gebracht, während Sie erzählten; bis auf den letzten natürlich, sonst würden Sie nicht mehr hier sein. Und das schadhafte ›e‹ haben wir aus dem Kanal entfernt.«

»Heißt das, daß, soweit die Leute dort unten davon wissen, solche Dinge niemals ...?«

»Genau. Eine durchgesehene Ausgabe ist jetzt in der Presse, und niemand auf Erden wird die leiseste Erinnerung an diese Ereignisse haben. Sie sind sozusagen von nun an ungeschehen. Nicht wahr, sie geschahen, aber nunmehr geschahen sie praktisch nicht. Sobald wir Sie auf die Erde zurückstellen, werden Sie dort Zustände vorfinden, wie sie sich ergeben hätten, wenn diese Druckfehler niemals passiert wären.«

»Das heißt also zum Beispiel, daß Pete Johnson sich nicht daran erinnern wird, was ich ihm über den Angelwurm erzählte, und daß im Krankenhaus kein Aufenthalt von mir vermerkt sein wird. Und ...«

»Genau. Die Druckfehler sind *korrigiert.*«

»Toll!« sagte Charlie. »Ich werde ... das heißt, well,

ich hätte Mittwoch nachmittag heiraten sollen, vor zwei Tagen. Äh – werde ich? Ich meine, *bin* ich? Ich meine ...«

Der Chefsetzer schlug in einem anderen Folianten nach und nickte. »Ja, um zwei Uhr, Mittwoch nachmittag. Eine gewisse Jane Pemberton. Nun, wenn wir Sie auf die Erde zurückstellen, zu der Zeit, zu welcher Sie sie verlassen haben – null Uhr fünfzehn Sonnabend früh, so befinden Sie sich – lassen Sie mich sehen – auf Flitterwochen in Miami. In diesem selben Augenblick sind Sie in einem Taxi unterwegs ...«

»Ja, aber –«, schluckte Charlie.

»Aber was?« Der Chefsetzer blickte erstaunt. »Ich habe fest angenommen, daß das Ihren Wünschen entspricht, Wills. Wir sind Ihnen einen großen Gefallen schuldig, weil Sie uns in so genialer Weise diese Druckfehler zur Kenntnis gebracht haben, und ich dachte, Sie wollten mit Jane verheiratet sein. Wenn Sie jetzt also zurückkehren und finden sich ...«

»Ja, aber ...«, sagte Charlie wiederum. »Aber ... das heißt ... sehen Sie, ich werde seit zwei Tagen verheiratet sein. So versäume ich ... nicht wahr. Könnte ich nicht ...«

Plötzlich lächelte der Chefsetzer.

»Wie dumm von mir«, sagte er, »natürlich. Well, die Zeit spielt überhaupt keine Rolle. Wir können Sie überall im Zeitstrom absetzen. Ich kann Sie genausogut auf Mittwoch nachmittag zwei Uhr zurückstellen, mitten in die Trauung. Oder Mittwoch früh, gerade vorher. Überhaupt auf jeden Zeitpunkt.«

»Well«, sagte Charlie zögernd. »Es ist nicht unbedingt die Trauungszeremonie, die mir fehlen würde. Ich mache mir nichts aus solchen gesellschaftlichen Anlässen, und ich müßte eine lange Hochzeitstafel über mich ergehen lassen und mir Trinksprüche und Reden anhören und, well, ich meine ... Ich ...«

Der Chefsetzer lachte. »Sind Sie bereit?« sagte er.

»Bereit? Oh, sure!«

Das Rattern der Eisenbahnräder auf den Schienen und die Sterne und der Mond hell über der Aussichtsplattform des dahinrasenden Zuges.

Jane in seinen Armen. Seine Frau, und es war Mittwoch abend. Die schöne, prachtvolle, süße, liebevolle, sanfte, küßbare, liebenswerte Jane ... Sie schmiegte sich enger an ihn, und er flüsterte: »Es ist ... es ist elf Uhr, Liebling. Wollen wir ...«

Ihre Lippen trafen sich, ruhten aufeinander.

Dann gingen sie Hand in Hand durch den schwankenden Zug. Seine Hand drückte die Klinke des Luxusabteils nieder, und als die Tür langsam aufging, hob er sie auf, um sie über die Schwelle zu tragen.

Noch einmal davongekommen

Das Licht im Metallkasten bekam einen grünlichen, teuflischen Stich. Es ließ die totenbleiche Haut des Wesens, das am Kontrolltisch saß, schwachgrün erscheinen.

Ein einziges facettiertes Auge mitten in der Stirn überwachte die sieben Skalen, ohne zu zucken. Seit sie von Xandor weg waren, hatte dies Auge nicht ein einziges Mal fortgeblickt. Schlaf kannten die Wesen, zu denen Kar-388 Y gehörte, nicht. Auch kein Erbarmen. Ein einziger Blick auf die scharfen, grausamen Züge unter dem Facettenauge würde das gezeigt haben.

Die Zeigernadeln der vierten und siebenten Skala blieben stehen. Das hieß, daß der Metallkasten selbst im Weltraum, bezogen auf sein unmittelbares Ziel, stillstand. Kar schob seinen rechten oberen Arm vor und legte den Stabilisator-Hebel um. Dann erhob er sich und reckte seine verkrampften Muskeln.

Er wandte sich an seinen Gefährten im Kasten, ein ähnliches Geschöpf. »Wir sind da«, sagte er. »Erste Station, Stern Z-5689. Hat neun Planeten, aber nur ein Drittel davon sind bewohnbar. Hoffen wir, daß es hier Wesen gibt, die wir als Sklaven auf Xandor verwenden können.«

Lal-16B, der während der Fahrt in strenger Unbeweglichkeit gesessen hatte, erhob sich und streckte sich ebenfalls. »Hoffen wir es. Dann können wir nach Xandor zurückkehren und werden geehrt, während unsere Flotte kommt, sie zu holen. Hoffen wir aber nicht zu sehr. Am ersten Ort, an dem wir halten, Erfolg zu haben, wäre ein Wunder. Wir werden wohl an tausend Orten suchen müssen.«

Kar zuckte die Achseln. »Dann werden wir eben an tausend Orten suchen. Da die Lounaks im Aussterben begriffen sind, bekommen wir entweder neue Sklaven, oder unsere Bergwerke müssen stillgelegt werden und unsere Rasse stirbt aus.«

Er setzte sich wieder an den Kontrolltisch und legte einen Hebel um, der ihm zeigen würde, was unter ihnen lag. Er sagte: »Wir befinden uns über der Nachtseite des dritten Planeten. Es liegt außerdem eine Wolkendecke unter uns. Ich werde unsere Sichtgeräte einschalten.«

Er fing an, Knöpfe zu drücken. Einige Minuten später sagte er: »Lal, sieh auf den Bildschirm, Lichter in regelmäßigen Abständen – eine Stadt! Der Planet *ist* bewohnt.«

Lal hatte seinen Platz am zweiten Armaturenbrett eingenommen, an den Kampfskalen. Nun überprüfte auch er Instrumente. »Nichts zu fürchten. Nicht einmal die Spur eines Kraftfeldes um die Stadt. Die wissenschaftlichen Kenntnisse dieser Rasse sind primitiv. Wir können diese Stadt mit einem einzigen Feuerstoß ausradieren, falls wir angegriffen werden sollten.«

»Gut«, sagte Kar. »Aber darf ich dir in Erinnerung rufen, daß wir nicht um der Zerstörung willen hier sind – vorderhand. Wir wollen Exemplare. Wenn sie sich als zufriedenstellend erweisen und die Flotte kommt und macht so viele tausend Sklaven, als wir brauchen, dann wird es an der Zeit sein, nicht nur eine Stadt, sondern den ganzen Planeten zu zerstören. Damit ihre Zivilisation nie mehr an den Punkt gelangen kann, an dem sie imstande wären, Vergeltungsangriffe zu starten.«

Lal rückte einen Schieber zurecht. »Gut. Ich werde das Megafeld aktivieren, so daß wir für sie unsichtbar werden, es sei denn, sie sehen weit herauf ins Ultraviolette. Was ich, nach ihrem Sonnenspektrum zu schließen, bezweifeln muß.«

Als der Kasten niederging, wechselte das Licht darin von Grün ins Violett und darüber hinaus. Sie landeten leicht. Kar bediente den Mechanismus, der die Luftschleuse betätigte.

Er stieg ins Freie, Lal knapp hinter ihm. »Schau«, sagte Kar, »zwei Zweifüßer. Zwei Arme, zwei Augen – nicht unähnlich den Lounaks, wenn auch nicht so groß. Nun, hier haben wir unsere Exemplare.«

Er hob seinen linken unteren Arm, dessen dreifingrige Hand einen dünnen Metallstab hielt, der eine Drahtwicklung aufwies. Es löste sich nichts Sichtbares von seinem Ende, aber die Zweifüßer erstarrten im Augenblick zu Statuen.

»Sie sind nicht groß, Kar«, sagte Lal. »Ich werde einen zum Schiff tragen, du den anderen. Wir können sie im Kasten besser studieren, sobald wir wieder im Raum sind.«

Kar blickte um sich im trüben Licht. »Schön, zwei sind genug, besonders, da das eine männlichen und das andere weiblichen Geschlechts zu sein scheint. Gehn wir.«

Eine Minute später stieg der Kasten auf, und sobald sie nur weit genug oberhalb der Atmosphäre waren, schaltete Kar den Stabilisator ein und gesellte sich zu Lal, der während ihres kurzen Aufstiegs die Exemplare zu studieren begonnen hatte.

»Fünfpaarer«, sagte Lal. »Fünf Finger mit Händen, die zu relativ besserer Arbeit taugen. Doch – machen wir den wichtigsten Test: Intelligenz.«

Kar nahm die Kopfhörerpaare. Er reichte ein Paar Lal,

der eines auf seinen eigenen Kopf, das andere auf den des Exemplars setzte. Kar machte es mit dem anderen Exemplar ebenso.

Nach ein paar Minuten starrten sie sich allerdings mit großen Augen an.

»Sieben Punkte unter Minimum«, sagte Kar. »Man könnte sie nicht einmal für die primitivsten Arbeiten in den Gruben anlernen. Unfähig, die einfachsten Anweisungen aufzufassen. Wir werden sie für das Xandor-Museum mitnehmen.«

»Soll ich den Planeten vernichten?«

»Nein«, sagte Kar. »Vielleicht werden sie sich in einer Million Jahren – wenn unsere Rasse so lange überlebt – so weit entwickelt haben, um für unsere Zwecke verwendbar zu sein. Fahren wir zum nächsten Fixstern mit Planeten.«

Der Umbruch-Redakteur des Milwaukee Star befand sich im Setzraum und überwachte den Abschluß der Lokalseite. Jenkins, der erste Umbruch-Setzer, zog Satzleisten, um die zweitletzte Spalte aufzufüllen.

»Wir haben in Spalte acht noch Platz für eine Notiz, Pete«, sagte er. »Ungefähr sieben Zeilen. Ich hab da zwei Sachen im Übersatz, die passen würden. Welche soll ich nehmen?«

Der Umbruch-Redakteur blickte auf die Lettern im Setzrahmen. Langjährige Erfahrung befähigte ihn, die Schlagzeilen auch verkehrt auf einen Blick zu lesen. »Die Konferenz-Story und die Zoo-Geschichte, wie? Oh, zum Kuckuck, nimm die Konferenz. Wen interessiert das schon, wenn der Zoo-Direktor behauptet, daß heute nacht ein Affenpärchen von der Affen-Insel verschwunden ist?«

Der Solipsist

Walter B. Jehovah, für dessen Namen ich mich nicht entschuldige, weil er nun einmal wirklich so hieß, war zeit seines Lebens ein Solipsist gewesen. Ein Solipsist, falls Sie das Wort zufällig nicht kennen, ist jemand, der glaubt, daß er das einzige ist, was es wirklich gibt; daß andere Leute und das Weltall im allgemeinen nur in seiner Einbildung existieren; und daß, hörte er auf, sie sich vorzustellen, sie auch aufhören würden zu existieren.

Eines Tages wurde Walter B. Jehovah ein praktizierender Solipsist. Innerhalb einer Woche: war seine Frau mit einem anderen Mann durchgebrannt; hatte er seinen Posten als Angestellter einer Schiffahrtslinie verloren und sich obendrein den Fuß gebrochen, als er eine schwarze Katze verscheuchte, auf daß sie ihm nicht über den Weg laufe.

In seinem Spitalbett beschloß er, allem ein Ende zu setzen.

Wie er aus dem Fenster sah und zu den Sternen emporstarrte, wünschte er sie aus dem Dasein hinaus, und sie waren nicht mehr da. Dann wünschte er alle anderen Menschen aus dem Dasein, und im Spital wurde es sonderbar still, selbst für ein Spital. Als nächstes kam die Welt an die Reihe, und da fand er sich selbst in einem Nichts hangend, entledigte sich auch seines Körpers auf die gleiche leichte Art und unternahm dann den letzten Schritt, nämlich sich selbst aus dem Dasein hinauszuwollen.

Nichts geschah.

›Sonderbar‹, dachte er, ›kann es eine Grenze des Solipsismus geben?‹

»Ja«, sagte eine Stimme.

»Wer bist du?« fragte Walter B. Jehovah.

»Ich bin der, der das Universum schuf, das du gerade aus dem Dasein hinausgewollt hast. Und nun, da du meine Stelle eingenommen hast –«, ein tiefer Seufzer, »– kann ich endlich meine eigene Existenz aufgeben, der Vergessenheit anheimfallen und dich das Ganze übernehmen lassen.«

»Aber – wie kann *ich* aufhören zu sein? Das versuche ich nämlich zu erreichen, weißt du.«

»Ja, ich weiß«, sagte die Stimme. »Du mußt das so machen wie *ich*. Ein All schaffen. Warten, bis jemand darin wirklich glaubt, was du geglaubt hast, und es dann aus dem Dasein will. Dann kannst du dich zurückziehen und ihn das Ganze übernehmen lassen. Und jetzt leb wohl.«

Die Stimme war dahin.

Walter B. Jehovah war allein im Nichts, und da gab es nur etwas, was er tun konnte. Er schuf den Himmel und die Erde.

Er brauchte sieben Tage dazu.

Eine Durchsage unserer Direktion

Sieht man es von der einen Seite an, so könnte man sagen, daß es zu sehr vielen verschiedenen Malen im Verlauf von vierundzwanzig Stunden geschah; umgekehrt, daß es einmal und da in einem Zug passierte. Es geschah, wie sich's trifft, um acht Uhr dreißig abends, am Mittwoch, dem 9. Juni 1954. Das heißt, es kam natürlich zuerst auf den Marshallinseln, den Gilbertinseln und auf all den anderen Inseln – dazu auf all den Schiffen, die sich dort in See befanden – durch, die unmittelbar westlich der internationalen Datumsgrenze liegen. Auf den verschiedenen Inseln und Schiffen unmittelbar östlich davon ereignete es sich vierundzwanzig Stunden später.

Auf Schiffen natürlich, die während dieses Vierundzwanzig-Stunden-Zeitraums die Datumsgrenze von Osten nach Westen überquerten und die daher zweimal acht Uhr dreißig abends hatten, beide am 9. Juni, geschah es zweimal. Jene dagegen, die sie aus der anderen Richtung überquerten, und die daher kein acht Uhr dreißig abends hatten (oder ein Glas, um es nautisch auszudrücken), erlebten es überhaupt nicht.

Das mag kompliziert klingen, ist aber ganz einfach. Wirklich. Sagen Sie sich bloß, daß es um acht Uhr dreißig abends überall geschah, ungeachtet der Zeitzonen und streng in Übereinstimmung damit, ob das fragliche Gebiet Sommerzeit hatte oder nicht. Einfach dies: acht Uhr dreißig abends *überall.*

Und acht Uhr dreißig ist überall ungefähr der beste Augenblick zum Radiohören, was unzweifelhaft etwas damit zu tun hatte. Wo nicht, machte sich jemand oder etwas schrecklich viel unnötige Mühe, die Zeiten so aus den Fugen zu bringen, daß sie einander auf der ganzen Welt entsprachen.

Selbst wenn Sie aber um acht Uhr dreißig am 9. Juni 1954 nicht Radio gehört haben – und Sie taten dies vermutlich –, so werden Sie sich gewiß daran erinnern. Die Welt befand sich am Rande des Krieges. Oh, sie hatte sich dort schon seit Jahren befunden, aber diesmal ragten ihre Zehen über diesen Rand vor, und sie hielt mit Mühe ihr Gleichgewicht. Es gab Sondersitzungen im ... aber wir kommen dazu noch später.

Nun, zum Beispiel Dan Murphy, versoffener Australier irischer Herkunft, der in einem Wirtshaus in Brisbane Rauflust verspürte. Und der Holländer, der als ›Dutch‹ bekannt war und dieses Gefühl nur zu sehr teilte. Das Radio plärrte. Der Barkeeper versuchte sie zu beruhigen, die anderen probierten, sie aufeinander zu hetzen. Sie haben gesehen, wie das geht. Sie haben es gehört, außer Sie halten sich für gewöhnlich von Hafenkneipen fern.

Murphy war bereits ein paar Schritte von der Bar weg und wischte sich die Hände an seinem schmierigen Unterhemd ab. Er war mitten im Vorspiel und sagte: »Waaas, du ...!« und wartete auf die Entgegnung. Er wurde nicht enttäuscht. »... auch!« sagte ›Dutch‹.

Das war, als es sich abspielte, neunundzwanzig Minuten und achtundzwanzig Sekunden nach acht, 9. Juni 1954. Dan Murphy nahm sich eine Sekunde oder zwei Zeit, um glücklich zu lächeln und seine Fäuste hochzunehmen. Dann geschah etwas mit dem Radio. Für den Bruchteil einer Sekunde – und nur so lange – fiel es aus. Dann sagte eine ganz ruhige, ganz gewöhnliche Stimme: »Und nun eine Durchsage unserer Direktion.« Und da war etwas – irgend etwas Unaussprechbares, Undefinierbares – in dieser Stimme, das jedermann im Raum aufmerken und zuhören ließ. Dan Murphy, der mit seiner Rechten zu einem mächtigen Schwinger ausholte; ›Dutch‹, der Holländer, mit den Beinen zum Kontern und mit dem Unterarm zum Abblocken bereit; der Barkeeper mit seiner Hand am Bierschlegel unter der Theke, leicht ins Knie gegangen und bereit, über die Theke zu springen.

Eine volle, gefrorene Sekunde lang, und dann sagte eine andere Stimme, ebenfalls aus dem Radio: »Kämpft!«

Ein Wort, nur ein Wort. Vermutlich das einzige Mal in der Geschichte, daß ›Eine Durchsage unserer Direktion‹ im Radio nur daraus bestand. Und ich werde nicht versuchen, den Tonfall wiederzugeben; man hat ihn verschiedenartig beschrieben. Man wird Leute finden, die schwören, daß es bösartig gesagt wurde, haßerfüllt; andere, die ebenso sicher sind, daß es ruhig und kalt gesagt ward. Aber es war unzweifelhaft ein Befehl, in welchem Ton auch immer.

Und dann herrschte wieder einen Sekundenbruchteil Schweigen, und dann war wieder das reguläre Programm da – im Falle des Radios in der Kneipe in Brisbane eine Instrumentalgruppe aus Hawaii.

Der Barkeeper, der den Apparat anstarrte, hatte den Bierschlegel losgelassen und sagte: »... mich am ... Was war denn das für eine Werbedurchsage?«

»Lassen wir es einen Augenblick, Dutch«, meinte Dan Murphy. »Ich hab das blöde Gefühl, daß dieser ... Radio zu *mir* red't. Persönlich. Und ich möcht doch wissen, wie zum ... ein verfluchter Radioapparat dazukommt, *mir* vorzuschreiben, was ich zu tun hab?«

»Ich auch«, sagte ›Dutch‹, ehrlich, wenn auch ein wenig

dunkel im Sinn. Er stützte seine Ellbogen auf die Theke und starrte das Radio an. Dem entquoll aber nichts als das klagende, gleitende Gejammer eines Hawaii-Ensembles.

Dan Murphy kam neben ihn an die Theke und knurrte: »Weshalb zum Teufel haben wir uns überhaupt gestritten?«

»Du hast mich einen ... geheißen«, erinnerte ihn ›Dutch‹. »Und ich sagte: ›... auch.‹«

»Oh«, erwiderte Murphy. »All right, in ein paar Minuten schlag ich dir die Nase ein. Aber momentan möchte ich ein wenig nachdenken. Wie wär's mit einem Drink?«

»In Ordnung«, meinte ›Dutch‹.

Aus irgendeinem Grund kamen sie niemals dazu, mit der Prügelei zu beginnen.

Nehmen wir, zweieinhalb Stunden später (aber immer noch um acht Uhr dreißig abends), die Unterhaltung zwi-

schen Mr. und Mrs. Wade Evans aus Oklahoma City – im Augenblick auf ihrem Zimmer im Grandhotel in Singapore, gerade dabei, sich für einen Barbesuch in der ihrer Meinung nach romantischsten Stadt ihrer Weltreise anzukleiden. Das Zimmer-Radio war angestellt, aber ganz leise (Mrs. Evans hatte es leiser gedreht, damit ihrem Gatten kein Wort von dem entginge, was sie ihm zu sagen hatte, und das war *nicht wenig*). »Und die Art, wie du dich gestern abend auf dem Schiff aufgeführt hast, mit dieser Miss – Mamsell Cartier – Ca- ti- yeh. Um die Hälfte jünger als du und eine *Französin*. Wirklich, Wade, ich begreife nicht, weshalb du *mich* auf dieser Reise überhaupt mitgenommen hast. Schöne zweite Hochzeitsreise!«

»Na, und *wie* habe ich mich mit ihr denn schon aufgeführt? Ich habe mit ihr getanzt, zweimal. Zweimal im Verlauf eines ganzen Abends. Zum Teufel, Ida, ich fange an, diese Art von dir satt zu bekommen. Und außerdem ...« Mr. Evans holte tief Atem, um weiterzureden, und verspielte damit seine Chance.

»Behandle mich nur wie ein Stück Dreck. Wenn wir zurückkommen ...«

»All right. *All right*. Wenn du so darüber denkst, brauchen wir gar nicht zu warten, bis wir zurückkommen. Wenn du glaubst, daß es mir Spaß macht ...«

Irgendwie ließ ihn diese Stille von einem Sekundenbruchteil im Radio einhalten. ›Und nun eine Durchsage unserer Direktion ...‹ Und eine halbe Minute später, als das Radio wieder Strauß spielte, starrte Wade Evans es noch immer in äußerster Verblüffung an. Schließlich sagte er: »Was war *das*?«

Ida Evans sah ihn mit weitaufgerissenen Augen an. »Also weißt du, ich hatte das komische Gefühl, daß das zu uns gesagt wurde, zu *mir*! Als ob man uns aufforderte, w–weiterzumachen und zu streiten, wie wir's gerade angefangen hatten.«

Mr. Evans lachte etwas unsicher. »Ich auch. Als ob sie's *uns befohlen* hätten. Und das lustige ist, jetzt mag ich gar nicht mehr ...«

Er ging hinüber und stellte das Radio ab. »Höre, Ida, *müssen* wir eigentlich streiten? Schließlich sind es ja wirklich unsere zweiten Flitterwochen. Warum nicht – hör, Ida, willst du wirklich heute abend in eine Bar gehen?«

»Well – ich möchte Singapore wirklich sehen, ein bißchen, und wir sind nur diese eine Nacht hier. Aber – es ist noch früh: wir müssen ja nicht gleich weggehen.«

Nun, ich glaube natürlich nicht, daß jedermann, der diese Radiodurchsage hörte, gerade körperlich oder mit Worten in einen Streit verwickelt war – oder daß er überhaupt an so etwas dachte. Und natürlich gab es ein paar Milliarden Menschen, die sie überhaupt nicht hörten, weil sie entweder kein Radio besaßen oder es nicht eingeschaltet hatten. Aber beinahe ein jeder *hörte davon*. Vielleicht nicht alle afrikanischen Zwergvölker und nicht alle Buschmänner Australiens, aber jede intelligente Person in einem zivilisierten oder halbzivilisierten Land hörte früher oder später davon, im allgemeinen früher.

Und der Witz der Sache, wenn sie einen hat, ist der, daß die, die wirklich stritten, rauften, kämpften oder daran dachten, es zu tun, und sich dabei in Hörweite eines eingeschalteten Radios befanden ...

Acht Uhr dreißig setzte seinen Weg rund um die Welt fort. Meist in Sprüngen von einer vollen Stunde von Zeitzone zu Zeitzone, dies aber nicht immer; einige Zeitzonen variieren diesbezüglich um eine halbe Stunde – wie Singapore; oder dreiundfünfzig Minuten wie Kalkutta. Indessen setzte das Phänomen der Durchsage, in regelmäßigen oder unregelmäßigen Abständen, seinen Weg von Osten nach Westen fort, um überall genau um acht Uhr dreißig aufzutreten.

Delhi, Teheran, Bagdad, Moskau. Der Eiserne Vorhang war 1954 stärker und undurchdringlicher als je zuvor, man wußte also zu der Zeit nichts von der dortigen Wirkung des Radioeffekts; später erfuhr man dann, daß der Lauf der Geschehnisse dort ein ganz ähnlicher wie in Washington D. C., Berlin, Paris, London usw. war.

Washington. Der Präsident befand sich in einer Sonderkonferenz mit mehreren Kabinettsmitgliedern und den Führern der Senatsmehr- und -minderheit. Der Verteidigungsminister sagte gerade ganz ruhig: »Gentlemen, ich wiederhole, daß unsere beste, vielleicht unsere einzige Chance zu siegen darin besteht, daß wir die ersten sind. Sind wir es nicht, sind sie's. Alles deutet darauf hin. Die vertraulichen Berichte, die Ihnen vorliegen, Mr. President, sind der absolute Beweis für ihre Angriffsabsichten. Wir *müssen* . . .«

Ein leichtes Klopfen an der Tür ließ ihn mitten im Satz innehalten. »Das ist Walter«, sagte der Präsident, »wegen der Sache mit dem Rundfunk.« Und dann, lauter: »Kommen Sie herein.« Der Geheimsekretär des Präsidenten trat ein. »Alles ist bereit, Mr. President. Sie wollten es selbst hören. Die anderen Herren . . .?« Der Präsident nickte: »Wir kommen alle.« Er erhob sich, nach ihm die anderen. »Wie viele Apparate, Walter?«

»Sechs. Wir haben sie auf verschiedene Sender eingestellt; zwei in dieser Zeitzone, Washington und New

York; zwei in anderen Teilen unseres Landes, Denver und San Franzisko; und zwei ausländische Sender, Paris und Tokio.«

»Ausgezeichnet«, sagte der Präsident. »Wollen wir uns also bitte diese geheimnisvolle Radiosendung anhören, die ganz Europa und Asien in Aufregung versetzt hat?«

Der Verteidigungsminister lächelte. »Wenn Sie es wünschen. Aber ich bezweifle, daß wir irgend etwas hören werden. Die Sender von hier aus zu kontrollieren ...« Er zuckte die Achseln.

»Walter«, fragte der Präsident, »gibt es weitere Nachrichten aus Europa oder Asien?«

»Nichts Neues, Sir. Seit acht Uhr dreißig Ortszeit ist dort nichts mehr geschehen. Indessen nehmen die bestätigenden Nachrichten in bezug auf das, was sich dann ereignete, immer noch zu. Jedermann, der um acht Uhr dreißig irgendeinen Sender eingeschaltet hatte, hörte es, ob sich der Sender nun in seiner Zeitzone befand oder nicht. Ein Radioapparat in London zum Beispiel, der zufällig auf Athen in Griechenland eingestellt war, empfing die Meldung um acht Uhr dreißig Londoner, also Greenwich-Zeit. Die in Athen auf denselben Sender eingestellten Geräte hörten sie um acht Uhr dreißig Athener Ortszeit – um zwei Stunden früher.«

Der Führer der Senatsmehrheit zog die Stirn in Falten. »Das ist entschieden unmöglich. Es würde bedeuten ...«

»Genau«, sagte der Präsident trocken. »Gentlemen, wollen wir uns bitte in den Raum vertagen, in dem die Radiogeräte aufgestellt sind. Noch fünf Minuten bis acht Uhr dreißig.«

Sie gingen durch die Halle und in einen Raum, der von einem schrecklichen Getöse aus sechs Empfangsgeräten, die sechs verschiedene Programme wiedergaben, erfüllt war. Drei Minuten, zwei Minuten, eine …

Plötzlich Stille auf einen Sekundenbruchteil. Aus sechs Apparaten gleichzeitig die unpersönliche Stimme: »Und nun eine Durchsage unserer Direktion.« Die Stimme im Befehlston gab den Ein-Wort-Befehl.

Dann plärrten die sechs Radios mit ihren sechs verschiedenen Programmen wieder weiter. Niemand versuchte, in diesem Lärm zu sprechen. Man begab sich gruppenweise hintereinander in den Konferenzsaal zurück.

Der Präsident sah den Verteidigungsminister an. »Nun, Rawlins?«

Das Gesicht des Ministers war weiß wie die Wand. »Das einzige, was ich mir als Erklärung dafür zurechtlegen kann …« Er hielt inne, bis ihn der Präsident mit einem zweiten »Nun?« zum Weitersprechen ermutigte.

»Ich räume ein, es klingt unglaublich, aber – ein Raumschiff? Ein Raumschiff, das um die Welt kreist, mit der genauen Geschwindigkeit der Erdumdrehung – ein wenig mehr als tausendsechshundert Kilometer in der Stunde. Über jedem Punkt, den es passiert, das würde überall zur selben Zeit sein – blockt es für einen Augenblick alle Sender ab und blendet die eigene Durchsage ein.«

Der Senatsmehrheitsführer stieß einen Grunzlaut aus: »Warum ein Raumschiff? Es gibt Flugzeuge, die eine solche Geschwindigkeit erreichen.«

»Jemals was von Radar gehört? Mit unseren neuen Stationen entlang der Küste scheint alles, was drüberfliegt, bis zu einer Höhe von hundertfünfzig Kilometer auf dem Radarschirm auf. Und glauben Sie, daß Europa nicht auch Radar besitzt?«

»Und würden sie es uns *auch mitteilen*, wenn sie etwas feststellen?«

»England ja, auch Frankreich. Und was ist mit unseren Schiffen auf höher See, die das Ding bereits überflogen hat?«

»Aber ein *Raum*schiff!«

Der Präsident hob die Hand. »Gentlemen! Streiten wir uns nicht, bevor wir die Tatsachen haben. Berichte aus vielen Quellen kommen sogar im Augenblick herein, werden gesiebt und ausgewertet. Wir haben uns jetzt darauf mehr als fünfzehn Stunden vorbereitet – ich werde mich davon überzeugen, was wir bereits besitzen, wenn Sie mich entschuldigen.«

Er hob den Hörer des Telefons an seinem Ende des langen Konferenztisches ab, sprach kurz und horchte dann ein paar Minuten zu, bevor er ›Danke‹ sagte und den Hörer wieder auflegte.

Dann sah er die Mitte des Konferenztisches gerade hinunter, während er sprach. »Keine Radarstation hat etwas Ungewöhnliches festgestellt, nicht einmal ein schwaches oder unscharfes Bild.« Er zögerte. »Die Durchsage, Gentlemen, wurde einheitlich in allen Gebieten der östlichen Zeitzone gehört, welche Sommerzeit haben. Sie wurde einheitlich *nicht* vernommen in Gebieten, die keine Sommerzeit haben, und wo es jetzt sieben Uhr dreißig abends ist!«

»Unmöglich«, sagte der Verteidigungsminister.

Der Präsident nickte bedächtig. »Genau. Und doch führten uns gewisse Berichte von den Zeitzonengrenzen Europas zu dieser Annahme, die wir sorgfältig überprüften. Radioempfänger wurden paarweise an den Grenzen gewisser Zonen aufgestellt. So zum Beispiel an den Stadtgrenzen von Baltimore, der eine vierzig Zentimeter innerhalb, der andere vierzig Zentimeter außerhalb der Stadtgrenze. Es waren völlig gleiche Geräte, gleichermaßen auf denselben Sender eingestellt, mit derselben Kraftquelle betrieben. Ein Empfänger fing die ›Durchsage unserer Direktion‹ auf, der andere nicht. Das Experiment wird noch eine Stunde lang durchgeführt werden. Aber ich zweifle nicht daran, daß –«, er sah auf seine Armbanduhr, »in fünfundvierzig Minuten, also um acht Uhr dreißig, die Situation in den Nicht-Sommerzeit-Zonen gerade umgekehrt sein wird; die Durchsage wird von dem Empfänger außerhalb der Sommerzeit-Zonengrenze und nicht von dem gleich eingestellten innerhalb derselben empfangen werden.«

Er sah rings am Tisch von einem zum anderen, und sein Gesicht war entschlossen und blutleer. »Gentlemen, was heute abend auf der ganzen Welt geschieht, entzieht sich der Wissenschaft – unserer Wissenschaft auf jeden Fall.«

»Das *darf* doch nicht wahr sein«, sagte der Arbeitsminister. »Zum Teufel, Mr. President, da muß es doch eine Erklärung geben.«

»Weitere Experimente – viel feinere und entscheidendere – werden vorbereitet, besonders für die Nicht-Sommerzeit-Gebiete der Pazifischen Zeitzone, wo uns noch vierundzwanzig Stunden Vorbereitungszeit bleiben. Die besten Wissenschaftler von Kalifornien haben diese Aufgabe übernommen.«

Der Präsident zog ein Taschentuch heraus und wischte sich damit die Stirn ab. »Sollen wir also, Gentlemen, da wir ihre Analysen und Berichte noch nicht besitzen, uns bis morgen früh vertagen?«

Der Verteidigungsminister runzelte die Stirn. »Mr.

President, der Zweck unserer Konferenz heute abend war doch nicht, diese geheimnisvolle Durchsage zu diskutieren. Können wir nicht auf das ursprüngliche Problem zurückkommen?«

»Glauben Sie wirklich, daß irgendein wichtiger Schritt auch nur ins Auge gefaßt werden sollte, bevor wir wissen, was heute abend geschah – besser gesagt: heute abend geschieht?«

»Wenn wir den Krieg *nicht beginnen*, Mr. President, muß ich noch einmal darauf hinweisen, wer es dann *tun wird*? Und der ungeheure – praktisch entscheidende Vorteil des ersten Schrittes, der die Offensive für sich entscheidet?«

»Also dem Befehl in der Durchsage gehorchen?« grollte der Arbeitsminister.

»Warum nicht? Waren wir nicht ohnehin daran, genau das zu tun, weil wir mußten?«

»Herr Minister«, sagte der Präsident langsam, »dieser Befehl war nicht spezifisch an uns gerichtet. Diese Durchsage wurde – wird – auf der ganzen Welt gehört, in allen Sprachen. Aber selbst, wenn man sie nur hier gehört hätte und nur in unserer eigenen Sprache, so würde ich sicherlich zögern, einem Befehl zu folgen, solange ich nicht wüßte, von wem er kommt. Gentlemen, sind Sie sich voll und ganz im klaren über die Tragweite des Umstands, daß unsere besten Wissenschaftler, bis heute jedenfalls, nicht imstande waren, die Bedingungen dieser Sendung zu erstellen? Das bedeutet eines von beiden: daß, wer immer auch das Phänomen zustande brachte, im Besitz einer Wissenschaft ist, welche die unsere übertrifft – oder aber, daß dieses Phänomen übernatürlicher Herkunft ist.«

Der Handelsminister sagte leise: »Oh, mein Gott.«

Der Präsident sah ihn an. »Nur dann, wenn Ihr Gott entweder Mars oder Satan ist, Mr. Weatherby.«

Die Stunde acht Uhr dreißig abends hatte, mehrere Stunden zuvor, die internationale Datumsgrenze erreicht und überschritten. Es war noch immer irgendwo acht Uhr dreißig abends, aber nicht am 9. Juni 1954. Die geheimnisvolle Durchsage war vorüber.

Der Morgen graute in Washington. Der Präsident war noch immer dabei, in seinem Privatbüro einen nach dem anderen die lange Reihe von Experten zu befragen, die für diesen Zweck nach Washington berufen und mit schnellen Flugzeugen dorthin gebracht worden waren.

Sein Gesicht war vor Müdigkeit eingefallen, seine Stimme ein bißchen heiser. »Mr. Adams«, sagte er eben zu einem Besucher, »Sie sind, wie man mir sagt, der Spitzenfachmann auf dem Gebiet der Elektronik – besonders, was ihre Anwendung im Radiowesen betrifft – in unserem Lande. Können Sie mir irgendeine vorstellbare physikalische Erklärung der von X angewandten Methode geben?«

»X?«

»Ich hätte erklären sollen; wir verwenden nunmehr diese Bezeichnung zur Erleichterung, um den – hm – Urheber der Durchsage, sei er Einzahl oder Mehrzahl, menschlich, außerirdisch oder übernatürlich – teuflisch oder göttlich, zu benennen.«

»Ich verstehe, Mr. President, es könnte nicht mit *unserem* wissenschaftlichen Wissen getan worden sein. Das ist alles, was *ich* dazu sagen kann.«

»Und Ihre Schlußfolgerung?«

»Ich habe keine.«

»Dann sagen Sie mir Ihre *Vermutung*.«

Der Besucher zögerte. »Meine Vermutung, Mr. President, ungeheuerlich, wie sie scheint, ist die, daß irgendwo auf der Erde eine Verschwörung von Wissenschaftlern existiert, von denen wir nichts wissen, die geheim gearbeitet und die Elektronik einen Schritt – oder mehrere Schritte – über das hinaus vorgetrieben haben, was allgemein bekannt ist.«

»Und ihre Absicht?«

»Ich würde sagen, wieder vermuten: sie beabsichtigen, die Welt in einen Krieg zu stürzen, um die Macht übernehmen und sie regieren zu können. Zweifellos hätten sie andere – und tödlichere – Erfindungen für späteren Gebrauch, nachdem uns ein Krieg geschwächt hätte.«

»Dann glauben Sie also nicht, daß ein Krieg anzuraten sei?«

»Um Gottes willen, nein, Mr. President!«

»Mr. Everett«, sagte der Präsident, »Ihre Annahme einer wissenschaftlichen Verschwörung entspricht der eines Kollegen von Ihnen, die ich gerade vor ein paar Minuten gehört habe. Bis auf eins: er glaubt, daß ihr Ziel böse ist – Krieg auslösen, damit sie die Macht übernehmen können. Sie glauben, wenn ich Sie richtig verstehe, daß sie einen guten Zweck verfolgen.«

»Genau, Sir. Denn da ist eines: wenn sie in der Elektronik so weit sind, dann sind sie wahrscheinlich auf anderen Gebieten genauso gut. Dann hätten sie es nicht *nötig*, einen Krieg auszulösen, um die Macht zu übernehmen. Ich glaube, sie arbeiten heimlich an der Verhinderung des Krieges, um der Menschheit eine Chance zum Fortschritt zu geben. Aber sie kennen die menschliche Natur zur Genüge, um zu wissen, daß Menschen mit einer großen Vorliebe zu einer Sache das Gegenteil von dem tun, was man ihnen sagt. Das ist aber Psychologie, nicht mein Gebiet. Sie befragen ja auch einige Psychologen, glaube ich?«

»Ja«, antwortete der Präsident müde.

»Wenn ich Sie also richtig verstehe, Mr. Corby«, sagte der Präsident, »so glauben Sie, daß der Kampfbefehl zu dem Zweck geplant wurde, um den gegenteiligen Effekt hervorzurufen, wer immer ihn auch erteilt haben mag?«

»Gewiß, Sir. Aber ich muß zugeben, daß keiner meiner Kollegen mit mir darin einer Meinung ist. Sie machen Ausnahmen geltend.«

»Wollen Sie mir die bitte darlegen.«

»Die größere ist die Möglichkeit, daß die Radiodurchsage außerirdischer Herkunft ist. Ein Außerirdischer könnte genug oder auch wieder nicht genug von menschlicher Psychologie verstehen, um sich darüber im klaren zu sein, daß der fragliche Befehl wahrscheinlich – wenn nicht sicher – die gegenteilige Wirkung haben wird. Eine geringere Möglichkeit ist die, daß – wenn eine Gruppe von Wissenschaftlern der Erde, die geheim operiert, die Durchsagen produziert hat, sie sich auf die Naturwissenschaften konzentriert haben und in einem Ausmaß nichts von Psychologie verstehen, daß sie eben gerade das Gegenteil erreichen.«

»Mit ihrer Absicht, einen Krieg auszulösen?«

»Das ist nicht meine Meinung, Mr. President. Nur eine Überlegung. Ich glaube, sie versuchen den Krieg *zu verhindern.*«

»In welchem Falle der Befehl psychologisch angebracht wäre.«

»Ja. Und das ist nicht nur Meinung, Mr. President.

Menschen haben die Nacht hindurch nicht nur hier, sondern auf der ganzen Welt Friedensgesellschaften gegründet.«

»Auf der *ganzen Welt*?«

»Well – wir wissen natürlich nicht, was hinter dem Eisernen Vorhang vorgeht. Und die Verhältnisse sind dort anders. Meiner Meinung nach wird aber auch dort eine Friedensbewegung entstanden sein, wenn auch vielleicht keine organisierte wie anderswo.«

»Nehmen Sie an, Mr. Corby, Ihre Idee von einer Gruppe wohlwollender Wissenschaftler – oder von solchen, die sich für wohlwollend halten – steckt tatsächlich dahinter. Was dann?«

»*Was dann*? Dann sollten wir *lieber keinen* Krieg beginnen – noch irgend jemand anders. Wenn sie schon jetzt so gut in der Elektronik sind, dann haben sie noch anderes Zeug auf Lager. Welches Land dann zuerst einen aggressiven Zug macht – nun, das werden sie eben – eher denn nicht – von Grund auf zerstören.«

»Und wenn ihre Absicht bösartig ist?«

»Scherzen Sie, Mr. President? Dann würden wir ihnen schlechtweg in die Hände spielen, wenn wir einen Kampf begännen. Wir würden ihn nicht zehn Tage durchhalten!«

»Mr. Lykow, Sie sind mir als Spitzenfachmann für Psychologie des russischen Volkes unter dem Kommunismus empfohlen. Wie wird es Ihrer Meinung nach auf die Geschehnisse der vergangenen Nacht reagieren?«

»Sie werden's für eine kapitalistische Verschwörung halten. Sie werden glauben, daß wir's gewesen sind.«

»Welche Absicht könnten sie uns dabei denkbarerweise unterstellen?«

»Daß wir sie damit in eine Kriegsfalle locken wollen. Natürlich hatten sie ohnehin die Absicht, einen Krieg zu beginnen – es war nur eine Frage, wer von uns beiden ihn zuerst vom Zaun bricht, nun, da sie Atomwaffen entwickeln und seither die Zeit hatten, ein A-Bomben-Lager aufzubauen – aber sie denken jetzt aus irgendeinem Grund, wir *wollten* sie dazu bringen, den ersten Zug zu machen. Sie werden ihn also nicht machen; oder zumindest erst nach einigem Zuwarten.«

»General Wilkinson«, sagte der Präsident. »Ich weiß, daß Sie noch nicht viele Berichte von unseren Spionage-Agenten in Europa und Asien erhalten haben können, die wenigen aber, die Sie bekamen – was geht daraus hervor?«

»Daß sie genau das tun, Sir, was *wir* tun. Nämlich abwarten und sich den Kopf zerbrechen. Es hat keine Truppenbewegungen gegeben, weder nach den Grenzen noch ins Landesinnere.«

»Ich danke Ihnen, General.«

»Dr. Burke«, sagte der Präsident, »man hat mir mitgeteilt, daß der Rat der Vereinigten Kirchen die ganze Nacht getagt hat. Aus der Tatsache, daß Sie so müde aussehen wie ich bin, schließe ich, daß das stimmt.«

Der berühmteste Seelsorger der Vereinigten Staaten nickte.

»Und sind Sie der Ansicht – ich meine, ist Ihr Rat der Ansicht, daß das Geschehen der heutigen Nacht übernatürlichen Ursprungs war?«

»Nahezu einstimmig, Mr. President.«

»Dann lassen wir die Minderheitsmeinung Ihrer Gruppe

außer acht und konzentrieren uns auf das, woran Sie fast einstimmig glauben. Ist das – wir können es ebensogut *Wunder* nennen, da wir es ja unter der Voraussetzung diskutieren, daß es übernatürlicher Herkunft war – göttlichen oder teuflischen Ursprungs? Einfacher: war es Gott oder der Teufel?«

»Was das betrifft, Mr. President, so haben wir zwei fast gleich große Meinungsgruppen. Annähernd die Hälfte von uns glaubt, daß es Satan irgendwie vollbrachte, die andere Hälfte hält es für ein Werk Gottes. Soll ich die Argumente jeder Gruppe kurz umreißen?«

»Bitte.«

»Einmal die Satan-Gruppe. Sie behauptet, daß der Befehl böse war. Der Meinung, daß Gott ausreichend mehr Macht besitze als der Satan, um die Manifestation verhindert zu haben, hält die Satan-Gruppe ganz zulässig entgegen, Gott – in Seiner unendlichen Weisheit – könne es zugelassen haben, weil Er weiß, daß die Wirkung wahrscheinlich das Gegenteil von dem sein wird, was Satan beabsichtigte.«

»Ich verstehe, Dr. Burke.«

»Und die andere Gruppe argumentiert: durch die Verkehrtheit der menschlichen Natur wird der Endeffekt des Befehls eher gut denn stupide sein. Gegen die Meinung der Satan-Gruppe, daß Gott keinen bösen Befehl geben kann, nicht einmal für ein lobenswertes Ziel, lautet das Gegenargument, daß der Mensch Gott nicht genügend verstehen kann, um irgendeine Begrenzung aufzustellen – dessen, was Er tun kann oder nicht tun kann, was Er tun würde oder nicht tun würde.«

Der Präsident nickte. »Und empfiehlt eine der beiden Gruppen, daß man den Befehl befolgt?«

»Entschieden nicht. Für jene, die glauben, daß der Befehl vom Satan stammt, ergibt sich die Nichtbefolgung von selbst. Diejenigen aber, die glauben, daß der Befehl von Gott kommt, behaupten, daß jene, die an ihn glauben, genügend intelligent und gut sind, um das Gebot als königliche Ironie zu erkennen.«

»Und die Satan-Gruppe, Doktor – glauben die, daß der Teufel nicht schlau genug ist, um zu wissen, daß sein Befehl ein Bumerang sein kann?«

»Das Böse ist immer dumm, Mr. President.«

»Und Ihre persönliche Ansicht, Mr. Burke? Sie haben mir nicht gesagt, zu welcher Fraktion Sie gehören.«

Der Geistliche lächelte. »Ich bin einer von der sehr kleinen Gruppe, die überhaupt nicht an eine übernatürliche Herkunft des Phänomens glaubt, weder von Gott *noch* vom Teufel.«

»Was glauben Sie aber dann, wer X ist, Doktor?«

»Meine persönliche Vermutung geht dahin, daß X außerirdisch ist. Vielleicht so nahe wie Mars, vielleicht so weit von uns entfernt wie ein anderes Milchstraßensystem.«

Der Präsident seufzte und sagte: »Nein, Walter, ich kann einfach keine Zeit fürs Mittagessen erübrigen. Wenn du mir ein Sandwich herüberbringst, muß ich mich bei meinem nächsten oder bei meinen nächsten beiden Besuchen entschuldigen, daß ich beim Reden esse. Und Kaffee, literweise Kaffee.«

»Gewiß, Sir.«

»Noch einen Augenblick, Walter. Die Telegramme, die seit gestern abend, acht Uhr dreißig, eingelangt sind – wie viele sind es denn jetzt schon?«

»Weit über vierzigtausend, Sir. Wir haben daran gearbeitet, sie zu ordnen, sind aber mit mehreren tausend im Rückstand.«

»Und?«

Der Sekretär des Präsidenten sagte: »Sie stammen aus jeder Bevölkerungsschicht – Geistliche, Lastwagenfahrer, Narren, Wirtschaftsführer, alle Welt. Jede mögliche Theorie wird darin angeboten – aber so ziemlich nur eine Schlußfolgerung. Gleichgültig, wer nach ihrer Meinung diese Radiodurchsage veranlaßt hat oder warum, sie wollen der Aufforderung darin nicht nachkommen. Gestern, würde ich sagen, hatten sich neun Zehntel unserer Bevölkerung mit dem Krieg abgefunden; weit über die Hälfte meinten, wir sollten zuerst losschlagen. Heute – well, es gibt immer eine irrsinnige Randschicht; ungefähr eins von vierhundert Telegrammen enthält die Aufforderung zum Krieg. Die anderen – well, ich glaube, daß heute eine Kriegserklärung eine Revolution verursachen würde, Mr. President.«

»Danke, Walter.«

Der Sekretär wandte sich bei der Tür noch einmal um.

»Ein Bericht vom Armee-Rekrutierungs-Korps – fünfzehn Freiwillige ließen sich heute anwerben – im ganzen Land. Vorigen Monat hatten wir im Durchschnitt täglich bis Mittag ungefähr achttausend. Ich werde Ihr Sandwich heraufschicken, Sir.«

»Professor Winslow, ich hoffe, Sie werden mir vergeben, daß ich dieses Sandwich esse, während wir miteinander reden. Sie sind, wie man mir sagt, Professor für Semantik an der Universität New York und die größte Kapazität auf Ihrem Gebiet?«

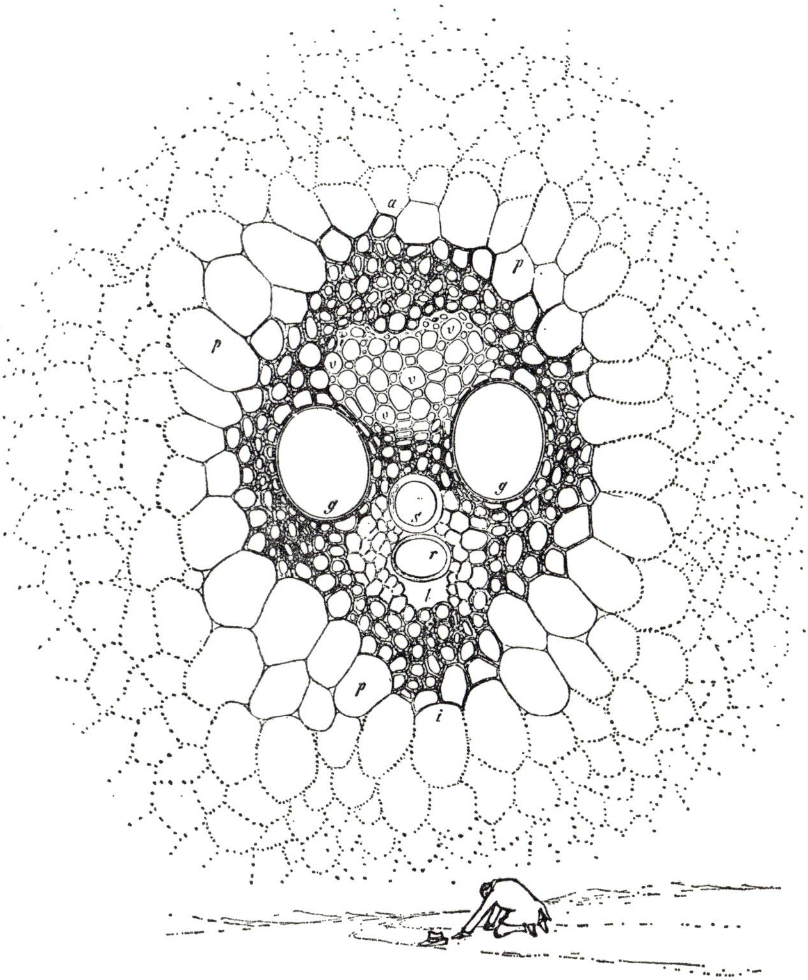
a
p
p
v
v
v
v
v
g
g
s
r
l
p
i

Professor Winslow lächelte abwehrend. »Sie werden doch kaum erwarten, daß ich dazu ›ja‹ sage, Mr. President. Ich nehme an, Sie wollen ein paar Fragen über die – äh – Radiodurchsage von gestern abend an mich richten?«

»Genau. Welches sind Ihre Schlüsse?«

»Das Wort ›Kämpft‹ ist kaum analysierbar. Ob es wirklich gemeint war – oder gerade umgekehrt, ist eine Sache für die Psychologen – und sogar sie haben eben große Schwierigkeiten damit, solange und wenn sie nicht erfahren, wer denn diesen Befehl erteilte.«

Der Präsident nickte.

»Aber, Mr. President, der Rest der Durchsage, der Satz, den die andere Stimme sprach, der dem Befehl voranging: ›Und nun eine Durchsage unserer Direktion‹ – das ist etwas, was uns einem Anhaltspunkt geben sollte, um so mehr, als wir es in vielen Sprachen mit Sorgfalt untersucht und die Nebenbedeutungen jedes Wortes voll herausgearbeitet haben.«

»Ihre Schlußfolgerung?«

»Nur dies: daß es sorgfältig abgefaßt wurde, in der Absicht, die Identität des oder der Verbreiter zu verschleiern. Ziemlich erfolgreich. Wir können keine nennenswerten Schlüsse ziehen.«

»Dr. Abrams, ist irgendein damit verbundenes Phänomen an Ihrem oder an irgendeinem anderen Observatorium festgestellt worden?«

»Keines, Mr. President.« Der kleine Mann mit dem grauen Ziegenbart lächelte in sich hinein. »Die Sterne folgen alle ihren Bahnen, und mit dem Universum ist auch alles in Ordnung, soweit wir es beobachten können. Ich fürchte, ich kann Ihnen nicht dienen – außer mit meiner persönlichen Meinung.«

»Und die wäre?«

»Daß – ungeachtet der Bedeutung, pro oder contra, des Befehls, zu kämpfen – der einleitende Satz wörtliche Bedeutung hatte. Daß wir einen Direktor haben, einen Leiter oder Chef – jemanden, der die Verantwortung für uns trägt.«

»Wen? Gott?«

»Ich bin ein Agnostiker, Mr. President. Aber ich schließe die Möglichkeit nicht aus, daß der Mensch nicht das höchste Wesen im Weltall ist. Das ist nämlich sehr groß, wissen Sie. Vielleicht sind wir ein Experiment, das jemand durchführt – in einer anderen Dimension, irgendwo. Vielleicht läßt man uns, allgemein gesprochen, im Interesse des Experimentes unseren Weg gehen, aber wir gingen diesmal zu weit in Richtung Selbstzerstörung und damit Beendigung des Versuchs. Und er wollte nicht, daß es zu Ende ging. So erhielten wir ...«, er lächelte freundlich, »... eine Durchsage unserer Direktion.«

Der Präsident beugte sich über die Schreibtischplatte vor und verschüttete dabei fast seinen Kaffee. »Wenn das aber nun stimmt, war dann die Durchsage *wirklich so gemeint*?«

»Ich glaube, daß das – in dem Sinne, in dem Sie *›wirklich so gemeint‹* auffassen – irrelevant ist. Wenn wir einen ›Direktor‹ haben, so muß er die Wirkung kennen, und diese Wirkung – sei es Krieg oder Frieden –, die wollte er eben erzielen.«

Der Präsident wischte sich die Stirne mit dem Taschentuch.

»Wie unterscheiden Sie diesen – Direktor – von dem Wesen, welches die meisten Menschen Gott nennen?«

Der kleine Mann zögerte. »Ich bin nicht sicher, ob ich eine solche Unterscheidung treffe. Ich habe Ihnen gesagt, daß ich ein Agnostiker bin, nicht ein Atheist. Ich glaube indessen nicht, daß er in einer Wolke thront und einen langen weißen Bart hat.«

»Mr. Baylor, ich möchte Ihnen besonders danken, daß Sie gekommen sind. Ich bin mir vollkommen darüber im klaren, daß Sie als Haupt der Kommunistischen Partei in den Vereinigten Staaten gegen alles sind, wofür ich stehe. Dennoch möchte ich Sie fragen, was unsere Kommunisten von der Radiodurchsage von gestern abend halten.«

»Das ist keine Sache des Dafürhaltens. Wir wissen, worum es sich handelt.«

»Aus Ihrem eigenen Wissen, Mr. Baylor, oder weil Moskau gesprochen hat?«

»Das ist belanglos. Wir sind uns vollkommen darüber im klaren, daß die kapitalistischen Länder hinter dieser Radiodurchsage stecken. Und zwar einzig und allein zu dem Zweck, *uns* in einen Krieg hineinzulocken.«

»Und aus welchem Grund sollten wir das tun?«

»Weil ihr etwas Neues habt. Etwas auf dem Gebiete der Elektronik, womit ihr zu tun imstande seid, was ihr heute nacht getan habt, und das ist zweifellos eine Waffe von entscheidender Bedeutung. Mit Rücksicht auf die Meinung der übrigen Welt wagt ihr sie jedoch nicht selbst anzuwenden, wenn ihr – wie es eure Kriegshetzer verlangen und wie ihr es auch zu tun vorhattet – den Krieg beginnt. Ihr wollt, daß wir ihn anfangen, und dann, mit der Weltmeinung auf eurer Seite, würdet ihr imstande sein, eure neue Waffe einzusetzen. Wir lassen uns jedoch nicht in einen Krieg hineinhetzen.«

»Ich danke Ihnen, Mr. Baylor. Darf ich aber noch eine private Frage an Sie richten? Wollen Sie sie bitte in der ersten Person Einzahl beantworten, nicht in der Mehrzahl, also Ihre eigene, persönliche, private Meinung?«

»Bitte.«

»Glauben Sie persönlich *wirklich*, daß wir hinter dieser Radiodurchsage stecken?«

»Ich – ich weiß es nicht.«

»Die Nachmittagspost, Walter?«

»Weit über hunderttausend Briefe, Mr. President. Wir haben nur da oder dort ein paar Stichproben machen können. Scheint dasselbe zu sein wie die Telegramme. General Wickersham möchte Sie dringend sprechen, Sir. Er glaubt, Sie sollten eine Proklamation an die Armee erlassen. Die Armeemoral befinde sich in einem schrecklichen Zustand, behauptet er, und er meint, ein Wort von Ihnen . . .«

Der Präsident lächelte grimmig. »*Was für ein* Wort, Walter? Das einzige einzelne Wort von Bedeutung, das mir einfällt, ist bereits gesagt worden – und hat der Armeemoral ganz und gar nicht gutgetan. Sage General Wickersham, er möge warten; vielleicht wird es mir möglich sein, innerhalb von ein paar Tagen mit ihm zu sprechen. Wer ist der nächste auf der Liste?«

»Professor Gresham von Harvard.«

»Sein Fachgebiet?«

»Philosophie und Metaphysik.«

Der Präsident seufzte. »Schick ihn herein.«

»Sie meinen also tatsächlich, Professor, daß Sie überhaupt keine Ansicht darüber haben? Sie wollen nicht einmal Spekulationen darüber anstellen, ob X Gott, der Teufel, ein außerhalb der Milchstraße befindlicher Übermensch, ein irdischer Wissenschaftler, Marsmensch ...?«

»Was würde das nützen, Mr. President? Ich bin mir nur einer Sache sicher – und das ist, daß *wir niemals wissen werden, wer oder was X ist.* Sterblich oder unsterblich, irdisch oder außerhalb der Milchstraße, mikro- oder makrokosmisch, vier- oder zwölfdimensional, er ist hinreichend klüger als wir, um uns daran zu hindern, seine Identität aufzudecken. Offensichtlich ist es auch für seinen Plan erforderlich, daß wir das nicht wissen.«

»Weshalb?«

»Es ist klar, daß er von uns will, daß wir seinen Befehl nicht befolgen, nicht wahr? Wer hat auch jemals davon gehört, daß Menschen einem Befehl Folge leisten, wenn sie nicht wissen – oder glauben, sie wüßten –, von *wem* er stammt? Wenn irgend jemand jemals erfährt, von wem dieser Befehl stammt, dann kann er sich entscheiden, ob er ihn befolgen will oder nicht. *Solange er es nicht weiß, ist es ihm psychologisch fast unmöglich, ihm zu gehorchen.*«

Der Präsident nickte bedächtig. »Ich verstehe, was Sie meinen. Männer befolgen Gebote oder nicht – selbst solche, von denen sie glauben, daß sie von Gott stammen – im Einklang mit ihrem eigenen Willen. Wie aber *können* sie einem Gebot folgen und Männer bleiben, wenn sie nicht sicher wissen, woher das Gebot kam?«

Er lachte. »Und nicht einmal die Kommies wissen genau, ob wir Kapitalisten es gewesen sind oder nicht. Und solange sie das nicht genau wissen ...«

»Sind wir's gewesen?«

Der Präsident sagte: »Ich fange an, mir den Kopf darüber zu zerbrechen. Und selbst obwohl ich weiß, daß wir's nicht waren, scheint es nicht unwahrscheinlicher als irgend etwas anderes.« Er lehnte sich in seinem Stuhl zurück und starrte auf die Decke. Nach einer Weile sagte er sanft: »Jedenfalls glaube ich nicht, daß es einen Krieg geben wird. Jede Seite wäre verrückt, würde sie ihn beginnen.«

Es gab keinen Krieg.

Fisch-Story

Robert Palmer lernte seine Meerjungfrau eines Nachts um Mitternacht an der Ozeanküste kennen, irgendwo zwischen Cape Cod und Miami. Er wohnte bei Freunden, aber er war noch nicht schläfrig gewesen, als sie sich zurückzogen, und hatte sich auf einen Spaziergang begeben, den hell vom Mond erleuchteten Strand entlang. Er kam eben um eine Biegung der Küste: da war sie, saß auf einem in den Sand eingebetteten Baumstamm und kämmte sich ihr schönes, langes schwarzes Haar.

Robert wußte natürlich, daß es Meerjungfrauen in Wirklichkeit gar nicht gibt – aber, existent oder nicht, sie war eben da. Er ging näher an sie heran, und als er nur mehr ein paar Schritte von ihr entfernt war, räusperte er sich.

Mit einer erschrockenen Bewegung warf sie ihr Haar zurück, das ihr Gesicht und ihre Brüste verborgen hatte, und er sah, daß sie schöner war, als er das je in bezug auf irgendein Wesen für denkbar gehalten hätte.

Sie starrte ihn an, und ihre tiefblauen Augen waren zuerst ganz groß vor Angst. Dann fragte sie ihn: »Bist du ein Mann?«

Robert hegte in diesem Punkt keine Zweifel; er versicherte ihr, er wäre einer. Die Furcht verschwand aus ihren Augen, und sie lächelte: »Ich habe zwar schon von Männern gehört, bin aber niemals einem begegnet.« Sie bedeutete ihm, sich neben sie auf den Baumstamm im Sand zu setzen. Robert zögerte nicht. Er setzte sich, und sie redeten und redeten, und nach einer Weile stahl sich sein Arm um sie. Als sie schließlich erklärte, sie müsse jetzt ins Meer zurück, gab er ihr einen Gutenachtkuß, und sie versprach ihm, sich zur kommenden Mitternacht wieder mit ihm zu treffen. Er ging in einer Wolke von Glück zum Hause seiner Freunde zurück. Er war verliebt.

Sie kamen drei Nächte hintereinander zusammen, und in der dritten Nacht sagte er ihr, daß er sie liebte, daß er sie gerne heiraten würde – aber daß es da eine Schwierigkeit gab.

»Ich liebe dich auch, Robert. Und die Schwierigkeit, an die du denkst, ist zu lösen. Ich werde einen Triton kommen lassen.«

»Triton? Mir kommt vor, ich kenne das Wort, indessen –«

»Einen Meeresgeist. Er besitzt magische Kräfte und kann uns alles so verwandeln, daß wir heiraten können. Dann wird er uns trauen. Kannst du gut schwimmen? Wir müssen nämlich zu ihm hinausschwimmen. Tritonen kommen niemals ganz an die Küste.«

Er versicherte ihr, daß er ein ausgezeichneter Schwimmer war, und sie versprach ihm, daß der Triton in der kommenden Nacht da sein werde.

Auf dem Rückweg zum Haus seiner Freunde befand er sich in einem Zustand der Ekstase. Er wußte nun zwar nicht, ob der Triton seine Angebetete in ein menschliches Wesen verwandeln würde oder aber ihn selbst in einen Meermann, aber es war ihm einerlei. Er war so verrückt nach ihr, daß er – solange sie nur dasselbe wurden und heiraten konnten – nicht danach fragte, in welcher Form das geschah.

Sie erwartete ihn in der nächsten – ihrer Hochzeitsnacht. »Setz dich«, sagte sie zu ihm. »Der Triton wird in sein Muschelhorn blasen, wenn er da ist.«

Sie saßen eng umschlungen, bis sie den Ton eines Muschelhorns vernahmen, das weit draußen auf dem Wasser geblasen wurde. Robert legte rasch seine Kleider ab und trug die Meerjungfrau ins Wasser; sie schwammen hinaus, bis sie beim Triton anlangten. Robert trat Wasser, während der Triton sie fragte: »Ist es euer Wunsch, ehelich vereint zu werden?«

Sie hauchten beide ein glühendes ›Ja‹.

»Dann«, sagte der Triton, »erkläre ich euch Meermann und Meerfrau.« Und Robert entdeckte plötzlich, daß er nicht länger Wasser trat; ein paar Bewegungen eines starken, muskulösen Fischschwanzes hielten ihn mit Leichtigkeit an der Oberfläche. Der Triton blies, ohrenbetäubend auf diese kurze Distanz, auf seinem Muschelhorn einen Ton und schwamm davon.

Robert schwamm an die Seite seiner Frau und umarmte und küßte sie. Aber irgend etwas stimmte nicht; der Kuß war zwar angenehm, aber nicht wirklich erregend. Er verursachte ihm nicht jenen Aufruhr in den Lenden, den er verspürt hatte, als er sie am Strand küßte. Tatsächlich *hatte* er ja, wurde ihm plötzlich bewußt, keine feststellbaren Lenden mehr. Aber wie –?

»Aber wie –?« fragte er sie. »Ich meine, Darling, wie werden wir –?«

»Uns fortpflanzen? Das ist einfach, Liebling, und nicht so unsauber, wie es die Landgeschöpfe machen. Siehst du, Meerjungfrauen sind zwar Säuger, aber eierlegende. Ich lege ein Ei, wenn die Zeit kommt, und wenn unser Meerkind schlüpft, stille ich es und zieh es auf. Deine Rolle –«

»Ja?« fragte Robert ängstlich.

»Wie die anderen Fische, mein Teurer. Du schwimmst

einfach über das Ei und befruchtest es. Da ist nichts dabei.«

Robert stöhnte auf, ließ, im plötzlichen Entschluß, sich zu ersäufen, seine Braut los und strebte dem Meeresgrund zu.

Aber natürlich hatte er Kiemen und ertrank keineswegs.

Die Giesenstecks

Eine der Merkwürdigkeiten an dem Ganzen war der Umstand, daß Aubrey Walters ganz und gar kein sonderbares kleines Mädchen war. Sie war genausowenig ungewöhnlich wie ihr Vater und ihre Mutter, die in einer Wohnung in der Otis Street wohnten, einen Abend in der Woche Bridge spielten und an einem zweiten irgendwohin ausgingen, während sie die anderen Abende in Ruhe zu Hause verbrachten.

Aubrey war neun Jahre alt, sie hatte eher straffes Haar und Sommersprossen, aber mit neun Jahren macht man sich ja darüber noch keine Gedanken. In der nicht zu teuren Privatschule, in die sie ihre Eltern schickten, kam sie mit allen ziemlich gut aus, sie freundete sich rasch und bereitwillig mit anderen Kindern an. Und sie lernte auf einer Dreiviertelgeige abscheulich Violine spielen.

Ihr größter Fehler, möglicherweise, war ihre Neigung, abends lange aufzubleiben; was aber in Wirklichkeit die Schuld ihrer Eltern war, die sie auf und angezogen ließen, bis sie schläfrig war und selbst ins Bett wollte. Bereits mit fünf oder sechs Jahren ging sie selten vor zehn Uhr abends zu Bett. Wurde sie jedoch, in einer Periode mütterlicher Besorgtheit, früher niedergelegt, so schlief sie ohnehin nicht ein. Weshalb sollte man sie also nicht aufbleiben lassen?

Nun, mit neun Jahren blieb sie genauso lange auf wie ihre Eltern, also bis elf Uhr normalerweise und noch später, wenn Gesellschaft zum Bridge da war und wenn sie abends ausgingen. Dann wurde es ganz spät, denn meistens nahmen sie sie mit. Aubrey war glücklich darüber, was immer auf dem Programm stand. Sie saß so still wie ein Mäuslein auf ihrem Sitz im Theater oder sie sah sie mit der Neugierde eines kleinen Mädchens über den Rand ihres Glases Himbeersaft an, während sie in einem Nachtlokal ein oder zwei Cocktails tranken. Den Trubel, die Musik und das Tanzen, das alles nahm sie mit großen Augen wie ein Wunder in sich auf, und es gefiel ihr in jedem Augenblick.

Manchmal kam Onkel Richard, der Bruder ihrer Mutter, mit. Sie und Onkel Richard waren große Freunde. Onkel Richard war es, der ihr die Puppen schenkte.

»Was Lustiges passierte heute«, hatte er gesagt. »Ich gehe über den Rodgers-Platz, am Marinegebäude vorbei – du weißt, Edith, Doktor Howard hatte dort sein Büro –, da fällt plötzlich hinter mir etwas auf den Gehsteig. Ich drehe mich um, und da liegt dieses Paket.«

›Dieses Paket‹ war eine weiße Schachtel, ein bißchen größer als ein Schuhkarton, und sonderbarerweise mit einem grauen Band zugebunden. Sam Walters, Aubreys Vater, betrachtete es neugierig.

»Sieht gar nicht beschädigt aus«, sagte er. »Das kann nicht aus einem sehr hohen Fenster heruntergefallen sein. Und es war so zugebunden?«

»Genauso. Ich habe das Band wieder draufgegeben, nachdem ich die Schachtel geöffnet und hineingesehen hatte. Das heißt natürlich nicht, daß ich es gleich dort aufgemacht hätte. Ich blieb nur stehen, um zu schauen, wem es hinuntergefallen sein mochte – ich dachte, es würde jemand aus einem Fenster herausschauen. Aber das war nicht der Fall, und so hob ich die Schachtel auf. Es war etwas drinnen, nicht sehr schwer, und die Schachtel mit dem Band herum sah nicht so aus – nun ja, eben nicht so, als ob sie jemand absichtlich fortgeworfen hätte. Ich schüttelte die Schachtel ein wenig und –«

»Gut, gut«, sagte Sam Walters. »Erspare uns die Einzelheiten. Du bist also nicht draufgekommen, wer sie hinunterwarf?«

»Richtig. Und ich bin bis in den dritten Stock hinaufgestiegen und habe die Leute gefragt, die über der Stelle wohnten, wo ich die Schachtel fand, und deren Fenster offen waren. Sie waren durch Zufall alle zu Hause, und keiner von ihnen hatte die Schachtel jemals gesehen. Ich dachte, sie wäre von einem Sims heruntergefallen. Indessen –«

»Was ist denn drinnen, Dick?« fragte Edith.

»Puppen. Vier Stück. Ich habe sie für Aubrey mitgebracht. Wenn sie sie will.«

Er knüpfte das Band um die Schachtel auf, und Aubrey sagte:

»Ohhhhh, Onkel Richard. Die – die sind *entzückend.*«

Sam sagte: »Hm. Sie schauen fast mehr wie Kostümpuppen aus, wie Mannequins. Die Art, wie sie angezogen sind, meine ich. Da muß jede mehrere Dollars gekostet haben. Bist du sicher, daß sich der Eigentümer nicht meldet?«

Richard zuckte die Achseln. »Könnte mir nicht denken, wie. Wie ich dir gesagt habe, bin ich in den dritten Stock hinaufgestiegen und habe alle gefragt, obwohl ich mir nach dem Aussehen der Schachtel und nach der geringen Wucht, mit der sie auffiel, sagte, daß sie gar nicht von so hoch oben gekommen sein konnte. Und als ich sie aufgemacht hatte, na ja – sieh selbst –« Er nahm eine der Puppen und hielt sie Walters hin.

»Wachs. Die Köpfe und Hände, nicht wahr. Und nicht

eine von ihnen zerbrochen. Sie können nicht höher als vom zweiten Stock heruntergefallen sein. Aber selbst dann kann ich mir nicht vorstellen, wie –« Er zuckte wiederum die Achseln.

»Das sind die Giesenstecks«, sagte Aubrey.

»Die was?« fragte Sam.

»Ich werde sie Giesenstecks nennen«, sagte Aubrey. »Schau, das hier ist Papa Giesensteck, das ist Mama Giesensteck, das kleine Mädchen da – das – das ist Aubrey Giesensteck. Und den zweiten Herrn, den nennen wir Onkel Giesensteck. Der Onkel von dem kleinen Mädchen.«

Sam kicherte. »Wie wir, was? Wenn aber Onkel – äh – Giesensteck der Bruder von Mama Giesensteck ist, so wie Onkel Richard Mamas Bruder ist, dann würde er ja nicht Giesensteck heißen.«

»Das ist ganz gleich«, sagte Aubrey. »Sie heißen alle Giesensteck. Papa, kaufst du mir ein Haus für sie?«

»Ein Puppenhaus? Na ja –« Er hatte schon sagen wollen: »Na ja freilich«, da traf ihn ein Blick seiner Frau, und er besann sich. Es war nur mehr eine Woche bis zu Aubreys Geburtstag, und sie hatten sich bereits den Kopf darüber zerbrochen, was sie ihr kaufen sollten. So sagte er also rasch: »Na ja, ich weiß jetzt nicht. Ich werde es mir durch den Kopf gehen lassen.«

Es war ein schönes Puppenhaus. Es war ebenerdig, aber ziemlich ausgearbeitet. Es hatte ein Dach, das sich abheben ließ, so daß man die Möbel umstellen und die Puppen aus einem Raum in den anderen geben konnte. Es paßte sehr gut zu den Mannequins, die Onkel Richard gebracht hatte.

Aubrey war hingerissen. Alle ihre anderen Spielsachen

waren vergessen, und das Leben und Treiben der Giesenstecks füllte ihr ganzes kleines Leben aus.

Es dauerte eine ganze Weile, bis Sam Walters auffiel und er darüber nachzudenken anfing, welch sonderbaren Aspekt doch das Treiben der Giesenstecks eigentlich hatte. Zunächst mit einem stillen Lächeln über die Vorfälle, die einander ablösten.

Und dann mit einer gewissen Verwirrung.

Es dauerte dann noch eine ganze Zeitlang, bis er Richard einmal auf die Seite nahm. Sie waren alle vier gerade von einem Theaterstück nach Hause gekommen. »Äh – Dick.«

»Ja, Sam?«

»Diese Puppen, Dick. Wo hast du die wirklich her?«

Richard starrte ihn verständnislos an. »Was soll das heißen, Sam? Ich habe dir doch gesagt, wo ich sie herhabe.«

»Schön. Aber – du hast dir nicht vielleicht einen Scherz erlaubt oder so etwas? Ich meine, vielleicht hast du sie für Aubrey gekauft und dir gedacht, wir würden nicht einverstanden sein, wenn du ihr so ein teures Geschenk machst. So hast du – ähem –«

»Nein, auf Ehre. Wirklich nicht.«

»Aber, zum Teufel, Dick, die können doch nicht heruntergefallen oder heruntergeworfen worden und nicht zerbrochen sein. Sie sind doch aus Wachs. Könnte nicht jemand, der hinter dir ging – oder in einem Auto vorüberfuhr oder so etwas –?«

»Es war niemand da, Sam. Kein Mensch. Ich habe mich das selbst schon gefragt. Wenn ich aber gelogen hätte, dann würde ich doch nicht eine so verrückte Geschichte erfunden haben, oder? Ich hätte einfach gesagt, ich habe sie auf einer Parkbank gefunden oder im Kino auf einem Sitz. Warum fragst du mich aber?«

»Na – ich – es beschäftigt mich eben.«

Sam Walters beschäftigte sich auch weiter damit.

Es waren Kleinigkeiten, meistens. Wie damals, als Aubrey gesagt hatte: »Papa Giesensteck ist heute nicht ins Büro gegangen. Er ist krank und liegt im Bett.«

»So?« hatte Sam gefragt. »Was fehlt denn dem Herrn?«

»Magenverstimmung, glaube ich.«

Am nächsten Morgen, beim Frühstück. »Und wie geht es Mr. Giesensteck, Aubrey?«

»Ein bißchen besser, aber er darf heute noch nicht wieder ins Büro, hat der Doktor gesagt. Morgen vielleicht.«

Am nächsten Tag ging Mr. Giesensteck wieder ins Büro.

Das war, wie sich zeigte, der Tag, an dem Sam Walters nach Hause kam und sich sehr schlecht fühlte, weil er zum

Lunch etwas Unrechtes gegessen hatte. Ja, er mußte zwei Tage zu Hause bleiben. Das erste Mal seit mehreren Jahren, daß er einer Krankheit wegen zu Hause geblieben war.

Und manches kam schneller als dies, manches langsamer. Man konnte nicht mit Bestimmtheit sagen: »Wenn dies und das den Giesenstecks widerfährt, dann wird es innerhalb von vierundzwanzig Stunden auch uns passieren.« Manchmal geschah es in weniger als einer Stunde. Dann wieder dauerte es eine Woche.

»Mama und Papa Giesensteck haben heute gestritten.«

Und Sam hatte sich bemüht, diesen Streit mit Edith zu vermeiden, doch es schien, als ginge es einfach nicht. Er war ziemlich spät nach Hause gekommen, ohne jedoch etwas dafür zu können. Es war schon oft vorgekommen, aber diesmal nahm Edith es anders auf. Sanfte Entgegnungen waren nicht imstande gewesen, diesen Groll abzuwehren, und schließlich hatte er selbst die Beherrschung verloren.

»Onkel Giesensteck fährt weg auf Besuch.« Richard hatte die Stadt seit Jahren nicht verlassen, aber plötzlich fiel es ihm ein, für die kommende Woche nach New York hinunterzufahren. »Pete und Amy, wißt ihr. Sie haben mir einen Brief geschrieben, in dem sie mich einladen –«

»Wann?« fragte Sam, beinahe scharf. »Wann hast du diesen Brief erhalten?«

»Gestern.«

»Dann hast du also vergangene Woche noch nicht – Das klingt ein bißchen blöd, Dick, aber hast du vergangene Woche daran gedacht, irgendwohin zu fahren? Hast du zu – zu irgend jemandem über die Möglichkeit, daß du jemandem einen Besuch abstatten könntest, gesprochen?«

»Gott, nein. Ich habe seit Monaten nicht einmal an Pete und Amy gedacht, bis ich gestern ihren Brief bekam. Sie wollen, daß ich eine Woche bleibe.«

»Du wirst vielleicht in drei Tagen zurück sein«, hatte Sam gesagt. Aber er wollte keine Erklärung dafür geben, auch nicht, als Richard tatsächlich nach drei Tagen zurückkam. Es war einfach zu einfältig, jemandem zu sagen, daß er gewußt hatte, wie lange Richard weg sein würde, bloß weil Onkel Giesensteck ebensolange fortgewesen war.

Sam Walters fing an, seine Tochter zu beobachten und sich eine Frage vorzulegen. Sie war es natürlich, die die Giesenstecks alles unternehmen ließ. War es möglich, daß Aubrey irgendeine sonderbare Hellsicht besaß, die sie unbewußt dazu veranlaßte, Dinge vorauszusagen, die den Walters und Richard zustoßen würden?

Er glaubte natürlich nicht an Hellseherei. Aber war Aubrey vielleicht doch so hellseherisch veranlagt?

»Mrs. Giesensteck geht heute einkaufen. Sie wird sich einen neuen Mantel kaufen.«

Das klang beinahe nach Verabredung. Edith hatte Aubrey zugelächelt und dann Sam angesehen. »Da fällt mir ein, Sam, morgen bin ich in der Stadt. Es ist gerade Ausverkauf bei –«

»Aber, Edith, jetzt ist Krieg. Und du *brauchst* doch keinen Mantel.«

Er debattierte mit ihr so ernsthaft, daß er darüber zu spät ins Büro kam. Und er hatte einen schweren Stand, weil sie sich den Mantel wirklich leisten konnten und weil sie sich tatsächlich seit zwei Jahren keinen gekauft hatte. Aber er konnte nicht erklären, daß der wirkliche Grund der war, daß Mrs. Giesen– Nein, es war so lächerlich, daß er es nicht einmal in Gedanken wiederholen konnte.

Edith kaufte sich den Mantel.

Sonderbarerweise hatte Sam das Gefühl, daß niemand anderer diese merkwürdigen Zufälle bemerkte. Aber Richard war nicht immer da, und Edith – nun, Edith besaß die Gabe, dem Geschnatter Aubreys zuzuhören, ohne daß ihr neun Zehntel davon überhaupt bewußt wurden.

»Aubrey Giesensteck hat heute ihr Zeugnis nach Hause gebracht, Papa. Sie hat einen Einser in Rechnen und einen Zweier in Lesen und –«

Zwei Tage später rief Sam den Direktor der Schule an. Von einer öffentlichen Telefonzelle natürlich, damit ihn niemand hören konnte. »Mr. Bradley, ich möchte Sie etwas fragen, wofür ich einen – äh – ziemlich sonderbaren Grund habe. Es ist aber wichtig für mich. Wäre es einem Schüler Ihrer Schule möglich, im vorhinein genau zu wissen, welche Noten ...«

Nein, nicht möglich. Die Lehrer selbst wußten es nicht immer, bevor die Zeugnisse geschrieben waren, und das war erst gestern vormittag geschehen, während die Kinder spielten.

»Sam«, sagte Richard, »du siehst schlecht aus. Sorgen im Geschäft? Schau, die Lage bessert sich ja, und bei deiner Firma brauchst du dir doch überhaupt keine Sorgen zu machen.«

»Das ist es nicht, Dick. Ich habe – keine Sorgen. Das heißt, nicht direkt –« Und er mußte sich aus dem Kreuzverhör herausschwindeln, indem er Richard eine Sorge oder zwei aufband, damit er sich zufriedengab.

Er dachte viel über die Giesenstecks nach. Zuviel. Hätte er zu Aberglauben oder Leichtgläubigkeit geneigt, es wäre nicht so arg gewesen. Aber das war eben *nicht* der Fall.

Deshalb traf ihn auch jedes neue sonderbare Zusammentreffen ein wenig härter.

Sowohl Edith als auch ihrem Bruder fiel das auf, und sie sprachen in seiner Abwesenheit darüber.

»Er hat sich in letzter Zeit wirklich sonderbar aufgeführt, Dick. Ich – ich bin wirklich besorgt. Er benimmt sich so – Glaubst du, wir könnten ihn dazu überreden, daß er zu einem Arzt geht oder zu einem –«

»Psychiater? Hm, wenn er darauf eingeht. Aber ich kann es mir nicht vorstellen, Edith. Irgendwas nagt an ihm, ich muß aus ihm herausbekommen, was, aber er spricht sich nicht aus. Weißt du – ich glaube, es hat etwas mit diesen verdammten Puppen zu tun.«

»Puppen? Du meinst Aubreys Puppen? Die, die du ihr geschenkt hast?«

»Ja, die Giesenstecks. Er sitzt da und starrt das Puppenhaus an. Ich habe gehört, wie er dem Kind darüber Fragen stellt, und im *Ernst*. Ich glaube fast, er bildet sich wegen der Puppen was ein oder so was. Es dreht sich jedenfalls um sie.«

»Aber, Dick, das ist doch – *furchtbar*!«

»Schau, Ditha, Aubrey kümmert sich nicht mehr soviel um sie wie früher und – gibt es etwas, das sie sich sehr wünscht?«

»Ja, Tanzstunden. Aber sie lernt bereits Geige, und ich glaube nicht, daß wir ihr ...«

»Glaubst du, daß sie die Puppen sein ließe, wenn wir ihr Tanzstunden versprächen? Mir scheint, wir sollten sie verschwinden lassen. Und da ich Aubrey nicht wehtun will –«

»Gut – aber was sollen wir ihr sagen?«

»Sag ihr, ich kenne eine arme Familie mit Kindern, die

überhaupt keine Puppen haben. Ich glaube, daß sie einverstanden sein wird, wenn du ihr das mit allem Nachdruck sagst.«

»Aber, Dick, was sollen wir Sam sagen? Er wird uns durchschauen.«

»Sam sagst du, wenn Aubrey nicht dabei ist, daß du glaubst, daß sie für Puppen nun schon zu groß wird, und daß – sag ihm, daß sie sich mehr damit beschäftigt, als

ihr guttut, und daß der Arzt den Rat gegeben hat – so etwas.«

Aubrey war nicht begeistert. Sie war nicht mehr so auf die Giesenstecks versessen wie am Anfang, als sie ihr neu waren, aber sie hätte gerne Puppen *und* Tanzstunden gehabt.

»Ich glaube nicht, daß du für beides Zeit haben wirst, Liebling. Und da sind ja diese armen Kinder, die *überhaupt keine* Puppen zum Spielen haben, und die dir leid tun sollten.«

So gab Aubrey schließlich nach. Die Tanzschule wurde allerdings erst in zehn Tagen eröffnet, und sie wollte die Puppen behalten, bis die Stunden anfingen. Argumente führten zu nichts.

»Das ist schon in Ordnung, Ditha«, sagte Richard. »In zehn Tagen ist besser als überhaupt nicht, und – na ja, wenn sie sie überhaupt nicht hergibt, gibt es einen Wirbel, und Sam kommt hinter das, was wir vorhaben. Du hast ihm doch kein Sterbenswörtchen gesagt?«

»Nein. Aber vielleicht wäre es besser, wenn wir ihm sagen würden, daß wir sie ...«

»Bestimmt nicht. Wir wissen nicht, was es eigentlich ist, das ihn daran fasziniert oder abstößt. Warten wir's ab, und sag ihm, Aubrey hat sie bereits hergeschenkt. Sonst könnte er irgendwelche Einwände erheben oder er könnte die Puppen selbst behalten wollen. Wenn ich sie vorher fortbringe, kann er nichts mehr machen.«

»Du hast recht, Dick. Und Aubrey wird es ihm nicht sagen, weil ich ihr gesagt habe, daß die Tanzstunden eine Überraschung für Sam sein sollen. Sie kann ihm nichts von den Puppen sagen, wenn sie nicht die Tanzstunden erwähnt.«

»Prima, Edith.«

Es wäre vielleicht besser gewesen, wenn Sam davon gewußt hätte. Aber vielleicht wäre trotzdem alles genau so geschehen.

Der arme Sam. Er erlebte gleich am Abend eine böse Überraschung. Eine Schulfreundin von Aubrey war zu Besuch, und die beiden Kinder spielten mit dem Puppenhaus. Sam beobachtete sie, während er gleichmütig dreinzusehen versuchte. Edith strickte, und Richard, der gerade gekommen war, las die Zeitung.

Nur Sam hörte den Kindern zu und vernahm daher den Vorschlag:

»... und jetzt spielen wir Begräbnis, Aubrey. Wir tun einfach so, als wäre einer von ihnen –«

Sam Walters stieß einen erstickten Schrei aus und wäre beinahe hingefallen, als er quer durchs Zimmer ging.

Es gab einen peinlichen Augenblick, aber Edith und Richard gelang es, so zu tun, als wäre nichts gewesen. Edith fand, es sei schon Zeit für Aubreys kleine Freundin, nach Hause zu gehen. Sie warf Richard einen bezeichnenden Blick zu, und sie brachten beide das Mädchen hinaus.

Sie flüsterte: »Dick, hast du *gesehen* –«

»Etwas ist nicht in Ordnung, Ditha. Vielleicht sollten wir abwarten. Aubrey hat schließlich gesagt, daß sie sie hergeben wird, und –«

Im Wohnzimmer rang Sam immer noch nach Luft. Aubrey sah ihn so an, als fürchtete sie sich vor ihm. Es war das erste Mal, daß sie ihn so ansah, und Sam fühlte sich beschämt. Er sagte: »Herzchen, es tut mir leid – Aber hör zu, versprich mir, daß du *niemals* mit deinen Puppen Begräbnis spielen wirst. Oder daß eine von ihnen schwer krank ist oder einen Unfall hat – oder überhaupt etwas Schlimmes. Versprichst du's?«

»Ja, Papa. Ich werde sie jetzt wegräumen für heute.«

Sie deckte das Puppenhaus zu und ging in die Küche.

Im Vorzimmer sagte Ditha: »Ich werde mit Aubrey allein reden und die Sache in Ordnung bringen. Du sprichst mit Sam. Sag ihm, wir wollen heute abend ausgehen, irgendwohin, daß er von dem allem wegkommt. Versuch's einmal.«

Sam starrte noch immer auf das Puppenhaus.

»Wollen wir uns nicht unterhalten gehen, Sam?« fragte Richard. »Wie wär's, wenn wir ausgingen? Wir sind die ganze Zeit hier herumgesessen. Es wird uns guttun.«

Sam holte tief Atem. »Okay, Dick. Wenn du meinst. Ich – ich könnte ein wenig Zerstreuung brauchen, scheint mir.«

Ditha kam mit Aubrey zurück und blinzelte ihrem Bruder zu. »Ihr geht inzwischen voraus und holt ein Taxi vom Taxistand an der Ecke. Aubrey und ich werden unten sein, bis ihr zurückkommt.«

Hinter Sams Rücken warf Richard Edith einen fragenden Blick zu, als die Männer gerade ihre Mäntel anzogen, und sie nickte als Antwort.

Draußen lag dichter Nebel. Man sah nur ein paar Schritte weit.

Sam bestand darauf, daß Richard beim Haustor auf Edith und Aubrey wartete, während er um das Taxi ging. Die Frau und das Mädchen kamen gerade einen Augenblick vor Sams Rückkehr herunter.

Richard fragte: »Hast du –«

»Ja, Dick. Ich wollte sie wegwerfen, aber ich habe sie statt dessen hergeschenkt. So sind sie jedenfalls *fort*; am

Ende hätte er sie noch in der Mülltonne gesucht, wenn ich sie weggeworfen hätte – und gefunden.«

»Hergeschenkt? An wen?«

»Das ist das Lustigste, Dick. Ich habe die Tür aufgemacht, und da ging eine alte Frau auf dem Gang vorbei. Ich weiß nicht, aus welcher Wohnung sie kam. Sie muß eine Putzfrau oder so etwas gewesen sein, obwohl sie wie eine Hexe ausgesehen hat. Als sie aber die Puppen in meiner Hand sah . . .«

»Da kommt das Taxi«, sagte Dick. »Hast du sie ihr gegeben?«

»Ja. Es war sonderbar. Sie hat gesagt: ›*Gehören sie mir? Für immer?*‹ Ist das nicht eine sonderbare Frage. Aber ich habe nur gelacht und gesagt: ›Ja, Madame. Für im –‹«

Sie verstummte, denn der schattenhafte Umriß des Taxis tauchte am Randstein auf, und Sam öffnete den Schlag und rief: »Na, kommt schon!«

Aubrey schlüpfte über den Gehsteig ins Taxi, und die anderen ihr nach. Es fuhr an.

Der Nebel war dichter geworden. Durch die Fenster konnte man nichts sehen. Es war, als stünde eine graue Wand vor den Scheiben, als wäre die Welt draußen völlig und für immer verschwunden. Sogar die Windschutzscheibe bot von ihrem Platz aus nur ein gleichmäßiges undurchdringliches Grau.

»Wieso fährt der so schnell?« sagte Richard, und in seiner Stimme bebte leichte Nervosität. »Wo fahren wir denn übrigens hin, Sam?«

»Oh, jetzt habe ich ganz vergessen, es ihr zu sagen«, entgegnete Sam.

»Ihr?«

»Ja. Eine Frau sitzt am Steuer. Haben ja jetzt viele Taxis. Ich –«

Er beugte sich vor und klopfte an die Glasscheibe. Die Frau drehte sich um.

Edith sah ihr Gesicht und schrie.

Das Ende

Professor Jones hatte seit vielen Jahren an der Zeit-Theorie gearbeitet.

»Und ich habe die Schlüsselgleichung gefunden«, sagte er seiner Tochter eines Tages. »Die Zeit ist ein Feld. Diese Maschine, die ich konstruiert habe, kann dieses Feld verändern, ja sogar umkehren.«

Er drückte einen Knopf, während er sprach, und sagte:

»Das sollte die Zeit zurücklaufen lassen zurücklaufen Zeit die sollte das«, sagte und, sprach er während, Knopf einen drückte er.

»Umkehren sogar ja, verändern Feld dieses kann, habe konstruiert ich die, Maschine diese. Feld ein ist Zeit die«. Tages eines Tochter seiner er sagte, »gefunden Schlüsselgleichung die habe ich und«. Gearbeitet Theorie-Zeit der an Jahren vielen seit hatte Jones Professor

ENDE DAS

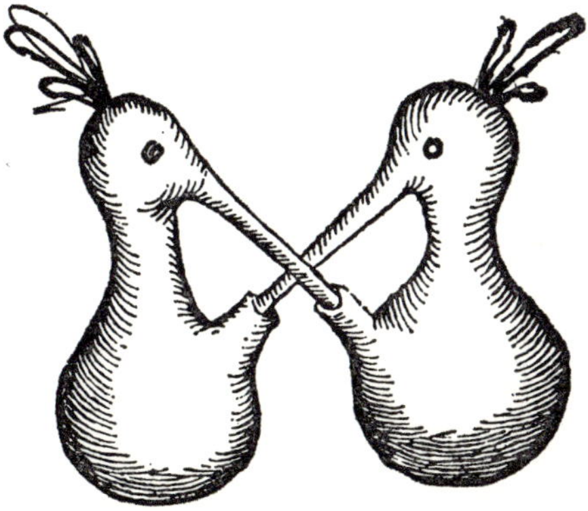

Der Vater der Science Fiction

Jules Verne

ungekürzt, originalgetreu,
mit allen Stichen
der französischen Erstausgabe
Sammlung ›Klassische Abenteuer‹
im Diogenes Verlag

Fünf Wochen im Ballon
Reise zum Mittelpunkt der Erde
Robur der Eroberer
Die Erfindung des Verderbens
Von der Erde zum Mond
Reise um den Mond
20 000 Meilen unter Meer
Die Leiden eines Chinesen in China
Die Gestrandeten
Der ewige Adam
Der Kurier des Zaren
Reise um die Erde in 80 Tagen
Die Kinder des Kapitäns Grant

In Vorbereitung:
Zwei Jahre Ferien
Die Eissphinx
Das Karpathenschloß

und weitere Abenteuer
und Jules Vernes großes
Buch der Seefahrer
des 18. und 19. Jahrhunderts